PRESSURE

LESSONS FROM THE PSYCHOLOGY OF THE PENALTY SHOOTOUT

GEIR JORDET

なぜ超一流選手がPKを外すのか

サッカーに学ぶ究極のプレッシャー心理学

ゲイル・ヨルデット＝著
福井久美子＝訳
アーセン・ベンゲル＝序文

文藝春秋

なぜ超一流選手がＰＫを外すのか

目次

アーセン・ベンゲルによる序文 6

序章 …… 11
――22年W杯決勝。仏代表ムバッペは1試合3本のPKを決めた。それは彼が前年に重要な試合で失敗したPKと何が違ったのか？

第1章 襲いかかるプレッシャー …… 25
――PKの瞬間サッカーは個人競技となり、プレッシャーがのしかかる。世界トップの選手でもPK戦では耐えがたい不安を感じているのだ

第2章 プレッシャーをコントロールせよ …… 73
――メッシのPK成功率は平均以下だ。PKは技術だけではないのだ。PKの名手のやっていること、PK戦のための強豪国の準備とは？

第3章 プレッシャーにつけ込む …… 133
――PKキッカーのメンタルに巧みにつけ込むGKたちがいる。マルティネスをはじめ、彼らの手練手管を分類、ご紹介しよう

第4章　チームで団結してプレッシャーに立ち向かう……181
特にPKを失敗して帰ってくるとき、選手は孤独だ。
チーム全体でキッカーを守ることで、成功率が変わる例を示そう

第5章　プレッシャー対策……235
PKほどのプレッシャーを再現する練習はできないから無意味か？
そんなことはない。数々の心理学研究が準備の意味を教えてくれる

第6章　プレッシャーのマネジメント……263
PK戦で監督にできることとは？　アルゼンチン代表監督、
スカローニのマネジメントから学べることは多い

エピローグ……299
PK戦は導入以来、運任せのくじ引き扱いされてきたが、
心理学的アプローチで見れば万人のプレッシャー対処法にもなる

謝辞　312

注　315

参考文献　327

訳者あとがき　346

ヤニークへ

なぜ超一流選手がPKを外すのか

サッカーに学ぶ究極のプレッシャー心理学

序文

アーセン・ベンゲル

サッカー選手の人生においてＰＫ戦はもっともプレッシャーがかかる瞬間だ。試されるのは精神力だ。技術力ではない。

ＰＫを見ると、メンタル面が技術に影響を及ぼし得ることがわかる。２０２２年のワールドカップ準々決勝、フランス戦でイングランド代表のハリー・ケインがＰＫを失敗した。ゴールキーパー（ＧＫ）にセーブされたわけではなく、ケインはそもそも枠内に蹴ることができなかった。あの場面で、彼にどれほどのプレッシャーがかかったかが窺える。

ＰＫを蹴る時、選手は外界からの影響を遮断するよう努めるものだ。周囲の連中に影響されて、自分の決断を変えるわけにはいかない。外的な要因は内なるプレッシャーとなり得る。そしてそうした外的な要因をブロックすることが、内的なプレッシャーを軽減するかぎとなる。やりたいことに集中するために自分をコントロールしなければならない。

とはいえ、どうなるかは誰にもわからない。ＰＫはいつだってポーカーゲームのようなものだ。

個人的に、ＧＫがゴール前から飛び出して、ボールの前に立ちはだかるのは好きではない。今では新しいルールができて、ＧＫはピエロのように振る舞えなくなった。といっても、ゴールライン上で動くことはできるが。ＧＫがキッカーを威圧しようとする姿は好きだ。みんなもそうした激しい感情が見たいのではないだろうか。

わたしのチームではよくＰＫの練習をした。トレーニング中に反則行為があると、相手にＰＫを与えたのだ。反則は頻繁ではないが、まれにあった。トレーニング中は、できるだけ試合中と同レベルにまで集中力を高めようとした。報酬は役に立った。ごほうびがあると選手の集中力は高まる。

延長戦が終わってＰＫ戦が始まるまでの休憩時間には、はっきりした計画があることが重要になる。わたしはあらかじめＰＫキッカーを決めておくようにしていた。次に、蹴る順番について選手たちの合意をもらう。「一番最後がいい」と主張する選手がいるからだ。するとわたしは「だめだ。きみは2番目だ」と言う。監督が決めなければならない。

あの瞬間、わたしはいつもキッカーの決意と信念を強固にしようと努めた。選手たちにはこう語りかけたものだ。われわれが敵チームよりも精神的に強いことを見せつけるチャンスだぞ。目の前のことに集中しよう。過去のことは忘れて、この瞬間に集中しなさい。

アーセナルの監督時代、わたしがＰＫ戦に関わったのは15回。最初の2回は勝ったが、その後4回連続で負けた。残る9回のうち8回は勝っている。ＰＫ戦の結果について考えたことはなかったが、ゲイル・ヨルデットが教えてくれたんだ。

今日では、データの使用も分析方法もすっかり様変わりした。わたしが選手だった頃は、相手チームのPKを真剣に見たことなどなかった。主要なPKキッカーは知っていても、それ以外の選手には無関心だった。GK専門のコーチもいなかった。今でははるかに多くの情報が手に入る。時には、目の前に情報があるのに気づかないこともある。PK戦はそんなに重要ではない、といった惰性的な考え方に陥りやすい。サッカーのもっと重要と思われる側面に集中しがちだ。だが選手は、PKには試合を大きく左右する力があることを意識しておく必要がある。われわれが予期する以上の影響力があるということだ。

PK戦は今でも重要だが、今後はもっと重要になるだろう。FIFAはワールドカップの出場枠を32チームから48チームに増やした。つまり決勝トーナメントの試合数が1試合増え、各チームがPKを蹴る機会も増えるということだ。さらに2025年から、FIFAクラブ・ワールドカップの出場チームが32枠に拡大されれば、PKが実施される回数にも影響するだろう。ゲイル・ヨルデットがこの本のなかで書いているように、PKというサッカーの一要素を真剣に考える必要がある。

ロベルト・バッジョは、1994年のワールドカップでPKを失敗したことを今も時々考えるという。このことは一つのことを教えてくれる。PKは準備する価値がある、ということだ。

アーセン・ベンゲル
ＦＩＦＡ国際サッカー発展部門チーフ、アーセナルＦＣ元監督（１９９６〜２０１８年）
２０２４年３月

序章

22年W杯決勝。仏代表ムバッペは1試合3本のPKを決めた。
それは彼が前年に重要な試合で失敗したPKと何が違ったのか?

2022年W杯決勝戦、フランス対アルゼンチンでPKを決めるムバッペ　©JMPA

「ＰＫをミスるのは大物選手だけだ。小物選手はそもそもＰＫを蹴らないからね」
アンテ・ミリチッチ（オーストラリア女子代表チーム監督）、２０１９年

こんな場面を想像してほしい。あなたは23歳。チャンスは一度きりだ。世界中の人々が見守るなかで、シュートを一本蹴る。成功したとしても、それはみんなの期待通りでしかない。せいぜいよくやったとうなずいてもらえるぐらいだ。だがもし失敗したら、何百万人の人々――チームメイトや家族や友人を含む――の夢を打ち砕くことになるだろう。

前回そんな状況に立たされた時、あなたは失敗した。失敗の影響はすさまじかった。だが、そのうちに許してもらえるようになった。でも今回失敗したら、人々の記憶に焼き付けられるだろう。あなたは永遠に失敗者の烙印を押される。今後ずっと、人々はあなたの名前を聞くたびに、失敗したあの瞬間のことを思い出すだろう。

おまけにあなたは疲労困憊だった。まる一か月間チームと一緒に働き続けたあとに、2時間みっちり体力的に消耗する仕事をやり終えたばかりなのだ。

ボールを蹴ろうと準備していると、目の前に敵が立っていて、にやにや笑いを浮かべている。相手から侮蔑的な言葉を投げつけられ、不愉快な身振りをされる。敵の目的はただ一つ

――あなたの集中力を削ぎ、恐怖心をあおり、平静を失わせることだ。

おまけにもう一つ重要なことがある。あなたもチームも、そんな状況に備えたことがなかった。予行演習もなしに、いきなりそんな状況に放り出されたのだ。どうしてそんなことになったのかって？　なぜなら、上司がそのような瞬間に備えて練習することなどできないと思っていたからだ。

恐怖。不安。心配。

ＰＫ戦の世界へようこそ。

２０２２年12月18日、センターサークルからペナルティスポットへと向かったキリアン・ムバッペは、まさにそんな状況にあった。舞台はワールドカップ決勝、フランス対アルゼンチン戦。

彼の知り合い全員がその瞬間を見ていたと言っても過言ではない。15億もの人々が試合をテレビで観戦したのだ。(注1)

フランスだけでも２９００万人という、同国史上最多の視聴者が見守った。(注2)

ムバッペが対戦するのは、アルゼンチン人ＧＫエミリアーノ・マルティネス。ＰＫキッカーを挑発したり、集中力を削いだりする、世界でももっとも悪名高いＧＫの一人だ。おまけにフランス代表チームは情けないほど準備ができていなかった。なにしろ代表監督は、ＰＫの練習なんて不可能だと何度も公言していたぐらいなのだ。

この試合の前に、ムバッペがフランス代表としてＰＫ戦に臨んだのは、２０２１年に開催されたＵＥＦＡ欧州選手権（ＥＵＲＯ）２０２０のラウンド16でスイスと対決した時のことだ（訳注：ＥＵＲＯ　２０２０は２０２０年に開催予定だったが、新型コロナウイルス感染症の影響で1年延期された）。スイス人選手は全員ＰＫを成功させ、フランス人選手たちも次々とＰＫを成功させたが、５番手キッカーのムバッペだけが失敗した。その余波はひどいもので、彼は敗戦の責任をすべて負わされた。サポーターからは人格を疑われた――あいつはエゴイストだ、自分のことしか考えていない、チームプレーヤーじゃない、と。彼にとって代表チームは二の次なんだ、とも言われた。人種差別にも遭った。のちにフランスサッカー連盟の会長と会って、フランス代表チームを引退すべきかどうかを話し合ったほどだ。彼は代表選手としてプレーを続けたが、ＰＫ戦の影響は痛々しいほど明らかだった。

その1年後、彼はこうして再びペナルティスポットに立った。しかし、ＰＫの重要性は前回の比ではない。ワールドカップのトロフィーがかかっているのだ。ムバッペはフランスを代表する大スターで、誰もが彼のＰＫが成功するものと期待していた。

ここで失敗すればすべてを失うことになる。

わたしのＰＫ経験

わたしはずっとＰＫに並々ならない関心を持っていた。より正確に言うとＰＫの失敗にだ。誰もがほぼ成功するものと期待することをやらされたあげくに失敗し、おまけにその失敗が周囲の人たちに影響を与える……この筋書きには独特の恐ろしさがある気がする。サッカーを始めてからわたしはＰＫに異常にこだわるようになった。10代の頃のわたしはまあまあ得点を稼ぎ、たびたびゲームでキャプテンを務めていたが、ＰＫが怖かった。自分から蹴ると申し出たことは一度もない。だが、ＰＫを避けられず、蹴らなければならない状況が２回あった。

１回目のＰＫは、15歳でオスロにあるチームのトライアウトゲームでプレーした時のことだ。そのチームに選ばれることは長年の夢でもあった。前に一度選考段階で落ちたことがあったので、今回の試合でプレーすることにかつてないほどの緊張感を覚えた。

もっとも、そんな様子はみじんも見せなかったが——少なくとも最初は。わたしは人生で最高のプレーをした。ドリブルも、パスも、すべてが見事に決まった。シュートが成功して得点まで上げた。

と、そこへうちのチームがＰＫをもらった。

わたしはいつものようにゴール前から離れようとした。他の誰かが蹴ると思ったのだ。でもコーチはそうは考えなかった。「ゲイル・ヨルデット、蹴りなさい！」

コーチがわたしの名前を覚えてくれたことを知ってうれしくなった。他方で……ＰＫを蹴る？　この試合で？　恐怖で頭がいっぱいになった。でも他の選択肢はない。しかたがなくボールをつかんだ。

両手がひどく震えてボールを持つのがやっとの状態だったが、何とかペナルティスポットにセットした。どうすればいいのかわからないまま、とりあえず後ろに下がった。何とかねらいを定めた。その時のことは鮮明に憶えている——右ポストの内側をねらうことにしたのだ。わたしはできるだけ速く走ってからボールを蹴った。ボールはコロコロと転がってゴールネットに吸い込まれた。

よかった。得点したのだ。チームメイトは大喜びし、コーチは感心しているようだ。しかしこのPKにはわたししか知らない事実があった。ボールが左ポストの内側に入ったのだ――つまりねらった方向とは反対側のポストだ。わたしのシュートは、ねらった場所から7メートルも外れたことになる。あのゴールは完全にまぐれだった。

わたしはチームに入団した。でもあのPKのことは、今ここで打ち明けるまで、誰にも言ったことはない。

二度目のPKはPK戦だった。17歳だったわたしは、当時世界最大の国際ユースサッカー大会――ノルウェーカップ――に出場した。うちのチームは19歳以下の選手から成る強いチームで、国際大会に出場するようなノルウェー・ユース代表選手もいた。チームの誰もが優勝を狙えると感じていた。やすやすとラウンド16まで上りつめて、自信満々だったのだ。ところが、試合は延長戦の末にPK戦で決着をつけることになった。そこでわたしはPKを外し、うちのチームは敗退した。

わずかな慰めは、チームにわたし以外にもPKを失敗した選手がいたことだ。さらに、その選手はわたしよりも年上だったため、おそらくわたし以上に責任を感じていただろう。とはいえわたしにとってあの夏は、今もチームメイトや友人たちの夢を壊した苦い思い出のままだ。PK戦でPKを外すとあんな気持ちを味わうのか。わたしはそれから二度とPKを蹴らなかった。

もっとも、それでPKへの関心を失ったわけではない。それどころか、PK戦とあの場に特有の凝縮されたドラマにますます引きつけられた。2004年の夏、わたしが心理学とサッカーの研究で博士号を取得し、大学での初めての仕事が始まるのを待っていた時、ポルトガルで男子サッカー欧州選手権（ＥＵＲＯ）が開催された。この大会と聞いて、ほとんどの人は、典型的な番狂わせを思い出すかもしれない——決勝戦で弱小国のギリシャが開催国ポルトガルを１−０で下して勝利したのだ。わたしにとっては、プロとしてＰＫ戦の心理を理解しようと探究を始めるきっかけになった大会だが。

２００４年のＥＵＲＯは、準々決勝で２つのドラマチックなＰＫ戦が見られた。一つはポルトガルがイングランドを６対５で下した試合。それからその２日後に、オランダがスウェーデンを５対４で下した試合だ。当時はデヴィッド・ベッカムの話題で持ちきりだった。あの試合で一番注目度が高い選手だったのだ。イングランド対ポルトガル戦のＰＫ戦で、ベッカムは１番手キッカーに選ばれた。ベッカムがＰＫを蹴る前、ポルトガル人ＧＫリカルドがあいさつしにペナルティスポットにやって来て、彼を嘲り、身振りや言葉で彼を挑発した。数秒後、ベッカムは勢いよくボールをふかし、ボールはクロスバーの１〜２メートル上を越えていった。大失敗。あの場面をテレビで見ていたわたしは目を疑った。だが、誰もがそんな場面を見たことがあるはずだ。スーパースターはＰＫ戦で不利になる。他の選手たちよりも重いプレッシャーがかかる。そして非凡だった選手は、突然平凡な選手になる。

ノルウェーは小さな国で、当時はサッカー心理学に詳しい専門家は多くなかった。そのため試合の翌日、全国ネットのラジオ局からわたしのところに電話がかかってきて、あのＰＫ戦について話してもらえないかと頼まれた。そしてオンエアの直前に、司会者が、もう一人ゲストが議論に加わります、遠くのスタジオからつなげて参加していただきますと言った。

ゲストはヘニング・ベルグだった。おお、そう来たか。ベルグはノルウェーでは誰もが知る有名人だ。サッカー選手として華麗なキャリアを築き、つい先日引退を発表したばかりだった。ノルウェー代表選手として100試合に出場し、ワールドカップは2大会でプレーした。プレミアリーグのマンチェスター・ユナイテッドに所属していた時には66試合に出場している。

ラジオ番組では、わたしが先に口を開いた。「ベッカムのような選手がどうして失敗するんでしょうか？」と訊かれた時のことだ。わたしは事前の準備通りに、心理学に基づく見解と憶測を述べた。「ベッカムにのしかかるプレッシャーは非常に大きいものでした。サッカー界で最大のスーパースターですからね。万人から成功を期待されるなかで、おそらくどうキックしようかと考え過ぎてしま……」

わたしの声は手厳しくて批判的な大声に遮られた。

「そんなわけがないだろう。完全に的外れだね」

ヘニング・ベルグだった。

「ぼくは3年間、デヴィッド・ベッカムと一緒にプレーした」ベルグは続けた。「彼のことはよく知っている。鋼のような強いメンタルの持ち主なんだ。あの失敗はプレッシャーとは関係ない」

わたしは呆然として、それ以降、彼の言葉は耳に入ってこなかった。ベルグの権威的で自信満々な態度に、わたしが疑問を呈する余地はなかった。反論できる手立てもないまま、その後はほとんど言葉を発しなかった。わたしはすっかり打ちひしがれてスタジオをあとにした。

と同時に決意も新たにした。ベルグから乱暴なタックルを受けたものの、わたしはＰＫではプレッシャーとその管理がある程度重要で、ＰＫ戦には注目に値するような心理的な側面があると確信していたのだ。このテーマをもっと追究したいとも思った。

こうして情熱的な探究の日々が始まった。既存の研究論文を探し出したが、大抵の場合、そうした論文ではサッカー部の学生に声をかけて、実験室でＰＫのようなタスクをやらせているることがわかった。わたしには理解できなかった。そんなやり方で、主要な大会のＰＫ戦につきものの本物のプレッシャーを再現できるのか？　実際のＰＫ戦で起きていることに、もっと注目すべきだとわかった。

わたしの個人的な関心は、急速にミッションに変わっていった。動画を視聴し、自叙伝を読み、インタビューし、ＰＫの実体験につきもののドラマや感情を探り、意味がありそうな行動を特定しようとした。ＰＫに成功した選手と失敗した選手の行動を比較して、彼らの行動は何が違うのか？　と自問した。

有益な情報をいくつか紹介しておこう。１９７４年以降、男子サッカー・ワールドカップでは、トーナメント戦の引き分け試合はＰＫ戦で勝敗を決めることになり、今までに計35回ＰＫ戦がおこなわれた。ワールドカップのトーナメント戦の20％、つまり5試合中１試合の割合だ。ＥＵＲＯでのＰＫ戦の割合はもっと多くて26％、コパ・アメリカは30％とさらに多い。女子サッカーでのＰＫ戦の割合はワールドカップが11％、ＥＵＲＯが15％、コパ・アメリカ・フェメニーナが30％。要するに、これらの国際大会に出場するチームで、優勝を目指しながらも、少なくとも1回はPK戦になると予期も計画もしないチームは、見通しがあますぎると言えるだろう。

一方で、試合の流れの中でPKを蹴る機会はというと、男子サッカーの欧州トップリーグでは、少なくとも1回のPKが与えられた試合は27%にのぼる。(注3) サッカーの試合の半数以上が、引き分けか1得点で勝敗が決まることを考えると、ほとんどの試合ではPKが与えられたら、その成否が試合結果に大きく影響すると考えるのが合理的だろう。(注4) こうした面を含めて包括的にPKを理解するのがいいように思う。

2004年の秋にオランダのフローニンゲン大学で働き始めてほどなくして、最初のブレイクスルーが起きた。オランダとイングランドはPK戦に関してはよく似た歴史を持ち、どちらも痛々しくてトラウマになりそうな経験がある。オランダは2004年のEUROでようやくPK戦で勝利したが、それ以前に大舞台で4回PK戦を戦った――1992年、1996年、2000年のEURO、それから1998年のワールドカップ。そしてそのすべてで負けた。

一番無残な敗戦はオランダが開催国を務めたEURO 2000だろう。アムステルダム・アレナで開催された準決勝で、オランダはイタリアと激突した。オランダは試合の流れのなかでペナルティキックを二度も獲得したが、どちらも失敗し、0－0のまま延長戦が終了してPK戦に突入した。そのPK戦で、オランダは4人のキッカーのうち3人がPKを外し、イタリアに屈辱的な敗北を喫した。そんなわけで、EURO 2004の準々決勝でオランダがPK戦の末にスウェーデンに勝った時は、サッカー熱狂国はカタルシスの瞬間を享受した。

大学での新しい仕事が始まる前から、わたしは何らかの形でPK研究を始めたい、オランダ人の新たな同僚たちも引き入れたいと考えていた。いざ大学に着任すると、同僚の一人、クリス・フィッシャーの人脈を使えば、オランダ代表チームに連絡が取れそうだとわかった。偶然にも、わたしはEURO 2004の準々決勝でPK戦に参加したスウェーデン代表選手たちの何人かと個人的に面識があった。そこでわたしは、両代表選手たちにあのPK戦で経験したことを語ってもらえるのではないかと考えた。持てる説得力をすべて駆使し、紆余曲折を経た結果、最終的にPK戦に参加した両チームの選手たちのインタビューが実現した。こうしてわたしは、独自の研究をおこなうための材料を手に入れた。トップレベルのチームの選手たちにPK戦でどんな経験をしたのかを語ってもらい、その経験を深く掘り下げるチャンスだ。

わたしの目には、プレッシャーと人間のパフォーマンスの関係を研究するのに、サッカーのPK戦は天然の実験室のように見えた。しかもこの実験室には非常に大きなメリットがある。一つ目のメリットは、通常の実験室では不可能なことができることだ。すなわち、通常の実験では生み出すのが不可能な高いプレッシャー、倫理的にも確実に問題になりそうなリアルで生々しいプレッシャーが、PK戦なら生み出せることだ。ごく自然に生じた荒々しいプレッシャーが、すぐに調査できる状態にある、とも言える。

2つ目のメリットは、PK戦を利用して、プレッシャーがエリートクラスの卓越した個人に与える影響を調べられることだ。大学の研究室ではなかなか見つけられない、唯一無二の人たちを対象に研究ができる。

そして3つ目のメリットは、ＰＫまたはＰＫ戦の結果は白黒がはっきりしていて、成功か失敗か、勝つか負けるかのどちらかだが、ＰＫを取り巻く認知的要素、感情的要素、社会的要素、戦術的要素は驚くほど豊かなことだ。キッカーが体験しているプレッシャーの全体像がくっきりと浮かび上がり、いろんな角度から観察できる。

オランダで過ごした年月の間にＰＫへの飽くなき情熱が生まれ、わたしはＰＫ戦に関する研究を続けて論文をたくさん発表した。その過程で、トップレベルの選手たち30人以上にインタビューして、ＰＫの間に彼らが何を考え、何を感じ、何を経験しているのかを徹底的に調べただけでなく、ＰＫ動画を２０００本以上視聴して詳しく分析した。さらに、自分の仮説を実戦で検証しながら、20以上のエリートチームのコンサルティングもやった。そのチームには、ドイツ代表男子（２０２２年ワールドカップ）、グレート・ブリテンおよびイングランド女子（２０２０年オリンピック）、オランダ男子（２００６年ワールドカップ）、ノルウェー男子および女子（過去10年間定期的に）だけでなく、プレミアリーグや欧州トップリーグに所属する主要なクラブも含まれる。

ＰＫから学べるプレッシャーの対処法

本書ではわたしの研究の重要な成果を紹介するつもりだ。プレッシャーを構成する要素を徹底的に追究し、ＰＫ戦でプレッシャーがどう影響するか、そしてスポーツでもっともプレッシャーがかかる状況で、世界最高の（および世界最悪の）ＰＫキッカーは、いかにしてプレッシャーに対処し、パフォーマンスを維持するのかを描き、説明したい。わたしの研究対象の多くは男子サッカー選手だが、それは女子サッカーの過去の動画やデータが少ないせいでもある。女子サッカーとPKに関するリサーチが今後ますます盛んになることを願ってやまない。

もっとも、わたしが注目したのはサッカーとPKだけではなく、ストレス体験とストレスそのものをどうマネジメントするかにも同じぐらい重点を置いている。本書で説明するが、プレッシャーがかかる中でキッカーがPKを成功させるこつは、身体的な動き、つまりボールを蹴ることだけではない。正直に言うと、わたしはPKそれ自体にはそれほど興味がない。足が当たったあとのボールの行方は重要ではない。わたしの主な関心事は、キックする前のプレッシャーに関するすべて。選手たちが何を考え、何を感じるか、何をするか、他の選手たちとどうつながり、どうコミュニケーションを取るか、といったことだ。そこに不思議な力が生じる。そしてそこにさまざまな教訓が見つかる。ほとんどの人は、ワールドカップのPK戦で国を代表してPKを蹴ってくれと頼まれることはないだろう。しかし、誰もがみな人生の中で何らかのプレッシャーに直面する。そのような重圧がかかる瞬間に向けてどう準備すればいいか、失敗への不安を克服して立ち向かい、なんなら大成功を収める方法がわかれば役に立つだろう。

このテーマはわたしが生涯をかけて取り組むミッションになった。だが、ラジオの放送中にヘニング・ベルグに一蹴されなかったら、そうはならなかったかもしれない。痛い目に遭ってからちょうど10年後に、一周まわって振り出しに戻ったような瞬間があった。２０１４

年6月1日、ポーランド一部リーグ、エクストラクラサのリーグ戦でレギア・ワルシャワが2－0でレフ・ポズナンを下した日のことだ。シーズン最後の試合だったため、レギア・ワルシャワの選手たちに2013－2014年シーズンの優勝トロフィーが手渡された。スタジアムで観戦したわたしは、試合後にレギア・ワルシャワの控え室で選手たちや友人でもあるコーチたちと祝杯を挙げた――ポール・アルネ・ヨハンソン、カース・ソコロウスキ、そして彼らの上司である監督は、あのヘニング・ベルグだった。翌年、レギア・ワルシャワはポーランドカップで優勝した。もっとも劇的な試合となった準々決勝で、ベルグの選手たちはPK戦で見事に戦って勝利した。

冒頭で紹介した2022年のワールドカップ決勝、キリアン・ムバッペは、PK戦でフランス代表チームの1番手キッカーとして最初のPKを成功させただけではない。試合の流れの中で2本のPKを蹴った――試合終了10分前のPKと、延長戦終了2分前のPKだ。どちらも試合の命運を左右するPKで、失敗すればそのままフランスの敗退が決まりそうな場面だった。これぞまさにPKだ。一つの小さな行為が甚大な影響を及ぼし、それゆえに甚大なプレッシャーがのしかかる。

結局フランスは負けたが、ムバッペは3度のPKをすべて成功させ、サッカー史上もっともプレッシャーがかかる場面で突出したパフォーマンスを見せた。

この時に彼が決めた3本のPKは、前年に彼が失敗したPKと何が違ったのか？　それがこの本の究極的なテーマだ。

第１章

襲いかかるプレッシャー

ＰＫの瞬間サッカーは個人競技となり、プレッシャーがのしかかる。世界トップの選手でもＰＫ戦では耐えがたい不安を感じているのだ

2014年W杯、ブラジル対チリがPK戦に突入した。プレッシャーのあまりにブラジルの３人の選手は祈りを捧げ、歴戦の名手であるマルセロ（6番）は両隣のチームメイトの短パンを握りしめた
©Getty Images

「ＰＫは実にシンプルに見える。だから難しいんだ」
ヨハン・クライフ

ＦＩＦＡが、トーナメント戦で引き分けた試合の勝敗を決める手段としてＰＫ戦を公式に採用したのは１９７０年のことだ。初めてのＰＫ戦は、やはりというか、未熟で洗練されたものではなかった。このまったく新しい筋書きで、ＰＫキッカーはどう振る舞うべきか、あるいはどう振る舞ってはいけないかを教わったことがなかった。審判は経験不足で、状況もＰＫの当事者たちのことも厳しくコントロールできなかった。今、初期の頃のＰＫ戦の動画を見てみると、キッカーたちがただ愚直にボールを蹴っているように見える。あなたがプレッシャーとその影響を調べる研究者だったら、きっと身を乗り出して見入るだろう。そこには重圧にさらされた人がどんなパフォーマンスをするのかが、純粋な形で再現されている。

たとえば１９８０年に開催されたカップ・ウィナーズ・カップ（訳注：欧州サッカー連盟《ＵＥＦＡ》主催でおこなわれていたヨーロッパのクラブチームによる国際大会。１９９９年にＵＥＦＡカップに吸収された）の決勝、アーセナル対バレンシア戦のＰＫ戦[注5]。試合は延長戦の末に０−０で引き分けたため、ヨーロッパの主要なクラブが戦う決勝戦が、史上初めてＰＫ戦に持ち込まれることとなった。

当然ながら、バレンシアはＰＫ戦の１番手にもっとも信頼できるキッカーを送り込んだ。マリオ・ケンペスだ。サッカー界のスーパースターの一人であり、１９７８年のワールドカップで優勝したアルゼンチン代表の一員でもある。同大会で６ゴールを決めて得点王に輝いたが、そのうちの２得点は決勝戦でオランダからもぎ取ったものだ。同年には南米年間最優秀選手賞も受賞している。ところがこの時のＰＫはうまくいかなかった。サッカー界の生ける伝説が無情なＰＫ戦で失敗して威厳が地に落ちる場面を、世界中の人々が初めて目にした。言うまでもなく、そうした場面はこれが最後ではない。

ほどなくして、各チーム共に５人のキッカー全員がＰＫを蹴り終えたものの、スコアが４対４で同点だったため、次はどうするのかとちょっと混乱したようだ。両チーム共に５人のキッカーが２周目を蹴るのか？　それとも残りの選手が蹴る番か？　ＧＫたちがこの件で議論する間、コーチ陣が審判に駆け寄って説明を求めると、残りの選手で順番に蹴ってくださいとの指示が返ってきた。

バレンシアは６人目のキッカーを投入して、得点を決めた。アーセナルは、試合で調子が良かった当時22歳のグラハム・リックスをキッカーに選んだ。アーセナルがＰＫ戦を続行するには、リックスがキックを成功させなければならない。ＰＫを外せば、優勝カップはバレンシアのものになる。

リックスは、とっとと終わらせたくて仕方がないといった雰囲気を漂わせながらペナルティエリアに足を踏み入れた。ボールを持ってペナルティマークに近づくと、バレンシアのＧ

Kカルロス・ペレイラを見て、いたずらっぽくサイドキックをするような身振りをしてからボールをセットした。今、その動画を見ると、彼の冗談はおもしろいような、おもしろくないようなといったところで、むしろ緊張感がにじみ出ている。無理もない。誰もがみな神経質になっていて、それぞれ表現方法が異なるだけだった。

それからリックスはボールから数歩後ろに下がり、主審が合図するやいなや走り出した。悪いキックではなかったが、GKが正確に反応して比較的簡単にセーブした。アーセナルは負け、ヨーロッパ選手権の決勝でPK戦の末に敗れるという、他では味わえない苦痛を味わった最初のチームになった。バレンシアの選手たちが歓声を上げて走り出し、リックスの横を素通りしてGKの元へと集まるなか、膝丈のサッカーソックスを履いたリックスは、新しい形の屈辱を耐え忍ぶかのように呆然と立ち尽くした。

そこから時間を少し早送りして、1984年のUEFAカップ（現在のUEFAヨーロッパリーグ）の決勝戦、トッテナム対アンデルレヒトの勝敗を分けたPK戦を見てみよう。今日の基準で見ると、選手たちは信じられないぐらい慌ただしくて落ち着かない様子だ。主審がホイッスルを吹くと、キッカー10人のうち9人がまるで号砲を聞いたかのように反応している。このPK戦の主審は、キッカーがペナルティマークにボールを置いて後ろに下がる間にホイッスルを吹いたため、彼らは立ち止まったり気を落ちつかせたりする間もなく、1秒と置かずに助走を始めた。さらに、トッテナムの5人のキッカーのうちの4人は、ボールをセットしたあとGKに背を向けて助走距離を取り、その間に主審のホイッスルが鳴ったため、歩いていた彼らはすぐさま、後ろを振り返る→走る→ボールを蹴るというややこしい一連の動きを、素早く流れるようにおこなうことになった。GKに背を向けずに後ろに下がったトッテナムの唯一の選手ゲイリー・スティーヴンスは、ホイッスルが鳴る前から助走を始めた。その結果、通常とは逆で、キッカーの助走に反応して主審がホイッスルを吹いたようだ。そんなわけで主要なPK戦の歴史の中で、スティーヴンスは主審のホイッスルと同時にキックした唯一の選手になった。ゴールが決まると、当然ながらベルギー人GKジャック・ムナロンは激しく抗議したが、聞き入れてはもらえなかった。

アンデルレヒトの選手たちのキックも早かったが、トッテナムほど慌ただしくはなかった。PK戦で明らかに少し長めの間を取って蹴った選手はエンツォ・シーフォだけだった。まだ18歳だったが、助走する前から際立って落ちついている。ホイッスルが鳴ってから走り出すまでに1秒間を置いただけだが、他の選手たちと比べると、その間が永遠のように長く感じられる。シーフォはその後もすばらしいキャリアを築き、ベルギー代表として84試合に出場した。だが、この大会を制したのはトッテナムだった。PK戦に4対3で勝ち、優勝トロフィーを手にした。

再び時を戻そう。1982年にスペインのセビリアで開催されたワールドカップ準決勝フランス対西ドイツ戦。この試合のPK戦で、西ドイツ代表のウリ・シュティーリケがキックした時に何が起きたか見てみよう。ワールドカップにおいてPK戦で勝敗が決まった初めての試合であり、こうしたピリピリと緊迫したドラマが国際大会で展開されたのも初めてのことだった。

決勝進出を賭けた120分間の激闘の末、両チームの疲労は極限に達していた（延長戦の途中まではフランスが3－1で勝っていたが、土壇場で西ドイツが3－3に追いついた）。PK戦の間は、今ではセンターサークルで選手たちが肩を組んで見守る光景がおなじみだが、この試合の選手たちはあちこちに散らばって地面に倒れていた。体をほぐそうともせず、PKの準備をする様子も、決意を固める様子もない。選手たちはただ疲労に負けて地面に座り込んでいた。

ウリ・シュティーリケは西ドイツチームの3番手のキッカーで、全体では6番目に蹴った。彼の順番が回ってきた時点で、まだ誰も失敗していなかった。ボールに近づいた時のシュティーリケには自信の欠片も感じ取れない。彼も主審のホイッスルに敏感に反応したものの、GKに目をやりながら、ややゆっくりした歩調でボールに向かって走り出した。蹴る直前の最後の一歩で下を見てから、ボールを蹴った。ボールは中ぐらいの高さで左側に飛んだが、GKからわずか1、2メートルしか離れていなかった。

シュートはGKによってセーブされた。そうとも、ドイツ人がPKを外したのだ。この瞬間を味わってほしい。次にドイツ人が主要国際大会でPKを外すのは34年後のことだ。

この時のシュティーリケを見てみよう。セーブしようと横にダイブしたGKが地面に両脚で着地する前に、彼は両手で顔を覆って膝から崩れ落ちた。それから恥ずかしさと重力の両方に屈服するかのように芝生に倒れ込み、苦痛に縮んだボールのように身体を丸めた。彼はまるまる10秒間、ペナルティスポットの隣で身体を丸めてうずくまっていた。やがて味方のGKハラルト・シューマッハーが駆け寄って、文字どおり彼を地面から持ち上げ、半ば引きずる形でペナルティエリアの外に押し出した。西ドイツ代表で次のキッカーだったピエール・リトバルスキーは、泣き崩れるシュティーリケの肩を抱いて慰めた。

その間に、フランス代表のディディエ・シクスがキックした――そして彼も失敗した。だが、テレビカメラがずっとリトバルスキーに慰められるシュティーリケを追っていたため、視聴者はその場面を見られない。視聴者は、リトバルスキーがうれしそうに反応する姿を見て、シクスのＰＫが失敗だったことを知る。シクスがＰＫを失敗するリプレイ動画の前に視聴者の目に映るのは、彼が両手で顔を覆って地面に崩れ落ち、６ヤードボックス（ゴールエリア）内で身体を丸めるところだ。おまけにシクスはその場に10～15秒ほどとどまり、味方ＧＫに急かされてようやく自分で立ち上がる有様だった。しかも彼はペナルティエリアから出ようとしなかった。打ちひしがれて背中を丸めたシクスは、エリア内に立ったままリトバルスキーが右上のコーナーにボールを突き刺す様子をじっと見ていた。その間にも、シュティーリケはそこから離れたフィールド上で体育座りをしていて、背中を丸めて両腕で顔を隠し、時々顔を上げてはＰＫ戦の行方を見守った。

最終的にフランス人選手が再びＰＫを失敗して、西ドイツが勝ったが、シュティーリケとシクスの苦悩とその激しい反応は、人々の記憶に残り続けるだろう。おまけにＰＫに失敗して敗戦の一因にもなったシクスは、そのトラウマをセビリアに置いていくことができなかった。「みんなから『あいつは不安定だから』と言われて、仕事を探すのに苦労した。しかもその原因がすべてあのＰＫの失敗だったのだから」(注６)

この痛ましい映像を見て、誰もがすぐに気づくことが一つある。ＰＫ戦は無慈悲な難物だということだ。１秒とかからずに男たちを臆病者に、スーパースターをスケープゴートに、世界レベルのアスリートを地上でうずくまる姿に変えてしまう。

シュティーリケとシクスは、PK戦で激しいショックと羞恥心をさらけ出した最初の選手となったが、そんな目に遭ったのは彼らだけではない。分析結果を本書の中で簡潔に説明するために、わたしは1970〜2023年までの男子サッカーのワールドカップ、欧州選手権（EURO）、チャンピオンズリーグでおこなわれたPK戦の動画をすべて集めて見た（全部で718本）。その結果、PKに失敗したキッカーの53%が、身体を縮めたり、地面に倒れたり、両手で顔を隠したり、目を合わせないようにうつむいてチームメイトの元へ戻ったりして、似たようなしぐさをしたのだ。

PK戦は冷酷で無情だ。シュート後の選手たちが感情を爆発させる姿からわかるのは、PK戦という難物と遭遇した時にどうなるかは、プレッシャーにどう対処したかに大いに左右されるということだ——プレッシャーにうまく対処するか、不安と緊張で息苦しくなって失敗（チョーキング）するかだ。

サッカーとチョーキング

エリートレベルの競技大会ではアスリートが不安と緊張でしくじる事例がたくさん見つかるが、強烈なケースは個人競技に多いようだ。たとえばプロゴルファーのジャン・ヴァン・デ・ヴェルデは、1999年の全英オープンで2位に3打差をつけて最終18番を迎えたにもかかわらず、失速して優勝を逃した。1993年のテニス・ウィンブルドン選手権では、女子シングルスの決勝戦の最終セットで、ヤナ・ノボトナがシュテフィ・グラフを圧倒的にリードしながらも敗戦を喫した。それから2016年のオリンピックでは、世界記録の保持者で金メダル最有力候補だったオーストラリア出身の水泳選手ケイト・キャンベルが、100メートル自由形で5位に終わった。「オリンピック史上最大のチョーキングかもしれません」とキャンベル自身が語っている。

サッカーのようなチームスポーツでは、チョーキングの事例を見つけるのは簡単ではない。ここぞという大事な場面で劇的に崩れるチームは、一見強豪チームに見える。たとえばACミラン。2005年にイスタンブールで開催されたチャンピオンズリーグ決勝戦で、ハーフタイム時点に3－0でリードしながらも、PK戦にもつれ込んで優勝を逃した。バイエルン・ミュンヘンは、1999年のチャンピオンズリーグ決勝で90分の時点で1－0とリードしていたが、アディショナルタイムの間に2－1で敗れた。2014年のワールドカップの開催国だったブラジルは、決勝進出を賭けた試合で1－7と大敗を喫した。もっとも、これらの事例はチョーキングによるものではなく、対戦相手が総力を挙げて結集した結果だったかもしれない。ちなみに彼らが敗戦した相手はそれぞれ、リヴァプール、マンチェスター・ユナイテッド、そしてドイツ代表だ。

試合中の反則によるPKであれ、試合の勝敗を決めるためのPK戦であれ、ペナルティキックになった瞬間、サッカーは突然個人競技のような様相を呈する――GKとの直接対決、だがプレッシャーは主にキッカーにのしかかる。サッカーでは、試合中の反則によるPKの約80％が得点に結びつく――ただし、PKの成功率にはかなりの個人差があり、また主要な大会でのPK戦では成功率が下がるが、これらについてはおいおい説明する。

いずれにせよ、キッカーがペナルティスポットに入ると、成功への期待が高まる。キッカーに有利に見えるのだ。光栄にも、わたしはエリートレベルの選手たちのＰＫ練習に参加したことがあるが、毎回だいたい同じことが起きる。大抵の場合、全員が得点を決めるのだ。正確に言うと、約20人の選手がいるチームの場合、一人１回ＰＫを蹴ると19本か20本が成功するといったところか。プレッシャーも観客もない状態なら、ＰＫの技術を発揮するのは比較的簡単だ。ところが観客やテレビの視聴者が加わり、その結果プレッシャーが生じると、サッカーでも異例とも言える瞬間が訪れる。突然、試合が様変わりして、選手たちがチョーキングする可能性が一気に高まるのだ。

はっきりさせておきたいことがある。ＰＫの失敗は、必ずしもチョーキングが原因とは限らないことだ。ＧＫがスーパーセーブを決めることもあれば、運が悪かったり、どういうわけかキッカーの力量が不足していることもある。不安がほとんど、あるいはまったく影響していない場合もある（ＥＵＲＯ　２００４でＰＫに臨んだベッカムがボールを打ち上げてしまった件について、元サッカー選手のヘニング・ベルグはプレッシャーの影響ではないと主張した。当時わたしはその意見に反対したし、今も意見を変えていない）。言うまでもなく、ＰＫは驚くほど複雑な勝負で、因果関係を結論づける前に、さまざまな要因を注意深く特定して分析する必要がある。とはいえ、ＰＫもＰＫ戦もきわめて独特な状況であり、急なストレスや不安がパフォーマンスにどう影響するのかを観察する絶好の機会であることは明らかだ。しかもそれはいつも心地よい光景とは限らない。

急激なストレス

ドイツのミュンヘンでは夏のごく普通の日には、心臓発作や卒中といった心血管の異常で入院して治療を受ける人は一日に20人程度だ。ところが２００６年６月30日、その数が突然64人、つまり3倍以上に増えた。その金曜日は何が違ったのか？　いつもと違うものが、少なくとも一つあった。その日は、ドイツで開催されたワールドカップの準々決勝でドイツとアルゼンチンがＰＫ戦で戦ったのだ。

その夏のワールドカップでドイツは７試合を戦ったが、その７日間すべてで心疾患による入院患者数が急激に増えた――初戦コスタリカ戦の日に43人、グループリーグで隣国ポーランドと戦った日は49人。だが、入院者数が一番多かったのは、ＰＫ戦になった準々決勝の日だ（言うまでもないと思うが、ドイツがＰＫ戦を制した）。(注7)

これはドイツに限った話ではない。オランダでも、ＥＵＲＯ　96の準々決勝で、オランダ代表チームがＰＫ戦の末にフランスに敗れた時、通常よりも14人も多くの人が心臓発作か卒中で亡くなった。(注8)おまけに、世界中の20以上の研究論文にも、同じようなぞっとする影響――ドキドキハラハラする試合を見るだけで命を脅かされる結果になりかねないこと――が指摘されているのだ。(注9)そのような論文を読むと、ＰＫ戦を観戦することを〝エクストリームスポーツ〟に分類した方がいいのではないかと思えてくる。

さて、こうした真剣勝負を見るだけでこれほどの影響力があるのなら、実際にプレーしている選手たちはどんなストレスを経験しているのだろうか？　ＰＫ戦で戦った選手は、時々その経験を生き生きと語ってくれる。１９９０年のワールドカップ準決勝西ドイツ対イングランド戦で、イングランド代表としてＰＫ戦に臨んだスチュアート・ピアースは、ＧＫにシュートを阻まれたあと次のように感情を吐露した。「やるべきことは簡単だ。50ヤード歩いて、ＰＫを蹴って、得点するだけ。その中で最悪なのがハーフウェイラインから歩いていく、あのクソみたいな場面だ。なんであんなところで立たなきゃならないんだ、あんなに遠いんだぞ？　一体どこのマゾヒストが決めたんだか。あの神経をすり減らす場所に立ったことがない奴に違いない。信じられないぐらい緊張するんだ（注10）」

欧州選手権（ＥＵＲＯ）でＰＫ戦に参加したある選手に、その時の経験についてインタビューしたところ、彼は不安で押しつぶされそうになったと語った。「みんなでセンターサークルにいる間、ものすごく緊張した。ぼくの脚が震えているのがテレビに映っているだろうなと思ったぐらい。それぐらい緊張していた（注11）」

ＰＫ戦の最中にセンターサークルに集まる選手たちがテレビ画面に映ると、勝負のさなかに選手たちがストレスを強く感じていることがはっきりわかることがある。わたしのお気に入りの一つは、ブラジル人選手のマルセロが映った場面だ。マルセロは卓越した技術と幅広い経験を持つサッカー選手だ――レアル・マドリードでは公式戦３８６試合、ブラジル代表としても58試合に出場した。にもかかわらず、ＰＫ戦の最中にセンターサークルに立つ彼のボディランゲージは、まるで怯えた子どもみたいだった。２０１４年のワールドカップのラウンド16でチリを相手に戦った時のことだ。ＰＫ戦で勝敗を決める流れになった時、ブラジル選手たちはみなプレッシャーを感じているようだったが、なかでもマルセロは際立っていた。ある写真には、もっともプレッシャーがかかった瞬間に、彼の右手と左手が両隣のチームメイトの短パンを握りしめている様子が捉えられている。

マルセロはクラブチームの大会でも同じようなしぐさをしている。２０１１－２０１２年のチャンピオンズリーグ準決勝で、所属するレアル・マドリードがＰＫ戦に突入した時のことだ。かかとの上に尻を乗せて座っていた彼が、心を落ち着けるために手でつかんでいたのは、チームメイトのペペの太ももだった。

ほとんどの人が身に覚えがあるのではないだろうか。何かに触れるとほっとするし、ストレスにさらされている時に何かをつかむと安心感を覚える。たとえばわたしの場合、大勢の前でプレゼンテーションかスピーチをする時――いつもプレッシャーがかかる瞬間だ――片手にリモコンを握っていると、いつも心が落ちつく。リモコンもペペの脚も同じようなものだ……たぶん。

ＰＫを蹴る選手だけでなく万人に言えることだが、過度なプレッシャーがかかると、心拍数が上がり、呼吸が速くなり、筋肉がこわばり、そわそわし始める。威嚇された時と同様に、プレッシャーがかかると一連の精神生理学的な反応が起きる。副腎からコルチゾールが分泌されて血流に流れ込み[注12]、光を取り入れようと瞳孔が広がる一方で、周辺視野がぼやけて知覚が狭まり、「視野狭窄」が起きるだろう[注13]。聴覚に異変が起きて、耳がふさがれたみたいに感じられ、音の出所を突き止めるのが難しくなる[注14]。そしてストレスの発生源に注意が集中するため、ワーキングメモリーと認知の柔軟性が損なわれて、硬直的な集中状態になる[注15]。

こうした反応の中にはパフォーマンスに役立つものもある。たとえば、注意力が散漫でない方が有利な状況では、視野が狭まり、注意力とエネルギーを一つのことに集中できる方がうまくいくだろう。しかし、こうした精神生理学的反応が裏目に出ることもある。これらの反応には歓迎できない効果もあるからだ。たとえば状況認識が低下する、状況判断が鈍る、誤認識が増える、リスクを冒そうとする、微細運動能力（訳注：手足の指などこまかい筋肉を動かす能力のこと）が低下する、など。(注16)

このようなストレス反応はほぼすべての人々に見られる。ワールドカップの決勝進出がかかる試合でPKを蹴る時、公演初日の夜に袖から舞台中央に向かって大股で歩いていく時、親友の結婚式で立ち上がってスピーチする時など、過度なストレスがかかる状況で起こりうる。物理的な刺激が知覚・感覚に与える影響を測る装置はあるものの、残念ながら、重要なPKを蹴ろうと準備している選手に装着することはまだできていない。とはいえ、われわれは選手たちが何を考えどう感じたかを系統立てて調べてきた。ペナルティスポットに立つPKキッカーが経験するプレッシャーについて、具体的にわかっていることは何だろうか？

PK戦での選手の感情

EURO　2004の準々決勝スウェーデン対オランダ戦は、PK戦で勝敗が決まった。われわれがそのPK戦に参加した10人の選手にインタビューした際、彼らに24種類の感情をリストにまとめたものを見せた。リストにはポジティブな感情が14項目、ネガティブな感情が10項目あった。選手たちにPK戦の時のことを思い出してもらい、その時の感情に当てはまる項目をリストから選んでもらった。(注17) 選手たちはポジティブな感情も抱いたものの（一番多かったのが〝決意〟で、8人が挙げた）、際立って共通していたのが〝不安〟だった。実際、われわれが提示したリストのなかで、全選手が経験したと言って選んだ唯一の感情でもある。予想通りというべきか。

ところが、詳しく調べてみると、選手たちはPK戦の間ずっと不安にさいなまれていたわけではないことがわかった。(注18) むしろ、PK戦の展開によって不安は高まったり収まったりして、絶えず変化していた。ある選手は、不安感がもっとも強かったのはPK戦の序盤だったと語った。「1番手と2番手がシュートする間が一番緊張した。そうとも、一番緊張した。間違いないよ、絶対に。断言できる」。だが、チームメイトのシュートが失敗するやいなや、不安は消えてなくなったという。「最初は何をやってるんだと腹が立ったけど、そのうちに緊張感も消えた。気持ちがかなり穏やかになった」

興味深いことに、PKを蹴ろうとボールに近づく時よりも、センターサークルで立っている間の方が強く不安を感じた選手が何人かいた。自分にはどうすることもできないと思いながら、自分の順番が来るのを待ち、他の選手たちが蹴るのを見守る間、非常に複雑な気持ちになるようだ。「相手チームであれ、うちのチームであれ、誰かがキックする時は、キックする本人よりもこっちの方が緊張する。ぼくにはどうすることもできないんだから」。PKに失敗したら非常に困った事態になる恐れがあるのに、その状況をほとんどコントロールできない――彼らにとっては、それもPK戦につきものの重大な脅威なのだろう。

われわれがインタビューしたPKキッカーのうち3人が、センターサークルにいる間、歩く間、ペナルティスポットに立つ間に、徐々に不安が収まっていったと明言した。「(PK戦が) 始まった時は、ものすごく緊張した。ちょっと身震いしたぐらいだ。ボールのところへ歩く間に震えは収まった」。ペナルティスポットへと歩く間に不安感がなくなったのであれば、それはおそらくその時点で自分なり状況なりをコントロールできたからだろう。自分が蹴る番が来て、いつもやっていること——ボールを蹴ってネットを揺らすこと——に集中できるようになったのだ。そうは言っても、選手たちは歩いている間も緊張していたが、前述したスチュアート・ピアースと違って、その時間をもっともストレスを感じた瞬間には選ばなかった。歩いている間に選手たちが感じた不安感の強さには、われわれの想定よりも個人差があったのだ。

選手がセンターサークルから歩き出した瞬間からパフォーマンスは始まるという事実は、スポーツと不安に関する主要な理論と一致している。こうした理論によると、不安がもっとも高まるのは競技が始まる直前で、競技が始まった途端に不安は消えるという。(注19)したがって、選手がペナルティスポットにたどり着く頃には不安はいくらか和らぎ、むしろPKを成功させることだけに集中するようになる。

PKを蹴る前に心を整えなければならないと答えた選手は二人いた。「心の準備ができてからでないとキックできない。そのための時間を取るんだ。ぼくにとってはあの感覚が重要だ」。ペナルティスポットでは平静になると語った選手は4人いたが(「心はひたすら穏やかで、ただボールを蹴るだけだった。かなりリラックスしていた」)、明らかに不安を覚えたと答えた選手が二人いた。「ボールの方へ歩いていく間は順調だったのに、ボールをセットした瞬間に、体内に独特の感覚が走ったんだ」。ペナルティスポットが近づいてくるに従って、不安がどんどん消えていったと語った選手は二人いた。「ボールを置いた瞬間にすべてがどうでもよくなった。その直前まであんなにピリピリして張りつめていたのに」

プレッシャーがかかる状況で不安を覚えるのはごく普通のことだ。問題は不安がパフォーマンスにどう影響するかだ。不安をどう解釈し、それにどう対処するか？　エリートレベルのアスリート、特にＰＫキッカーは、不安で押しつぶされそうになっても状況をコントロールして、より良いパフォーマンスを発揮できる。彼らがどうやっているのかはあとで説明するとして、まずは、ＰＫキッカーが不安に圧倒されるとどうなるかを見てみよう。

考え過ぎるケース

ウェンブリー・スタジアムで開催されたＥＵＲＯ　２０２０の決勝は、ＰＫ戦で勝敗を分かつことになった。イングランド代表マーカス・ラッシュフォードは、イタリア代表のＧＫジャンルイジ・ドンナルンマと対峙した。本人は知る由もなかったが、ラッシュフォードはまさに記録を打ち立てようとしていた。主審がホイッスルを鳴らしたあと、このイングランド代表はたっぷり11秒間静かに突っ立ったあと、ようやくボールに向かって走りだしたのだ。１９７６年から今日までの男子サッカーのワールドカップ、ＥＵＲＯ、チャンピオンズリーグで蹴られたＰＫ全７１８本のうちで、ラッシュフォードよりも長い間を置いてから助走を始めた選手はいない。

では、彼はなぜあんなに間を取ったのか？　決勝の翌日、ラッシュフォードは当時を振り返ってこう言った。「何かがしっくり来なかったんだ。あの長い準備段階で自分のためにちょっと時間を取ったけど、残念ながら思うような結果にならなかった」(注20)。その翌年に出版した著書の中で、ラッシュフォードはもう少し詳しく語っている。「通常、サッカーをプレーしている間はナーバスになることはない。でもあの日、ＰＫを蹴ろうとボールを手にした時、いつもと違うと感じた。まるで何かのスイッチが切れたみたいだった(注21)」

おまけに彼はボールを見つめながら、自分に難題を突きつけたようだ。「どういうわけか、ぼくの脳からはいつものように『ベストを尽くせ』という指令が来なかった。その代わりに『完璧にやらなければならない』と言われたんだ」。それから彼は新しいことを試した。「いつもと違うやり方でＰＫを蹴ってみることにしたんだ。助走の際に小刻みに足踏みして、ちょっと間を置いてからボールを蹴った。ドンナルンマが釣られて先に動いてくれれば、ＰＫが成功しやすくなるだろうと思って」

助走の終盤、彼はボールを蹴る直前にちょっとためらうような素振りを見せた。ボールはゴールポストの足下を直撃。失敗だった。イングランドチームはそのまま挽回できずじまいだった。続くジェイドン・サンチョとブカヨ・サカも失敗して、イタリアに欧州選手権のチャンピオンの座を奪われた。

ラッシュフォードのそれまでのキャリアの中で、あの時の11秒という間は群を抜いて長い。普段から長めの間を取る傾向があったものの、そこまで長くはない。イタリアとのＰＫ戦の前に彼が蹴った10本のＰＫを調べたところ、平均で5・7秒間の間を取っていたことがわかった（次ページの表を参照）。彼はその10本のＰＫをすべて成功させたが、イタリア戦では外してしまった。

では、あの重要な瞬間に間を取り過ぎたせいで、パフォーマンスが落ちたのか？　その問

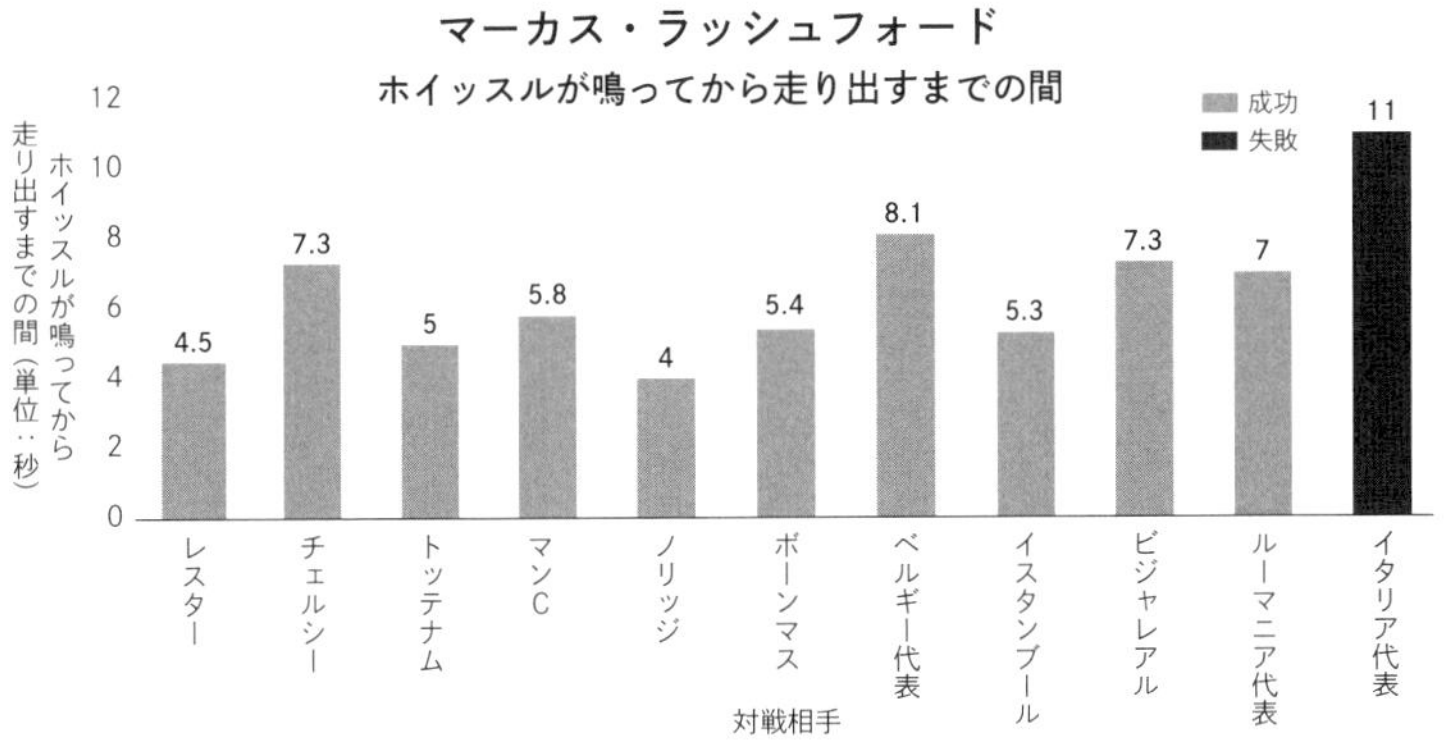

ラッシュフォードがEURO 2020の決勝イタリア戦で蹴ったPK（一番右）、および直近10本のPK（マンチェスターUおよびイングランド代表として）

いの答えを出す前に、同じような事例があるので紹介しよう。２０２３年の女子サッカー・ワールドカップだ。この大会では、ドラマチックで見応えのあるＰＫ戦がいくつかあった。

まずは優勝最有力候補のアメリカが、スウェーデンとＰＫ戦で対決した時のこと。アメリカは２０１９年のワールドカップ決勝でオランダを下した、前大会の覇者でもある。その決勝で、ミーガン・ラピノーは見事なＰＫを決めて先制点を挙げ、優勝に貢献した。２０２３年のワールドカップが始まる前に代表引退を宣言したため、今大会は彼女がアメリカ代表としてプレーする最後の舞台となった。ラウンド16で、アメリカ対スウェーデン戦がＰＫ戦に持ち込まれた時、4番手のキッカーだった彼女がペナルティスポットに向かう間、いろんな要素が影響を及ぼしていた。彼女個人にとってのその瞬間の重み、この試合での彼女への注目度の高さ、そして彼女が得点するに違いないという大多数の期待。多くの責任。重すぎるプレッ

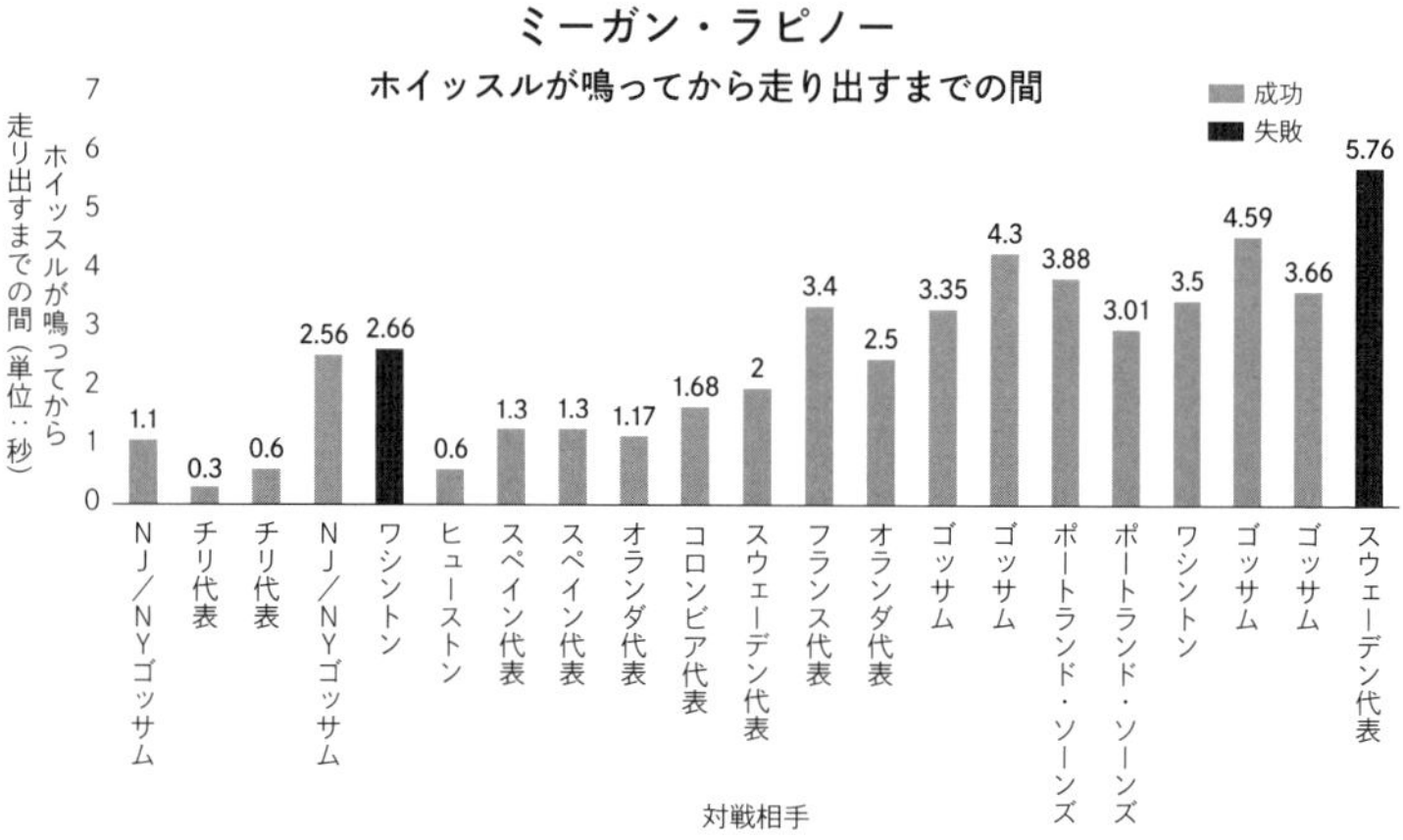

ラピノーが2023年のワールドカップで蹴ったPK（一番右）、および20本のPK（シアトルレインおよびアメリカ代表として）。

シャー。

キックする前は、すべてが通常通りに見えた。ラピノーは明らかに緊張していたが、想定済みのことだ。主審がホイッスルを鳴らすと、ラピノーは間を取った。いつも間を取るから心配はいらない。いや、本当にそうか？　ラピノーはホイッスルのあと5・7秒間を置いた。直近に蹴った20本のＰＫのどれよりも長い間だ（上の表を参照）[注22]。そしてＰＫは失敗に終わった。ボールは蹴り上げられてクロスバーの上を飛んでいった。これ以前に、彼女は16回連続でＰＫを成功させ、21回連続で枠内にボールを蹴っていたのに。

ラッシュフォードとラピノーに一体何が起きたのか？　経験豊富な二人のＰＫキッカーが、キャリアの中でも最重要な1本を蹴る場面。そして二人ともかつてないほど長い間を取ったあと、シュートを外した。

ちょっと推測してみよう。選手が助走を始

める前に異常に長い間を取る時は、いわゆる〝考え過ぎ〟の罠に陥っている場合がある（いつもそうとは限らないが）。そして一般的な理論のなかには、プレッシャーにさらされた人がチョーキングするのは考え過ぎによるものだとの意見もある。(注23)

そもそも考え過ぎが失敗を招くという理論の根底には、選手がパフォーマンスに不安を感じていると、通常なら機械的にこなせるスキルが、スムーズにできなくなるという仮説がある。タスクを成功させるには外部の情報（ボールの位置、ＧＫの位置、シュートしたいゴール内のエリアなど）に優先的に注意を向ける必要があるのに、その注意が内側に向かって、自身の一挙手一投足を意識するようになる。プレッシャーと不安を感じたアスリートたちは、突然、通常なら何も考えずにやる決定や動作を、意識的にコントロールして観察するようになる。いつもはごく自然に力みもなくスムーズにできることが、慎重に制御しながらやる複雑な行為へと変わるのだ。こうしてパフォーマンスは低下する。

この種の失敗が初めて研究されたのは１９８４年、世界屈指の社会心理学者の一人、ロイ・バウマイスターによってだった。６回の実験を経て、彼はプレッシャーと自意識過剰とパフォーマンスの低下（チョーキング）の間に関連性があることを裏づける証拠を発見した。(注24)彼の発見は、その後の研究で詳しく説明されている。たとえばドリブルの実験では、熟練の選手がドリブルをする時に、技術を一つひとつ着実にこなしているか注意し観察するとパフォーマンスが低下する。他方で、経験の浅い選手が同じように技術に注目すると、パフォーマンスが向上するという。(注25)

この理論がＰＫを蹴るときの選手にも有効であることを、オランダの脳科学研究者たちが突き止めた。研究者たちはｆＮＩＲＳと呼ばれる近赤外光を用いた高度な脳のモニタリング技術を使って、脳のさまざまな領域に張りめぐらされている血管のヘモグロビン濃度を測定し、さまざまな状況、感情、そしてＰＫのパフォーマンスによって、その値がどう変化するかを観察した。いくつかの重要なことがわかった。そのうちの一つは、熟練のサッカー選手が不安を感じながらＰＫを蹴った時に、一時的に左側の側頭葉が活性化したことだった。脳の中でも自己教示や内省に関わる領域だ。これはつまり、選手たちが機械的に技術を実行するのをやめて、どうやろうかと考えていたことを意味する。(注26)

これらの理論から、ラッシュフォードとラピノーがＰＫを失敗した理由を説明できるかもしれない。妙に長い間を取ったということは、彼らがキックする時の動きを細部まで計画し、コントロールし、モニタリングした可能性がある。ラッシュフォードのコメントはそれを裏づけているように思える。彼は明らかにプレッシャーを感じていた。「何かがしっくり来なかった」、「何かのスイッチが切れたみたいだった」という発言。それから技術の細部に注意を向けている。「完璧にやらなければならない」、「いつもと違うやり方でＰＫを蹴ってみることにした」。これらの発言は、「内側に注意を向け」て考え過ぎるとチョーキングに陥りやすいという理論に当てはまるように思える。

正確に言うと、二人のシュートはゴールからわずかに外れただけだったし、特定の認知のメカニズムが関与していたという解釈は憶測の域を出ない。大事な場面で起きたこの２つのＰＫ失敗は単なる偶然で、明確な理由もなく、たまに起きるしくじりに過ぎないかもしれない。とはいえ、ラッシュフォードとラピノーのＰＫは、どちらも例外ではあった。二人ともシュートする前に通常よりもはるかに長い間を取ったし、ボールが枠外に飛んだのもめったにないことだった。加えて、ラッシュフォードが明言したように、あのPKはいつもと違ったのだ。彼とラピノーがPKに失敗した時の特徴は、典型的な考え過ぎてチョーキングする時の特徴と重なる点が多いのは確かだ。

他方で、アスリートがチョーキングする理由を説明する理論のなかには、前述とはほぼ正反対のメカニズムによるものだとの説がある。そうした説をいくつか見てみよう。

否定表現で願うと皮肉な結果に終わる

エリートレベルのPKキッカーは、外しませんようにと願うだけではない。絶対に外しませんようにと強く願う。重要な試合でPK戦に参加したことがある選手たちにインタビューすると、みな口をそろえてきっぱり言う。ある選手はこう言った。「すべてを台なしにしたくないからね。自分のせいで次のラウンドに行けないのは絶対に嫌だ。だから、PKを失敗しませんようにと祈るしかない。そしてこう考える。ミスしませんように、ミスしませんように、ミスしませんように、絶対にミスしませんように！　そればかり考えている(注27)」

だが、皮肉にも「失敗しませんように」という頑とした願望が、失敗を引き寄せることがある。数多くの調査（おそらくご自分の経験でもわかると思うが）によると、身体的または認知的な負荷がかかる状況で、「何かをしませんように」と否定表現を使って自分に言い聞かせると、まさにその回避したいことをやってしまう可能性が高くなるという(注28)。アムステルダム自由大学の研究者グループがおこなった一連の調査でも、サッカーのPKキッカーも、他の人たちと同じように皮肉な影響を受けやすいことが判明した。（注29）彼らは経験豊富なサッカー選手たちにそれぞれ異なる指示を与え、それがシュートのパフォーマンスにどう影響するかを検証した。皮肉なことに、「GKの手が届く範囲内に蹴らないでください」と指示された選手たちは、「できるだけ正確に蹴ってください」とか「ゴールの空きスペースに蹴ってください」と指示された選手たちよりも、GKを見る頻度が高く、GKに向かってシュートする確率も高かった。

視線を固定させるか、あちこちに移動させるか

2023年の女子ワールドカップ、アメリカ対スウェーデン戦のPK戦に話を戻そう。アメリカチームの最初の3人のキッカー、アンディ・サリヴァン、リンジー・ホラン、クリスティ・ミュウィスは見事なまでの冷静さと集中力を見せた。3人とも緊張感がにじむ表情を浮かべながら、ほぼ同じようなルーティンをした――主審がホイッスルを鳴らしたあと3秒間を取り、助走を始める前に深呼吸し、そしてずっとボールから目を離さない。おそらく緊張感をコントロールするためのルーティンと思われる。結果的に3得点が決まった。独特の重いプレッシャーがかかるPKに備えて、チームとPKキッカーが練習したことが感じ取れるPKが3本。

対するスウェーデンは、最初の二人が得点したあと続く二人が失敗したところで、前述したようにアメリカ代表のミーガン・ラピノーがPKを外した。つまりこの時点で、5番手のソフィア・スミスがPKを成功させれば、アメリカが勝って、準々決勝進出が決まる。きわ

めて重要なシュートであり、プラスのインセンティブもあった――得点すれば勝てるのだ。

チームメイトたちと同様に、スミスもホイッスルのあとに３秒間を取った。深呼吸もした。ところが他の選手たちがキックする前にずっとボールを見て集中していたのに対して、スミスの目には極度の不安がにじみでていた。彼女は凝視する先を何度も変えたのだ――ボールからＧＫへ、再びボールへ移し、それからまたＧＫへと、しきりに視線を動かした。それから彼女は走り出した。先にスウェーデンのＧＫが左にダイブすると、スミスは右側に蹴った。ところが蹴りがあまく、ボールはポストの外へ飛んだ。失敗だった。

この種の目の動きは、ＰＫのパフォーマンスに影響するのだろうか？　それについて説明する前に、ＰＫの前段階において何が効果があって、何が効果がないか、絶対にこうだと断言できることは何もないことを強調しておきたい。ラピノーの目の動きはスミスのそれとは正反対だった。視線は安定していて、ずっとボールを捉えていたが、彼女もゴールを捉えられなかった。そうは言っても、一部のしぐさが成功の可能性を上げたり、下げたりすることがある。研究者たちの論文にはどう書かれているか見てみよう。

プレッシャーにさらされているアスリートのパフォーマンスと〝クワイエット・アイ（視線固定）〟と呼ばれる現象との関連性について、さまざまな研究がおこなわれてきた。視線固定とは、最後の動作をおこなう前に目が適切なターゲットを捉え、視線がそれにしばらく停留することだ。(注30)視線固定に関する研究は30以上にのぼるが、どの論文にもスポーツのさまざまな技術を実践する際に視線を長く固定すると、かなりの肯定的な影響が見られたと書かれている。(注31)つまり、アスリートが集中してターゲットを冷静に凝視し続けられれば、それだけ良いパフォーマンスを発揮する可能性が高くなる、ということだ。

いくつかの研究で、プレッシャーがかかると、アスリートは視線を固定させる時間が短くなると指摘されている。たとえば、バスケットボール選手にフリースローをさせる研究では、選手がシュートを成功させる確率はプレッシャーが低い場合が68％なのに対して、プレッシャーが高いと57％に下がる。[注32] プレッシャーが高い状況では、視線を固定する時間も大幅に下がる。ということは、フリースローをする選手たちはプレッシャーのせいで視線をターゲットに固定する時間が短くなり、それがパフォーマンスを低下させるのかもしれない。

もっとも、プレッシャーがかかると誰もが視線を固定する時間が短くなるわけではない。複数の調査によると、かかるプレッシャーが同じでも、その状況を脅威と否定的に解釈する人もいれば、おもしろそうだと前向きに解釈する人もいるという。プレッシャーを脅威と感じた人は視線固定が短くなり、おもしろそうだと感じた人は視線固定が長くなる可能性が高い。[注33] そんなわけで、適切な考え方ができれば、プレッシャーからの悪影響を遮断できるのだ。

視線を固定する時間が短いと、なぜパフォーマンスに影響するのか？　研究者たちは、不安や疲労によってアスリートは注意力が散漫になりチョーキングに陥るという理論との関係性を指摘する。つまり、プレッシャーがかかる状況下では、人間は不安に駆られるあまり、良いパフォーマンスに必要な重要な情報を注意深く見ること（視線固定）ができなくなるということだ。[注34] 重圧がのしかかるPＫキッカーは注意力が散漫になり、その状況でもっとも重要な対象――ボール、GＫ、ボールを蹴りたいゴール内のエリア――に最適な注意を払いにくくなる。その結果、PＫを失敗する回数が増えるというわけだ。

視線をそらす行動

「とても見ていられない」そう感じることは誰にでもあるし、両手で目を覆いながら口に出すこともあるだろう。選手たちがPKを蹴っている間の監督やコーチも例外ではない。

　男子サッカーのEURO　2020の決勝で、イタリア対イングランドの対決がPK戦に持ち込まれた時、イタリア代表の監督ロベルト・マンチーニのアシスタントコーチだった故ジャンルカ・ヴィアッリは、フィールドに背を向け、イタリアがPK戦を制するまで振り返らなかった。2018年ワールドカップの準々決勝で、クロアチアとロシアがPK戦で勝敗を決めることになった時、クロアチアの監督／コーチだったズラトコ・ダリッチは、その緊迫した対決の間中ずっとベンチに座って、両手に顔を埋めていたが、最終的にクロアチアが勝利した。

　リヴァプールFCの元監督ユルゲン・クロップは、チームの勝敗を決定づけるようなPKになると決まってピッチに背を向ける。2015年11月のスウォンジー戦の後半でジェイムズ・ミルナーがPKを蹴った時もそうだったし、2022年10月にエミレーツ・スタジアムでおこなわれたアーセナル戦で、75分にブカヨ・サカによってPKを決められ3－2に逆転された時もそうだった。最後に、チェルシーFCウィメンの監督エマ・ヘイズも、2023年の女子チャンピオンズリーグ準々決勝で、オリンピック・リヨンとPK戦を争う間、うつむいたり目をそらしたりしているところをカメラに収められている。もちろん、PK戦から目を背けるコーチらはみな、周囲の人々や観客の反応から何が起きているのかをすばやく察知する。彼らはただ、自分の目でその場面を見たくないのだ。

選手も同じことをする。2012年のチャンピオンズリーグ決勝の後半、バイエルン・ミュンヘンは、チェルシー相手に逆転勝利がかかったPKを獲得した。するとPKがおこなわれるペナルティエリアとは反対側のピッチの芝生で、バイエルンのバスティアン・シュヴァインシュタイガーが、PKに背を向けて座っている姿が映像に映った。PKは失敗に終わった。その後試合はPK戦に持ち込まれ、シュヴァインシュタイガーにもキッカーとしての順番が巡ってきたが、ゴールネットをゆらせず、敗者となって試合を終えた。

2014年のワールドカップ準決勝アルゼンチン対オランダ戦では、PK戦の間、アルゼンチン代表のクン・アグエロはチームメイトたちと一緒にセンターサークルで立っていた。だが、他の選手たちが緊張した面持ちでPKを見守るなか、アグエロは背を向けて反対方向を見ていた。2008年のチャンピオンズリーグ決勝マンチェスター・ユナイテッド対チェルシー戦のPK戦では、チェルシー所属のポルトガル人ディフェンダー(DF)リカルド・カルヴァーリョが同じような姿勢を取った。EURO 96の準決勝では、イングランドがドイツを相手に熾烈なPK戦を繰り広げるなか、イングランド代表ポール・インスはPK戦に背を向けるようにしてセンターサークルに座っていたため、イギリスのメディアから厳しい批判を浴びた。さかのぼると、PKにつきもののこの種のドラマが展開されて間もない1980年から、同じような事例が見つかる。同年のカップ・ウィナーズ・カップ決勝戦でPK戦がおこなわれている最中、アーセナルの控えGKポール・バロンが、背を向けてサイドラインに立っている姿をテレビカメラに捉えられた。

ＰＫ戦に参加すると、選手の中でさまざまなネガティブな感情がわき起こり、それがやがて爆発するのかもしれない。そのため一番良いのはＰＫの場面を一切見ないことだと判断する選手もいるのだろう。こうした「知覚的な回避」または「体験の回避」(注35)は、誰もが共感できるのではないか。多かれ少なかれ、誰もが一度はやったことがあるだろう。幹線道路でつぶれた動物の死体のそばを車で通り過ぎる時、ホラー映画でぞっとする場面が始まろうとしている時、そして（もちろん）サッカーの試合で自分のチームが重大な場面でＰＫを蹴ろうとしている時。ショックから自分を守るために目をそらすのだ。

無理もない。ＰＫ戦を見るだけでストレスが生じる。だから自分を守りたくなる気持ちはわかる。それはサイドラインで見守る選手たちにも、リビングルームで見守るわれわれにも言える。とはいえ、あなたが試合をしているチームの一員として現場にいる場合は、状況は明らかに違う。フィールドにいながらＰＫから目をそらす行為は、区別するべきだろう。ＰＫ戦の最中に選手が何かをしたら、そうした行動と振る舞いは常に他の選手に響き、影響を与える。必ず何かが伝わるはずだ。(注36)そして、悪影響を及ぼしかねないような感情がチームメイトに伝わらないよう、慎重に振る舞う必要があるだろう。

このテーマについては第４章で再び取り上げ、ＰＫが実質的にチームプレーとなる場合について検証する。まずはＰＫキッカーが凝視する時や本能的に視線を回避する時に、彼らが何をしているのかを考えよう。言うまでもなく、ボールに背を向けてＰＫを蹴ることはできない……

いや、できるって？

ＰＫ戦の最中に、センターサークルに座ってあらぬ方向を見ていたポール・インスは、その２年後にイングランド代表としてＰＫ戦に臨むこととなった。１９９８年のワールドカップ・ラウンド16、イングランドとアルゼンチンが（中立的な立場から見ても）壮絶な死闘を繰り広げた時のことだ。今回ばかりは、インスもＰＫをずっと見守るわけにはいかなかった。彼自身もキックしなければならなかったからだ。ボールに近づく時、インスはちょっと笑みを浮かべた。自信があるから？　それとも自信のなさを隠すためか？　判断しかねる。とはいえ、その後に起きたことが――ある意味ありふれた光景だが――ヒントになるかもしれない。

キッカーはペナルティスポットにボールを置いたあと、助走をするために後ろに下がるが、その方法は基本的に２種類ある。ＧＫの方に顔を向けたまま、後ずさりする方法（わたしはこれを〝直視行動〟と呼んでいる）。あるいは体の向きを変え、ＧＫに背を向けて歩く方法（〝視線回避〟）。後者の戦略だと、キッカーはＧＫを見て様子をうかがう必要がなく、ひと息つける。この方法は前述した〝知覚的な回避〟理論に完全に当てはまる。インスはこの戦略を取った。ボールを置くと、すぐにＧＫに背を向けてその場から離れ、助走の準備をしたのだ。こうしてＧＫを見ない間を取って、知覚的な回避時間を延ばした。それから振り返ってボールに目をやり、そのあとでＧＫを見た。そしてすぐにボールに向かって走り出した。キックは失敗に終わった。

ＰＫ戦でのこうした視線戦略について、正確にわかっていることは何だろうか？　ワールドカップ史上初のＰＫ戦がおこなわれたのは、１９８２年のワールドカップ準決勝だった。

そのＰＫ戦で最初のキッカーとなったのは、フランス代表アラン・ジレスだ。ジレスは最初、西ドイツ代表のＧＫハラルト・シューマッハーに背を向けて立っていた。そのことについてジレスはこう語っている。「シューマッハーを見たくなかった。嫌だったんだ。だから目をそらした。彼がぼくを投げ飛ばすしぐさをするかもしれないだろ。何が起きるかわからない。だから見なかったんだ（注37）」

われわれのインタビューで、何人かの選手たちが、キックの準備をする時にＧＫを見るとストレスになるのだと教えてくれた。たとえばある選手は、ＧＫの行動を観察したあと目をそらしたという。そのＧＫはゆっくりと時間をかけてゴール前に立ち、大げさにドリンクボトルを外に投げ、キッカーが置いたボールの位置について声高に疑問を呈したのだ。「ボールから離れる時、ふだんは身体の向きを変えたりしない」とその選手は言った。「でも、わずかな時間でもあのキーパーを見ずに済んで、気持ちが楽になった」

熾烈を極めるＰＫ戦では、選手たちは通常以上に視線回避をすることがわかっている。２００８年にわれわれが発表した論文では、少なくとも当時の時点では、主要な大会で過度な重圧がかかる重要な場面、たとえばＰＫ失敗がチームの敗退につながるような場面では、キッカーがシュートを打つ前にＧＫに背を向ける確率が44％に上った（注38）。ＰＫの成功がすぐさま勝利となる場面では14％、ＰＫの成否がすぐに試合の結果に影響しない場面では30％であることを考えると、これはかなり高い確率と言える。押しつぶされそうなほどのプレッシャーがかかる状況では、サッカー選手は目をそらして、気持ちを落ち着けようとするようだ。

こと視線回避に関しては、明らかに出身国による違いがある。２００９年、わたしは「イ

キックする前に視線回避する選手の割合

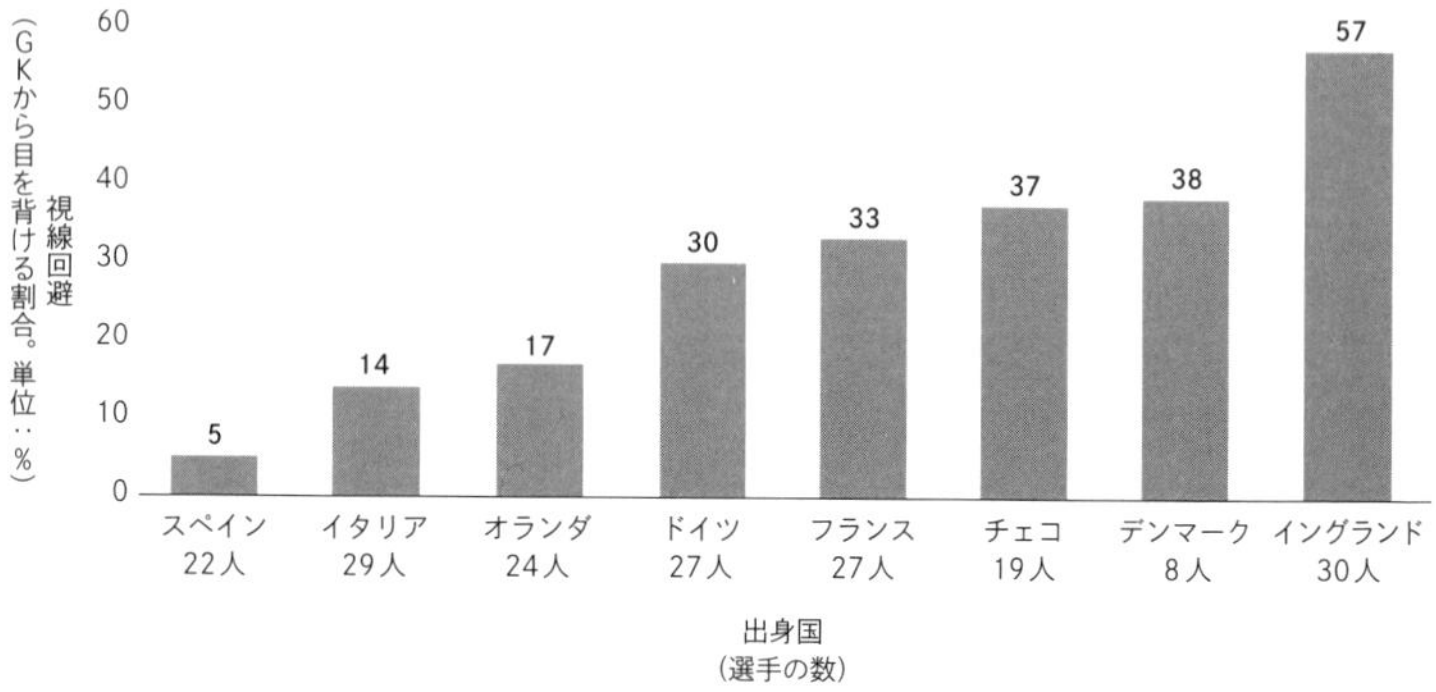

1976〜2008年の男子ワールドカップとEUROでおこなわれたPK戦の全キックを対象とする。

ングランドのサッカー選手たちはなぜＰＫ戦で失敗するのか？」と題する論文を発表した。[注39] わたしは、さまざまな不確定要素や行動パターンについて国別に選手たちの違いを検証した。競争の激しい国内リーグがある伝統的なサッカー強豪国出身の選手たちのなかでも、イングランド出身の選手たちは視線回避する確率が際立って高い。たとえば、イングランド出身のキッカーのうち、ボールから離れる時にＧＫに背を向ける選手は57％に上る。この割合は、調査対象となったヨーロッパ諸国の中で突出しているだけでなく、２番目に高い国よりもはるかに高い（上の表を参照）。

　その論文のなかで、わたしはイングランドの選手たちは、他のヨーロッパ諸国の選手たちよりも高いプレッシャーを受けているのだろうと結論づけた。国民の（おそらく不当に）高い期待、最後にワールドカップで優勝して（１９６６年）から長い年月が経過していること、そしてイギリスメディアならではの辛口な批評などが原因で生じるプレッシャーだ。重圧がのしかかる瞬間、これらの要素がイングランドの選手たちに強いストレスを与えて不安を増大させ、心を乱すような嫌な感情を喚起した。そのために多くの選手たちがGKに背を向けたのだろう。

視線回避はパフォーマンスに響くのだろうか？　状況によりけりだ。1976〜2023年までの男子サッカーの主要な大会でおこなわれたPK戦をすべて分析したところ、GKを見なかったキッカーのPK成功率は72％で、GKを見た選手、すなわちGKに顔を向けながらボールから離れた選手の成功率は74％だった。差はごくわずかで、統計的には誤差の範囲内だ。もっとも、イギリス、ドイツ、フランスの研究者らが実験室でおこなった一連の研究では、GKは、自分たちをじっと見すえるキッカーよりも、下を見たり目をそらしたりするキッカーと対峙する時の方が、はるかに自信にあふれた態度を取ることがわかった。(注40)他の研究でも、目をそらすキッカーと対峙する時の方が、GKのパフォーマンスが向上することがわかっている。(注41)

2006年のワールドカップの準々決勝、ポルトガルとイングランドがPK戦で争う間、ポルトガル代表のGKリカルド・ペレイラはフランク・ランパード、スティーヴン・ジェラード、ジェイミー・キャラガーらイングランドの代表選手たちが、自分と目を合わせようとしないのを見て、優越感に浸ったかもしれない。「彼らはぼくと目を合わせようとしなかった」試合後、リカルドはいかにも得意げにそう語った。(注42)

もっとも、凝視する行動が敵手にどう伝わるかという問いの他に、選手たちはなぜPKを蹴る前にGKに背を向けるのか、という問いも重要ではないだろうか。GKに背を向けるのは、プレッシャーに対処するために計画的に練習した戦略であり、意図的にやっているのか？　あるいは、不安を軽減するために無意識にやっているのか？　前者だとしたら、柔軟で賢い戦略だと思う。選手が戦略的かつ意図的に目をそらす場合、彼らは状況をコントロールしていて、手応えを感じ、もっとコントロールしようとするかもしれない。

主要な大会での選手たちの目の動きを検証するために動画を分析していた時、おもしろいことに気づいた。サンプル動画に出てくるフォワード（FW）の選手たちは、ボールから遠ざかる時に、GKから目を背けた場合のPK成功率が87％と高いのに対し、GKを凝視しながら後ろに下がった場合の成功率が70％と大幅に下がるのだ。(注43) 言うまでもなく、FWは他の選手よりも得点したり、PKを蹴ったりする回数が多い。ポーランド屈指のストライカーで、PKスペシャリストでもあるロベルト・レヴァンドフスキについて検証してみよう。PKを蹴る前、彼はいつもGKに背を向ける。これはすでに彼のルーティンの中に組み込まれている。背を向けることでほんの一瞬集中力を休ませ、それからトップギアに切り替えてボールを蹴る。たびたびGKに背を向けるPKスペシャリストは他にもいる。ブレントフォード所属のイヴァン・トニー（特に、大声を出す大柄なGKに対して）、それからサン・ロレンソ所属でパラグアイ代表のスター、ネストル・オルティゴサはPKを蹴る前にいつもGKに背を向ける。これらの選手は視線回避というよりも、〝戦略的無関心〟と呼ぶ方が適切だろう（詳細は第3章を参照）。

では意図的にではなく、つい視線をそらしてしまう選手はどうか？　そのような選手はおそらくPKを蹴った経験が少なく、不安に押しつぶされそうになって、つかの間の安心感を

キックする前に視線回避する選手の割合
（これまでの推移）

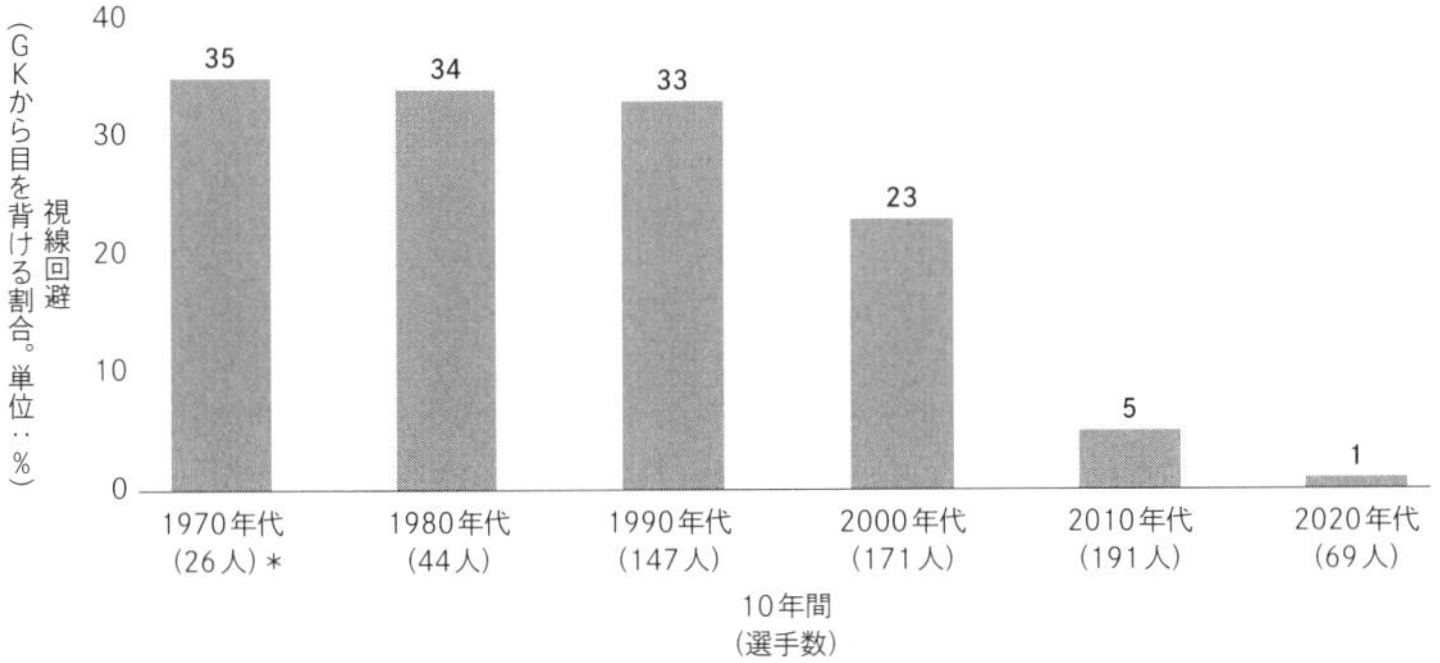

＊1980年に開催されたEUROの3位決定戦のデータは1970年代に含まれる。
1976〜2023年の男子ワールドカップ、EURO、チャンピオンズリーグでおこなわれたPK戦での全キックを対象とする。

求めて目をそらすのだろう。こうした選手にとっては、目をそらすことは必ずしも悪い行為ではないが、それだけでは不十分かもしれない。気持ちを軽くするための行為とはいえ、キックする前に注意力が散漫になる。振り返って再びGKに顔を向けた時、状況は変わっていないし、任務も終えていないし、つい避けてしまった恐怖と対峙しなければならない——ポール・インスと同じシナリオだ。一時的な安心感は好結果をもたらすとは限らないのだ。

とはいえ、2008年にわれわれがプレッシャーとGKを凝視する行動に関する論文を初めて発表して以降、選手たちの行動は明らかに変化した。前述したような顕著な例外を除くと、GKに背を向けて視線を回避する戦略を取る選手はめったにいなくなった（上の表を参照）。今では大多数のキッカーが、ボールから距離を取る間もずっと、ゴールに顔を向けている。

なぜか？　一つには、注目度も評価も高い一流選手が特定のやり方を始め、他の選手がそれをまねたのかもしれない。たとえば２０００年代半ば、クリスティアーノ・ロナウドが飛躍的な進歩を遂げ、サッカーのさまざまな基準を一新させた。ＰＫを蹴る前に、決然とした態度でゆっくりおこなうルーティンもそうだ。ボールをセットしたあと、彼は堂々とＧＫをじっと見つめたまま、威圧的で自信満々な態度で後ずさりする。キッカーの傾向が変わったきっかけは、ロナウドかもしれない。

２つ目の理由として、２００８年頃からわれわれを含めた研究者たちが発表した論文の影響があるかもしれない。論文を読んだサッカー関係者たちが、ボールをセットしてから離れる時に2種類の歩き方があることに気づき、選手たちにＧＫとの視線を回避しないよう助言したのかもしれない。そうする方が、選手たちが堂々として自信に満ちあふれ、状況を掌握しているように見えるからだ。

どのような理由であれ、突然一つの方法が編み出されて広まり、世界最大のスポーツの中で支配的な方法へと成長するのを見るのは興味深い。このように、いきなりお墨付きのやり方が現れると、ＰＫキッカーは特に影響されやすい。ＰＫは多くの試合の勝敗を分ける重要な勝負ではあるものの、同時に、コーチやアナリストたちが勉強不足だからだ。そのような状況では、このやり方でなければならないと誰かが言うと、理由もわからないまま、それが採用され、すぐに確立されてしまう。

もっとも、認識しておくべきことはたくさんある。ＧＫに背を向けるか否かという二者択一的な基準は、なぜそうしたかといった背景を考慮していないし、選手たちはもっと目立たない方法で視線を回避しているかもしれない。最近、研究者らがわれわれの調査の問題点をずばりと指摘し、非言語行動をもっと精巧に読み取れるシステムを使ったほうがいいと提案してきた。(注44)その後、彼らが2011～2016年までドイツのブンデスリーガでおこなわれた全PK（400本）を調べた結果、キックする前に比較的長い間GKから顔を背けていた選手や、下を向いていた選手は、他の選手よりもPKの失敗率が高いことがわかった。このことから、キッカーの目の動きは、実際にPKの成功率に何らかの悪影響を及ぼすのかもしれない。しかし繰り返すが、断言できることは何もないし、相関関係があっても因果関係があるとは限らない。個人的には、研究者たちが主張しているからといって、レヴァンドフスキにGKから目をそらすのをやめろと助言しようとは夢にも思わない。

急いで蹴る選手たち

2006年のワールドカップ準々決勝でイングランドとポルトガルがPK戦に突入すると、ジェイミー・キャラガーはイングランドチームの4番手のキッカーに選ばれた。彼はペナルティスポットにボールを置くと、GKに背を向けて歩き始め、突然振り返ってボールに向かって走り出した。キャラガーが強くキックすると、ボールはゴールの右側に吸い込まれた。ポルトガル代表のGKリカルド・ペレイラは突っ立ったままだ。ゴール。

……とはならなかった。主審がホイッスルを吹いて、ペナルティスポットを指差した。シュートをやり直せという意味だ。キャラガーは、フライングというPK戦では珍しい失敗をしたのだ。早くシュートして終わらせたいと焦るあまり、主審が合図する前に助走を始めたのだった。さあ、もう一度ボールをセットしなければならない。彼は再び同じ戦略を取った。

ホイッスルが鳴ってから反応するまでの時間

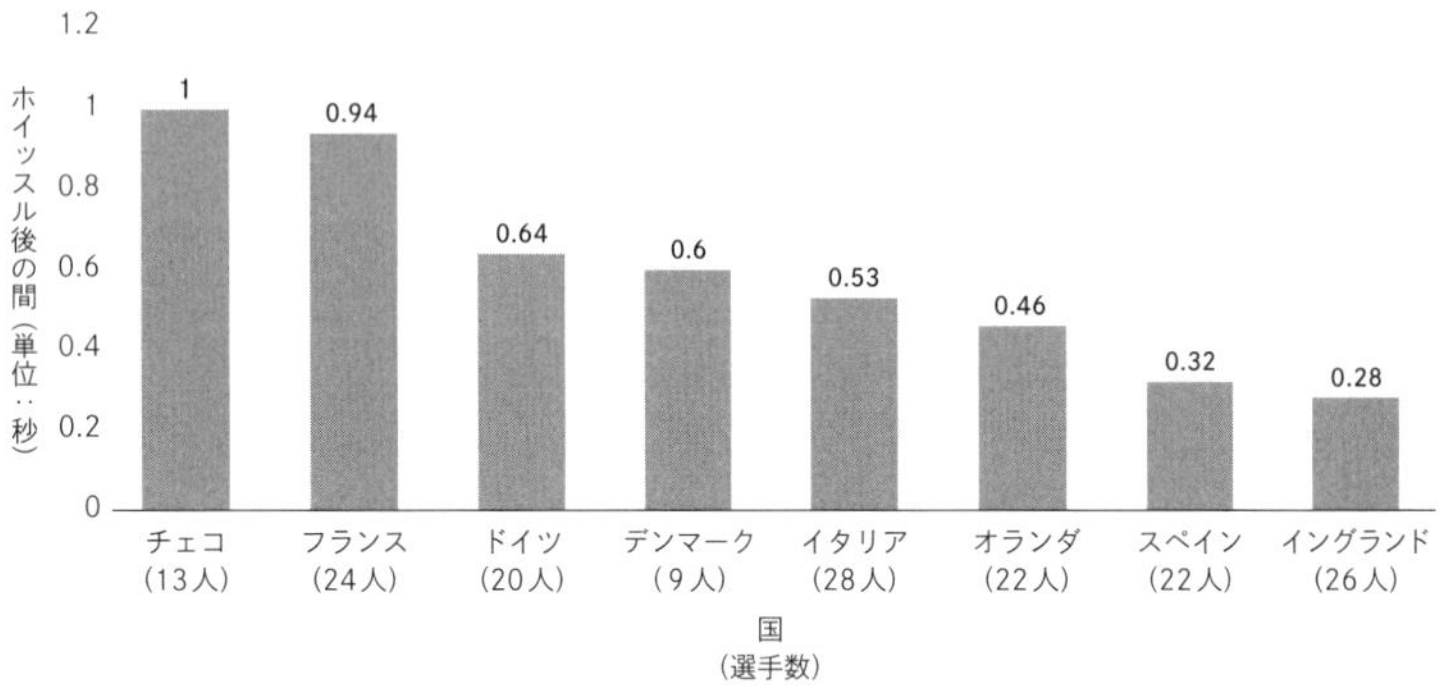

1976〜2008年の男子ワールドカップとEUROでおこなわれたPK戦での全キックを対象とする。

GKに背を向けたのだ。歩いている間にホイッスルが鳴ると、すぐさま振り返ってボールに向かって走り出してシュートした。ボールはさっきとは逆方向に飛び、リカルドにセーブされた。

イングランドの選手は他国の選手たちよりもせっかちなのか？　前述した2009年に発表したイングランドの選手に関する論文のなかで、わたしは主審のホイッスルが鳴ってから選手が反応するまでの時間を測定した。答えは明快だった。1976〜2008年の間、イングランドの選手たちがホイッスルが鳴ってから反応するまでの時間は、平均で0・28秒。実際、彼らの反応時間は他国の選手たちよりもかなり短かった（上の表を参照）。

0・28秒は早いのか？　2009年にベルリンで開催された世界陸上選手権大会で、ウサイン・ボルトが100メートル9・58秒という世界新記録をたたき出した時、スタートを知らせる号砲が鳴ってから彼が走り出すまでの反応時間は0・15秒だった。世界最速の男と比べると、イングランドの選手たちはちょっと遅いが、他のＰＫキッカーと比べるとかなり早い。主審がホイッスルを鳴らしたあと、彼らは間を置こうともしない。

とはいえ２００７年以前のＰＫを調べたところ、ほとんどのキッカーは主審のホイッスルのあと、１秒と置かずに反応していたことがわかった（平均で０・７秒[注45]）。他のスポーツで同じような状況に置かれたアスリートと比べると、驚くほど早い。たとえばＮＢＡのバスケットボール選手を調べた研究によると、選手が審判からボールを受けとってから――その時点でシュートすることも可能だ――ボールをリリースするまでの時間は約６秒だ[注46]。１９９９年のラグビーワールドカップでのラグビー選手たちを調べた研究では、選手たちは位置について10～11秒ほど静かに集中してから、ボールに向かって動き出したという[注47]。さらにエリートレベルの選手たちの多くは、それ以上の時間をかけている――最高で15秒だ[注48]。ちなみにゴルファーはショットを打つまでに20～30秒かける時がある。

ここで一つ疑問が生じる。他のスポーツのＰＫと似たような状況下では、アスリートは集中力を研ぎ澄ませるのに長い場合で30秒もかけるのに、なぜサッカー選手は１秒未満しか間を取らないのか？　本来、ホイッスルはキックを許可する合図だ。それなのになぜサッカーのキッカーはそう解釈せずに、しばしばキックせよという合図だと受け取るのか？　あんなに慌てるのはなぜか？　わたしが思うに、その一因は、他のスポーツの選手と比べて、サッカーのＰＫキッカーはキックする前のルーティンを強く意識しておらず、練ろうとしないからではないだろうか。彼らには計画も戦略もない――どこへ、そしてどうやってボールを蹴るかしか考えていない。だからホイッスルがスタートを知らせる号砲のように聞こえるのだ。

さらにPK戦のキッカーはかなりの重圧にさらされるため、それがタイミングに影響する可能性もある。過去にPKで失敗したイングランドの代表選手たちが自身の体験を語ったインタビューを見ると、それを示唆する発言が見つかる。1990年のワールドカップ準決勝でPK戦で失敗したクリス・ワドルは試合後こう語った。「とにかく終わらせたかったんだ(注49)」。2016年から2024年までイングランドの代表監督を務めたガレス・サウスゲートは、現役選手だった頃、EURO 96の準決勝ドイツ戦でPKを外したことが今も語り草となっている。試合後彼はこう語った。「とにかくボールにさわりたかった。ボールをスポットに置いて、早くけりをつけてしまいたかった(注50)」

2006年のワールドカップ準々決勝ポルトガル戦でPKを失敗したスティーヴン・ジェラードは、その瞬間のことを誰よりも生き生きと語っている。「ちくしょう、一番目に蹴りたかったのに。面倒なことはとっとと終わらせたいだろ。待つのが嫌で仕方がなかった。シモン（サブローザ）が得点する場面なんて見てられなかったよ……ぼくは準備ができていた。（主審の）エリソンドは違った。とっとと笛を吹けよ。ふざけんな。早く吹けよ、レフェリー。なんで待たせるんだ？　まったく。心の中でそう叫んでたんだ(注51)」。これらの選手全員に共通するのは、ぞっとするような恐怖、切迫感、早く順番が来てこの苦しみから解放されたいという願望だ。

プレッシャーがかかるとつい急いてしまうのは、サッカーやPKに限った話ではない。いくつかの研究論文には、アスリートたちが重圧にさらされて自制心を失うと、いかに慌てふためくかが書かれている(注52)。研究によると、苦痛を味わうのを後まわしにするか、すぐに終わらせるか、どちらか選んでくださいと言われると、一般的に多くの人が早く終わらせることを選択するという。(注53) ある研究でも、被験者に痛みを伴う微弱な電気ショックをすぐに受けるか、少し待ってからそれよりも弱い電気ショックを受けるかを選択させたところ、70％の被験者は電気ショックを恐れるあまり、痛みが強い方の電気ショックをすぐに受けることを選んだ。人間は痛みそのものよりも、痛い思いをするという予測の方を恐れるようだ。(注54)

ではプレッシャーに対処するために急いで何かをすることは、パフォーマンスに有利なのか、それとも不利なのか？　２００９年、われわれはこのテーマを念頭に、その時点までの男子サッカーの主要な大会でのＰＫをすべて調べ、論文にまとめた（ＰＫ戦37回分と、ＰＫ３６６本）。(注55) その結果、ホイッスルが鳴ってすぐにボールに向かって走った選手のシュート成功率（60％以下）は、一瞬間を置いてから走り出した選手の成功率（80％以上）よりもかなり低いことがわかった。

その後、状況が変わり始めた。マスコミがわれわれの研究結果を取り上げ、「ＰＫで間を取ればイングランドも勝てる。その理由とは」（『デイリー・テレグラフ』紙）とか「ＰＫではウサギよりもカメの方が成功しやすい」（『ウォール・ストリート・ジャーナル』紙）といったタイトルの記事を掲載し始めたのだ。その頃から数年ほどの間に、注目度の高い数人の選手たち――クリスティアーノ・ロナウド、ナニ、ネイマールなど――が、ＰＫを蹴る前に３～５秒ほど間を取るようになった。たとえばネイマールは、２０１６年のオリンピック決勝でドイツとのＰＫ戦の勝利を決めるゴールをあげたが、あの時彼は５秒ほど間を置いてから助走を始めた。それ以来、選手たちは主審のホイッスルのあとに、かなり長い間を取るよ

ホイッスルが鳴ってから反応するまでの時間
(10年毎の推移)

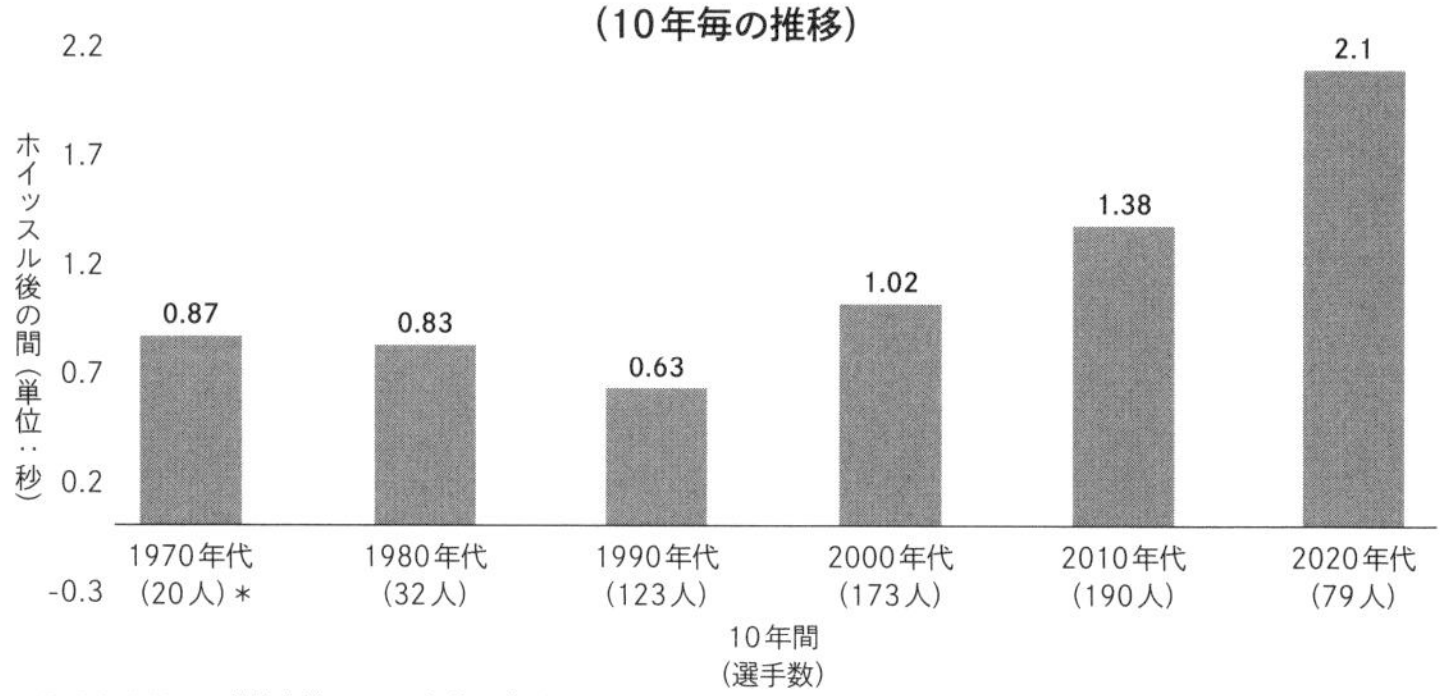

＊EURO1980の3位決定戦は1970年代に含まれている。

1976〜2023年の男子ワールドカップ、EURO、チャンピオンズリーグでおこなわれたPK戦での全キックを対象とする。

うになった。間の時間は少しずつ長くなっているようだ。これらの選手たちが先駆けとなったのか、われわれの論文の影響か、まったく異なる理由か、あるいはいろんな理由が組み合わさった結果か、理由はどうであれ、その後10年間（2020年代にかけて）で、PKキッカーたちは2秒以上間を取るようになった。ホイッスル後の間の平均時間が、2倍以上も延びたのだ（上の表を参照）。

　短い間しか取らなかったキッカーの場合、ホイッスル後にすぐに蹴ったことがパフォーマンスの低下をもたらしたのは明らかだ。だが前述したように、ホイッスル後に長すぎる間を取ることもパフォーマンスの低下を招くようだ。特に、長すぎる間を取ったせいで、考え過ぎという宿敵を招いてしまう場合は――以前に紹介したように、EURO2020でマーカス・ラッシュフォードが11秒の間を取ったケースなど。こうしてキッカーが何秒間を取るかを観察した結果、2種類のチョーキングがあることがわかった。一つはプロセスへの注意不足（短い間がパフォーマンスの低下を招く）。もう一つはプロセスへの注意過多（長い間がパフォーマンスの低下を招く）。われわれの最新のデータによると、概してキッカーが取る間が長ければ長いほど、パフォーマンスも上がる傾向がある。といっても間を長く取れば必ず成功する、というわけではない。長めの間を取ったキッカーがＰＫに失敗したケースは枚挙に暇がない。間を置き過ぎる可能性もあると、肝に銘じておこう。

しかしながら、過去3年間の男子および女子サッカーの主要な国際大会でのＰＫ戦をすべて分析したところ、ホイッスル後に長い間を取った選手は、良いパフォーマンスをする傾向が高いことがわかった。もっとも長い間を取った選手たちのＰＫ成功率は78％に上った(注56)。間がもっとも短かった選手たちの成功率は51％だ。この傾向はチームレベルでも見られる。たとえば2020年のオリンピックでおこなわれたＰＫ戦は、全部で5回（うち男子が2回、女子が3回）。ＰＫ戦を制したのは、主審のホイッスルが鳴ったあとの間が平均以上に長かったチームばかりだった。

ただし、こうした事例から、短い間を取ることは悪いことだと思わないでほしい。実質的に間を取らない選手はいるものだ。たとえばフランスのキリアン・ムバッペやアントワーヌ・グリーズマンは、経験豊富なＰＫキッカーだが、いつも短い間しか取らない。それが彼らのルーティンの一部であり、効果的なやり方なのだ。重要なのは、選手たちがその間に何をするかだ。このテーマについては第2章で取り上げよう。

勝敗を分ける重要なＰＫ

ＰＫの中には、通常よりも重要なＰＫがある。アメリカで開催された１９９４年のワールドカップの決勝戦、ブラジル対イタリア戦はカリフォルニア州パサデナでおこなわれた。試合が開催されたのは7月の猛暑日で、観客数は9万４０００人、後の概算によるとテレビの視聴者数は20億人ほどだった。(注57) ヨーロッパの放送局に配慮して、試合は現地時間の午後12時30分に始まった。日陰の気温は27度だったが、カリフォルニアの太陽が照りつける場所は40度を記録した。延長戦に入っても両チームともゴールをあげられず、ＰＫ戦で決着をつけることになった。ワールドカップ決勝の勝者を決めるのにＰＫ戦が用いられたのは、史上初のことだった。

ＰＫ戦は開始からすぐに波瀾の展開となった。イタリアチームの1番手フランコ・バレージがキックを外し、次に蹴ったブラジルの1番手マルシオ・サントスも失敗に終わった。視聴者たちは、この試合でゴールネットを揺らす場面が見られるのかといぶかった。両チーム共、2番手と3番手のキッカーがキックを成功させて、ようやく得点が入った。ところがイタリアの4番手ダニエレ・マッサーロが失敗して、ブラジルの4番手ドゥンガが得点。イタリア優勝という希望の火を灯し続けられるか否かは、5番手ロベルト・バッジョの肩にかかった。

髪を後ろで束ねたバッジョは、ユベントスのストライカーであり、今大会で最大のスターでもあった。なにしろＦＩＦＡ最優秀選手賞とバロンドールの受賞者で、今大会ですでに5得点を上げていた。彼がここで得点すればイタリアはＰＫ戦を続行できるが、得点できなければ世界チャンピオンの座をブラジルに奪われる。これまでに1本のキックがこれほど重要な意味を持ったことはなかったに違いない。トロフィーを死守するためのキックだ。

進み出てきた時のバッジョは冷静で集中しているように見える。落ちついた動き、顔は無表情に近い。準備時間は長めで、ハンガリー人の主審が合図すると、彼はすぐにボールに向かって走り出した。穏やかに一歩を踏み出し、足早に7歩進んでから、強くボールを蹴った。

ボールが足から離れた瞬間、バッジョは悟ったように見えた。ボールはクロスバーを越えていった。バーのはるか上へ向かって。ただのミスではない、目を覆いたくなるような大失態だ。周囲でブラジル人選手たちが安堵と歓喜が混じったお祭り騒ぎをするなか、バッジョは静かに頭を垂れた。

5年後、バッジョは自伝を出版した。その著書『ロベルト・バッジョ自伝：天の扉』（潮出版社）のなかで、あの1本のシュートがいかに彼に影響を及ぼしたかを打ち明けた。[注58]「あの時ぼくは失敗した。それだけだ。そしてそれにぼくは何年も苦しめられた。キャリアのなかで最悪の出来事だった。いまだに夢に見るぐらいだ」

1本のキックの重要性が高ければ高いほど、キックの結果に影響を与える。PK戦よりも試合中のペナルティキックの方が、成功率ははるかに高い。このことは多くの研究で証明されている。たとえばフランス国内のカップ戦では、PK戦でのシュートの成功率は73・1%（PK戦252回分／2504本）だが、同時期のリーグ・アンでの通常のペナルティキックの成功率は76%だった。[注59]また、試合中のペナルティキックでしばしばキッカーに選ばれ、PK戦でもキープレーヤーとなるような選手でも、試合中のペナルティキックの方が成功する確率が4％高いこともわかっている。[注60] PK戦はプレッシャーが大きく、それがパフォーマンスに響くのである。

ロベルト・バッジョの話に戻ろう。この種のPKで失敗したキッカーは彼だけではない。PKに失敗したらただちに敗戦に結びつく状況や、PK戦が続行されるだけの状況では、悪い結果に終わることが多々ある。わたしはこれを〝不利なキック〟と呼んでいる。主要な大会でのPK戦をすべて分析した結果、〝不利なキック〟を蹴って得点した選手はわずか63％にとどまった。[注61] 正反対のキック——失敗してもPK戦が続行されるだけだが、成功すれば即座にチームの勝利が決まる場合——と比べてこの成功率は著しく低い。その場合の成功率は89％ときわめて高いのだ。ちなみに、直接結果に結びつかないニュートラルな場面、たとえばPKに成功しようが失敗しようが、PK戦が続行されるだけの場面では、キックの成功率は72％になる。[注62]

フランスのカップ戦を分析した研究でも、同じ結果が再現されている。論文によると、試合の命運がかかる重要な場面では、キッカーのPK成功率はわずか56％にとどまるという。[注63] といっても、過去11年間にわたってヨーロッパでおこなわれたリーグ戦やカップ戦など115種類の試合を対象とする大規模な研究では、同じような結果は得られなかったが。[注64] 言うまでもなく、わたしの研究では、世界トップレベルの3つの大会で戦ったエリートレベルの選手たちのデータだけを検証している。そのような大舞台でPKを失敗することは、国内リーグのより低いレベルでのPK戦とは根本的に違う。

そんなわけで、これらのデータからわかることは、世界レベルの試合でPK戦に臨む選手たちは、勝利の予感がする時にはパフォーマンスが上がる（あるいは高いレベルを維持する）が、敗戦の予感がのしかかってくる時は、パフォーマンスが損なわれ、チョーキングする可能性が高くなるということだ。

あるいは、こう言い換えることもできる。ＰＫ戦はメンタルゲームだ。この難題に備えるためにどんな戦略を使えばいいのか？　また、一般的なプレッシャーに対処するために、われわれがこれらの戦略から学べることはあるだろうか？

第2章

プレッシャーをコントロールせよ

メッシのPK成功率は平均以下だ。PKは技術だけではないのだ。
PKの名手のやっていること、PK戦のための強豪国の準備とは？

2010年W杯、日本対パラグアイのPK戦。PKの名手である遠藤保仁はホイッスル後6.4秒間という、主要大会ではかつてない長時間のあいだ立ちつくしてから、見事にPKを決めた　©JMPA

「わたしがこんなに長い間ＰＫでこれほどうまくいったのは、いつか失敗するだろうと悟って、それを受け入れたからだ」

ミーガン・ラピノー

ＰＫ戦をくじ引きにたとえたがる選手がいる。自身のチームがＰＫで負けた直後、彼らはしばしばそう言い訳する。ファビオ・カペッロ「ＰＫなんてくじ引きみたいなもんだ(注65)」。ルイ・ファン・ハール「問題は幸運かどうかだよ。くじ引きだね(注66)」。フース・ヒディンク「選手がＰＫを失敗しても責められない。ＰＫはいつだってくじ引きなんだから(注67)」。それからダニー・マーフィーも「ことＰＫとなると、くじ引きだから……誰だって外す可能性がある(注68)」。

元フランス代表のクリスティアン・カランブーは、もう一段ひねりの利いた言葉でＰＫ戦を表現した。「銃の薬室に弾丸を一つ詰め込んで、引き金を引こうとみんなに頼むようなものだ。誰かが弾丸に当たるだろう。キッカーかＧＫか、誰かがしくじって面子を失うことになる(注69)」

くじ引き、ロシアンルーレット……好きなメタファーを選んで構わない。いずれにせよ意味は同じ、コントロールを放棄することだ。自分が直面していることに太刀打ちできないからと主導権を手放して、他の何かにそれを譲ることだ。プレッシャーにさらされながら冷静にPKを蹴るには——実際、なんであれプレッシャーにさらされる状況でうまく対処するには——コントロールすること、あるいはコントロール感が不可欠だ。(注70) そしてコントロール感は、結果は自分の努力次第で何とかなるという確信から生じる——つまりこれはくじ引きではない(ロシアンルーレットでもない)、少なくともすべてが運で決まるわけではないと信じることだ。最高レベルの試合でPK戦に臨んだキッカーたちに心理学的調査をしたところ、PK戦は運で決まると信じていたキッカーたちは、技術で決まると言ったキッカーたちよりも、ひどい不安に襲われやすいことがわかった。(注71) 同様に、自分のキッカーとしての能力を高く評価していない選手はさらに強い不安を抱くこともわかった。そんなわけで、PKをくじ引きにたとえてもキッカーに有利にはならない。ではどうすればいいのか?

本章では、サッカー選手がPKという状況と自分自身をコントロールしている感覚を取り戻す方法、および必要に応じてうまく対処する方法をいくつか検証する。こうしたテクニックは広く応用できるし、日常生活でのプレッシャーがかかる状況でも活用できると読者も気づくだろう。

まずは、どんな技術がどの程度までPK戦に関係しているのかを見てみよう。実際、PKはどこまで運次第なのか?

メッシ問題

この10〜15年間で世界最高のサッカー選手はリオネル・メッシだというのが、大方の意見だろう。では、彼のＰＫはどれだけすぐれているのか？　それを測る基準はいくつかある。もっとも基本的な基準は、過去3～4年間にヨーロッパの上位30リーグで選手たちがＰＫを成功させた確率だ――78・6％だった。[注72] インテル・マイアミに移籍する前、ヨーロッパでの最後のシーズンとなった２０２２－２０２３年、メッシはフランスのリーグ・アンでプレーしていた。同リーグの選手たちの同シーズンにおけるＰＫの平均成功率は79・７％で、前述の基準よりわずかに高い。[注73] リーグ・アンの全選手のキャリアを通したＰＫ成功率の平均は81・９％、とさらに高くなる。[注74]

　では、メッシの成功率はどうか？　彼はデビュー以来１４０本のＰＫを蹴り、うち１０９本が得点に結びついた。成功率は77・９％。[注75] つまり、この10年間世界最高の選手として君臨してきたリオネル・メッシは、ＰＫキッカーとして平均を下まわっているのだ。

　実を言うと、身体能力が高く頻繁にゴールを奪う点取り屋でありながら、ＰＫの成績が驚くほど凡庸な選手は大勢いる。その中には、過去数年間ヨーロッパで活躍した主要な点取り屋も含まれる。たとえばチーロ・インモービレ（成功率82・８％／キック総数93本）、エディンソン・カバーニ（81・６％／76本）、キリアン・ムバッペ（80・４％／51本）、マルコ・ロイス（79・２％／24本）、ラダメル・ファルカオ（79・１％／67本）、トーマス・ミュラー（78・９％／38本）、アンドレ・シルヴァ（78・４％／37本）、ピエール＝エメリク・オーバメヤン（78％／50本）。トップレベルのストライカーでありながら、ＰＫ成功率が平均以下の選手もいる。たとえばサディオ・マネ（73・９％／23本）、ホセル（69％／29本）、ヴィクター・オシムヘン（68・４％／19本）、ラウタロ・マルティネス（65・２％／23本）、およびアレクシス・サンチェス（47・6％／21本）。

ヨーロッパの主要リーグのなかで、この10年間で最高のPKキッカーとみなされる選手たちですら、平均をわずかに上まわっているに過ぎない。たとえばクリスティアーノ・ロナウド（84・9％／192本）、ズラタン・イブラヒモヴィッチ（83・2％／102本）、ネイマール（81・3％／91本）、モハメド・サラー（80・4％／51本）、カリム・ベンゼマ（79・2％／53本）。

PKやPK戦での技術の影響力について、研究論文には何と書かれているだろうか？　言うまでもなく、技術を数値化して測るのは簡単ではない。研究を始めたばかりの頃、われわれは技術の代わりにポジションを利用した。攻撃重視の選手（MFやFW）はDFよりもシュート経験がはるかに豊富だから、PKのスキルも上手だと考えるのが合理的だろう。われわれの調査結果では、FW（80％の成功率）の方がDF（67・7％の成功率）よりも得点力が高かった。(注76)だが、試合中のペナルティによって獲得するPK（つまりPK戦ではない）を調べたところ、ポジションの違いはほんのわずかか、ほとんど影響しないように思えた。ポルトガルのプリメイラ・リーガでは8年間で833本のPKが蹴られたが、その内容を調べた結果、FWの得点率は79・6％、MFが78・7％、DFが75・4％だったという。(注77)スポーツ分析会社〈インスタット〉のレポートによると、10万本以上のPKを対象に調べた結果、得点率の高さについての順位は変わらないものの、その差はさらに縮小してFWが76％、MFが75〜76％、DFが73〜74％、GKが72％だという。

その他の最新調査では、2005〜2020年までのワールドカップ、EURO、チャンピオンズリーグ、ヨーロッパリーグで蹴られたＰＫ全１７１１本（試合中のＰＫとＰＫ戦の両方）のデータ分析がおこなわれた。(注78) この研究でも、さまざまな技術を基準に分析したところ、ＰＫの結果にほとんど、あるいはまったく影響しないことがわかった。たとえば、選手の市場価値はまったく関係がないようだ。市場価値が３５００万ユーロ以上の選手はＰＫの得点率が74・９％で、１０００万〜３５００万ユーロの選手が74・８％、１０００万ユーロ以下の選手が73・２％。これらの違いに統計的な有意差はない。

ところが、強いチームの選手のＰＫ成功率は76・４％で、弱いチームの選手たちのＰＫ成功率（71・２％）よりも高いことがわかった。しばしば実力差の大きいチームが戦うトーナメント形式のカップ戦でのＰＫ戦の結果だけを見ると、チームの質の差はもっと明らかになる。２００４−２００５年シーズン〜２０１７−２０１８年シーズンに開催された14種類のカップ戦でおこなわれた１０６７回のＰＫ戦を調べた研究によると、いわゆる強いとみなされていたチーム（優勝候補など）のＰＫ戦での勝利数は５５９回（52・５％）、弱いとみなされていたチームの勝利数は５０６回だった（47・５％）(注79)（訳注：この研究では試合の賭け率がイーブンで、どちらが強いともいえなかった2試合が除かれている）。後者の結果を見ると、強いチームに所属する選手の方がＰＫに強いように思える。とはいえ、だからといってその差をすぐさま技術力に結びつけることはできない。これらビッグクラブの選手たちはプレッシャーに強く、だからＰＫ戦という独特の難題に対処するのがうまいのかもしれない。

つまり、サッカー選手としての全体的な技術はＰＫの成功に一役買ってはいるものの、ごくわずかにすぎないということだ。ＰＫに臨むのがリオネル・メッシであろうが、能力的に劣る選手であろうが、ことＰＫとなるとパフォーマンスに差がなくなるように見える。

だが、ＰＫ戦を開始した途端に得点する確率が全員ほぼ同じに見えるからといって、ＰＫ戦は運次第と言えるのか？　あるいは、選手たちが自身の運命をコントロールするためにできることはないのか？　まずは、ＰＫ戦に対して選手たちが取っているさまざまなアプローチと、ＰＫを理解しているように見える選手たちについて検証してみよう。

ＰＫ職人

個人的な意見を言うなら、もっとも圧倒的なＰＫキッカーとは、長年にわたって最高レベルで安定してＰＫを成功させてきた実績があり、なおかつ平均以上の成功率を誇る選手のことだろう。いわゆるＰＫ職人だ。その一人がハリー・ケイン。これまでのキャリアでのＰＫ成功率は86・6％（キック総数82本）、プレミアリーグでは37回ＰＫを蹴って、その成功率は驚異の89・2％だ。もう一人が、ロベルト・レヴァンドフスキだ。主にブンデスリーガで87本のＰＫを蹴って、89・7％の成功率を誇る。

ケインとレヴァンドフスキは、ＰＫを蹴る際のプレッシャーに対処する方法こそよく似ているものの、ＰＫを蹴る技術はまったく異なる。ケインは概して、われわれが〝GK非依存型のテクニック〟と名づけた方法を採る。あらかじめどの位置にどうやってシュートするかを決めてから蹴る方法だ。ほとんどの選手はこの方法を採用している。シュートする場所を選び、助走し、ねらいを定め、そこへ向かってボールを蹴るのだ。前もってシュートする場所を決めておけば、タスクをある程度まで簡潔にできる。このスタイルなら、適切にキックするのも比較的容易だ。といってもケインのようにキックするのは容易ではないが。

では、どこへボールを蹴ればいいのか？　上部をねらうのが良いと言われている。イングランドのプレミアリーグとポルトガルのプリメイラ・リーガでのＰＫ結果を調べた研究によると、ゴール内の一番高いゾーンをねらってボールを蹴る方がいいという。また、高いところをねらってボールを打ち上げてしまうリスクは、低いところをねらってＧＫにセーブされるリスクよりも低いとも書かれている。(注80)

われわれが主要なＰＫ戦のデータを検証したところ、左側にキックした時の得点率は70・7％、右側は71・2％で、（おそらくあなたの予想どおり）左右で大差はなかった。では、一番成功率が高いのはどこか？　ど真ん中だ。ＧＫがダイブしたら、さっきまで立っていたところへシュートする。われわれのデータによると、ゴール中央に蹴り込んだボールの77・9％はゴールに入る。アントニーン・パネンカは何かに気づいたに違いない。このチェコスロバキア出身のＭＦが、その大胆な動きでＰＫに革命をもたらしたのは１９７６年のことだ。ＧＫを誘い出してダイブさせたあと、彼は優雅にボールをチップキックしてゴールのど真ん中にシュートを決めた――このスタイルのＰＫは今も〝パネンカ〟と呼ばれている（パネンカが習得するのにまる2年かけたと言われるこのテクニックのおかげで、ＥＵＲＯ　１９７６の決勝でチェコスロバキアは西ドイツを下して優勝した）。ＧＫは動こうとする傾向がある。不動の姿勢で立っていると、愚鈍に見えるか、悪い場合には勝つ気がないとの印象を持たれかねないため、人々の期待に応えて右か左に動こうとするのだ。(注81)しかし確率的には、少なくとも時々は真ん中にとどまる戦略を織り交ぜておく方が賢明だろう。

ＧＫ非依存型のテクニックを用いる選手にとっての大きな難題は、ＧＫが正確に動いた場合だ。実際、この点においては、ＰＫはくじ引きみたいなものだとの意見にわたしも賛成だ。実に多くのＧＫが、キッカーがボールを蹴る前から、どちらに飛ぶかを決断してその方向に動く。つまりＧＫが正しい方向を選択することもあれば、そうでない場合もあるということだ。われわれが主要なＰＫ戦を分析した結果、ＧＫが間違った方向を選んだ場合――つまり左にダイブしたが、ボールが右側に飛んできた場合――キッカーが得点する確率は91％。ＧＫが正しい方向を選んだ場合、ゴールする確率はわずか54％。ちょっと考えてみてほしい。ＧＫ非依存型のキッカーには、ＧＫがどちらに動くかをコントロールできない。そしてＧＫが正確にダイブすると、あなたがＰＫで得点する確率が50％近く下がるのだ。こうした状況で、キッカーがしばしば無力感を覚えるのはそのためだ。

といっても、仮にあなたにケインと同じぐらい強力な脚があれば、たとえＧＫにコースを読まれる確率を完全に克服できなくても、物事を有利に運べるだろう。ケインのＰＫキッカーとしてのキャリアを通して見ると、ＧＫが誤った方向に動いた場合、ボールがゴールに入る確率は95％だ。しかもＧＫが正しい方に移動した場合でも、81％と高確率でゴールを決める。その場合のキッカーのＰＫ成功率の平均は54％なのだから、かなりの高確率だ。彼のＰＫスキルはそれだけすぐれているのだ。

これほど質の高いＧＫ非依存型のキックをコンスタントに繰り出せる選手はそういない。いや、例外が他にもいた。ハンガリー代表チームのキャプテン、ドミニク・ソボスライだ。2023年にリヴァプールに加入したが、それより2年前、ＲＢライプツィヒの選手だった彼はわずか21歳でチャンピオンズリーグに出場した。グループステージ、パリ・サンジェルマン（ＰＳＧ）戦でのことだ。２－１でＰＳＧに後れを取るなか、試合後半、アディショナルタイムにライプツィヒはＰＫを獲得して、同点に追いつくチャンスを手にした。ソボスライはすぐさまボールをつかむと、ペナルティスポットにボールをセットした。ふと気づくとＰＳＧのネイマールがちょっと言葉を交わしたそうな様子で近くに立っていた。

試合後のインタビューで、ソボスライはその時の会話の内容を明かした。「ネイマールから『おまえ、得点するつもりなの？』と訊かれたので、はいと答えました。『マジで？』と訊かれたので、はいと答えました。ぼくは絶対に外さないんです。そういうものなので」(注82)

ソボスライは、その自信に満ちあふれた言葉どおりのすぐれたキッカーだった。彼が強くキックしたボールは、ゴールの左下、ポストのちょうど内側に吸い込まれた。ＧＫジャンルイジ・ドンナルンマは正しい方向にダイブしたが、シュートがあまりに強くて正確だったため、止められなかった。

ソボスライはどうしてそれほど自信満々なのか？　重要な試合の最終盤、得点できればチームを救えるという状況だ。ネイマールが彼の集中力を削ごうと近づいてこなくても、エリートクラスのＰＫキッカーですら押しつぶされそうなほどのプレッシャーがのしかかる。おまけにソボスライの対戦相手は、身長１メートル96センチの強敵ＧＫドンナルンマだ。

当時まだ若手だったにもかかわらず、ソボスライにとって、それは初めてのＰＫではなかった。それ以前にも、彼はクラブの試合でＰＫを10回蹴ったことがあった。そしてネイマールに言ったように、すべてのＰＫで得点を決めていた。成功率１００％だ。もちろん、ＰＫ

ドミニク・ソボスライがこれまでに蹴った全PKのコース
(番号順。①が最初のPKで、⑯が2023年秋時点での最後のPK)

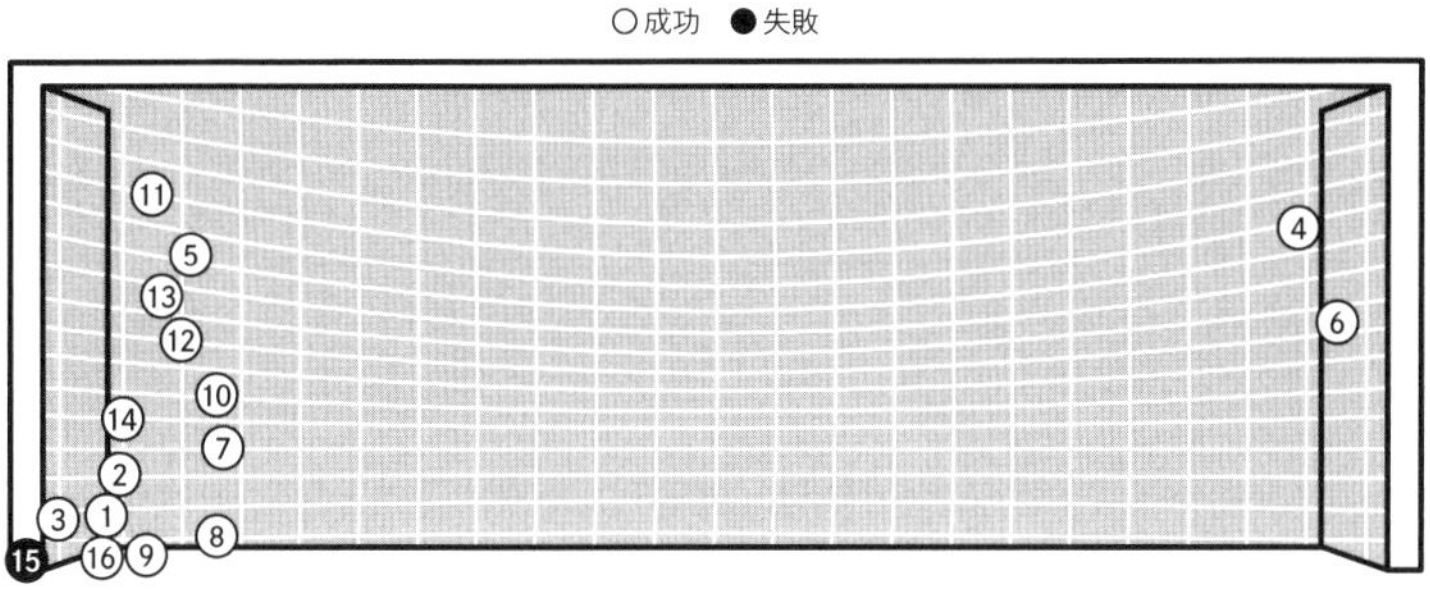

10本では実績として少なすぎる。だがおもしろいことに、彼がキックした10本のPKのうち、8本はまったく同じところに飛んだ。向かって左側だ。PSG戦以来、ソボスライはさらに6回PKに臨んだが、そのすべてで左にボールを蹴り込んだ。

つまり、彼が左へ蹴ったボールは14本、右へ蹴ったボールは2本ということになる（図を参照）。彼のコースはほぼ予測できるということだ。どこへボールを蹴るのかをあらかじめGKに教えるようなものだが、彼のキックは抜群に正確で速いため、GKがボールを止めるのはとても難しい。これら16本のPKのうちで外したのは1本だけだったが、それもGKに止められたわけではない。ポストの足下に当たったのだ。ライプツィヒでソボスライのチームメイトだったGKのエルヤン・ニーラン（現在はスペインのセビージャ所属）に、どうすればソボスライのPKを止められるのかと尋ねたことがある。「彼がどこへ蹴るかわかっていても、止めるのは非常に難しい。とにかくすばらしい右足だからね。あと、絶対的な自信があるのも大きい。メンタルが強くて、周囲が何と言おうが、ＧＫがどんな準備をしようが、彼は影響されないんだ」とニーランは言った。

これはＧＫ非依存型のＰＫの最高の形と言える。コースを選び、強く正確にその方向に向かってボールをキックする。このテクニックを極めた一流キッカーは他にもいる。クリス・ウッド（成功率90・６％／ＰＫ総数32本）、パラグアイ代表のＰＫ職人ネストル・オルティゴサ（91・８％／49本）、それからオリヴィエ・ジルー（89・２％／37本）。どの選手も、キックの強度も精度も際立っているため、ＧＫがどう出ようが気にする必要がない。

ロベルト・レヴァンドフスキのやり方は異なる。２０１４年、このポーランド人ストライカーがボルシア・ドルトムントからバイエルン・ミュンヘンに移籍して間もない頃のこと。この新しいクラブに入って彼が最初に臨んだ公式戦は、格下クラブのプロイセン・ミュンスターとのカップ戦だった。バイエルンが４－１と大差で勝っていたところに、91分にＰＫを獲得したが、レヴァンドフスキは得点を上乗せできなかった。新クラブで初ゴールを決めるチャンスを逃したのだ。この点差にもかかわらず、主審がホイッスルを吹くのを待つ間、レヴァンドフスキは明らかに緊張しているように見えた。彼はホイッスルにすぐに反応すると、横に数歩ステップを踏んでから、ボールに向かって加速した。ボールは右側の低い位置に飛んだが、キックがボールの芯をしっかり捉えておらず、ＧＫにやすやすとキャッチされた。それがこの試合で最後のシュートとなった。ばつが悪そうな様子で、このバイエルンの新加入選手は両手で頭を抱えて歩き回ったあと、決まり悪そうな笑みを浮かべながら首を振り、独り言を言った。アマゾンのドキュメンタリー映画『レヴァンドフスキ――知られざる一面』を撮るために、ミュンヘンでレヴァンドフスキにインタビューした際にその時のことを尋ねた。「あれがきっかけで、何かを変えなければいけないと学んだ。あのＰＫのあと、新しいテクニックを試すようになった(注83)」

さて、２０１６年5月へと時を進めよう。バイエルン対インゴルシュタット戦、この試合に勝てば、バイエルンはリーグ優勝が確定する状況だった。試合開始から15分後、バイエルンがＰＫを獲得し、レヴァンドフスキが進み出た。主審がＰＫの準備をする間、レヴァンドフスキはいつも以上に落ち着かない様子で、数回荒く呼吸しながらキックする準備をした。それから助走を始めたが、いつものように加速しなかった。最初は同じペースで助走したあと、減速し、最後にゆっくりと大股で2歩ステップして、間を取ってからボールを蹴ったのだ。その瞬間、ＧＫラマザン・エーズガンは右に来ると予測して大きく足を踏み出し、時同じくして助走を終えたレヴァンドフスキが冷静にボールを反対側に蹴った。レヴァンドフスキが公式戦で初めて〝ＧＫ依存型のテクニック〟を実践した瞬間だ。その後彼はこのテクニックの最強キッカーへと成長することになる。

このテクニックを使う時、キッカーはキックする直前だけでなく、キックしている最中もＧＫの動きを目で追い、（理想的には）ＧＫがいなくなったスペースにボールを蹴り込む。この戦略を使うと、最初こそいくらか相手に主導権を譲ることになるものの〝ＧＫ非依存型のテクニック〟よりもはるかに状況を支配できる。基本的に、シュートコースはＧＫに決めさせる。これは非常に高度なテクニックだ。通常、ＧＫはぎりぎりまでシュートコースを見きわめてから横へ動き出すため、キッカーは0コンマ何秒かでＧＫの動きを読み、コースを決め、ボールを蹴らなければならないからだ。ボールを直接見ずに蹴ることも多く、その場合はさらに負荷がかかる。おまけにタイトルかトロフィーがかかった試合で、何百万人もの人々の目にさらされる状況だと、プレッシャーは否が応でも増す。

　それから7年半の間に、レヴァンドフスキはこのテクニックを使って62回PKを蹴り、失敗したのはたったの4回――94％の成功率だ。PKの舞台がきわめてハイレベルな試合（ブンデスリーガ、チャンピオンズリーグ、国際試合）ばかりだったことを考えると、この成績は驚異的だ。しかも、このPKのなかで、GKがダイブした方向にボールを蹴ってしまった割合はたったの16％だ。

　バリエーションが豊富にあると敵に先んじやすくなる。ハリー・ケインはGK非依存型のPKを80本打ったあと、突然やり方を変えた。２０２３－２０２４年のチャンピオンズリーグ準々決勝のアーセナル戦で、彼はGKの出方を待ってから蹴る戦略を取ったのだ。さらに、レヴァンドフスキのキャリアも振り返ってみよう。彼はGKより先にコースを決めてすばやくキックしたことが21回あり、そのうちの17回を成功させた（81％の成功率）[注84]。この数値は、レヴァンドフスキであっても、あらかじめコースを決めて蹴る場合は平均的なキッカーに過ぎないことを意味している。だが、GKが動くのを待ってから蹴ると、卓越したPKキッカーになるのだ。

　レヴァンドフスキはまた、自身の戦略について口をつぐむのも抜群にうまかった。例のドキュメンタリー映画のためにインタビューした際、わたしは5回も、PKで助走を始める時に何に焦点を合わせるのか詳しく話してほしいと彼に頼んだ。質問は5回ともまんまとかわされた。まあいいだろう。ＰＫのやり方を秘密にしてあいまいにしておくほど、ＰＫを成功させ続ける確率も上がるだろうから。

ＧＫ依存型のアプローチを取る選手は他にもいる。ディエゴ・マラドーナだ。現役だった頃、彼は公式戦で合計１０９本のＰＫを蹴ったが（成功率82・６％）、キャリア全盛期だったナポリ時代の成績はその上をいく（成功率93・１％。ＰＫ総数58本）[注85]。マラドーナは、自身のＧＫ依存型のテクニックについてこう語っている。「すごく難しいんだよ、すごくね。何度も外したし、何度も相手にセーブされた。得点したことも多々あったけど……大抵の場合、ぼくが何とか勝負に勝てたのは、こうやって片足で立ってキーパーを観察したからだ」

レヴァンドフスキやマラドーナと同じように、ＧＫ依存型のテクニックを頻繁に（または時々）使っている（または使っていた）すぐれたＰＫキッカーには、次のような選手たちがいる。

ミシェル・プラティニ　成功率95・７％（合計46本）
ラウル・ヒメネス　94・４％（36本）
イヴァン・トニー　93・８％（32本）
セバスティアン・ハラー　93・３％（30本）
ブルーノ・フェルナンデス　89・８％（59本）
アーリング・ハーランド　89・４％（47本）
ミケル・オヤルサバル　88・９％（36本）

ガブリエウ・バルボーザ　86％（50本）

　ＰＫに限らない教訓として、最初に無防備になろうと覚悟し、主導権と安心感を少しの間手放せば、最終的にもっと強い主導権を手に入れて、より良い結果を達成しやすくなる。といっても、それにはきわめて高度で特殊な技術が必須だし、パフォーマンスをする瞬間に建設的な精神状態を保てなければならない。

　そのような精神状態はどうやって達成できるのか？　ＰＫを蹴る過程のどこで主導権を握ればいいのか？

ＰＫ前のルーティン

　２０１５年1月に開催されたトッテナム対ウェスト・ブロムウィッチ・アルビオン戦でのことだ。反則行為により、トッテナムがＰＫを獲得した。21歳のハリー・ケインは集中しているように見える。プレミアリーグに入って初めてのＰＫだ。さあどうする？

　彼はペナルティスポットにボールをセットすると、落ちついた様子で後ろに下がる。それから彫刻のような立ち姿でボールをじっと見る。左足を右足の前に置き、やや前傾姿勢で両手をだらりと下げている。手前に置いていた左足を引いて助走を始める。それから小刻みで足早に数歩進んだと思ったら、突然ボールに向かって加速して、すばやく蹴った。ＧＫ非依存型のシュートだ。ゴール。

　それから約9年と70回余のＰＫを経て、２０２３年8月に開催されたバイエルン・ミュンヘン対アウクスブルク戦。バイエルンに所属する30歳のハリー・ケインは集中しているように見える。ブンデスリーガに移籍して初めてのＰＫだ。さあどうする？

彼はペナルティスポットにボールをセットすると、落ちついた様子で後ろに下がる。それから彫刻のような立ち姿でボールをじっと見る。左足を右足の前に置き、やや前傾姿勢で両手をだらりと下げている。手前に置いていた左足を引いて助走を始める。それから小刻みで足早に数歩進んだと思ったら、突然ボールに向かって加速して、すばやく蹴った。ＧＫ非依存型のシュートだ。ゴール。

違いがわかっただろうか？　違いは一つもない。ケインにとって安定性はカギだ。ＰＫの準備は毎回同じ。シュートに至るまでの基本的な行動パターンは、この約10年間で変わっていない。彼の言葉を借りよう。「誰にでもそれぞれ独自のやり方がある。ぼく個人のやり方はルーティンになっている。同じような助走、同じようなアングル、ここだというコースを選んだら、あとは流れに身を任せる(注86)」

といっても調整の余地がないわけではない。うまくいくやり方があれば調整するだろう。プレミアリーグの１年目、ケインは主審のホイッスルが聞こえると、すぐさまボールに向かって走り出すことが多かった。翌年からは、１回深呼吸して一瞬間を置いてから助走を始めるようになった。２０１６－２０１７年のシーズンには、ルーティンをもう一歩進化させた。スタートする時の姿勢と助走は変わらないが、ホイッスルが鳴ったら深呼吸して強く息を吐き出し、ＧＫを見てもう１回深呼吸し、再びボールに目をやってからようやく助走を始める。この８年間ずっと、ケインはこの２回の深呼吸を同じ順番と同じやり方で実行している。

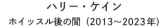

ハリー・ケイン
ホイッスル後の間（2013〜2023年）

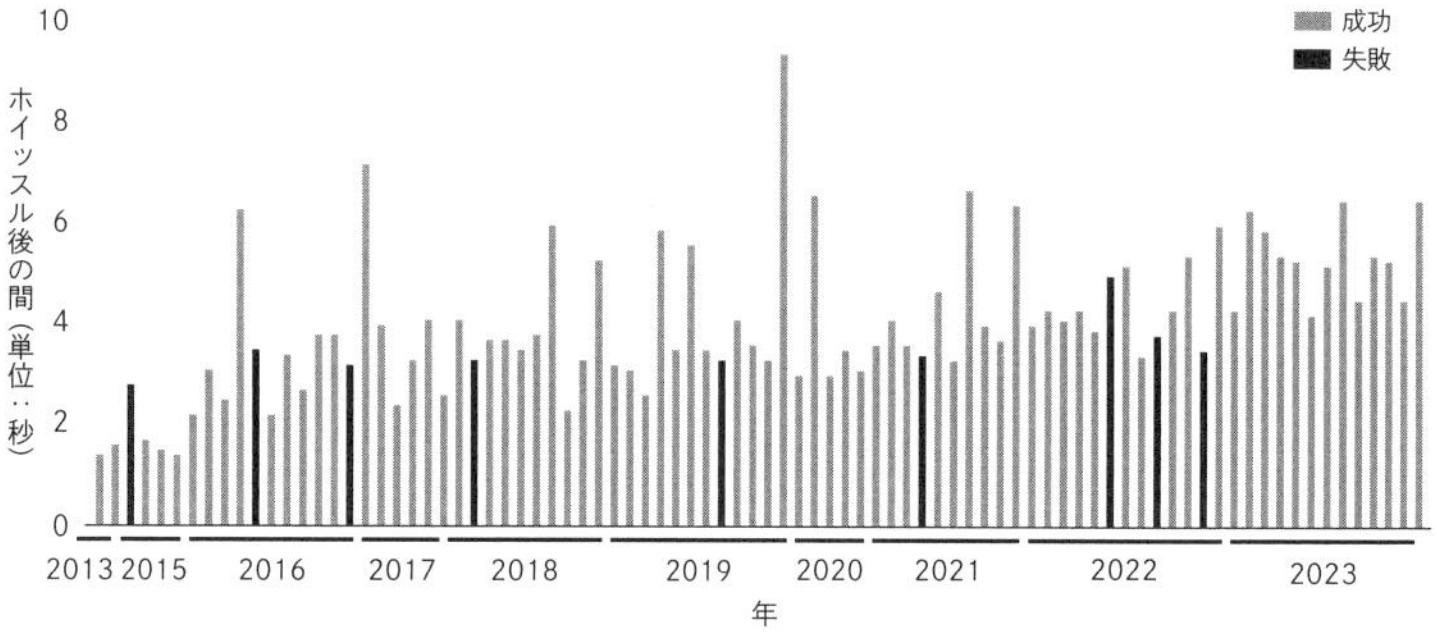

棒グラフは１回のPKを表す。クラブチームと代表チームでのPK実績を時系列に並べた。

ＰＫを蹴る前のケインが安定しているのは、主審のホイッスルが聞こえたあとに、彼が取る間の長さからも窺える（上のグラフを参照）。年月の経過と共にホイッスル後の間がわずかに長くなっているものの、プレッシャーがのしかかり、周囲が騒々しくて観客の目が集まり、大抵の人が集中力を失って動揺しそうな瞬間でも、間の長さが安定していて堅実だ。

そうは言っても、観客に影響されることもある。図を見ると、ところどころに長い間があるなかで、外れ値――異常に長い間――があることがわかる。一番長いのが9秒以上の間で、２０１９年のノリッジ戦の時のものだ。トッテナムが２－１でリードされて迎えた83分で取ったＰＫでのことだ。いつも以上のプレッシャーがかかったのか？　そうかもしれないが、わたしが動画をよく分析したところ、観衆の声が騒々しくてホイッスルが聞こえなかったと思われる。そうしていつも以上に待ったあげく、ケインは主審をちらりと見て、ホイッスルが鳴ったあとだと気づいた。それからようやく、いつもと同じように深呼吸のルーティンを始めた。そしてゴールの右側に力強くボールを蹴った。ゴール。

パフォーマンス前にいつも通りのルーティンを着実にこなすと、重いプレッシャーがのしかかる状況でもコントロールしやすくなる。そのようなルーティンを構成する要素は無数にある。アーセナルのマルティン・ウーデゴールは、当初ＰＫを頻繁に蹴っていたわけではなかったが、２０２３年以降ＰＫ戦でも試合中でもＰＫを蹴る機会が増えた。彼は、ＰＫを蹴る前に意図的にやっている行動パターンをわたしに教えてくれた。

「ペナルティスポットにボールを置く方法はわかっている。後ろに下がる時に何をすべきかもね。十分な時間を取る。ボールに向かって助走する時に何をし、何を考えるべきかもわかっていて、それらに集中する。そんなわけで、ぼくが集中するのはそれがすべてで、他にはあまりない。ボールがゴールに入るかどうかはわからないけど、ボールを蹴るまでは、やるべきことを落ちついてやっているんだ」

こうしてルーティンがあるおかげで、重いプレッシャーがのしかかる状況でも、彼はキックに適した建設的なマインドセットになれる。「研ぎ澄まされたみたいに集中した感覚があるんだ。他のことが目に入らなくなる。やるべきことに焦点を合わせるだけだ」

この過程で重要なのがコントロールすることだ。「ボールをどうするかはぼくが決める。状況をコントロールしたいが、状況にコントロールされたくない。これらのことをやるのは、ぼくがコントロールしたいからだ。状況を思い通りに動かしたいからだ」

さらに彼は、ルーティンは自然にやるものではなく、取り組むものだとも教えてくれた。

「自分のゾーンを見つけ出して、そこに心地よさを感じる必要がある。正しいゾーンに入っていると感じられるまで、ぼくは何度も練習した」

ルーティンは、より効果的にタスクに集中し、パフォーマンス直前の重要な瞬間に注意を向けるのに役立つ。研究でも、パフォーマンスする前に明確なルーティンがあると、注意力散漫になるのを防ぎ、コントロール感が増し、不安感が減ることが証明されている(注87)。さまざまなスポーツ分野のアスリートたちを対象とする61件の研究成果をメタ分析した結果、ルーティンはその後のパフォーマンスに重要であり、確たる効果があるとの結論に至ったという(注88)。ルーティンを構成する要素は選手によって異なる——たとえばボールからどう後ろに下がるか、どんな体勢を取るか、助走をどうスタートさせるか、何歩走るか、ボールかGKのどちらを見るか、など。正しいやり方は一つでなくても構わない。重要なのは選手がそれぞれのルーティンがしっくりくると感じていて、トレーニング中にルーティンの練習をして、磨きをかけて、確たるものにすることだ。

それをうまくやった最たる例がケインなのだ。

ボールのセッティング

PK前におこなう準備時間とパフォーマンスの関係を調べたところ、ペナルティスポットにボールをセットする作業に時間をかける選手は、短時間でさっさとやる選手よりも得点率が高いことがわかった(注89)。これはつまり、ボールを適切に置くために意図的に、注意深く、慎重に行動する選手は報われることを示唆しているのかもしれない。

マンチェスター・シティのアーリング・ハーランドは、いくつかの段階を経てそれを実現した。ハーランドはすぐれたＰＫキッカーだ。若い選手ながらも（本書を執筆時点で23歳だ）、プロレベルですでに43回ＰＫを蹴り、そのうちの38回で得点した——成功率88％ときわめて優秀だ。プロになったばかりの頃、ハーランドはＧＫ依存型のテクニックを採用していた。効果的ではあったが、未熟で荒削りだった。たとえば彼がプロレベルで初めてＰＫを蹴ったのは２０１８年4月のことだ。ノルウェーのエリテセリエン（訳注：ノルウェー国内のプロサッカーリーグ）のリールストロム戦で、モルデ所属だったハーランドはＰＫのキッカーを任された。キックする直前にＧＫが左側に動くのを見て、ハーランドは右上のコーナーにボールを蹴り込んだ。ＧＫがすでに横へダイブしているのに、あえてその反対側にシュートする必要があるのか？　そこまでする必要はないだろう。しかし当時17歳だったハーランドは試合後にこう語った。「キーパーが左へ動いたから、ぼくは右にキックしました」[注90]

その数か月に開催されたＵ－19欧州選手権（ＥＵＲＯ）のグループリーグのイタリア戦で、ノルウェー代表のハーランドは試合の均衡を破るＰＫを蹴ることになった。この頃のルーティン通りに、キックする前にジャンプしたが、着地した時に右足がわずかにボールに触れた。彼はそのまま左足でボールを蹴った。厳密にはこれはダブルタッチで無効となるが、主審は気づかずゴールは有効とされた。それ以降、ハーランドはシュートを打つ前に、片足を引きずりながら間を取り、それからボールをキックするようになった。その後は7回連続でＰＫを成功させ、ＧＫ依存型のテクニックを完璧に実行した——7回のうち6回でＧＫが間違った方向へ動いたのだ。試合後のインタビューで、彼はこんな質問を受けた。「秘訣は何です

か？」。彼の答え。「キーパーを見ることですね」(注91)

ドイツのボルシア・ドルトムントに移籍した当初、ハーランドはPKの成功実績を積み上げたが、やがていくつかの障害に直面した。最初は、2021年1月のアウクスブルク戦でPKを失敗した。GKが動かずに立っている時間が想定以上に長かったのか、ハーランドはクロスバーにボールを当ててしまったのだ。その数か月後、彼はセビージャのGK、ボノ（ヤシン・ブヌ）と対峙した。GK依存型のテクニックに対する強力な対抗手段が一つある。キッカーがキックする前の絶妙なタイミングで、GKがライン上を動いてキッカーを惑わせるのだ。ハーランドがキックする直前、ボノは左・右・左へとフェイントをかけた。ハーランドはそれに動揺したのか、右へボールを蹴り、ボノにやすやすとセーブされた。ところが、ハーランドがキックする前にボノがゴールラインよりも前に出てしまったため、審判からPKのやり直しを命じられた。2回目のPKでは、ボノが前回と同様に正しい方向にダイブして片手でボールにさわったものの、ハーランドにゴールを決められた。試合後、ノルウェーのテレビ局からインタビューされた時、ハーランドは傲慢で自信に満ちた態度でこう答えた。

「キーパーに騙された時は失敗した……正々堂々と戦った時は成功した」

もっとも、あのPKは本人が認める以上の影響を与えたのかもしれない。約1か月後、ハーランドはPKのテクニックを一新させた。2021年4月のヴェルダー・ブレーメン戦でPKに臨んだ時、彼はシンプルにボールを蹴って、ゴール左側の高めのスペースに突き刺したのだ。翌シーズンが始まると、間を取らずになめらかに助走する方法を採った。助走の間中はほぼずっとGKを見つめ、ボールを蹴る直前にようやく下を見てボールをクリーンヒットする。ＧＫ依存型のテクニックを使う選手が、こうした方法を採るのはごくまれだ――ジャンプすることも、立ち止まることも、間を取ることもないのだから。ハーランドがこのシュート方法に傾倒し、ＧＫ非依存型キッカーの仲間入りをしたと思った読者もいるだろう。ところが、その後彼が蹴ったＰＫ11本のうちの９本で、ＧＫが間違った方向へ動いた。ハーランドがとてつもない強運に恵まれているか、あるいはボールに目を落とした瞬間に、周辺視野を使ってこっそりとＧＫの動きを捉え、ペースを落とすことなくシュートしているかのいずれかだろう。正直、彼がどうやっているのか正確にはわからない。おまけに彼はきっと本当のことを教えてくれないだろう。

明らかなことが一つある。２０２１年にハーランドがシュート前のルーティンに大きな変更を加え、それを続けていることだ。変更を加える前、彼はボールをペナルティスポットに置くと、（顔をＧＫに向けたまま）後ろに下がって、主審がホイッスルを鳴らすのを待った。ところがある日、マインツ戦でＰＫに臨んだ際、彼はボールを手にしてペナルティスポットで立ったまま、主審を見ていた。そして主審がホイッスルを吹こうとした瞬間、ようやくボールを置いて後ろに下がった。ハーランドはこのやり方を続けた。ペナルティスポットにボールを置いてもう一度拾い上げ、そしてそれを数回繰り返すこともある。

他のことに気を取られているそぶりをすることもある――鼻をぬぐったり、数回つばを吐いたり、ソックスを上げたり。ペナルティスポットのそばでなぜやたら時間をかけるのか？おそらく、ＧＫがどれだけぐずぐずと準備するか、主審がいつホイッスルを吹くか、どれだけ待たされるかわからない状況で、主導権を握って状況をコントロールするためだろう。そ

アーリング・ブラウト・ハーランド
ホイッスル後の間（2018〜2023年）

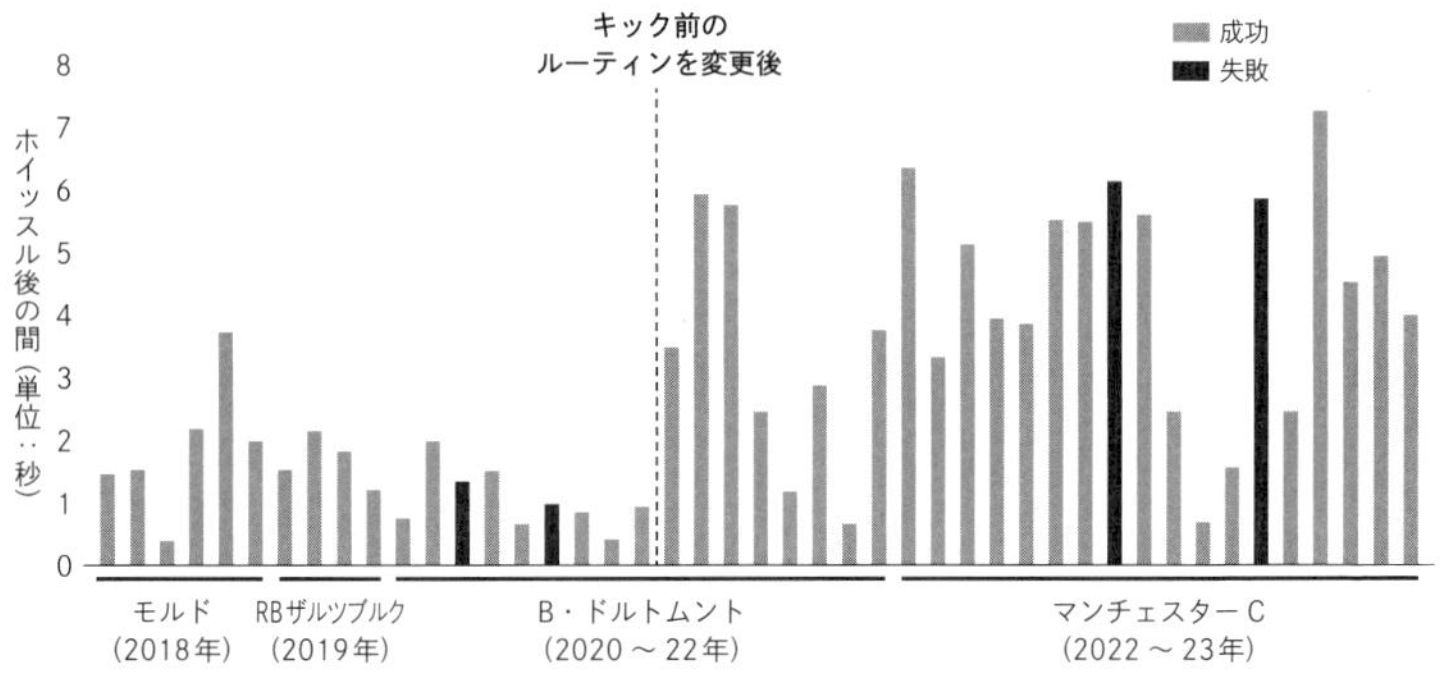

棒グラフは1回のPKを表す。クラブチームと代表チームでのPK実績を時系列に並べた。

のようなルーティンがあれば最後の瞬間までボールの位置を調整できて、いつ助走を始めるのかコントロールできる。ルーティンを変更したあと、彼はホイッスル後にかなり長い間を取るようになっただけではない（上のグラフを参照）。15回連続でPKを成功させたのだ。(注92)

こうしてハーランドの例を見ると、PKキッカーにとっては、ペナルティスポットにボールを置くという簡単なことですら、キック前のルーティンの一側面であると同時に、きわめて重いプレッシャーがかかる状況をコントロールする機会でもあることがわかる。

ホイッスル後の間

遠藤保仁は日本サッカー界のレジェンドだ。日本代表として１５０試合以上に出場し、歴代最多の出場回数を誇る。プロのサッカー選手としてプレーした試合は１１００試合以上にのぼり、２０２４年に43歳で引退した。

２０１０年のワールドカップ南アフリカ大会で大役を務めた時には、ＰＫの歴史に足跡を残した。ラウンド16で、日本がパラグアイと対戦した時のことだ。目立った動きもなくスコアレスのまま１２０分が経過し、試合はＰＫ戦に持ち込まれた。今大会のトーナメント戦で初のＰＫ戦だ。遠藤は日本チームの１番手キッカーだった。ペナルティスポットに着くと、彼は付近の芝生を数秒ほど足で踏み固めた。意図的な行動だったが、穏やかだった。それからボールを置いてＧＫにちらりと目をやると、（ＧＫに顔を向けながら）後ろに下がった。助走を開始する場所まで下がると、彼はじっとボールを見つめた。静かにじっと立って、ただボールを見つめていたのだ。

主審がホイッスルを鳴らした。遠藤は相変わらずじっと立ったまま、食い入るようにボールに見入っている。まだ立っている。テレビカメラがその表情をアップで捉えた。表情はまったく動かない。まるで瞑想しているかのようだ。彼はその状態のまま、何と６・４秒間も立っていた。世界中の人々の目が見守るなかでだ。突然、遠藤はその状態から抜け出した。ＧＫをちらりと見たのだ。短い助走。たったの2歩。右側のコーナーにボールを蹴った。ゴール。

ほとんどの人の目には、このＰＫはうまく芯に当てたごく普通のキックに見えたかもしれない。だが、ＰＫに専門的な関心を抱くわたしにとってはとてつもない瞬間だった。サッカーの主要な大会のトーナメント戦でおこなわれたＰＫ戦のなかで、主審のホイッスルが鳴ったあとあれほど長く身動き一つせずに立ち尽くした選手はかつていなかったのだから。

わたしは思わず通りに飛び出して、そのことを誰かに言いたくなった。だが、もちろん、

ＰＫ戦を最後まで見届けなければならない。

遠藤と会った時に、あんなに長い間を取った理由を尋ねた。彼はまず、ＧＫに予測されないようにしたかったのだと語った。「主審のホイッスルのあとすぐにキックしたら、キーパーがタイミングを合わせやすくなりますからね。だからぼくは時間をかけてキックすることにしたんです。……あれ以前にもＰＫの前に６秒以上待ったことがあるんじゃないかな。ホイッスルのあと１、２秒でキックすることはめったにないから、自分にとって適切なタイミングは６〜10秒ぐらいだと思う。いつもそんな感じです」

では、待っている間は何を考えているのか？「瞑想って、特に何も考えずにじっとしていることですよね——うーん、まぁ、だいたいそれに近いんじゃないかな。だからぼくは集中していたし、もちろん、シュートをうまく決めるだろうと自信を持って立ってました。もっとも重要なことは２つですね。自信を持って蹴ることと、キックを成功させるために全力を尽くすこと。ＰＫの前はこの２つを考えていて、他のことは何も考えませんでした。落ちついていて冷静でした」

それだけだ。遠藤は本質的なことだけに注意を向けた。落ちつき、自信、そしてキックを成功させるために集中すること。

ホイッスル後の間にはそれぞれのペースがあり、どれだけ間を取るかは選手次第となる。歴史を振り返ると、前章で紹介したように、ＰＫキッカーは本能的にホイッスルが鳴って１秒と待たずにボールに向かって走り出す場合が多い。慌ててすぐに助走を始める人は、そうでない人よりもＰＫを失敗するケースが多いようだ。他方で、考え過ぎてしまう人は、助走を始めるまでに余計な間を取りがちだ。時間を取り過ぎるのも良くないように思える。

主要な大会のＰＫ戦の歴史のなかで、もっとも長い間を取った選手を５人挙げよう。（1）マーカス・ラッシュフォード（イングランド）、（2）タメカ・ヤロップ（オーストラリア）、（3）ポール・ポグバ（フランス）、（4）遠藤保仁（日本）、（5）ミーガン・ラピノー（アメリカ）。

トップ10人を男女別にリスト化したところ、選手たちが最長の間を取ったＰＫはごく最近のものが多いことがわかる。

選手たちには、主審のホイッスルが鳴った瞬間につい走り出してしまう傾向があることを考えると、彼らがＰＫを蹴る前に長い間を取る時には、意図的にそれをやっている可能性が高いだろう。そこには意図がある。単なる反応ではない。ホイッスルのあとに間を置くと、助走前に精神を落ちつかせて、自分自身や状況（ＧＫを含む）をしっかりコントロールできるようになり、キックするまでの流れを計画して準備するのに効果的だ。一流選手たちがどうこれをやるか、いくつか例を紹介しよう。

男子サッカーの主要な大会でおこなわれたＰＫ戦の歴史のなかで、セルソ・ボルヘスは間の長さで歴代5位につけている。彼は、ＰＫを蹴り始めたばかりの頃に苦い経験をした。20歳の時に、２００８年の北京オリンピックの予選にＵ－23コスタリカ代表として出場したものの、ＰＫ戦の重要な場面でキックを決められなかったのだ。さらに悪いことに、対戦相手だったパナマ代表チームの監督は父親のアレシャンドレ・ギマラエスだった。ボルヘスはわたしにこんな話をしてくれた。「ぼくのキャリアのなかの決定的な瞬間の一つだね。ものす

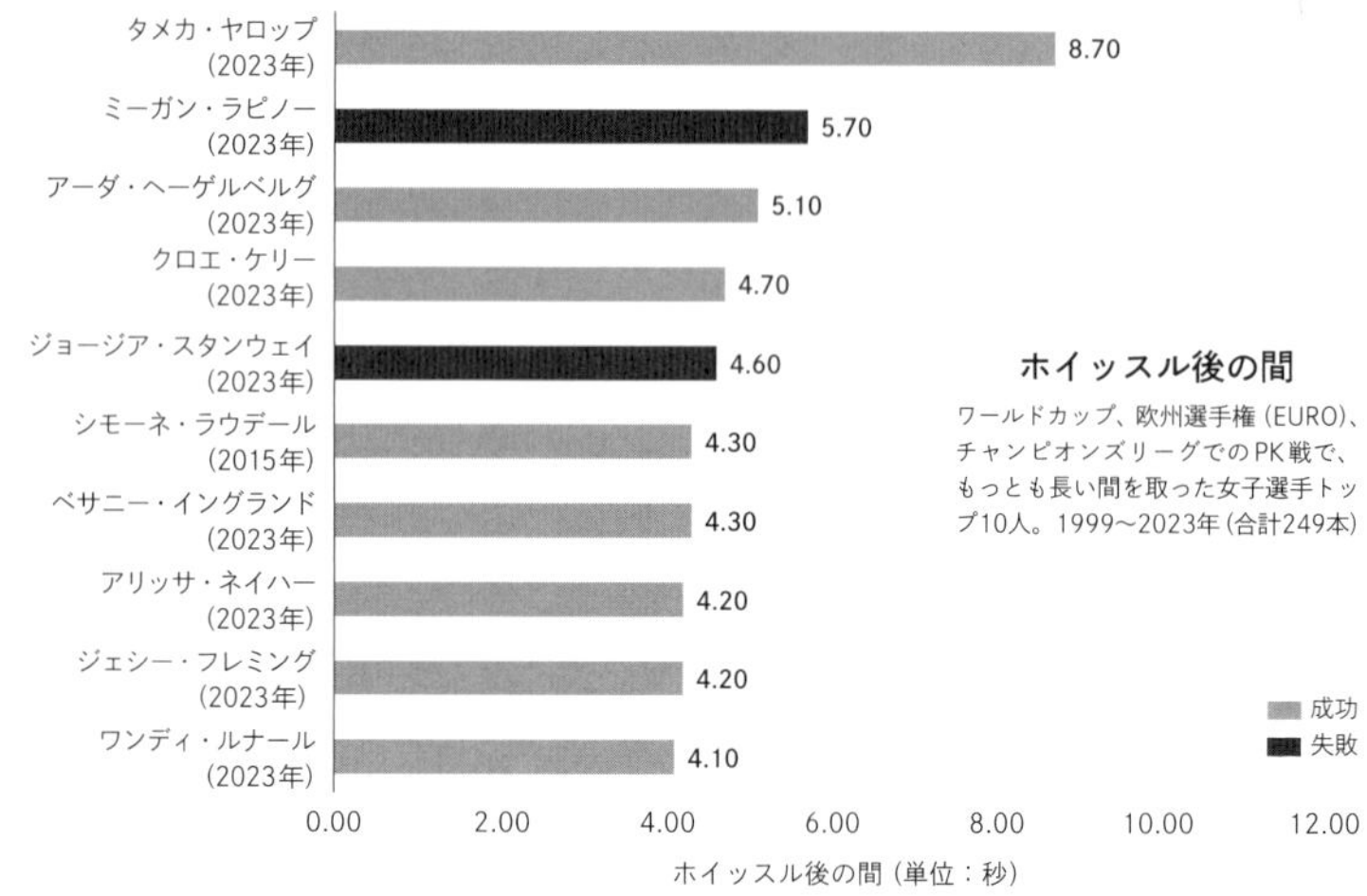
タメカ・ヤロップ (2023年) 8.70
ミーガン・ラピノー (2023年) 5.70
アーダ・ヘーゲルベルグ (2023年) 5.10
クロエ・ケリー (2023年) 4.70
ジョージア・スタンウェイ (2023年) 4.60
シモーネ・ラウデール (2015年) 4.30
ベサニー・イングランド (2023年) 4.30
アリッサ・ネイハー (2023年) 4.20
ジェシー・フレミング (2023年) 4.20
ワンディ・ルナール (2023年) 4.10
0.00 2.00 4.00 6.00 8.00 10.00 12.00
ホイッスル後の間（単位：秒）
ホイッスル後の間
ワールドカップ、欧州選手権（EURO）、チャンピオンズリーグでのPK戦で、もっとも長い間を取った女子選手トップ10人。1999〜2023年（合計249本）
成功
失敗

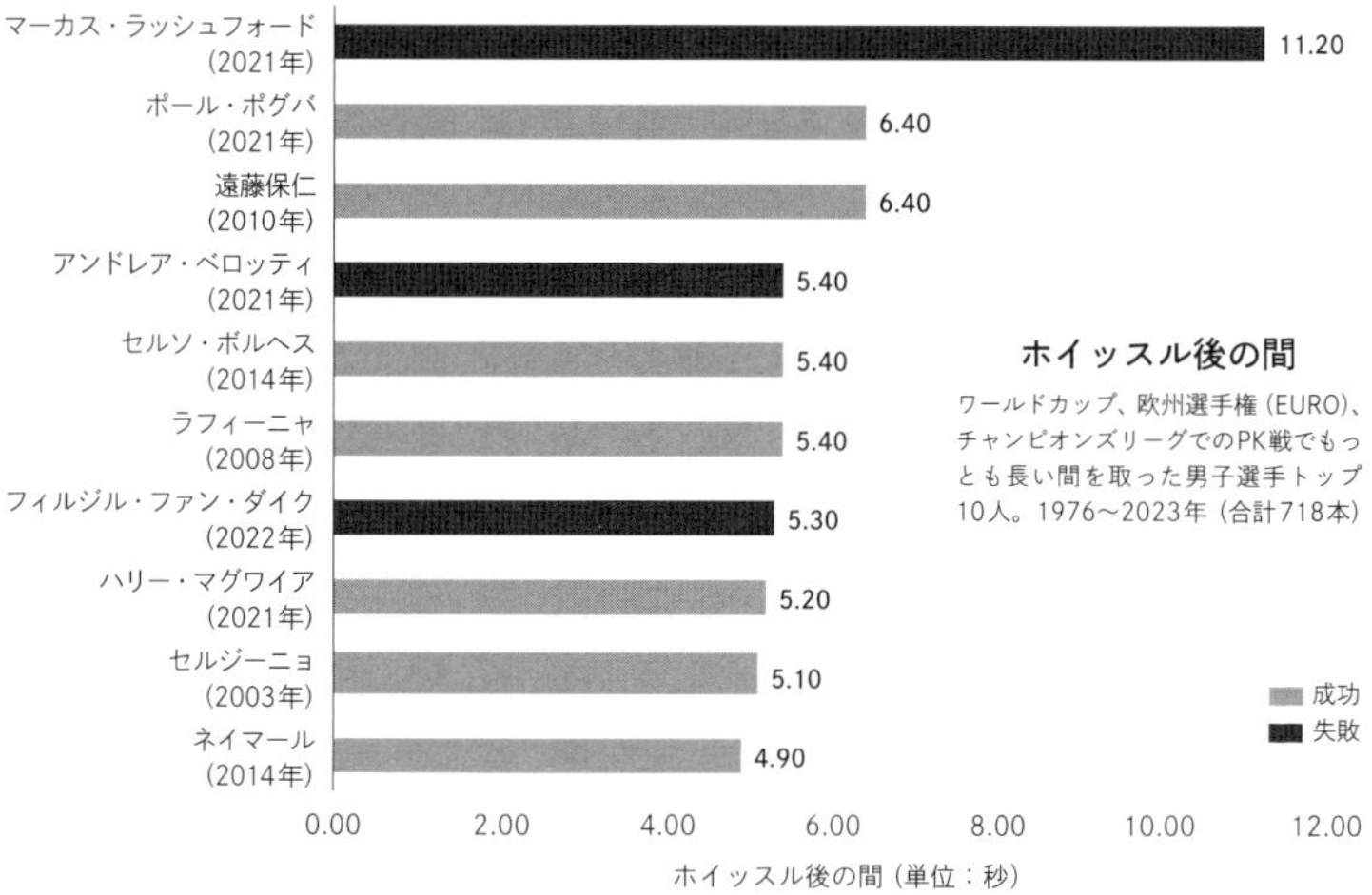
マーカス・ラッシュフォード (2021年) 11.20
ポール・ポグバ (2021年) 6.40
遠藤保仁 (2010年) 6.40
アンドレア・ベロッティ (2021年) 5.40
セルソ・ボルヘス (2014年) 5.40
ラフィーニャ (2008年) 5.40
フィルジル・ファン・ダイク (2022年) 5.30
ハリー・マグワイア (2021年) 5.20
セルジーニョ (2003年) 5.10
ネイマール (2014年) 4.90
0.00 2.00 4.00 6.00 8.00 10.00 12.00
ホイッスル後の間（単位：秒）
ホイッスル後の間
ワールドカップ、欧州選手権（EURO）、チャンピオンズリーグでのPK戦でもっとも長い間を取った男子選手トップ10人。1976〜2023年（合計718本）
成功
失敗

ごいショックを受けた。すごくみじめで。その後半年間はＰＫを蹴らなかったけど、ある日父からこう言われたんだ。『いずれにせよ、いつかＰＫをやらなければならなくなるだろう。おまえの選手としての価値はＰＫで決まるわけじゃない。しょせん試合の一部に過ぎないんだから』。そうだな。わかったよ。誰だって失敗することはある。半年後にウルグアイとの親善試合でＰＫのキッカーを務めた時、逆足でキックしたらうまくいった。それ以降、ＰＫの出番が増えていった」

その後セルソ・ボルヘスはコスタリカ代表として160試合以上に出場し、同国の歴史のなかで最多出場選手になった。2014年のワールドカップで、コスタリカはグループステージを1位通過して、大衆を驚かせた。同じグループにはウルグアイとイタリアとイングランドが並んでおり、結局イタリアとイングランドが敗退した。続くラウンド16でギリシャと対戦したが、試合は延長戦の末に1－1で引き分けた。ＰＫ戦で決着だ。

ボルヘスは当時のことを鮮明に憶えていた。「やれやれだよ。コスタリカがワールドカップでＰＫ戦をやるのは史上初のことだった。で、1番手のぼくがその史上初のＰＫを蹴ることになった。だからすごく緊張した。すごくね。他に表現のしようがないぐらいに」

だが、ボルヘスは緊張で圧倒されたりはしなかった。「これからやることにひたすら集中していた。周囲で何が起きようが気にならなかった。ゆっくりと時間をかけて、何をするべきか、ボールをどこへ蹴るか、といったことだけをひたすら考えていた」

ボルヘスは得点に成功して、コスタリカはＰＫ戦を制した。準々決勝でオランダと激突し、この試合もＰＫ戦に突入することとなった。最終的にコスタリカにとって苦い結果に終わったが、それはともかくとして、今回もボルヘスは1番手キッカーに選ばれた。直接対決となる相手は、PK阻止の名手で容赦のないオランダの守護神ティム・クルルだ。「すべてをいつもと同じようにやった。ゆっくり準備して、ちょっと間を置いて。深呼吸を1回。あとはただ蹴るだけだった」。再びゴール。

興味深いことに、ボルヘスはどちらのPKでも、ホイッスルが鳴ってからボールに向かって助走するまでにかなり長い間を取った（オランダ戦では5秒以上）。わたしがその理由を訊ねると、彼はこう答えた。「確かに時間をかけた。父のアドバイスだったんだ。前に一度こう言われたんだ。主審のホイッスルは助走を始めろという合図じゃない、ルーティンを始めろという合図だ。テニスとは違うんだぞ。テニスの場合は、確か25秒以内にサーブしないといけないんだったか？　でも、サッカーでは好きなだけ間を取れるんだぞ、って」

時間をかけることは、GKとの一対一の勝負で相手に影響を及ぼすチャンスだった。「父がいつも言ってるんだ、キーパーにも不安を伝染させろって。キーパーに『おいおい、こいつは一体何をしようとしてるんだ？』と言わせるぐらいに。相手がそんなことを考え始めたら、ぼくはPKを始める。相手の集中力がちょっと切れたところで、深呼吸して走り出す。時間をかけるのはそのためだね。急いでやることではないから」

今では世界屈指のPKキッカーの多く――レヴァンドフスキ、ケイン、ジルー、イヴァン・トニーら――は、ホイッスルが鳴ったあと3～5秒ほど間を取ってから助走を始める。また、若いキッカーがひと呼吸おく場面や、時には長めの間を取る場面を目にすることも増えた。2024年1月、ジュード・ベリンガムはレアル・マドリード移籍後初のPKを蹴った。まだ若く、ＰＫの経験も浅いが（キャリアで3度目のＰＫだ）、ボールをセットする時のルーティンは、ハーランドやトニーと同じ方法を採った。ボールを置いたあとわざとゆっくり後ろに下がって、それから間を取ったのだ。しかもかなり長く。助走距離を取ったあとにホイッスルが鳴ったが、彼は10秒以上立っていて、それからようやく助走を始めた。そして得点を決めた。

選手はなぜ間を取るのかを理解しておく必要がある。目的は状況をコントロールして心を落ち着けることであり、そのために間を取るのだということを。アーセナルのマルティン・ウーデゴールはいつも、ボールに向かって走り出す前に2〜3秒間をおく。彼にその理由を尋ねたところ、最初は笑ってこう返された。「先生と同じ意見の人たちの話を聞いて、確かにそうだなと思ったからですよ」。が、やがて彼は真剣な面持ちで、状況をコントロールするためだと教えてくれた。「ホイッスルを吹くのは主審でも、助走を始めるタイミングは自分で決めようと思って。単に主審の合図に反応するのではなくて、自分の判断の下でね。その点はコントロールできるから」。ロベルト・レヴァンドフスキに、なぜ立ったままあんなに長い間を取っているのかと尋ねると、彼は間が自分にとってメリットになることを十分意識していた。「ホイッスルのあとしばらく立っているのは、冷静になる時間を取るためだ。集中力をさらに高めるためにね。そういうのをキーパーが嫌がることも知ってる」。それから、ルーティンのこの部分を最適なものにするために磨きをかけたと強調した。「自分に有利にするために時間を使うんだ。不利にならないようにね。メンタリティの問題だね。助走の前にしばらく待つ。たくさん時間を使えば、状況をコントロールできる。最適な方法を見つけようと模索して、いい解決策が見つかったんだ」

もっとも、間などなくても、落ちついて集中できる状態になれるという選手には、間を取らないという選択肢も与えるべきだろう。監督の指示だからという理由で間を取らなければならないとしたら、選手のストレスが軽くなるどころか、増えかねない。ある研究で、トップレベルのアーチェリー選手たちに通常よりも5秒間を置いてから弓を放ってもらったところ、驚くほどパフォーマンスが落ちたという。(注93) コーチの指導のもとで間を置くかどうかを選手個人が選択できれば、コントロール感が高まり、パフォーマンスが向上する可能性も高くなるだろう。

パフォーマンス前に選手がおこなうルーティンは、どんな種類のプレッシャーがかかろうとも効果が得られるほど確実なものが理想的だろう――プレッシャーが長引く状況も含めて。2023年の女子チャンピオンズリーグ準々決勝リヨンとのセカンドレグで、チェルシーのマーレン・ミェルデが経験したことはこの最たる例と言えよう。試合も残すところあと15分というところで、ミェルデは途中出場を果たした。しかもフルバックというめったにやらないポジションだ。「機敏ですばやいリヨンのウイングに翻弄されるうちに、10分ぐらい経過したところでふくらはぎに違和感を覚えたんです」と彼女はわたしに語った。それからMFにポジション変更したものの、ふくらはぎが痛み始めた。「わたしの体に一体何が起きているんだろうか?」。しかし彼女は何とかプレーを続けた。「少なくとも歩くことはできる。それに試合が終わるまでやめるわけにはいかない」

実際、試合は終わらなかった。ふくらはぎに問題があったこともあり、その時点のミェルデはベストな精神状態ではなかった。「頭がぼんやりして、あと1点取れば（ファーストレグとの合計点で）ドローに持ち込めると認識できない感じでした。これで終わりだとしか考えられなくて」。試合終了間際、延長戦の後半2分のアディショナルタイムだった。合計点2－1でリヨンにリードされていたが、突然ペナルティエリアでチェルシーの選手がファウルを受けて、ようやく我に返った。「そうか。ここでＰＫが決まれば同点に追いついてＰＫ戦になるんだと気づきました。このようなプレッシャーがかかる状況では、頭の中で奇妙な考えがいろいろ浮かぶものですね。ある瞬間にはもう終わりだと思う。でも次の瞬間、『まだよ。あと一回ゴールを決めるだけじゃないの』と思う」

主審がＶＡＲをチェックしにモニターに向かった時、ミェルデにふとこんな考えが浮かんだ。「周囲を見まわして、『オーケー、わたしがやらなければ。ＰＫを蹴るのはわたしだ』と思いました。あらかじめＰＫを蹴るよう指名されていた二人の選手がピッチにいなかったから。だから『さあ、とりあえず準備しよう』と覚悟を決めました。で、うちのキーパーのところへ歩いて行きました。心を落ち着けられる場所と時間が必要でした。ＰＫをやるのとは逆方向に歩き始めて、何歩歩いたかな。それから決意が固まって、反対側のペナルティスポットまでかなりの距離を歩きました。心の準備をするのにあの時間が必要だったんです」

このような状況におかれると、彼女は間を取ることが欠かせなくなるようだ。実際、かつても同じような経験をしていた。「ＰＫを蹴る前はいつも同じことをするようにしています。もっとも重点をおいているのは時間かな。前に、時間を取らずにＰＫをやったことが何度かあって、うまくいかなかった。意識からすべてを遮断することができなかった。そして『とにかくこれを終わらせてしまおう』って考えてた。で、失敗しました」

　リヨン戦では、時間がほとんど取れない事態に陥る恐れはなかった。「リヨン戦の時のような状況になると、ゆっくりやろうと考えます。ＰＫに限らず、ピッチ上では予想以上に時間を確保できることがあるんです。ゆっくりと時間をかけて呼吸を整えました。心拍数も下げて。いろんな人から『心臓がバクバクだったでしょ』と言われたけど、『全然。そんなこと考えもしなかった』と答えた。普段よりも穏やかだったかも。心拍数を測ったら、思っていたよりも高かったかもしれないけど、とりあえず自分を落ち着かせた。ほぼ完全にコントロールできてたと思います」

　実際、時間はふんだんにあった。ミェルデが持て余すほどに。主審がＶＡＲをチェックしたあとリヨン側が抗議したため、ＰＫを獲得してから実行するまでに6分も経過していたのだ。興味深いことに、その瞬間、彼女の耳には何の物音も入ってこなかったという。「心の中でセルフトークをしてました。聞こえるのは自分の声だけで、他の人の声は耳に入りませんでした。まるで耳が聞こえなくなったみたいに。主審の声もあまり聞こえませんでした。観客の声も。誰の声も聞こえず、自分の声だけが大きく響いていました。何と言うか、奇妙で不思議な感覚でした」

　そしてようやく準備が整った。ホイッスルが鳴る。3秒待つ。それから助走。そして見事なキック。重くのしかかるプレッシャーのもと、長い待ち時間を歩きまわったあと、ミェルデは左上のコーナーにボールを突き刺し、合計点を2－2の引き分けに持ち込んだ。試合中ではそれが最後のシュートとなった。

さあ、次はＰＫ戦だ。「観客の拍手喝采に手を振って応えながらピッチを少し走ったあと、すぐに『いや、まだ終わってない。ドローなんだから。また集中しなきゃ』と思い直しました。ちょっと無敵になったように感じて、ある意味、その感覚がチーム全体に伝わりました。さっきのプレッシャーに比べれば、たいしたことないですからね」

ＰＫ戦が始まった。ミェルデは1番手のキッカーに選ばれた。「あのあとすぐにＰＫを蹴れて良かった。無敵になったみたいな感覚がまだ残っていたから。大丈夫だと思えた。同じことをやればいいんだから。同じプロセスだし。時間をかけて、どこに蹴るかを見定めて、しっかりとボールを蹴る。この3つをやるだけ。あの瞬間は、絶対大丈夫だと自信満々でした」

ミェルデは再びキックを成功させた。前回と同様にゴールの左側、ただし今回は低い位置にボールを蹴り込んだ。ＧＫはダイブしたものの、ボールが勢いよくポスト寄りに飛んだため阻止できなかった。チェルシーはＰＫ戦を制して準決勝に進んだ。

ＰＫやサッカー以外でも、仕事に着手する前に間を取れば、プレッシャーを軽減するのに役立つだろうか？　もちろんだ。２００9年9月に開催されたバンクーバー平和サミットで、パネルディスカッションがおこなわれた。参加者はダライ・ラマを含めた5人のノーベル賞受賞者たち、それから教育、ビジネス、ソーシャル・トランスフォーメーションなど各分野を代表するリーダーたちだ。参加者の一人はドイツ出身のエックハルト・トール。著名なスピリチュアル講師で、ベストセラー作家でもある。モデレーターがトールに「(信念や思い込みなどの）構成概念によるゆがみがない創造性は、どうすれば生まれるのですか」と訊ねた。トールは目を閉じて少し間を取り（そんな質問をされて間を取らない人がいるだろうか？）、聴衆を少し驚かせたことに、サッカーの話を始めた。そしてこう打ち明けた。BBCワールドニュースを聴いていたら、ある研究者が主審のホイッスルが鳴ったあとにすぐに助走を始める選手よりも、３〜４秒ほど間を取る選手の方がPKの成功率が高いと話していた、と明かし、ここに教訓があるのではとほのめかしたのだ。聴衆はあたたかく笑った――特にトールがもう20年ほどサッカーの試合を見ていないと付け加えた時には。

真剣な話をすると、トールはPKを蹴る前の間を「静寂」とか「自分の内側、すなわち存在の深くにある、あらゆるパワーが宿っている層に注意を向ける」行為と表現した。間は、この表現からイメージする以上に具体的で機能的だ。スポーツをやるか否かに関係なく、誰もがこうした間から恩恵を受けられる。重要な仕事を始める前に、たとえば意識しながら呼吸するなどして短い静寂の間を取ると、感情が安定して、適切な戦略を練って、注意を向けるべきところに向けやすくなる（もしや……と思った読者のために言っておくと、ストップウォッチを片手にPK戦を見る研究者など限られている。トールがラジオで聴いた研究者とはわたしのことだ）。

呼吸の効果

２００６年のワールドカップの準々決勝イングランド対ポルトガル戦、PK戦でクリスティアーノ・ロナウドはチームに勝利をもたらすゴールを決めた。ロナウドは当時としては異例な長い間――ホイッスル後３秒近く――を取っただけでなく、深呼吸を３回する様子もカメラに捉えられている。どの深呼吸でも、息を吸い込む時にはた目からも明らかなほど胸が膨らみ、彼がボールを扱う時と同じように力強く息を吐き、肺が空になるにつれて両肩が下がっていくのがよくわかる。

あらゆる種類のプレッシャーがかかる状況では、パフォーマンスをする前にゆっくりと深呼吸するとかなりの効果が期待できる。テニスの王者ノバク・ジョコビッチは、精神的な強さについて質問された時に、真っ先に呼吸について話した。「いろんなテクニックがある。意識的な呼吸がすごく役に立つ、特に緊張している時に」(注94)。神経生物学者のアンドリュー・ヒューバーマンは、「生理的なため息」――息を吸う時の2倍の時間をかけて、ゆっくりと息を吐く呼吸を5分間続ける方法――は不安の緩和にかなり効果があることを発見した(注95)。きわめて危険な状況や重いプレッシャーがかかる状況など、あらゆる状況で人々はさまざまな種類の呼吸法に頼るようになった。PKキッカーも例外ではない。

ロベルト・レヴァンドフスキは世界屈指のPKキッカーだが、彼もまた、PKを蹴る前に意図的に深呼吸する姿がカメラに収められている。以前に、あるインタビューで彼はこう答えている。「チャンピオンズリーグのトーナメント戦でPKを蹴るのはかなりの重責だ、精神的にね。プレッシャーがかかる。走り回ったあとで息切れしているし、1分とかけずに心を落ち着かせて心拍数を下げなければならない。だから呼吸に集中することで、自分のなかの静穏なスポットを探す。自分に何ができるかを思い出す。プレッシャーを自信に置き換えるんだ」(注96)。わたしとの会話のなかで、彼はこんなことも言った。「PKのテクニックを変えたのと同じ頃に呼吸に集中するようになった。頭と体が落ちつくとすごく助かるんだ。この種の小さなことで得点する確率が上がる」

コスタリカのセルソ・ボルヘスもルーティンに呼吸を取り入れている。ホイッスルのあとに時間を取るのはそのためでもある。「呼吸していたんだ。息を吸い込む。息を吐く。よし、準備完了。おかげで何があろうと集中力が途切れることはなかった」。さらに彼はなぜ呼吸が役に立つかについての詳しい知識も持ち合わせていた。「ある心理学者と仕事をした時に、呼吸の効果がわかったんだ。腹部が空気で満たされると、脳がリラックスして、血流が少し良くなる」

腹式呼吸（呼吸をするたびに、胸部ではなく腹部が膨らむ呼吸法）をすると、副交感神経系が活性化されて、リラックスした状態になる。浅い胸式呼吸をすると、その反対の作用が生じ、交感神経系が活性化されて『闘争・逃走』反応が起きる。(注97) そんなわけでＰＫに臨む前、あるいは同じぐらい大きなプレッシャーがかかる状況では、深呼吸――腹の奥深くまで空気を入れるような深い呼吸――を3、4回することを習慣化するといいだろう。パフォーマンスをする時でなくても、深呼吸は練習できるし、練習した方がいい。普段から腹式呼吸をやっていれば、プレッシャーの下でパフォーマンスをする前に、いつものように呼吸するだけで済む。

マインドセット

ＰＫキッカーとしてのアーリング・ハーランドは機械のように正確だ。ペナルティスポットから決定的なシュートを放つ。とはいえ、ＰＫは彼をさらけ出し、その人間性を浮き彫りにする。ＰＫを蹴る瞬間の自分はみんなと変わらない、と彼は主張する。たとえば２０２２年6月のノルウェー対スウェーデン戦、ＰＫを蹴ったあと彼はこう語った。「今回も死ぬほど緊張した。嘘じゃない」[注98]。あるいは２０２２年の11月、プロリーグに加入して初めて、彼はアディショナルタイムでの勝敗を分けるような決定的なチャンスでＰＫを蹴ることになった。プレミアリーグの一戦、マンチェスター・シティ対フラム戦、１－１で迎えた95分で、シティがＰＫを獲得した時のことだ。「緊張した。人生であんなに緊張したことはないかもしれない。試合終了間際のＰＫなんだから。もちろん神経質になった。誰だってそうなるだろう」（彼は両方のＰＫを成功させた）

　ああやって正直な気持ちを吐露したことについてハーランドに訊ねると、彼はさらに強く言い張った。「ＰＫについてのコメントは、ただ正直に言っただけです。経験したことをありのままにね。重要なＰＫを蹴る前に緊張しない選手がいたら、変だと思いますけどね。ＰＫを蹴る前はどんな気持ちでしたか？　と訊かれたら正直に答えるだけです、めちゃくちゃ緊張した、と。そう感じるのが自然だと思いますし」[注99]

　一つ強調しておきたいが、プレッシャーがのしかかるなかでパフォーマンスをすることは、恐怖や不安を感じないことではない。恐怖や不安を感じながらも行動することだ――こうした感情と向き合いながらも、真っ向から行動することだ[注１００]。２００４年のジネディーヌ・ジダンのＰＫはそれを見事に体現している。

　２００４年の欧州選手権（ＥＵＲＯ）の序盤、グループステージでフランスとイングランドが対決した日、リスボンは猛暑に見舞われた。90分が経過した時点で、イングランドが１

—0で勝っていたが、そこからフランス代表ジネディーヌ・ジダンの独壇場が始まった。

彼はまず、ゴールから30メートル離れたところからフリーキックを蹴って、ゴール左側のコーナーに見事にボールを突き刺した。これで1—1の同点だ。それから2分と経たずにティエリ・アンリがイングランドのGKに倒された。PKだ。ジダンが進み出た。自信満々な態度、決然とした表情、落ちついているように見える。彼はいつもと同じルーティンをおこなった。いつもと同じようにボールをセットし、いつもと同じように助走距離を取り、いつもと同じように立ち、いつもと同じ方法でボールに向かって走った。そしてすばやくボールをゴール左側の奥へと蹴り込んだ。とてつもなく重いプレッシャーがかかるキック。フランスが勝った。

だが、ジダンがPKを蹴る直前、ホイッスルを待つ間に何をしたのかを、目撃した人はごくわずかしかいない。その場面はテレビ画面には映らなかったが、ゴール裏に張り込んでいたスウェーデンの撮影クルーによってカメラに収められた。助走を始める4秒前、ボールがゴールラインを割る6秒前、ジダンは前屈みになって地面に向かって嘔吐した。1回だけではない、2回もだ。それから主審のホイッスルが鳴った。ジダンは顔を上げて口元を拭うと、助走を始め、シュートを決めた。

外見とは裏腹に、あの瞬間、ジダンはリラックスなどしていなかった。緊張していたからか、猛暑のさなかに90分以上走り回ったからか、あるいは前夜に食べたエビが傷んでいただけかもしれない。吐き気の理由が何であれ、ジダンはパフォーマンスに十分に集中してキックした。

ジダンやハーランドと同様に、ほとんどの一流アスリートは恐怖や不安を経験することに慣れている。しかし、不安を抱えながら良いパフォーマンスをするための第一歩は、不安はごく普通で自然に起きること、パフォーマンスに役立つことすらあるし、歓迎して受け入れるべきものだと認識することだ。有名なゴルフ心理学者のボブ・ロテラ博士は、一流ゴルファーのマインドセットについて次のように述べている。「不確実性に対してワクワクするとか、これは役に立つとか、よし来たなどと反応する方法を学ぶ必要がある」(注101)

そうとも。良い気分でパフォーマンスをすることは最高だし、その時に経験していることにすぐにプラスに働く。だが、重要なのはそれではない。オーストリアのスポーツ心理学者で、アメリカのさまざまな代表チームとの仕事でオリンピックに9回帯同した経験を持つペーター・ハーバルの言葉を引用しよう。「選手が何を感じているかなんてどうでもいい。重要なのは何に注意を払うかだ。わたしが関心を持っているのは感情の働きであって、形じゃない」。では、そのような注意深いマインドセットになるために、彼はどんな方法を勧めているのか？　現在に集中して意識を研ぎ澄ませること、柔軟性、心を開くこと、そしてマインドフルネスや瞑想を使ってその境地にたどり着くことだという。

ノバク・ジョコビッチはマインドフルネスのトレーニングを公に支持しており、自身のアプローチを次のように語っている。「落ちついているように見えるかもしれないけど、実を言うと、心の中は嵐が吹き荒れている。最大の戦いは心の中で起きているんだ。迷いや恐怖心があるからね。試合のたびにそれを痛感するよ。スポーツ界でよく言われている心構えがあるだろ。ポジティブに考えようとか、楽観的になろうとか、失敗だの迷いだといったことを考える余地はないとか。ぼくは好きじゃない。そんなの不可能だ。人間なんだから。偉大なチャンピオンと、なかなかトップレベルに到達できない人との違いは、そのような感情からさっさと切り替える能力だと思う。ぼくはわりと短時間で切り替える。負の感情がわき起こったら、それを認識する。コートの上で怒りを爆発させたり、叫んだり、何かするかもしれないけどね。でもそのあとは立ち直ってリセットできるんだ[注102]」

　プレッシャーのもとでパフォーマンスをする時に、不安で落ちつかない気持ちになるのは自然なことだ。だが、そのような感情を受け入れ、そんな感情があるのは仕方がないと思えれば、それを抑えようと無駄に時間を使わなくなり、その時間を使って最高のパフォーマンスをするために必要なことに集中できるようになる。その瞬間に注意を向けるべきものに最大限の注意を払うことが理想だ。かつてＮＢＡのチームで監督を務めたフィル・ジャクソンはこう語った。「賢いことよりも、意識を向けることの方が重要だ[注103]」。現在に最大限の意識を向けることで、アスリートはパフォーマンスの結果（キッカーの場合は失敗を恐れること）を考えたり、過去を振り返ったり（最後にＰＫを失敗した時のことを思い出す）せずに、目の前の仕事に一点集中できるようになる。

　すると人々の歓声や注目、利害関係、その他のプレッシャーとしてのしかかる要素などものともせず、自分の能力を最大限に発揮できるだろう。実質的に主導権を取り戻せるようになる。

2018年のワールドカップでイングランドに何が起きたのか

２０１８年のワールドカップ、ラウンド16でイングランドはコロンビアと対戦した。試合は延長戦の末に１－１で引き分け、ＰＫ戦に持ち込まれた。イングランドのファンの多くは、ＰＫ戦の結末をありありと予想できた。

トーナメント戦に進出したはいいが、イングランドの男子代表チームがこれまでのＰＫ戦で惨憺たる結果を残してきたことは誰もが知っている。１９９６年のＥＵＲＯでドイツにＰＫ戦の末に敗れて以来、イングランドは勝敗を決めるＰＫ戦に5回臨み、そのすべてで敗北した。おまけにわたしの分析によると、重要なＰＫ戦の場面で、イングランドの選手たちは他のヨーロッパ諸国の選手よりも回避的な戦略を取る傾向があった。（注１０４）ＰＫはイングランドにつきまとう重荷になっていたのだ。どうにも倒せない宿敵とでも言おうか。

セント・ジョージズ・パークにあるイングランド・サッカー協会の本部内のバーで、クリス・マーカムは同僚たちと一緒にコロンビア戦を観戦していた。最終キッカーのエリック・ダイアーがＰＫを成功させて、イングランドの準々決勝進出が決まり、22年間におよぶＰＫ戦連敗という悪夢のような歴史に終止符が打たれた時、当然ながら誰もが歓喜にわいた。その30分後にマーカムの携帯電話が鳴った。イングランド代表監督のガレス・サウスゲートからメッセージが届いたのだ。マーカムとそのチームの尽力に感謝すると共に、彼らがいなかったら代表チームが勝つことは不可能だっただろう、とあった。

その後、イングランドをＰＫ戦の勝利に導いた立役者としていろんな人たちの名前が挙がった。選手やコーチ陣はもとより、サッカー協会のテクニカル・ディレクターやパフォーマンス・ディレクターの名が挙がったこともあれば、心理学者のおかげだと言われたこともある。だが、クリス・マーカムの名前が挙がることはなかったようだ。では、なぜサウスゲートはマーカムにメッセージを送ったのか？　そもそも、マーカムは何者で、一体何をしたのか？　イングランドがＰＫ戦で勝利した舞台裏で一体何が起きていたのか、そしてイングランドは20年間手にできなかった支配力をいかにして取り戻したのか、その全貌を紹介したい。

現在はボルトン・ワンダラーズのスポーツディレクターとして働くクリス・マーカムは、２０１７年1月から２０２１年2月までイングランド・サッカー協会でゲーム・インサイト主席アナリストを務めた。当時分析部門のトップだったリース・ロングの発案によってできた新しい部署で、その目的は、試合を分析してイングランド代表チームのパフォーマンス向上に重要となる洞察《インサイト》を見つけ出し、開発することだった。チームと直接働くスタッフでは、時間が足りなくて深く追究できない洞察を見つけるのだ。サッカー協会で働く前、マーカムはハダースフィールド・タウンＦＣのパフォーマンス・アナリストの責任者だった。といっても普通のマッチアナリストではない。スポーツ心理学を勉強し、２００９年に修士号を取得している。イングランド・サッカー協会で彼を待ち受けていた初めてのビッグプロジェクトが成功できたのは、おそらくこの経歴のおかげでもあったのだろう。

「協会から最初に突きつけられた課題は『どうすれば主要な大会のＰＫ戦で勝てるか？』だった」とマーカムはわたしに話してくれた。２０１７年1月からその18か月後に開催されたワールドカップ・ロシア大会までの間に、マーカムは4人のアナリストから成るチームを率い、その後データ・サイエンティストを一人加え、全員で一つの目標に向かって邁進した

――イングランドを苦手なＰＫで勝たせるという目標だ。

わたしがマーカムを紹介されたのは２０１８年1月で、初めて会ったのは同年4月のことだった。彼からＰＫについて質問攻めにあったが、彼は自身とそのチームがこれまでやったことや、わたしの研究をどう役立てたかも教えてくれた。それから彼が教えてくれたこと、そしてそのプロジェクトの内容を知って、わたしは腰を抜かさんばかりに驚いた。サッカーの歴史において、２０１８年のワールドカップに向けて準備したイングランドほど徹底的かつ入念に準備したチームは世界中のどこにもいなかったと断言できる。さらには、支配力に関する集団的な認識を変えるために、これほど真剣に考え、そしてこれほど根気よく働いたチームは他にない、とも。

その後、この本の執筆中にマーカムと膝をつき合わせて話した際には、彼らがワールドカップまでに何をしたかを詳しく聞いた。それまでのイングランドの管理体制との違いは明白だった。「ガレス（サウスゲート）以前の、少なくとも5人以上のイングランド代表監督たちの発言を見つけたと思う。といってもＰＫ戦はくじ引きだか、ＰＫは運で決まるだか、あるいはこの種のプレッシャーは練習できないだったか、どれかを言ったサム（アラダイス）は除くがね」とマーカム。

ＰＫは「くじ引き」だという説によって、ＰＫはコントロールできないとか、練習しても仕方がないといった思い込みが根強くなり、ＰＫに対する無力感が広まった。マーカムはその結果どうなるかを知っていた。「心理学的な見地からすると、ＰＫはくじ引きだと言えば、選手たちから支配力を奪うことになる。そして選手たちに取り戻してほしいのはまさにそれなんだよ。キックすることだけでなく、プロセス全体を支配することだ。最初は、コントロール感だった。選手やスタッフ、そして全員のコントロール感を上げるにはどうしたらいいのかって」

その目的を掲げて、彼らはさまざまな段階を経ていった。そのうちの主要なものを紹介しよう。

サウスゲート監督へのプレゼンテーション

最初、マーカムたちは6か月かけて代表監督に見せるプレゼンの準備をした。自分たちの戦略ならチームにインパクトを与えられると納得してもらうためのプレゼンだ。

「われわれにとって幸いなことに、ガレスとスタッフは心が広く、質の高い仕事をリスペクトしてくれた。といっても馬鹿げた案を黙認するタイプじゃないから、高水準なプレゼンでなければならなかった」

もっとも、マーカムは自分たちが提案する内容が、サウスゲート監督もスタッフも今までに見たことがないほどこまかいものだとわかっていた。「助走時のステップ、足の角度、ペースはもちろん、呼吸法、最適なシュートコース、GK。練習用ゴーグルなどについても取り上げた。しかもこれらは技術面の一部にすぎない。他にも選手選び、ギャンブラーの誤信（訳注：同じ目が続いたあとは違う目が出やすいという錯覚）、アクションバイアス（訳注：何もしないよりも何かをした方がいいと考える傾向）、ゴールのど真ん中に蹴る選手が少ないことなどなど……。内容がこまかすぎて彼らが圧倒されかねないので、確か資料を印刷して、それをテーマごとに切り分けてガレスのオフィスへ行ったんだよ。文字どおり床やテーブルなどあちこちに置かれた紙をガレスが吟味して、優先順位をつけていった。これは優先度が高い、そっちは高くないなどと言いながら」

情報量を調整する

サウスゲート監督のリーダーシップとコミュニケーションが鍵となった。マーカムとそのチームは、ＰＫに関する非常に興味深い情報をたくさん発見し、できるだけ多くを選手たちに共有したかった。しかし、サウスゲート監督はすべてを大局的な視点から捉えていた。

「ガレスは手元に膨大な量の情報があって、その一部はすごく重要なものだと理解していた。だけど、大騒ぎしてそうした情報を選手たちに共有すると、かえって逆効果になり、プレッシャーを軽くするどころか増やしかねない。分析し過ぎてどうしていいかわからなくなるかもしれない。ガレスは優秀な監督で、適切な量のディテールを適切なタイミングで選手たちに共有し、これらを意識させることができた」

ＰＫ戦のプロセスを細分化する

最初、彼らはＰＫだけでなく、ＰＫ戦全体の構造も理解しようと科学論文を読んでいた。マーカムはこう語っている。「さまざまな分野の論文を１００本近く読んだと思う。それだけでかなりの時間がかかったけど、そこで有力な論文に当たった。あなたたちの論文だよ。ＰＫ戦がさまざまな段階ごとに分解されていたんだ」(注105)

われわれはＰＫ戦を次の４段階に分解していた。

第１段階：延長戦後の休憩
第２段階：センターサークル
第３段階：歩く
第４段階：ペナルティスポット

「物事が動き出したのはその時だった――複数の領域でうまくやらなければならないことがわかった。キックだけじゃないし、心理学だけでもない。選手たちからプレッシャーを取り除くことができるプロセスがあって、それを自分たちで作れることに気づいた」

プロセス

ガレス・サウスゲートはよく、結果ではなくプロセスに集中しろと言う。同じことはＰＫにも言える。マーカムの言葉を引用しよう。「それからわれわれにフォローができて、改善の余地のあるプロセスは何かを議論したんだ。その主な理由は、われわれにできることは、ＰＫはコントロールできるという感覚、ＰＫはスキルであり自分でも改善できるという感覚を選手たちに取り戻してもらうことだったからだ。選手たちがそのプロセスを習得し、支配力を手に入れられれば、ＰＫはコントロールできると確信できるようになるだろう」

選手分析

マーカムとそのチームは、イングランド代表チームのＰＫを細部に至るまで入念に分析した。

「一つ加えたものがある。プレッシャーの評価だ。プレシーズンマッチでジョン・ストーンズが2歩走ってゴール上のコーナーにボールを突き刺すのを見たが、あれとＦＡカップ決勝戦のＰＫを同じように扱うわけにはいかないだろう？　これらを区別する必要がある。ＰＫ戦の時のイングランドチームの動きも検証した。ＰＫ戦の場面でフィールドに何人の選手がいたか？　キッカーを引き受けたのは誰で、引き受けなかったのは誰か。実績のある攻撃的な選手でありながら、ＰＫ戦を蹴るのをあからさまに回避する選手がいるとか、興味深いことがいくつかわかった。洞察が得られたよ」

選手たちとのミーティング

ワールドカップが開催される数か月前の２０１８年3月、マーカムらはＰＫワークショップを開催して、さまざまなアイデアを選手たちに伝えた。「ＰＫ戦はさまざまな領域や側面に分解できると話したのは、その時だった。そして一つひとつについて詳しく説明したんだ」

この最初のミーティングの目的は、選手たちに動画を見せて、助走、ルーティン、審判の行動パターン、チームの行動パターンなどを詳しく説明することでもあった。動画を見せることで、「彼らが思っている以上にはるかに多くのやり方がある」と教えようとしたのだ。

ミーティングは、選手たちがそれぞれの意見を述べる最初の機会にもなった。「経験豊富なのに（ＰＫを）蹴りたがらない選手もいれば、その逆で経験不足なのに（ＰＫを）蹴りたがる選手もいた」という。

選手たちとのミーティングを重ねながら、マーカムらはみんなのＰＫに関する考え方を変えようと試みた。特に、イングランドが他のどの国よりもＰＫの準備が整っていると示そうとした。

「メインはフレーミングだったと思う。こうした作業はすべて……最終的に、これはコントロールできるという感覚を構築するためのものだった。ＰＫはくじ引きとは違う。他のチームはこんなに詳しくＰＫを突き詰めないだろうから、われわれは誰よりも準備万端なはずだ、と」

審判とのミーティング

準備段階で、マーカムは審判らともミーティングをおこなって、ペナルティキックを獲得するチャンスや、ＰＫ戦のルールや規定などの制約について話し合った。

「もし……したらといったシナリオを基に、詳細な計画を練るためだった。どうすればイエローカードをもらわずに済むか、イエローカードが出されるポイントは何かとか。キーパーがキッカーの集中力を削ぐ行為はどこまで許されるか？　ペナルティスポットを足でこすっても見逃してもらえるか？　クロスバーを押した場合はどうか？」

こうしたディスカッションをおこなったのは、審判の心理を理解して戦略に取り入れるためでもあった。「いいかい、ほとんどの審判はそのような場面で注目の的になりたいとは思わないだろう。だから少々のことではイエローカードは出さないだろう、と推論した」

ＧＫの水筒に書くメモ

新しいことではないが、彼らはキーパーの水筒に貼り付ける対戦相手のキッカー情報について綿密な議論をおこなった。他の競技の知識を応用することも話し合ったという。「キーパー用のリストバンドとか、メモが入る透明窓つきのグッズをいろいろ調べた」

ホイッスルに対するリアクション

彼らは、ホイッスルに対する反応時間とパフォーマンスの関係についてのわれわれの研究も熟知していたが、その研究をめぐって選手たちと簡潔にやり取りした。

「全体的に、選手たちがホイッスルが鳴った後ほとんど間を取らずにすぐにキックすることに、われわれは心底驚いた。ホイッスルが鳴るや否や、助走を始めるのだから。選手たちには、確かこう言ったと思う。『ホイッスルは選手への合図じゃない。主審の合図だ。だからきみたちは好きなタイミングで助走を始めればいいんだよ』。ルーティンは、ホイッスル音と同時に始めるんじゃない。やろうと思った時に始めるんだ」

ＧＫがボールを手渡す

マーカムとイングランド代表チームがＰＫ戦にもたらした革命的な手法の一つは、ＧＫがゴールライン上で敵のキッカーとの攻防戦を繰り広げたあとに、必ずボールを取りに行って同じチームの次のキッカーに手渡しすることだ。おもしろいことに、彼らがこのアイデアを思いついたのは、GKはどうすれば敵のキッカーの集中力を削ぐことができるかを考えていた時のことだった。

「言うまでもないと思うが、分析の一環として、敵の集中力を削ぐ方法も計った。キーパーが相手の集中力を削ぐ動作を、低、中、高とレベル分けしようとしたんだ。手を振りまわす、ジャンプする、大声で叫ぶ、指を差す、バーをさわるなど、相手の気を散らすキーパーの行為すべてに付加情報を加えた。その際に、ボールを取りに行くのもGKの仕事の一つだと気づいた。だから、うちのチームがPKを蹴ったらうちのGKがボールを取りに行き、相手チームがPKを蹴った場合もうちのGKがボールを取りに行くことにした。こちらは相手の邪魔をしたいし、相手のGKに邪魔されたくないからね」

ゴールパフォーマンスとPKに失敗した選手のサポート

マーカムらは、〝チーム・グレート・ブリテン〟（チームGB）（訳注：グレート・ブリテン島を中心としたイギリスを代表してオリンピックに出場する選手団のこと）に所属する他の競技のコーチやアナリストたちとも話し合い、連携して働いた。特にオリンピックで金メダルを獲得したうえに、シュートアウト戦（訳注：サッカーでいうPK戦のこと）の経験もあるホッケーチームからインスピレーションをもらった。PKに成功した選手と失敗した選手に対して、チームが集団としてどう対応できるかを活発に議論した。

「チームＧＢの人たちは、いつも同じ方法で選手たちをサポートしていた。選手が得点を決めても、積極的に称賛することも、走り回って興奮することもない。選手が失敗しても、何もしない。オールブラックスのメンタリティに似ているね。結果を淡々と受け入れるんだ。そして何が起きようとも、同じように振る舞う。だからわれわれもチームメイトたちを集め、戻ってきたら歓迎する。選手が得点しようが失敗しようが、同じように対応することにした」

とはいえ、ＰＫに失敗した選手に対する反応には他にもいくつかの方法があることがわかっていた。彼らは、選手たちの輪から抜け出して、ＰＫに失敗したキッカーを迎えにいく選手が映った動画を選手たちに見せた。そしてＰＫに成功したキッカーや失敗したキッカーにどう対応するかは、おのおのの判断に委ねることにした。

「これについてはかなり活発に議論した。主にどうやって連帯感を示せばいいかを議論し、派手なセレブレーションについてはそれほど話し合わなかったかな。選手たちを管理しようとは思わないし、選手自身が違和感を覚えるような行動を取るよう促すこともない、と言うと理解できるだろうか。だが、チームＧＢについては一例として紹介した」

個人に合わせたトレーニング

選手もチームもＰＫの練習をしたが、選手個人に合わせて慎重におこなわれた。「ＰＫの経験がほとんどないか、一度も決めたことがない選手――キーラン・トリッピアーなど――を、ハリー・ケインなどの経験豊富な選手と同じように扱うわけにはいかないからね」

「練習量はきわめて重要だが、これについてもガレスとスティーヴ・ホランド（訳注：アシスタントコーチ）は見事に管理していた。特にＰＫ練習をやりすぎると、キーパーがセーブしまくって非現実的になる。キッカーがどこへボールを蹴るかわかるようになるからね。すると最後には目的を見失って、トレーニングというよりも遊びみたいになってしまう」

さらに彼らは他チームのキーパーをトレーニングに投入することも考えたという。キッカーのことをよく知らないキーパーを使う方が、よりリアルにＰＫのシミュレーションができるからだ。

「そんなわけで、どこかの時点でそのことを話し合ったが、ロシアでやるのは難しいだろうとの結論に至った。欧州選手権みたいにこの国でやるなら、アカデミーからキーパーを引っ張って来れるんだが。彼らはハリー・ケインのＰＫを死に物狂いで止めようとするだろうし、一生懸命やってくれるだろうが、ロシア開催だから、ＧＫを調達するのはほぼ不可能だったんだ」

最終的に彼らは全力を尽くしてＰＫ戦のシミュレーションをおこなった。

「主審がいて、作戦会議のあとペナルティスポットまで歩く、センターサークルで集まる、集中力を削ぐ行為など、すべてを含めたリアルなＰＫ戦をやった。選手たちがロシアに旅立つ前に本番並みの練習をやったんだ。彼らはロシアでもＰＫ戦の練習をやったとわたしは確信している」

さらにロシアでは、練習中におこなったＰＫの情報を分析チームが収集してデータ化した。

「パフォーマンスをモニタリングして、ルーティンを作るためだ。最終的に、このデータは

ＰＫ戦のキッカーの順番を決める際にも役立てられた」

延長戦後の休憩時間に何をするか

彼らがもたらしたイノベーションは他にもある。延長戦が終わってからセンターサークルに向かうまでの休憩時間、チームで集まった際の役割分担とコミュニケーションについて計画を立てたのだ。

「延長戦前後の休憩時間に何が起きているかを検証した。選手たちに役割と責任を与え、いてもいい場所といてはいけない場所を割り当てた。きっちり計画を立て、厳しく管理した。ささいなことまで考慮したんだ」

そのインスピレーションは他の競技からもたらされたという。

「チームＧＢのホッケーチームとＰＫ戦のプロセス全体について話し合い、全スタッフと全選手の役割と責任を定めたんだ。ＰＫ戦に関与しない人たちも含めてね。チームミーティングやＰＫのトレーニング中に、それぞれの役割を明確に伝えた」

その一環として、チームの各個人の領域をさまざまなゾーンに分けた。

「スタッフや選手たちが越えられる境界線と、越えられない境界線を作りたかった。きみはタッチライン、きみはベンチとテクニカルエリア担当といった具合にね。彼らはドリンクステーション、マッサージステーションなどを作り、選手はフィールドにぐずぐず居座ってはいけないことにした。特定のスタッフには『この時きみはフィールドにいる必要はない。テクニカルエリアにいてくれ』と指示した」

その後のコロンビア戦のＰＫ戦では、イングランドチームが計画通りに動いたのが見てとれる。イングランド側は落ちついて集中していて、プロフェッショナルな雰囲気が漂っていた。ＧＫは指定された数人としか言葉を交わさず、話しかけてくるスタッフも一度に一人だ。コロンビアチームと対照的なのは一目瞭然だ。コロンビアのＧＫダビド・オスピナは、スタッフやチームメイトなど5人から一度に話しかけられている場面がある。みんなアドバイスや意見を述べたかったようだが、彼が全員の話を聞いて整理するのは不可能だろう。

ＰＫ戦前に集まる場所

審判とのミーティングの中で、延長戦が終わった直後に選手が集まってもいい場所や、集まってはいけない場所はあるかと審判に訊ねた。

「もしわたしたちがセンターサークルに向かい、そこで選手たちと作戦会議をしたら、審判としてあなたはどうするか？　われわれがセンターサークルにいるせいで、相手チームも集まらなければならなくなったら？　審判たちからは『おそらく何もしないだろう。好きなところに集まっても大丈夫だと思う』という回答をもらった。あるいは、サポーターの目の前のコーナーに集まったらどうなるか？　考えなければならないことがたくさんあったし、戦略的に準備したのに、結局やらなかったものもある。結局のところ、ＰＫを蹴る瞬間に選手がパフォーマンスに集中するには、彼らがやりやすいと感じられる戦略でなければならないからね」

プロジェクトがうまくいった理由

マーカムは、プロジェクトを始めたタイミングが完璧だったと指摘した。

「最適なタイミングだったと思う。こうした戦略が受け入れられ始め、ＰＫがより科学的に分析されるようになった時期だったから。われわれは完璧なタイミングで着手したんだよ。もし今始めていたら、かなりの後れを取っただろう。だから２０１７年にこの戦略に取りかかり、２０１８年のワールドカップに向けて準備できたことは、それ自体が驚異的だったんだ。まだ誰もＰＫについて深く研究していなかったからね。当時はまだ時代を先取りしていたと思う。今だったら時代の先端を走り続けるのはずっと困難になるだろう。結局のところ、われわれにできることなど限られているからね。われわれは先駆的で、タイミングも良かったのだと思う」

イングランドはＰＫ戦をどう戦ったと思うか

マーカムにとってこのプロジェクトは短期的にも長期的にも忘れがたい経験になったようだ。

「ＰＫ戦が決まった時は、これまでに経験したことがないほど緊張した。具合が悪くなるぐらいにね」

コロンビアの１番手キッカー、ラダメル・ファルカオは、ロケット弾のようにボールをゴールのど真ん中に叩き込んだ。ゴール。次はハリー・ケインの番。いつもと同じルーティン、冷静で淡々としている。ゴール。その後３人のキッカーが次々とＰＫを成功させたが、そのうちの1本は前述したマーカス・ラッシュフォードだった。ホイッスルが鳴ってから1秒と待たずに助走を始めてボールを蹴った。PK戦の間中コロンビアのホセ・ペケルマン監督はずっと両手で顔を覆っていたが、イングランドのガレス・サウスゲート監督は着用しているベストと同じぐらいクールで穏やかに見える。イングランドの次のキッカーはジョーダン・ヘンダーソンだ。GK非依存型のシュートでゴール右側に蹴り込んだが、GKのダイブの方が速かった。セーブ。そして彼はセンターサークルまでとぼとぼと歩いていく。ところがコロンビアの次のキッカー、マテウス・ウリベとカルロス・バッカが連続してPKを失敗し、キーラン・トリッピアーが成功させた結果、イングランドの命運は5番手のエリック・ダイアーに託された。そして彼は見事に期待に応えた。ゴール。イングランドは1996年以来初めてPK戦を制した。

マーカムとそのチームのメンバーたちは、その後一晩中パーティで祝ったのだろうと読者は予想するかもしれない。だがプロサッカーでは常に次の試合が待っている。

「(次の対戦相手の) スウェーデンのデータを準備するのに翌朝9時までかかった。だからあの時は特にお祝いはしなかったと思う」

しかしマーカムは自分たちがやり遂げたことを誇りに思っていた。

「スポーツディレクターとして何を成し遂げようとも、あの仕事はぼくのキャリアのなかでもっとも誇れる実績として記憶に残るんじゃないかな。何と言ってもスケールが大きいからね。でもいまだに実感がわかないんだ。ぼくたちはセント・ジョージズ・パークの施設に閉じこもっていたし。良かったことは、すばらしいチームに恵まれたこと、18か月間みんなで懸命に働いて、全員で成功を祝ったことだな。あれは格別な出来事だった」

第3章

プレッシャーにつけ込む

PKキッカーのメンタルに巧みにつけ込むGKたちがいる。マルティネスをはじめ、彼らの手練手管を分類、ご紹介しよう

世界屈指の「マキャヴェリスト」GK、アルゼンチンのマルティネス。彼はあらゆる策略でキッカーを挑発し、セーブすると派手なポーズで相手を煽りまくる　©JMPA

「ぼくはおしゃべり好きでね。カオスを生み出すんだ」
エミリアーノ・マルティネス
GK。アストン・ヴィラ所属。アルゼンチン代表

ブラジル人GKジエゴ・アウベスは、PKの場面でキッカーの親友になろうとする。彼は陽気で快活で親切だ。あたたかな笑みを浮かべ、グータッチや握手をする時もあるし、やさしく抱きしめるかハグすることもしばしばだ。ボールを取ってきてキッカーに手渡しすることも多い。相手チームの選手の頭を親しげにグローブでなでることもある。身を乗り出して相手の耳元でやさしく何かをささやくかもしれない。キッカーの目には、魅力的で気配りができる人物に見える。キッカーにはやるべき仕事があり、この男が敵であることに変わりはないものの、ついやさしく対応し、グータッチに応え、笑みを返さずにいられないようだ。

キッカーは、アウベスの目的が何となくわかるものの、もし彼の親切な態度がきわめて危険で、そのささやき声が小賢しく計算されたものだと気づいたら、笑みを返さなかっただろう。アウベスは、キッカーが自分の声に耳を傾けているとわかった瞬間――キッカーの笑みや返事からそれを察知する――相手との伝達経路が開いたことを知る。「その瞬間に、それ

となく選手を探るのが好きなんだ」とアウベスは言った。「緊張しているかを探るんだよ。キッカーと話して何を考えているのかを感じ取り、こいつはこうするなと予想して、その読みが当たるかどうか確かめたいんだ(注106)」

　相手選手との間につながりをでっち上げると、アウベスは相手をいらだたせるか、自信をなくさせるか、迷わせるよう注意深く練られた言葉をささやいて、相手を打ちのめす。たとえば、「ある選手には、また失敗したら大変なことになるね、きみがプレッシャーを感じるのも無理はないねって言ったんだ」。

　気持ちを理解してもらえると、いつだってうれしいものだ。

　この種の心理操作に効果はあるのか？　アウベスの成績を見てみると、これまでにＰＫに71回臨んで、うち28回セーブに成功している。つまり彼と対決したＰＫキッカーの成功率はわずか61％にとどまる。恐ろしく低い成功率だ。要するにアウベスは、サッカー界でもっとも洗練された心理戦術の誇り高き使い手であるだけでなく、今日トップレベルでプレーするＧＫのなかで最強のＰＫストッパーの一人でもあるのだ（訳注：２０２５年１月に現役引退を発表）。

　本章では、アウベスを始めとする最強のＰＫストッパーたちが、どうやってキッカーをいらつかせ、ＰＫ失敗率を高めるかを検証する。さらには、キーパーにやり返すためにキッカーに何ができるかも。

　ジエゴ・アウベスに関して言うと、明らかにマキャヴェリの領域に入っている。わたしの知る限りでは、マキャヴェリは16世紀のイタリア人作家で、政治的手腕と権力に関する独創的な書物『君主論』を書いた。お気に入りのGKについてはひと言も述べていないが、アウベスはきっと候補に挙がったに違いない。マキャヴェリズムの定義を、「目的を達成するためなら、他人を戦略的かつ必ずしも道徳的とは言えない方法で操作すること——要するに卑劣でずる賢い方法——を厭わないこと」とするなら、アウベスはわれらの時代のもっとも偉大なマキャヴェリストGKの一人と言えるだろう。

マルティネスという男

そしてアウベスといい勝負なのが、アルゼンチン出身のエミリアーノ・〝エミ〟・マルティネスだろう。2022年のワールドカップの優勝メンバーで、2023年にはヤシン・トロフィーを受賞している。(注107)ブエノスアイレス州のマル・デル・プラタで生まれた彼は、貧しい家庭で育ち、時に両親が食事を我慢して彼に食べさせてくれたという。17歳で家を出たマルティネスは、ロンドンへ向かい、アーセナルのユースチームに加入した。その後10年間ほどレンタル移籍に出されて、イングランドやヨーロッパのクラブでプレー。オックスフォード・ユナイテッド、ロザラム・ユナイテッド、ヘタフェなど複数のクラブを渡り歩いた。

その後マルティネスの状況は一変し、PK職人が仕事のメインになった。4年間で5回PK戦に臨み、すべてで勝利した。始まりは、シーズン開幕前におこなわれた非常に地味なコミュニティ・シールドの一戦、マルティネスを擁するアーセナルが、リヴァプールと対戦した時のことだった。2020年8月にウェンブリー・スタジアムで開催されたが、新型コロナの感染症対策で無観客試合となった。PK戦が始まった時、マルティネスは静かで控えめな様子に見えた。その後ＰＫキッカーが変わるたびに、彼はどんどんおしゃべりになった。やがて笑みを浮かべてウィンクし始めた。さらにペナルティスポットに近づいて、ＰＫの準備をするキッカーに積極的に話しかけた。ある時点で、リヴァプールのユルゲン・クロップ監督がマルティネスをじっと見つめ、疑念もあらわにぽかんと口を開き、「あれは何だ？」と言わんばかりにコーチに顔を向けた。コーチはただ首を振っただけだった。リヴァプールのキッカーの一人が蹴ったボールがクロスバーを越えたが、アーセナルの選手は全員ゴールを決めた。エミリアーノ・マルティネスのＰＫショーの始まりだった。

プロスポーツの世界では、いつも挑発的な暴言が交わされてきた。競技の前や競技中に暴言を吐くことで有名なアスリートがいる。バスケットボールではラリー・バードとマイケル・ジョーダン、ボクシングではモハメド・アリ、総合格闘技ＵＦＣではコナー・マクレガー。観客が大勢いる競技場では、通常こうした下品なやり取りは観客の声にかき消される。だが、新型コロナウイルスが流行していた時、事態は変わった。ファンの歓声がないなか、自宅のテレビで観戦する視聴者は、突如、マルティネスのような選手たちが何をもくろんでいるのかを正確に聞き取れるようになったのだ。

２０２１年７月、新型コロナウイルスの影響で１年延期されたコパ・アメリカがブラジルで開催され、マルティネスはアルゼンチン代表として出場した。準決勝でアルゼンチンはコロンビアと対決し、試合はＰＫ戦で決着をつけることになった。コロンビアの１番手フアン・クアドラードがキックすると、ボールはマルティネスのダイブをかろうじて逃れ、ゴールネットを揺らした。次に蹴ったメッシがゴールを決めて、アルゼンチンが同点に追いついた。次はダビンソン・サンチェスの番だ。サンチェスが助走を始めた時、マルティネスの声がエスタジオ・ナシオナル・デ・ブラジリアのスタジアム内にはっきりと響き渡った。

「すまんが、思い通りにはさせんぞ、兄弟（注108）」サンチェスが蹴った中途半端なボールはマルティネスの左側に飛んだ。セーブ。

　コロンビアの次のキッカーはエヴァートン所属（訳注：当時）のジェリー・ミナだった。ここでマルティネスの挑発はさらにエスカレートした。

「笑ってるけど、びくびくしてるだろ。びくびくしてるだろ。おい、ボールがペナルティスポットよりも前にあるぞ。はん、見て見ぬ振りしてやがる」

　ミナはマルティネスの言葉をすべて聞き取り、ボールのそばに立った時に小声で何か言い返した。その間も、彼の言葉に動じていないし、感情も抑えられると示そうとしたのか、笑みを浮かべていた。それから助走を始めたが、またしてもマルティネスの声がひっきりなしに聞こえた。ミナがボールに近づくにつれて、何かを解説しているかのようなマルティネスの口調はどんどん激しくなっていく。

「知ってるぞ。どこへ蹴るのか知ってるから、止めてやる。思い通りにはさせんぞ、兄弟」

　またしても中途半端なキック。またしてもセーブされた。するとマルティネスは腰を前に突き出して両腕を後ろに引くパフォーマンスをして祝った。独りよがりな男らしさと下品さを誇示するようなジェスチャーだ。

　コロンビアの次のキッカーはミゲル・ボルハだった。どういうわけかマルティネスは挑発言葉をさらにエスカレートさせ、ボールに歩み寄るボルハに対して、ますます激しい言葉を浴びせかけた。

「怖いのか？　ハーフタイムの時にべらべらしゃべってたくせに、なぁ？　どこへシュートするんだ、兄弟？　どこか知ってるぞ。見たいんだろ？　さあ、おれの顔を見ろよ。おれを見ろ！　おれを見ろ！　おれを見ろ！」

　ボルハはゴールのど真ん中に強烈なシュートを蹴り込み、得点を決めた。ネットをはね返ったボールが自分のところに戻ってくると、ボルハはそれを観客のいないスタンドに向かって乱暴に蹴り上げた。マルティネスに煽られて、いくらかカッカしているのが見て取れる。

　コロンビアの最終キッカーの番が来る頃には、ベネズエラ人の主審もマルティネスの行き過ぎた行為を明らかに意識していて、ようやく彼を制御しようと行動に出た。だがその注意は控えめすぎたし、遅すぎでもあった。マルティネスの振る舞いは落ちついたものの、最後のPKを阻止した。かくしてアルゼンチンはPK戦に勝利し、最終的に決勝戦でブラジルを破り、1993年以来久しぶりに主要な大会で優勝トロフィーを手にした。

　しかしマルティネスはまだ目覚めたばかりだった。1年後の2022年ワールドカップ・カタール大会の準々決勝、アルゼンチンはオランダと激突し、準決勝進出を賭けてPK戦に臨むこととなった。最終的にこのPK戦は、ワールドカップ史上もっとも好戦的で一触即発の雰囲気が漂う異様なPK戦となった。そしてその中心となったのは……誰だと思う？

　オランダの1番手キッカー、フィルジル・ファン・ダイクを前に、マルティネスは行儀良く、静かで消極的に見えた。だが、それはただの戦略だ。最初から全力で攻めるのではなく、穏やかにスタートを切って、主審や相手選手の動きを探りながら少しずつエスカレートさせていくのだ。ファン・ダイクのキックは、9か月前にカラバオカップ（EFLカップ）の決勝リヴァプール対チェルシー戦のPK戦で成功させたキックとほぼ同じだった。ゴール左上のコーナーに強烈なシュートを放ったのだ。マルティネスは準備万端だった。「ファン・ダイクのことは知ってたよ。決勝戦で彼が3回あそこにシュートするのを見た（注109）」。ファン・ダイクがボールを蹴った瞬間、マルティネスはすでに全力で体を投げ出しているように見えた。ビッグセーブ。そしてセーブ後のマルティネスのセレブレーションはいっそう派手なものになった。

「1本目のPKを阻止することは、自分の縄張りにマーキングするようなものだ」とマルティネスは後に語っている。「相手チームは得点しにくくなる、特に2本目のPKがね（注110）」

オランダの2番手キッカーはステフェン・ベルハイスだ。マルティネスはペナルティスポットのそばに立ち、左手でボールを差し出しながら彼の到着を待っていた。ところがいざベルハイスが到着すると、マルティネスは手首をひねってボールを地面に落とした。ベルハイスは4〜5メートルほど歩いてボールを取りに行かなければならなかった。彼は助走する前に笑みを浮かべたが、おそらくその短い準備時間にマルティネスから何度も話しかけられたからだろう。ホイッスルが鳴るとすぐに反応してボールを蹴ったが、シュートは阻止された。そのような瞬間、大抵のGKは小さく喜びか決意を示すジェスチャーをして、静かにゴール前から歩き去る。だがマルティネスは普通のGKとは違う。彼にはセーブに成功したあとの派手なセレブレーションが何種類もあり、この時は両手と両脚をリズミカルに左右に動かすちょっとしたダンスをチョイスした。

次の対戦相手はトゥーン・コープマイネルスだ。今回もマルティネスはペナルティスポットで彼を待っていた。ボールは持っていなかったが、コープマイネルスと目を合わせようと凝視し続けながら、グローブをはめた右手を差し出して握手を促した。コープマイネルスは目を合わせようとはせず、マルティネスは5～6秒ほど所在なげに待っていた。主審が割って入り、マルティネスにゴールラインまで下がるよう指示した。イエローカードどころか、警告すら出されなかった。マルティネスの策略のほとんどが見逃されるのは、マキャヴェリのプレーブックに忠実に従っているからかもしれない。彼はいかにも情け深くて人間味にあふれた人に見えるため、主審の基準からは正しい側にいるように見えるらしい。コープマイネルスはPKを成功させると、マルティネスを嘲った。さっきまで明らかにこのキーパーの標的にされていたのだから無理もない。と同時にマルティネスの存在感の大きさも露わになった。

オランダの4番目のキッカー、ボウト・ベグホルストがペナルティスポットに向かって歩いて来た時のことだ。マルティネスは主審の方向をチラリと見て、主審がわずかの間背を向けたのを確認すると、チャンスとばかりに新しいことを試した。ボールを強く蹴ったのだ。あたかもベグホルストにパスするかのような素振りだったが、ボールは彼を通り越して30～40メートルほど先まで転がっていった。挑戦的で悪意のある行為だ。ベグホルストはボールを取り戻すためにチームメイトに助けてもらわなければならなかった。それからマルティネスは両側のポストにキスしたり、クロスバーをなでたりして、体を使って自分の縄張りを主張した。そんなことをやっているうちに主審が近寄ってくると、マルティネスはグローブで

オランダとのPK戦を制したあと、メッシはまっすぐにGKマルティネスのもとに駆け寄った　©JMPA

主審の頬を軽くたたいた。またしてもフレンドリーなしぐさだったが、傲慢で譲らない意志が見て取れる。このような状況では主審をコントロールする必要があり、マルティネスはまるで自分の楽器であるかのように主審を操っていた。ベグホルストのシュートが決まると、マルティネスとベグホルストの間でちょっとしたボールの取り合いが起きた。マルティネスが勝ち、次に蹴ることになっているチームメイトに満足そうにボールを渡した。

この時点で両チームがやっていたのは、試合というより小競り合いに近かった。オランダの選手はみな、PKを終えてセンターサークルに戻る際に、アルゼンチンの次のPKキッカーにわざと侮蔑的な言葉を浴びせた。アルゼンチンの5番手キッカー、ラウタロ・マルティネスが勝敗を決めるPKを蹴るためにセンターサークルから歩いて来た時には、3人のオランダ選手に取り囲まれて、お見送りとして、あらん限りの侮蔑的な言葉を投げつけられた。最終的にこのアルゼンチン選手が得点し、チームの準決勝進出が決まると、他のアルゼンチン選手たちはいつもと違う行動に出た。いつもなら、まっすぐにキッカーの元に駆けつける場面だ。しかし彼らは、まずオランダ選手たちの前に群がって最後の嘲笑を浴びせ、それからようやくラウタロ・マルティネスの元に集まった。

だが興味深いことに、一人のアルゼンチン選手だけは、彼らに加わらなかった。リオネル・メッシだ。彼はまっすぐにGKの元に駆けつけ、二人はピッチの反対側で長い抱擁を交わした。メッシは明らかに、このPK戦の勝利の真の立役者が誰なのかをはっきりと認識していたのだ。(注111)

ワールドカップ決勝の舞台で

もっとも、マルティネスが真骨頂を発揮するのはまだ先のことだ。1週間後、アルゼンチンはワールドカップ決勝でフランスと対戦。試合は3－3で引き分けてPK戦に持ち込まれた。男子サッカー・ワールドカップの歴史のなかで、大会の覇者をPK戦で決めるのはこれが3度目のことだ。マルティネスは準備万端で、最初からペナルティエリアを支配した。どちらのゴールを使用するかを決めるために、ピッチ中央でフランス代表のGKでキャプテンのウーゴ・ロリスがコイントスをしようとしている間、マルティネスは足早に一方のペナルティエリアへと向かった。彼は何が起きるか知っていたのか？　ただの予想か？　主審のジェスチャーを誤解したのか？

いずれにせよ、コイントスで決まる前に彼は正しいゴールを選び、早々に到着して準備することができた。その後ロリスがゴール前にやって来ると、マルティネスは握手の手を差し出した。「ようこそ！」と訪問客を自宅に歓迎するかのように。さっさと歩いて先にゴールに到着することで、彼はホームアドバンテージのようなものを作り上げたのだ。

マルティネスは、フランスの1番手キリアン・ムバッペとも握手した——実にフレンドリーな態度で。それからボールの位置を確認してほしいと主審に丁寧に頼んだ。主審は親切に応じて、ボールのところまで歩いていって間近で位置を確認すると、親指を立てて見せた。マルティネスはこうやって主審との間に人間関係を築いた。この関係が後に自分に有利に働くこともあるだろう。PK戦の枠組みに関する規制は緩いため、マルティネスのような選手がつけ入って試合の流れを操る機会はいくらでもある。サッカーのPK戦は厳密に構成されていると思っている人もいるだろうが、実際は違う。明確なルールは数えるほどしかない。たとえば、キッカーがボールを蹴るまでGKはゴールライン上に立っていなければならないとか、キッカーはボールを前方に蹴らなければならないとか。だが、PKを蹴る前の選手の行動についてのガイドラインはごくわずかか、ないに等しく、主審の判断に任される。状況を操るプロは、そうした主観的な判断にどんどんつけ込んでくるものだ。

もっとも、ムバッペのPKは成功した。マルティネスの片手がボールに触れたものの、押し出せなかったのだ。

フランスの次のPKキッカーは、バイエルン・ミュンヘン所属のキングスレイ・コマンだ。

マルティネスはさらにギアを上げて、ペナルティスポットでコマンを出迎え、主審に介入してくれと丁寧に頼んだ。またしても主審にボールの位置を確認させ、主審はまたしても従順に親指を立てて見せた。その後マルティネスはコマンのＰＫをセーブして喜びを爆発させた。小走りして、３回大きくジャンプしながら拳を突き上げたのだ。この時点で、この劇的な場面の主役が誰なのか、疑問の余地はなかった。

　次のアルゼンチンのキッカーが得点し、フランスのオーレリアン・チュアメニがＰＫを蹴る番が来た。この時、マルティネスはさり気なく振る舞うのをやめた。のちに彼はこの状況に備えていたことを認めた。「心理学者と一緒に練習したんだ。何とか１本をセーブできれば、次の１本を封じ込められるだろう、って」[注112]

　マルティネスは最初、主審の目の前でボールをつかむと、あたかも自分のものであるかのように持ち去った。主審とチュアメニが見守るなか、マルティネスは彼らに背を向け、片手にボールを持ったまま、アルゼンチンサポーターにもっと大声を出すよう右手で煽った。今や明らかに気分を害した主審は、我慢がならんといった様子でホイッスルを鳴らすと、ＧＫの方向へと歩き始めた。ところが、マルティネスはチュアメニにボールを渡す代わりに、ボールを投げ捨てて、彼に20メートルほど先まで取りに行かせた。明らかに失礼な行為だったが、主審からのおとがめはなく、マルティネスはぷいと背を向けるとゴールに足を踏み入れた。彼は状況を完全に支配し、手応えを感じていた。チュアメニがペナルティスポットにボールを置いて準備すると、マルティネスは両手を高々と上げ、彼を見ながら満足そうにニヤリと笑った。ＰＫは失敗に終わった。

アルゼンチンの次のキッカーはレアンドロ・パレデスだった。ボールを投げてチュアメニに取りに行かせたばかりだったこともあり、マルティネスはフランスGKのロリスに仕返しされるかもしれないと考えた。そのため彼は準決勝の時と同様に、すぐさまボールをつかむと、チームメイトに手渡した。こうして相手に先んじて事なきを得た。

各チーム3人がPKを蹴った時点で、アルゼンチンは3対1と余裕でリードしていた。この時点で、マルティネスは自信満々そうに吠え、すべての力を次の対戦相手にぶつけようとした。その相手となるランダル・コロ・ムアニがセンターサークルから歩いてくると、マルティネスは、タッチラインに並んだコーチ陣の方を向き、コロ・ムアニを激しく指差しながらセーブするしぐさを何通りも披露した。露骨すぎるほどの振る舞いで、彼はコロ・ムアニと彼のお気に入りのシュートコースの話をしているのだと、本人に知らせようとしたのだ。コロ・ムアニが近づいて来ると、マルティネスは直接話しかけて彼を指差し、それから自分自身を指差したが、主審に制されそうになると、今度は激しく頷きながら満面の笑みを浮かべた。

高度な読唇術などなくても、マルティネスが何をしゃべっているのかは理解できた。「おまえを見たぞ！　見たぞ！　見てたからな！」。それから主審を押しのけてコロ・ムアニに近づこうとしたところで、イエローカードを出された。マルティネスはゴールラインに立つと、アルゼンチンサポーターに歓声を上げろと身振りで示しつつ、相変わらず笑みを浮かべてPKキッカーに何かをしゃべり続けた。コロ・ムアニは得点したが、マルティネスの勝利はすぐそこまで迫っていたし、彼自身もそれを知っていた。

マルティネスはゴール内のボールを拾った際に、主審に振り返って「うちが得点したら勝ちだろ？　うちが得点したら勝ちだろ？」と訊ねた。実際にアルゼンチンの次のキッカーは得点を決めた。アルゼンチンは3度目のワールドカップの優勝トロフィーを手にしたが、それはマルティネスのマキャヴェリ主義者的な振る舞いのおかげでもあった。

ＰＫキッカーと対決する際、ＧＫは相手のプレッシャーを増大させるために主にどんな手段に出るのか？　そしてＧＫがキッカーの集中力を削いだり、混乱させたり、心理戦をしかけたりする行為は、キッカーの集中力や精神状態、最終的にＰＫのパフォーマンスにどんな影響を及ぼすのか、データから何がわかるだろうか？　本章の続きの内容は、やさしくも、気高くも、礼儀正しくもないし、悪質で不愉快と形容する方がしっくりくるだろう。しかし、こうした行動はプロサッカーの現実であり、好むと好まざるとにかかわらず、こうした行動を考慮して対処する必要がある。

視覚的に気を散らす行為

１９７０年代～１９８０年代前半まで、ＰＫ戦をしている間のＧＫは行儀がよく、従順で、静かに立っていた。ＰＫが始まる前、ＧＫは終始淡々とした様子でゴールまで歩いていくと、ゴールライン上にポジションを取るのが常だった。キッカーが助走する時のＧＫは、大抵の場合、ゴールライン上にせまい歩幅で立ち、少し前屈みで膝を曲げ、両手を手前にだらりと下げて構えた。

この状況を一変させたのは一人の男だったようだ。リヴァプールのブルース・グロベラーだ。彼が突然行動を変えたのは1984年のヨーロピアン・チャンピオン・クラブズ・カップ（訳注：UEFAチャンピオンズリーグの前身）の決勝、リヴァプール対ローマ戦でのことだった。それ以前、リヴァプールは一度しかPK戦の経験がなかった。しかもそれは10年前で、開幕戦前のコミュニティ・シールドの一戦だった。不吉な前兆と言うべきか、彼らはローマとの決勝戦の1週間前に、下部組織のユースチームとPK戦の練習をおこなって5対0で負けていた。(注113)準備万端とはいえない状況だ。しかし彼らにはグロベラーがいた。

ジンバブエ出身のGKグロベラーは、PK戦が始まった時にはごく普通に振る舞っていた。その振る舞いが変わったのは、ローマの2番手ブルーノ・コンティがPKを蹴る前からのように見える。グロベラーは最初、ゴールラインに向かいながら何やら大声で独り言を言った。それからゴールネットによりかかり、網目の間に顔をくぐらせようとして、結局網を噛んだ。それからコンティに振り返って、指で何かジェスチャーして話しかけながら、彼の方へ数歩歩いた。対してコンティはグロベラーに背を向け、主審が準備を終えるのを待った。コンティが蹴ったボールはバーの上を越えていった。

ローマは3本目のPKを成功させたが、4番手キッカーが蹴る前にグロベラーはちょっとした動きを見せた。後世まで語り継がれることになるパフォーマンスだ。後年彼はこう答えている。「対戦相手への敬意を欠く行動だったとみんなから注意されたけど、ぼくはただプレッシャーにさらされた彼らの集中力を試しただけだ。彼らはテストに失敗したということだろう(注114)」

確かに。グロベラーはまず、酔っ払いのように体を左右に揺らしながらゴールラインに向かった。ゴールラインに立つと、膝を何度か曲げたり震わせたりした。まるで膝をコミカルに震わせて終わる、足下のおぼつかないダンスルーティンのようだ。主要な大会の決勝戦で、ＰＫの前にこんなやり方で準備をしたプロのＧＫはそれまで一人もいなかったに違いない。

この振る舞いはキッカーのパフォーマンスに影響したのか？　確実なことは言えない。４番手キッカーのフランチェスコ・グラツィアーニは、助走の準備をする間ほぼ下を見ていた（あるいは下を見る振りをしていた）。ところが、グロベラーが最後に膝を揺らせた時、グラツィアーニはその方向に目線を向け、すぐさま胸元で十字を切った。そして彼が蹴ったボールはクロスバーの上へと打ち上げられた。グラツィアーニが歩き去る間に――彼はセンターサークルのチームメイトのところへは戻らず、直接ベンチに向かった――アラン・ケネディがＰＫを成功させた。こうしてリヴァプールが優勝カップを手にすると共に、ブルース・グロベラーの名がＰＫ心理戦のパイオニアとして歴史に刻まれた。言うまでもなく、彼の名はダンスの歴史年表にも刻まれている。

そこから時間を早送りして２００５年のイスタンブール。チャンピオンズリーグの決勝でリヴァプールはＡＣミランと対戦した。ハーフタイム時点で３－０で負けていたリヴァプールが、後半から見事に巻き返して同点に追いつき、ＰＫ戦に持ち込んだ。リヴァプールのＧＫイェジー・ドゥデクと、ＡＣミランの１番手キッカーであるブラジル人のセルジーニョが対決することになった。セルジーニョはペナルティスポットにボールをセットしたあと、ドゥデクを一瞥もすることなく背を向け、センターサークルに顔を向けながら助走距離を取った。それから振り返って助走の準備をする時、彼は初めてドゥデクに目を向けた。そこで彼を待ち受けていた光景は……。

ドゥデクはもはやサッカー選手ではなく、ラテンダンサーと化していた。リズミカルに両腕を上下に振りながら、左に数歩、右に数歩とステップを踏んでいる。どういうわけかその動きは彼を大きく見せた。主審のホイッスルが鳴ったあとも、セルジーニョは4秒以上構えたまま立っていた——主要なPK戦でキッカーが取る間よりも長かったが、さもありなんだ。この奇怪な視覚ショーを理解するのに少々時間が必要だったのだ。

ようやくセルジーニョが助走を始めると、ドゥデクはワイルドなパフォーマンスをやめてゴールの中央に戻って身構え、ビッグジャンプに備えて両膝をわずかに曲げた。シュート。だが、大失敗だった。ボールはゴールの左隅の上を越えていった。キッカー0点、ダンサー1点。

ミランの次のキッカーはアンドレア・ピルロだった。ピルロの前でも、ドゥデクは両手を上下に振ったが、そこでギアを一段上げて、ゴールライン上に座り込みそうなほど両膝を曲げたあと、数回すばやく左右に動いてフェイントを試みた。情報過多に圧倒されたのか、ピルロは弱々しいシュートを放ってドゥデクにセーブされた。後にピルロは、PK戦を「内なる恐怖の中をはてしなく歩いて行くようなつらい経験」と形容したが(注115)、もしかしたらこのPKにインスパイアされたのかもしれない。

やがてカカの番が来た。今回ドゥデクはグロベラーの〝ぐらぐらの脚作戦〟をまねたが、もっと激しく美しいパフォーマンスだった。腰を左右にくねらせながら、地面に尻がつきそうなほど両膝を曲げたあと、再び腰をひねりながら膝を伸ばした。いろんな動きをしたあと、彼は間違った方向にダイブして、カカが得点した。その結果、ドゥデクはアンドリー・シェフチェンコと真剣勝負をしなければならなくなった。ミランの命運を背負ったこのウクライナ人選手に対して、ドゥデクはセルジーニョの時と同じようなパフォーマンスをして、同じような効果を得た。シェフチェンコが蹴ったボールは、ドゥデクのほぼ正面に飛んだ。セーブ。5本のPKのうち3本が失敗に終わった。「イスタンブールの奇跡」は成就した。一度は瀕死状態に陥ったリヴァプールが蘇り、チャンピオンズリーグ優勝を果たした。ゴールラインダンスはまったく新しい段階へと引き上げられた。

オーストラリアのGKアンドリュー・レッドメインはこの芸術分野にさらに磨きをかけて、国民的な英雄になった。2022年のワールドカップの出場権をめぐって、大陸間プレーオフでオーストラリアがペルーと対決した時のことだ。レッドメインは延長戦の末の120分で途中出場を果たし、PK戦に臨んだ。その結果、オーストラリアが勝って、同年のワールドカップの出場権を手に入れた。ゴールライン上で彼は、大の字ジャンプ、つま先旋回《ピルエット》、スクワット、両腕を振るしぐさ、ちょっとしたバックターンまでやってのけたが、その動作のすべてが気まぐれで、てんでんばらばらで、予測不能だった――さしずめグロベラー＋ドゥデク＋αといったところか。そして彼は世界中のメディアから「ダンシングGK」と名づけられた。6本のPKのうちで効果があったのはわずか2本だけだったが、それで十分だ。後にレッドメインは、試合前にGKコーチと話し合って、「ばかげたことをやって、相手の集中力を1～2％でも邪魔できるなら（やる価値がある）」と言われて決断したと語っている。[注116]

GKコーチの主張はあながち間違いではない。イギリスの研究者たちの論文によると、G

ライン上でキッカーの集中力を削ごうとするGK

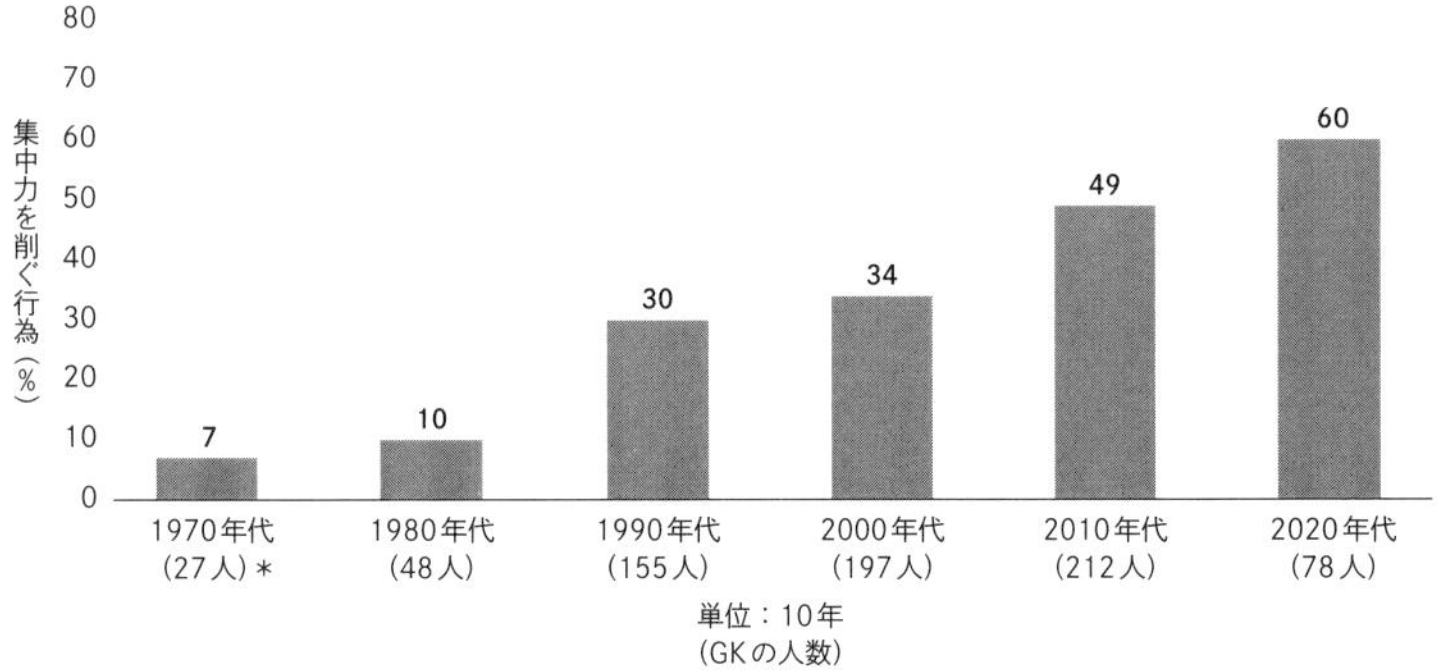

＊1980年に開催されたEUROの3位決定戦のデータは1970年代に含まれる。
1976〜2023年の男子ワールドカップ、欧州選手権（EURO）、チャンピオンズリーグでおこなわれたPK戦の全キックを対象とする。

Ｋが相手の気が散るような行動を取ると、実際にＰＫキッカーの注意を引いて動揺させ、パフォーマンスを低下させるという。[注117]もっとも、この研究は実験室で学生を対象におこなわれたものであり、実際のトップレベルの選手を対象としたものではない。そのため２０１７年、スポーツのボディランゲージの研究で世界的に有名な第一人者、ドイツ体育大学ケルンのフィリップ・ファーリー博士と同僚たちは、１９８６〜２０１０年までの男子サッカー・ワールドカップと、１９８４〜２０１２年までの男子サッカー欧州選手権（ＥＵＲＯ）でおこなわれたＰＫ戦（全３２２本）で、ＧＫによる妨害的な行為がＰＫの結果にどのような影響を与えたかをすべて検証して論文にまとめた。彼らは、ＧＫによる気を散らす行為を「キッカーの注意を散漫にするため、彼らの注意をＰＫから自分たちに向けさせるためにＧＫがおこなうあらゆる種類の行動」と定義した。[注118]調査の結果、ＧＫがキッカーの集中力を削ごうとした場合は、何もし

ない場合よりもＰＫを失敗する確率が10％上がることがわかったという。(注１１９)

わたしも主要な大会のＰＫ戦でＧＫがおこなった同様の振る舞いについて分析した。その結果、１９７０年代から現在に至るまでに、ＧＫによる気を散らす行為が増加の一途をたどっていることが明らかになった（右ページの図を参照）。１９７０年代と１９８０年代には、（ゴールライン上で）そのような振る舞いをするＧＫは10％にも満たなかったが、２０１０年代と２０２０年代になるとＧＫの50～60％が何らかの形でキッカーの妨害をしていることがわかる。

近年、ＧＫによるこのような行為が急激に増えているのはなぜか？　おそらくサッカー界のプロ意識が高まり、競争が激化して、選手たちがあらゆる手段を尽くしてでも有利に立とうとするようになったからだろう。このような行為は効果があると思い込む人が増えていることも一因かもしれない。

データからは何がわかるか？　われわれはデータを分析して、７１８本のＰＫサンプルを観察した。その結果、ＧＫが何も言わずにすぐにゴールラインに向かった場合と、ＰＫの前にペナルティエリアの他の場所に行った場合とでは、キッカーのパフォーマンスに差がないことがわかった。同様に、ＧＫがライン上にじっと立っている場合と、ジャンプしたり、手を叩いたり、左右に動いたりする場合でも、キッカーのパフォーマンスに差がないこともわかった。ところが、ＧＫがこれらの行動を組み合わせた場合（あるいは、これらの行動を念入りにやった場合）は、じっと立っていた場合と比べて、キッカーのＰＫ成功率が10％ほど下がることがわかった。もっともこの差は著しいとまでは言えないが。

さらに、前述したファーリー博士と同僚たちの調査後におこなわれたＰＫだけを検証すると（つまり２０１３年以降のＰＫ戦）、その差はさらに拡大する。すなわち、ＧＫが気を散らす行為を複数組み合わせる（または激しいパフォーマンスをする）場合と、じっと立っている場合とでは、ＰＫ成功率の差が15％に広がるのだ。ＧＫが正しい方向にダイブした事例だけを分析すると、その差は25％にまで拡大する（こうして事例を絞ると、得点したものの質が悪かったＰＫをたくさん除外できるため、キッカーのパフォーマンスがより正確で明確になる）。もっとも、こうして絞り込んだためにサンプル数は小さくなり、これらの発見に統計的有意差が認められなくなった。この結果はわれわれの仮説の方向性とは合っていたが、決定的な証拠にはならない。

これらの分析結果からすると、相手の注意を散漫にさせるために視覚的に訴えるパフォーマンスが、キッカーのパフォーマンスに明らかに影響を与えるわけではない。効く時もあれば、効かない時もあり、その効果はさまざまな要因に左右されるようだ。たとえばパフォーマンスそれ自体、動きの大きさ、タイミング、それをやるＧＫの資質（見入ってしまうようなパフォーマンスをするＧＫがいる）、当然ながら標的となるキッカーにもよる。視覚的な妨害行為に弱い選手もいれば、そうでもない選手もいる。少しくらい妨害行為があったほうがむしろ得になる選手もいるかもしれない。特に、考え過ぎてしまうタイプなどだ。視覚的な妨害行為は、他の妨害行為（言葉、身体、実際的にＰＫを妨害する行為）と組み合わせるのがもっとも効果的ではないかと思われる。それについてはこれから説明しよう。

ペナルティスポットの周りを耕す

この何年かの間に、ＰＫ判定やＶＡＲ判定が下ったあと、反則を犯したチームの選手たちが周囲の混乱に乗じて、スパイクを使って全力でペナルティスポットの〝再ならし〟を試みるケースが急増している。２０２２年のワールドカップ決勝フランス対アルゼンチン戦、試合中の重要な場面でフランスがＰＫを獲得した際には、キリアン・ムバッペがＰＫを蹴る前に、アルゼンチンの選手たちがこれを試みた。最近では、プレミアリーグの選手たちの間でこのテクニックが広まっているようだ。アーセナル（アーロン・ラムズデール〔訳注：現サウサンプトン〕やガブリエウ）[注120]、チェルシー（アントニオ・リュディガー[注121]〔訳注：現レアル・マドリード〕）、リヴァプール（フィルジル・ファン・ダイク）[注122]、マンチェスター・ユナイテッド（ダビド・デ・ヘア[注123]〔訳注：現フィオレンティーナ〕）、ウルヴァーハンプトン・ワンダラーズ（ジョゼ・サ）[注124]などが挙げられるが、これらはほんの一例にすぎない。

　これは明らかに、実際的な妨害をするための手法だ。なぜならスパイクで削れたペナルティスポットからボールを蹴るのは、きれいにならされたスポットから蹴るよりも難しいからだ。と同時に、相手を心理的に動揺させる手段にもなり得る。たとえ物理的なダメージはほとんどなく、スポットの上かそばをスパイクでこすられただけでも、ＰＫキッカーはなにかしら侵襲されたように感じるかもしれない。文字どおり、ディフェンダーは攻撃側のなわばりに足を踏み入れることになるのだ。

ペナルティスポットでお出迎え

キッカーがボールをセットしようとする時に、ペナルティスポットに立って対面しようとするGKがいる。オランダ人GKハンス・ファン・ブロイケレンは、この戦略の先駆者の一人だ。1988年にミュンヘンで開催されたEURO決勝、オランダ対ソビエト連邦戦といえば、オランダのマルコ・ファン・バステンがペナルティエリア右端の厳しい角度から見事に決めたボレーシュートが有名だが、あのシュートはいったん忘れてほしい。それからほどなくしてソ連がPKを獲得する。PKの準備をする間に、GKファン・ブロイケレンは新しいPK心理戦術を試みた。ペナルティスポットに立ってソ連のキッカー、イーゴリ・ベラノフを出迎えたのだ。彼は自分の片目を指差しながら静かに何かを話していた。ファン・ブロイケレンはPKをセーブし、オランダは2－0のリードを守って優勝した。

ポルトガルのリカルド（ペレイラ）も、2004年のEUROで同じことをやった。準々決勝のイングランド戦がPK戦に突入した時、リカルドは両手を腰に当てながらペナルティスポットに立って1番手キッカーのデヴィッド・ベッカムを出迎え、ベッカムがボールをセットする間、何かを話しかけたのだ。そして第1章で述べたように、このあとベッカムはボールをバーの上へと打ち上げた。もっとも、われわれのデータを分析したところ、ペナルティスポットまで来るGKが、後ろに下がったままのGKよりも、キッカーのミスを誘発するというわけではないことがわかった。エミリアーノ・マルティネスやジエゴ・アウベスといった心理戦のスペシャリストにとって、ペナルティスポットでのお出迎えはほとんど慣例行事のようなものだ。むしろこのお出迎えは、そのあとでさらにアグレッシブ（かつ効果的）

な介入行為をおこなうための足がかりに過ぎないように見える。

ボールを渡さない

ＰＫを蹴る直前に対戦相手のＧＫがボールをつかんだら、そのＧＫはキッカーとその集中力を支配しようとしているかもしれない。その支配力を使ってＰＫを遅らせたり、優位に立ったり、相手をいらつかせたりするかもしれない。ジエゴ・アウベスはしばしば早い段階でボールを取り上げ、状況が許すかぎりギリギリまでボールを保持しようとする。キッカーはボールを手にしてルーティンを始めたいと思うものであり、キーパーにボールを保持されると、いらついて不安になることを知っているのだ。当然ながらＧＫは、どうやってボールを手放すかを選択できる。「ボールを支配する者はＰＫキッカーを支配する」という理屈だ。目立たないながらも痛烈なパワープレーなのである。

空間を支配する

オランダ出身のティム・クルルほど歩きまわるＧＫはそういないだろう。彼がノリッジのＧＫだった頃、プレミアリーグのＰＫは何度か次のような展開になった。キッカーがＰＫを蹴る準備をほぼ完了して見上げると、クルルは……いない。ペナルティエリアにすらいない。クルルはしばしば大股で歩きまわり、サイドラインの外に出る時もあれば、キッカーの後ろにいることもあった――実際、予想もつかない場所であればピッチのどこにでも現れた。

２０１４年のワールドカップ準々決勝オランダ対コスタリカ戦、オランダのルイ・ファン・ハール監督が、試合が120分経過したところでPK戦を見すえてクルルを途中出場させたのは有名な話だ。これほど高いレベルの試合でこの種のスペシャリストを出す決断を下した監督は今までにいない。後にファン・ハールは、さまざまな人たちからその想像力と大胆さを絶賛されることになる。(注125)

クルルは監督の期待を裏切らなかった。彼は、わたしがかつて見たPKにおけるどのGKよりも、身体でも、言葉でも、誰よりも広いスペースを占有した。ペナルティスポットで敵のPKキッカーたちを出迎え、全員を威嚇し、ペナルティエリアを走り回った。途中、キッカーの前で、準備運動がてら左右に走るクルルが見られた。それはクルルが輝く瞬間、脚光を浴びる彼の10分間だった。彼はそのチャンスをものにして2本のPKをセーブし、試合後に大々的に報道された。

この試合で1番手キッカーだったセルソ・ボルヘスは、わたしと話した際に、コスタリカの選手たちがクルルに影響されたことを認めた。「彼が投入された時に、ああ、こいつはPKに強い選手なのだろうと思って、ある意味で精神的に打撃を受けた。それから本番の時に彼が近寄ってきて、『おまえを知ってるぞ、どこにシュートするかも知ってる』と言ったのを憶えている。なるほど。彼はぼくたちをひるませようとしていた。彼は『おまえを知ってるぞ』とみんなに言った。実際は知らなかったかもしれないけど、そう言われただけで『まずい』と思ってしまう。うちのチームには、あいつのせいでいつもと違うやり方でPKを蹴った選手が二人いる。心理戦なんだよ」

明らかに、恋と戦とPK戦は手段を選ばないのだ。

クルルの逸話には続きがある。オランダは準決勝でアルゼンチンと対決し、またしてもPK戦で勝敗を決めることになった。しかし交代枠を使い切ってしまっていたため、ファン・ハールはどうすることもできなかった。クルルはベンチにとどまり、オランダは敗退した。時には評判を維持する最善の方法は何もしないことだったりする。

言葉による妨害

一般的には、挑発的な言葉や声を出しての妨害はどんな影響を与えるのか？　研究結果を見てみよう。

実験室でおこなわれたある研究では、研究者らは被験者たちに戦略系ゲームで〝ペッパー〟という名の敵と対戦させた。ゲームのプレー中、ペッパーは頻繁に被験者の目を見てコメントを言う。ペッパーが口にするのは、励ましのコメント（「すごく上手です……どんどん上達してますね」）か、やる気を削ぐコメント（「うまくないですね……あなたのプレーはどんどん悪くなっています」）のいずれかだ。実験の結果、やる気が削がれるコメントにさらされた被験者は、励ましのコメントを受けた被験者よりも、合理性と戦略性を大幅に欠いた意志決定を下していたことがわかった。ペッパーの挑発的な言葉は、人々に影響を与えたのだ。（注126）

もっとも、ここでは注目すべき点が一つある――ペッパーはロボットだったのだ。頭も腕も指もあり、体を動かせるし声も出せるものの、ロボットであることに変わりはない。競争をしている状況では、たとえ機械が発した言葉でも影響力があるということだ。

では、アスリート自身はどう考えているのか？　ある研究によると、アスリートの89％は、挑発的な言葉を発することは競争で優位に立つのに有効な手段だと考えているという。といっても、誰かから挑発的な言葉を浴びせられて、個人的に影響を受けたことがあると答えた人はわずか30％にとどまる。(注127) 万人と同様にアスリートもバイアスの影響を受けると考えると、これは「平均以上バイアス」――人間は他人の能力と比べて自分の能力を過大に評価する傾向があること――の影響かもしれない。有名な例では、車を運転するアメリカ人の93％は、自分の運転技術を平均以上だと評価する現象があるが、理由を挙げるまでもなく、これはつじつまが合わない。(注128) ついでに言うと、挑発する側にもメリットがあるかもしれない。ある研究によると、挑発的な言葉を発する人は、相手をやじることで自分自身が自信を得るという。(注129)

といっても、この行為には悪い面もある。研究者らの論文によると、挑発的な言葉を浴びせられた人は、かえって相手を打ち負かそうと懸命に励み、実際に結果を出すことも多いという。(注130) 標的にされる側にも、努力して良いプレーをしようというさらなる動機ができる、というわけだ。肉体労働や高度に自動化された仕事では、さらなる努力はしばしば高い生産性につながる。その反対に、やや複雑な仕事や技術的な仕事――たとえばＰＫ――では、さらなる努力は逆効果になることがある。考え過ぎか分析し過ぎに陥り、これまで見てきた例と同様に、最高の選手でさえもミスを誘発されることがある。

ゴールライン上でキッカーをあざむく

ジョルジーニョは、ＧＫ依存型のテクニックをマスターしたキッカーだ。クラブレベルの試合であれ、イタリア代表戦であれ、ＧＫが動き出すまで待ってから、ゴールのがら空きとなったスペースにボールを蹴り、ＰＫの88％を成功させてきた。(注131) ところが２０２１年におこなわれたワールドカップ予選で、スイス代表チームはジョルジーニョ対策としてヤン・ゾマーを用意した。ゾマーは絶妙なタイミングでそっと右側に重心をかけてフェイントした。その動きが力強かったため、ジョルジーニョはゾマーが右側にダイブしようとしていると確信したが、実際は、すぐに重心を中心に移動させて左へダイブできないほど力強い動きではなかった。ジョルジーニョは罠にはまり、ゾマーの左側にボールを蹴り込んでセーブされた。

それから約2か月後、イタリアは再びスイスと対戦した。１－１の同点で迎えた90分に、イタリアはＰＫを獲得した。キッカーのジョルジーニョが得点すれば、残り1試合でイタリアは予選グループの首位に立てる状況だった。再びゾマーと対峙したジョルジーニョは、前回ゾマーと対戦した時の記憶が頭をよぎったに違いない。テクニックを完璧に変えて、ＧＫ非依存型の戦略を取ったが、彼が蹴ったボールはクロスバーの2メートル上を越えていった。最終的にスイスが予選グループを1位通過し、イタリアは２０２２年ワールドカップの出場権を獲得できなかった。

ゴールライン上での巧妙なフェイントをマスターして、まんまとキッカーをミスリードするＧＫもいる。当時ボルシア・メンヒェングラートバッハに所属していたゾマーのＧＫコーチ、ファビ・オットと話をした際、オットはジョルジーニョなどＧＫ依存型のキッカー向けの特別なプランがあったと打ち明けてくれた。「キッカーに蹴ってほしい方向に蹴らせるには、ＧＫは見せかけの動きか、フェイントをする必要がある」。ジグザグの動きについてもよく話していたし、ＧＫトレーニングでしばしばＰＫの練習もした。ゾマーが「動きの切れがすばらしくて美しく、足さばきが速い」のが役立ったという。おまけに、この方法でゾマーがジョルジーニョのＰＫをストップすると、他のＧＫ依存型キッカーたちの注目も集まった。レヴァンドフスキと話していた時、彼が突然ゾマーのセーブの話を始めたことがある。

「スイスのＧＫゾマーがジョルジーニョと対決する場面を見たよ。あれには魅入られたね。右にダイブするかのように、片足にかなりの重心をかけたあと、ジョルジーニョが蹴る直前に左に移動したんだ。すごかった。実に巧みにやってのけたんだから。あんな動きをすると予想してなかったら、衝撃を受けただろう」

ゴールライン上で相手を騙す動きは、完璧なタイミングでやれば、ＧＫ依存型のＰＫキッカーに対してかなり効果的だ。相手のＰＫキッカーを動揺させれば、将来再び対決した時にも効果的だろうし、ピッチ上にすらいなかった選手の心にも刻まれる可能性がある。

対戦相手を分析する

２００６年12月、汗でにじんでくしゃくしゃになった鉛筆の走り書きが、ドイツでオークションにかけられ、百万ユーロで落札された。元ドイツ代表のＧＫイェンス・レーマンのメモで、同年に開催されたワールドカップ準々決勝でアルゼンチンとＰＫ戦をした際に使用されたものだった。メモを書いたのはＧＫコーチのアンドレアス・ケプケで、中にはアルゼンチン選手７名の名前と、彼らがＰＫでよく蹴るシュートコースが書かれていた。レーマンはＰＫ戦の間ずっとソックスの中にメモを忍ばせていたが、次のキッカーと対峙するたびに、相手の傾向を把握するためにそれをチェックした。多くの人はPK戦で選手がカンニングペーパーを見る場面を、初めて目撃した。メモが絶大な効果を発揮したと想像した人もいただろう。レーマンはアルゼンチンの選手がキックするたびに正しい方向にダイブして、そのうちの2本をセーブしたのだから。実際には、汗でにじんで読めなくなった字もあった。ロベルト・アジャラと対峙した時には、レーマンはメモを読めなかったと思われる。メモには明らかに「右」と書かれてあったが、レーマンは左にダイブしたからだ――そしてセーブした。もちろん、メモがあるだけでキッカーを不安にさせる効果が期待できる。アーセン・ベンゲルによると、「時々GKにキッカーの傾向が書かれた紙切れを渡すけど、何も書かれていない場合もあるんだ。キッカーを動揺させるために渡すだけだからね」。

GKが相手チームのキッカーについて研究した例はそれ以前にもある。1988年のEURO決勝オランダ対ソ連戦で、ハンス・ファン・ブロイケレンがPK戦をセーブしてオランダが優勝したことは前に書いた。ブロイケレンは同年におこなわれたヨーロピアンカップの決勝でも、PSVアイントホーフェンのGKとしてSLベンフィカとのPK戦に勝った。ヤン・レケルというコーチが、キッカーのデータベースとPKの傾向を分析してファン・ブロイケレンのサポートをしたという。

「国別とクラブ別にデータをまとめてカード式の索引を作ったんだ」とレケルが打ち明けてくれた。「選手ごとにカードを1枚作った。テレビからも情報を得たよ。自宅ではいつも2台のビデオを動かしていた。気づくと1500～2000人のサッカー選手のデータができあがって、それを収納する大箱が4つになった(注132)」

今日では、プロチームや代表チームはみな、ありとあらゆる試合の動画が収録された膨大なビデオライブラリにアクセスできるし、熟練のアナリストもたくさん雇える。ＰＫ情報はその一部だが、精巧なデータは冷徹な現実世界と出合うことがある。ＰＫ予測をＧＫに伝えようと、１枚の紙にまとめてＧＫの水筒に貼ってフィールドに持ち込まれた時だ。このローテクな道具は壊すことができる。それをやってのけたのがアンドリュー・レッドメインだ。

前述したように、２０２２年のワールドカップ予選の対ペルー戦で、オーストラリア代表のレッドメインのこっけいなダンスは人々の注目を集め、ＰＫ戦の勝利に貢献したかもしれない。だが、この試合で彼がもっと悪質と呼べそうな行為をしたことを見過ごしてはならない。対戦相手であるペルーの守護神ペドロ・ガレセは、水筒を2本持ち込んでいた。１本には液体が入っていたが、もう１本にはオーストラリア選手たちのＰＫの傾向が書かれた一枚の紙が巻かれていた。正確には、レッドメインがそのうちの１本を捨てるまで、ガレセは２本の水筒を持っていた、と言うべきか。

ガレセがゴール前に立ってオーストラリアの選手がキックするのを待つ間に、レッドメインはさり気なく、だが意図的にゲームプランが巻かれた水筒をつかんで、スタンドに投げた。実際は2回投げた。１回目に投げた時は水筒が広告板に当たって落ちたので、彼は歩いていってそれを拾って投げ直した。いずれにせよ、レッドメインはペルーチームのゲームプランを盗んで投げ捨てたのだ。

この妨害行為がガレセ、および究極的にはＰＫ戦の結果に与えた影響を確かめることはできない。だが結局、このペルー代表のＧＫは、オーストラリアの残り３人のＰＫすべてで間違った方向にダイブした。のちにレッドメインはこの戦略にいくらか良心の呵責があることを認めた。「道義心に反する行為だったと数人に打ち明けたんだよ。あんなことをする人間、あんなことをするライバルになってしまうなんて」。しかし彼は相手も同じことをしただろうと主張して、自身の妨害行為を正当化した。「南米大陸の人はサッカー通だろ。都会で生き抜く術を知っているから、隙あらばこっちが出し抜かれていただろう(注133)」

南米大陸のステレオタイプに基づいて、相手も同じことをしそうだと判断したからといって、あの狡猾な先制攻撃を正当化できるかどうかは別の問題だ。

センターから少しずれた位置で構える

水筒を投げる行為よりも、はるかに目立たなくて不快でもない戦略がある。一連の興味深い研究によると、ＧＫがゴールラインの中央からややずれた位置、キッカーが意識的に気づかないような微妙な位置で構えると、キッカーがわずかに広い側のスペースにボールを蹴る確率は60～64％になるという(注134)。これはＧＫにとって最高の助言ではないだろうか。わざとずれた位置で構えて、キッカーの頭の中に直接働きかけるのだ。データによると、このような状況でＧＫが構える最適な位置は、中央から６～８センチほど左右のどちらかに寄せることだという(注135)。ＧＫが実際にこの戦略を取っているという噂は聞いたことがないが、たとえやっていたとしても誰にも言わないだろう。試してみる価値はある。

選手の評判

前にも述べたが、選手の評判だけでも対戦相手の志気を低下させ、怖じけさせ、悪影響を与えることがある。対決する相手が手強いと知っているだけで、その考えが頭の中に忍び込み、目の前の相手が大きく見えるのだ。一連の研究によると、あるGKがPKストップの名手だと知っているだけで、あるいはGKが直前のPKをセーブするのを見ただけで、キッカーは影響を受け、そのGKの身長が実際よりも6センチ高く見えるという。(注136)

2005－2006年～2019－2020年に開催された主要な大会(ワールドカップ、EURO、チャンピオンズリーグ、ヨーロッパリーグ)での全PK(計1711本)を対象とした別の研究にも、この現象が見て取れる。(注137)その論文によると、対決するGKの市場価値が高ければ高いほど、キッカーが蹴ったボールがゴールの枠外に飛ぶ確率が著しく高くなるという。(研究者たちが驚いたことに) PKキッカーとGKの両方を市場価値とPKの結果の観点から調べた研究のなかで、これは唯一統計的に注目に値する結果となった。おまけに評判は人の先に立つ、という古いことわざを裏づけるものだ。

背景からキッカーに働きかける

2005年、科学ジャーナリストのダニエル・エンバーは、フリースローをするシューターの集中力を意図的に妨げる行為について興味深い記事を発表した。(注138)NBAやカレッジバスケットボールの試合では、ホーム側の観客はいつも対戦相手がフリースローをする時にバルーン、ポスター、チャント、耳障りな音を出すなど、あらゆる手段を駆使して対戦相手の選手のバランスを崩そうとする。[注139] ところが、フリースローの成功率はホームとアウェーでは大差はないようだ。つまりバルーンや叫び声にはたいしたインパクトはないということになる。

　そこでエンバーは、背景の効果についてもう一歩踏み込んで調べてみることにした。その結果、ターゲット（ここではゴールのこと）の背後で人々が腕やバルーンを振っても、一連のシグナルがばらばらに動くせいで互いの効果を打ち消してしまうことがわかった。シューターにとってこうした動きはすべて、テレビ画面の砂嵐のようなもので、気を散らすほどの強い効果はない。そこでエンバーは、ゴールの背後に視覚的な見せ物を作ることを思いついた。ファンが互いの行動を打ち消し合うように動くのではなく、みんなで連携して一斉に同じ動きをする背景を作れば、より確実にシューターの集中力を乱せると考えたのだ。シューターの目に、ゴールの後ろの世界が同じ方向に動くように見えれば、その動きを補いながらシュートしようとしてゴールを外すのではないか、と。エンバーはこのアイデアをダラス・マーベリックスのオーナー、マーク・キューバンに売り込んだ。キューバンは乗り気になり、試合でそのアイデアを試すことになった。3人のコーディネーターがゴール裏の観客に協力を要請して、腕や道具を一斉に同じ方向に振り、それから反対方向に振り、それを繰り返させた。実験を始めた当初はうまくいった。最初の2試合では相手チームのフリースローの成功率がわずか60％程度にとどまり、リーグ平均を20％ほど下まわったのだ。成功！

　ところが次のレイカーズ戦で、相手のフリースローの成功率が78％を記録。キューバンは、最初はたまたまうまくいっただけだと言って、実験をやめてしまった。

　この実験以来、バスケットボールファンは〝集中力妨害学〟を発展させようと、イノベーションを推進し続けた。[注140] もっとも先進的なのが、「集中力妨害カーテン」を思いついたアリゾナ州立大学バスケットボールチームだろう。文字どおり開閉式のカーテンをゴール裏に設置して、敵チームがシュートしようとすると、カーテンが開いて……あらゆる種類のクレイジーなパフォーマンスが繰り広げられる、というしかけだ。サンタクロースが大声を上げたり、老女が叫んだり、ピエロが手を振ったり、下着だけを身につけた太鼓腹の男たちがトレーニングをしたり、レスリングをしたり、競泳水着をはいた有名人が現れたり、動物のコスチューム姿の学生たちがいちゃいちゃしたり、セレブのものまねをしたり……。効果はあるのか？　いくつかの統計データによると、カーテンを設置してから2年間は、カーテン（あるいはそのうしろでおこなわれるパフォーマンス）が敵のフリースローの成功率を10〜15％ほど低下させたと考えられる。[注141] ところが、より直近のシーズンに関するデータを見ると、何の効果も見られない。時間が経つにつれて、相手チームが集中力を妨害するカーテンに気を散らされない方法を見つけたのかもしれない。[注142]

ファンによる敵選手の集中力を削ぐためのパフォーマンスは、サッカーのPKでも効果があるのか？　原則的には、効果があるはずだ。そうは言うものの、アメリカのバスケットボールの文化、特にカレッジバスケットボールの文化は、プロサッカーの文化とは根本的に異なる。オールド・トラッフォードやサンティアゴ・ベルナベウで、サポーターが老女のコスチュームを着てパフォーマンスをしたり、下着姿でトレーニングしたりする姿を想像するのは難しい。しかしサッカーのサポーターたちは、敵の選手を揶揄する歌を作る時には計り知れないほどの創造力を発揮する。そうした創造力がいつか発揮されて、PKキッカーの集中力を削ぐための組織的なディスプレイができるかもしれない。それは価値あるものになるだろう。

助走を妨害する

主審のホイッスル後にＰＫキッカーが取る間が以前よりもかなり長くなっていることや、それは彼らが自分自身や状況をコントロールするためにやっていることは、先に述べた。ところが、わたしが視聴した何千本ものＰＫのなかで、キッカーが主導権を握ろうとした時にＧＫがそれを完全にねじ伏せる場面を目撃したことが2回だけある。どちらとも、それをやってのけたのはわれらの旧友ジエゴ・アウベスだ。

１回目は２０１７年10月にブラジルのリーグ戦で、アウベスを擁するフラメンゴがポンテ・プレッタと対戦した時のことだ。キッカーはルッカ（ボルジェス・ジ・ブリト）。主審のホイッスルが鳴ったあとルッカは待った。彼には待つ権利があったものの、その間は長く、10秒ちょっとかかった。その時点で、アウベスはもう待てないと判断した。ルッカが助走を始めようとした瞬間、アウベスが片手を挙げて前に歩き出し、主審を見ながらあからさまにルッカの遅延行為を抗議したのだ。主審と副審に抗議し続けてちょっとした議論になったあと、彼は再びゴールラインに下がってＰＫをやり直すことになった。内心はほくそ笑んでいたに違いない。キッカーのルーティンを妨害して主導権を握ったのだから。２回目のＰＫで、ルッカは4・5秒と待たずに助走を始め、何度かフェイントをかけたあとにボールをゴール左側に蹴り、アウベスにやすやすとセーブされた。

2回目は、2021年のスーペルコパ・ド・ブラジルの決勝、フラメンゴ対パルメイラス戦がPK戦に突入して、重要な場面になった時のことだ。パルメイラスの5番手キッカーのダニーロ（ドス・サントス・ジ・オリヴェイラ）がPKを成功させれば、試合が終わって優勝トロフィーを奪われる状況にあった。ホイッスルが鳴ったあと、ダニーロは気を落ちつかせようと10秒以上立っていた。今回もアウベスはタイムをかけてボールの方へ歩き出し、キッカーが「時間を浪費」していると抗議し、つかの間だがすべてを中断させた。またしてもキッカーのルーティンを完全に妨害したのだ。キックをやり直した際、ダニーロはホイッスル後わずか2・5秒で走り出し、アウベスにボールをセーブされた。フラメンゴはそのまま試合に勝ってトロフィーを手にした。ジエゴ・アウベスはまるで本でも読むかのようにPKの状況を読み、まるで自身の交響楽団であるかのように選手たちを指揮して動かすのだ。

遅延行為

もっと目立たない形でPKキッカーを妨害する方法がある。大騒ぎになったり、自分に注目が集まったりするのを好まない、静かで穏やかなタイプのGK向きの方法だ。2008年5月、チャンピオンズリーグ決勝は土砂降りの雨の中モスクワでおこなわれ、マンチェスター・ユナイテッドがチェルシーと対戦した。試合は延長戦の末にPK戦に持ち込まれた。コイントスをする時、チェルシーのキャプテン、ジョン・テリーは見るからにいらだっていた。彼は準備できていたが、マンチェスター・ユナイテッドのリオ・ファーディナンドはまだだった。テリーは審判たちと一緒に待っていたが、怒った様子で両手を上げて立ち去った。待たされるのはフラストレーションがたまる。おまけにその晩、テリーとチェルシーの選手たちが待たされたのはこれが最後ではなかった。(注143)

　マンUの1番手キッカー、カルロス・テベスが得点を決めたあと、チェルシーのミヒャエル・バラックがセンターサークルからゴールに向かって歩き始めた。一方、マンUのオランダ人GKエトヴィン・ファン・デル・サールは、コーナーフラッグにタオルをかけていたようだ。バラックが歩いてくる間、彼はタオルで頭を拭いて、それをかけ直した。これに少し時間を取られたため、彼がペナルティエリアに入ってきたのはバラックと同時だった。PKを蹴るというミッションを果たそうと、バラックがきびきびとペナルティスポットに向かったのに対して、彼はまるで日曜日の散歩に出かけるかのように、のんびりとゴールラインに立った。結果的に、バラックがペナルティスポットにボールをセットしてから主審がホイッスルを鳴らすまでに12秒近くが経過した。もっとも、バラックはファン・デル・サールが意図的に遅延行為をしていると気づいたのだろう、ペナルティスポットに戻ってボールを置き直し、再び後ろに下がった。そして見事にゴールを決めた。

　だが、ファン・デル・サールはこの策略を採り続けた。チェルシーのGKペトル・チェフがルール通りすぐにゴールラインに向かって歩いたのに対して、彼は遠くに置いたタオルで頭を拭いたり、ソックスを整えたり、主審にボールの位置を確認してくれと頼んだりして時間をかけた。こうした行為のすべてでキッカーは待たされることになった。平均すると、チェルシーの選手たちが8・5秒も待たされたのに対して、マンUの選手たちはたったの0・7秒しか待たされなかった。チェルシーの選手たちのうち、ジョン・テリーとニコラ・アネルカがゴールを決められず、マンＵにトロフィーを奪われることとなったが、二人とも８秒以上待たされていたのだ。

ファン・デル・サールが間接的に主導権を握った例のなかで、これは最高傑作だった。遅延行為をするＧＫは、主導権を握り、ＰＫキッカーのルーティンとリズムを妨害し、あれこれ考える時間を数秒延長させる。さっさと終わらせたいと思っているキッカーを待たせることで、彼らの神経を逆なでするのだ。

ＧＫによる遅延行為は効果があるのか？　われわれはＰＫ戦での時間の影響を調べ、２００９年に論文を発表した。その研究で、助走距離を取ったあとにレフェリーの合図を待つ必要がなかった選手の90％が、ＰＫを成功させたことがわかった。ＰＫキッカーが主審の合図を待つ時間が長くなればなるほど、成功率は下がり、もっとも長く待たされた選手の成功率は60〜70％にまで下がった[注144]。このデータを再検討し、さらにこの論文を発表したあとのＰＫデータ――つまり１９７６〜２０２３年の男子サッカーの主要な大会でおこなわれたＰＫ戦の全データ――を調べたところ、もっとも長く待たされたキッカーのＰＫ成功率は明らかに突出して低かった。８秒以上待たされたＰＫキッカーの得点率はわずか44％で、その他のあらゆる状況下のキッカーよりも著しく低かったのだ。

念のために言っておくが、この測定基準はキッカーが主審のホイッスルが鳴るのを何秒待たされたかであって、ホイッスル後にキッカーが自主的に何秒待ったか（前に説明したが、ホイッスル後に自身のペースで間を取ること）ではない。ここで議論しているのは、キッカーにコントロールできないものが原因で待たされた時間のことだ。

全体的に、キッカーが（主にGKによる遅延行為のため）主審の合図を待つ時間が長ければ長いほど、PKのパフォーマンスが低下する傾向がある。その理由の一つは不安だろう。待たされることで、心がざわつき嫌な感情が増大する。そして考え過ぎに陥る可能性がある。さらにGKに主導権を奪われ、それを取り返す手段が思い浮かばずに腹を立てる場合もあるだろう。

アメリカンフットボールには、よく似たものとして〝アイシング・ザ・キッカー〟と呼ばれる現象がある（訳注：アイスには冷やすという意味がある）。相手チームがフィールドゴールを蹴ろうとする時、つまり緊張が高まりそうな瞬間にタイムアウトを取って合法的に試合を中断する行為だ。この行為に関する初期の研究で、研究者たちがNFLの2003－2004年シーズンのデータを分析したところ、このように中断されると、フィールドゴールの成功率が10％ほど低下することがわかったという。(注145) キックについて考える時間ができたために、キッカーがチョーキングするのではないかと研究者たちは述べている。NFLの6シーズン（2002～2008年）を調べた別の研究では、フィールドゴールをキックしようとした時に中断されたキッカーの得点率は、中断されなかったキッカーの得点率よりも14％低いことが判明した。(注146) もっとも、より多くのサンプルを対象とした直近の調査では、同じような結果は得られなかった。キッカーが中断されることに慣れてきて、こうした間を有効活用してキックの準備をしているのだろう。(注147) 欧州サッカーのPKでも同じことが起きているかもしれない。

実際、ある研究にすでにこの徴候が指摘されている。反則行為を受けてからPKを蹴るまでの時間は、ＶＡＲ判定が導入されてから2倍に増えた。かつては平均62秒だったが、ＶＡＲ判定導入後は平均１１４秒になった。（注１４８）ＶＡＲ判定が自動的に一種の〝アイシング〟として働くのだが、この研究によると、ＶＡＲ判定によって待ち時間が長くなってもＰＫのパフォーマンスに影響はないという。とはいえ中断時間が長いことに変わりはないし、1分と2分では実質的な影響には差がないかもしれない。それでもなお、ＶＡＲ判定のあとにおこなわれたＰＫの得点率は71％で、ＶＡＲ判定がない場合（81％）よりも著しく低い。このことはＮＦＬでキッカーを中断させる行為からわかったことと一致するだろう。すなわち中断そのものではなく、中断させた相手の意図や背景が重要だということだ。敵が審判に抗議したからではなく、ＶＡＲ判定のために中断が起きた場合は、ＰＫがおこなわれるかどうかわからない。そしてこの不確実性がキッカーに悪影響を及ぼしている可能性がある。

心理攻撃から身を守る

サッカーにおいて心理戦は新しいものではないが、このところ心理戦が二方向に進化している。より激しくて気まぐれで、容赦がない方向へと進化する一方で、より巧妙かつ複雑で、巧みに操る手法へも進化した。進歩的な選手やチームは、最新の手法を把握して適宜ＰＫキッカーを守る必要がある。

伝統的に、キッカーは2つのものを頼りにする――自身の精神力と、相手チームをコントロールするたった一人の主審だ。どちらも役に立つものの、この2つだけに頼るのは単純すぎるし、これだけでは不十分な場合も多い。より意図的な戦略があると助かるだろう。第4

章で、ＰＫの場面で選手とチームが団結してプレッシャーにどう対処できるか、どうしたらいいかを考えるが、まずは個人ができる対処法を見てみよう。

アスリートは、気が散りそうな悪影響を受けても、タスクに精神を集中させることでそれを帳消しにできる。(注149) これは経験を積めば容易にできるようになる。トレーニングが役に立つだろう。経験を積んだアスリートは、刺激駆動型（他者の行動に注意を払ってしまう傾向）に陥りにくく、目的指向型（目の前のタスクに注意を払い続ける傾向）を維持しやすい。つまり他者から妨害された経験が多い人は、そのような妨害行為をさらりと受け流して、自分のタスクに集中し続けやすくなる、ということだ。

たとえば、２０２２年のワールドカップ決勝、フランス代表のキリアン・ムバッペはプレッシャーにさらされながらも、アルゼンチン代表のＧＫエミリアーノ・マルティネスを相手に卓越したパフォーマンスを見せた。まだ若いにもかかわらず、さまざまな経験を積んだおかげで、対戦相手からの心理戦に巧妙に対処できたのだ。あの日ムバッペが試合中に蹴った2本目のＰＫは、サッカー史上もっともプレッシャーのかかる場面だったと言える。試合の流れを要約すると、１１８分が経過した時点（つまり残り2分）で、３－２でアルゼンチンにリードされていた。つまりムバッペがＰＫで得点できなければ、アルゼンチンにワールドカップ優勝を奪われる運命にあった。アルゼンチンのＧＫマルティネスの他に、３人のアルゼンチン選手たちが、ＰＫに臨もうとするムバッペの集中力を削ごうとした。だが、ムバッペはよけいな騒ぎを起こすことなく、相手チームを寄せつけないよう冷静に、だが断固とした態度でやるべきことをやり、彼らに注意を払っていないように見えた。あのような状況では、アスリートはクリアな頭で次にやるべきタスクに一点集中しながら、いかなる妨害にも対処できるよう認知力を柔軟に保つ必要がある。たとえ他者から気を散らされるような妨害を受けても、以前に同じような状況に遭遇してうまく対処した経験があれば、そうした妨害にやすやすと抵抗できるようになる。

計画を立てることは重要だ。実際に実行する時に失敗や戦略的なミスを減らせるうえに、不確実性を減らすことで精神的に楽になるからだ。[注150]〝心理対比〟はそのような混乱に対処するのに有効なテクニックだ。つまり、将来達成したい目標をイメージしたあと、その目標を達成するのに必要な道筋を、その過程で解決しなければならない障害や課題も含めて具体的にイメージするのだ。このやり方は、目標だけをイメージするよりも、はるかに効果的に目標を達成できることがわかっている。[注151]

ついでに言うと、何をしでかすかわからない相手チームのGKや選手たちを前に、PKキッカーは次の方法で自分を守ることができる。具体的には（1）主審が状況をコントロールするのを待ってからペナルティエリアに入る、（2）時間をかけてボールをセットする（ハーランドのテクニック）、（3）戦略的無関心（視線回避）、（4）ボールをセットし直して、ルーティンを一からやり直す（2008年チャンピオンズリーグ決勝、マンUの遅延行為に対してチェルシーのミヒャエル・バラックとサロモン・カルーがこれで対処してPKを成功させた）、そして（5）バリエーションを増やす（ルーティンにいくらか予測不可能な要素を盛り込んでおき、長年のあなたの傾向を分析しているGKにつけ入られないようにする）。

注意力を削ぐ行為はフェアなのか？

ＧＫがキッカーの注意力を削いだり、混乱させたり、操ったりする行為が広まり、激増している状況を考えると、重要な疑問が生じる――サッカーの試合でこうした行為をどこまで受け入れるべきか？　こうした行為が重要な試合の結果に明らかに影響を与えているとするなら、結局のところそれを受け入れることは暗にそれを促すことになる。

このような行為は、現時点でどこまで認められているのか？　おもしろいことに、２０２２年のワールドカップ・カタール大会でマルティネスが妨害的なパフォーマンスをおこなったあと、国際サッカー評議会（サッカーのルールを決める組織）は、「ＧＫは、試合や対戦相手へのリスペクトを欠くような振る舞いをしてはならない。たとえばキッカーを不当に惑わせるなど」と明文化した(注152)。具体的には、サッカー競技規則第14条（「ペナルティキック」）に「ゴールキーパーは、キッカーを不正に惑わすような行動をとってはならない。例えば、キックを遅らせる、ゴールポスト、クロスバーまたはゴールネットに触れる」という条文が追加され、２０２３年7月から適用された。

かつてのルールには、ＧＫによる心理操作について明確に定義されていなかったため、条文の改正は理にかなっている。とはいえ「不正に惑わす」とはどういう意味なのか？　この条文にはさまざまな解釈と主観がつけ入る隙がある。キッカーがボールを蹴る前、ＧＫはこれまでと同じように相手をいらだたせるような独創的な方法で構えて、ゴールライン上を動いてもいいのか？　キッカーに話しかけてもいいのか？　ＰＫの前にペナルティエリアを動き回ってもいいのか？　ボールを保持して、キッカーをちょっと不愉快にさせる方法でボールをパスしてもいいのか？　そのような行為は明らかにキッカーを惑わせるためのものだが、ルールの条文が追加されたあとも、ＧＫのこうした行為のほとんどはいまだに見逃されている。さらに、キッカーの助走中にＧＫが惑わせるような行為をすることはフェアとみなされるようだが、きわめて巧みにやるＧＫもいるため、「アンフェア」と呼びたくなるケースもあるだろう。また、なぜＧＫの振る舞いだけが規制されるのか？　フィールドプレーヤーはどうか？　本書で何度か紹介したように、フィールドプレーヤーも対戦相手のキッカーに働きかけることがあるが、彼らはこのルールの対象外なのか？

このところサッカーの大舞台で集中力を削ぐためのさまざまな行為が横行するのを見るにつけても、何が許されて、何が許されないかを明確にすることは理にかなっている。新しいルールはいろんな解釈が必要であり、解決する問題と同じぐらい多くの問題を引き起こす恐れがある。今のところ、次の2つがなければ、ルール改正が大きな変化をもたらすという確信はもてない――（1）どんな行為をやめさせたいのかを、具体的かつ明確にルールで定めること、（2）主審がこれらのルールを施行できるよう、具体的な手順やガイドラインを設けることだ。現状では、きわめて無秩序なペナルティエリアのなかで、たった一人の審判が複数の選手たちを効率的に制御することを求められる一方で、各チームはますます巧妙に心理戦をしかけるようになっている。

こうした行為は道徳に反しないのか？　というさらに大きな問いもある。運営組織が定めたルールで許される限り（注153）心理戦に問題はない、という意見もあるだろう――現時点でこうした行為は許容されているが、完全に一掃することを目指した方がいいのか？　結局のところ、人を惑わす行為は人を操り、利用し、精神的に害を及ぼす可能性もある。口汚い言葉もあれば、一種のいじめに近いものもある。多くの人は、スポーツの場でこの種の行為は許せないし、助長したくないと主張するだろう。

そうはいうものの、この議論のもう一方では、団体競技とは管理された環境下で２つのチームが戦うものであり、心理的な要素は不可欠で避けられないとの意見がある。ＰＫ、特にＰＫ戦は、プレッシャーにさらされた選手たちのパフォーマンスをむきだしで公開する場であり、典型的な心理戦となる。二人の闘士の間で起きるダイナミックで激しくて、時に揺れ動く認知的かつ感情的な闘いは、ＰＫで欠かせない要素だ。この戦いに伴う葛藤や感情や個人間のドラマを、わたしたちは本当になくしたいのか？　こうした行為は単に競争につきものの一部なのではないか？

どちらの主張も理解できる。だが、いちかばちかの競争の激しい他の状況と同様に、ＰＫ戦では、対戦相手を挑発してプレッシャーにつけ込み、容認される範囲を常に広げようとするチームがいることに議論の余地はない。そして現実的には、こうした行為に賛成するか否かに関係なく、プレッシャーに備える際には、対戦相手が何かをしかけてくる事態にも備える必要がある。

第４章

チームで団結して
プレッシャーに立ち向かう

特にＰＫを失敗して帰ってくるとき、選手は孤独だ。
チーム全体でキッカーを守ることで、成功率が変わる例を示そう

EURO2020決勝、イングランド対イタリア。PK戦で失敗したイングランドのラッシュフォードは打ちひしがれてセンターサークルに戻るが、なぜかチームメイトは誰も寄り添わず淡々と彼を迎えた。結局イングランドは優勝を逃した　©Getty Images

「一体感を維持するには、つながりのシグナルを絶えず送り続ける必要がある」
『THE CULTURE CODE 最強チームをつくる方法』
ダニエル・コイル著（かんき出版、2018年）

サッカーでもっとも強く孤独を感じるのは、ＰＫ戦の最中にセンターサークルからペナルティスポットへと歩く間だ、と多くの選手は答えるかもしれない。だがそれは違う。一番孤独になるのは、ＰＫを外したあとにセンターサークルへ戻って来る間だ。ＥＵＲＯ　２０２０決勝でイングランドがイタリアとＰＫ戦で争った時のこと。イングランドの3番手キッカー、マーカス・ラッシュフォードはＰＫに失敗したあとピッチを歩いて戻る間、明らかに打ちひしがれていた。チームメイトたち――自分が期待を裏切った人たち、自分が失敗したせいで、夢を打ち砕かれた人たち――の元へ戻る間は、スポーツのなかでもっとも孤独を痛感する瞬間だろう。しかも、それ以外にもテレビを見ている視聴者もいる――この時は約3億2800万人だった。（注154）

イングランド代表チームは団結力があると言われていた。根拠となったのは、キーラン・トリッピアーの「すばらしいチームスピリットを共有している。全員がまとまっているし、互いに切磋琢磨している」とか、ガレス・サウスゲート監督の「多くの国がトーナメント戦で敗退したのは、われわれのようなチームスピリットを持っていなかったからだ」といった選手やコーチたちの言葉だ。実にすばらしい言葉ではないだろうか。

ラッシュフォードへの態度

だが、彼らは互いをサポートし合う気持ちをどこまで行動で示したか？　ラッシュフォードが人生でもっとも長く孤独な道のりを歩き始めた時、イングランドのチームメイトたちは何をしたか？　何もしなかった。センターサークルで肩を組んで立ち、ラッシュフォードが合流するまで１インチも動かなかった。なぜか？　競技規則を尊重しすぎたからか？　競技規則には「キッカーと両ゴールキーパー以外、すべての資格のある競技者は、センターサークルの中にいなければならない」とある。だとしても、センターサークルの端まで歩いて行って元気づけたとしても、規則に違反することはない。しかし彼らはそうしなかった。

第２章で紹介したように、ワールドカップ・ロシア大会の準備中に、クリス・マーカムはセレブレーションについて説明した。選手たちは、あの話を受けて、ＰＫに失敗したチームメイトにわざと淡々と対応したのかもしれない。ＰＫの結果がどうなろうとも、プロセス重視で動じないよう心がけ、そのような態度を取ろうとしたのかもしれない。そういう理由も考えられるし、少なくとも何人かはそれを意識していたと思われる。とはいえあのＰＫ戦では、チームメイトのＰＫが決まった時や、相手チームが失敗した時に、数人の選手たちが熱狂的に飛び跳ねていたではないか。また、イングランドの一人の選手がラッシュフォードの方へと歩き出したものの、振り返って後ろから誰もついてこないのを見て足を止めた、しかもそれを数回繰り返した事実とも矛盾する。その選手はカルヴァン・フィリップスだ。チームの中で誰かがＰＫに失敗してもその場にとどまるという取り決めがあったなら、フィリップスは違う行動を取ったということか？

ＰＫを外したチームメイトへの淡々とした対応が意図的だったかどうかはともかくとして、彼らはチームスピリットや一体感を表現するチャンスを逃した。そうとも。あの時センターサークルに立っていた選手たちは、互いに肩を組んで連帯感を共有できただろうし、安心感もあっただろう。だが、チームの元へ帰っていく不運な選手は、チームメイトたちの陣形を見て、別の印象を抱くかもしれない。「おれたちは絆で結ばれた強いチームだ。でもきみはチームの一員じゃない」

このＰＫ戦で最初に失敗したのはラッシュフォードではなかった。イタリアの2番手キッカー、アンドレア・ベロッティだ。キックがイングランドのＧＫジョーダン・ピックフォードに阻まれた時、ベロッティもチームのところへと孤独な道のりを歩き始めた。ところがその道のりは短かった。イタリアのキャプテン、ジョルジョ・キエッリーニとＤＦアレッサンドロ・フロレンツィが、ベロッティを早くチームに引き入れようと、センターサークルにいたチームの陣形から出て彼を迎えに行ったからだ。この一見何気ないしぐさには多くの意味があり、大きなインパクトを与えたと考えられる。あなたがみんなを失望させたと感じてひしひしと孤独を味わっている時に、歩み寄ってくるチームメイトを見ると、自分には居場所があり大切にされていると実感できる。そしてチームの他の選手たちも「たとえ自分の番が来た時にＰＫに失敗しても、見放されることはない」と安心するだろう。するとプレッシャーがほんのわずかであれ軽くなり、その後に蹴るキッカーたちのＰＫ成功率に違いが生じるかもしれない。

この時のイングランドのキャプテンはどう反応したか？　キャプテン、ハリー・ケインは1番手としてすでにＰＫを成功させていた。ＰＫについて考える必要がなくなり、残りのチームメイトを主導したり、サポートしたりすることに好きなだけ集中できた。ところが、ＰＫに失敗したラッシュフォードがとぼとぼとチームへと歩いてくる間、ケインは黙って立っていた。写真を確認すると、他の選手たちに隠れてケインの姿がほとんど写っていないものがある。またしてもわたしは、ケインがチームＧＢからヒントを得た計画に従って、ＰＫの成否に関係なく反応しない態度を貫いたのではないかと考えている。いずれにせよ、ラッシュフォードの苦悩を和らげようと進み出る者は一人もおらず、チームが即座に失敗から立ち直る機会は失われた。最初のＰＫ失敗にチームが淡々と反応したということは、後続のキッカーであるジェイドン・サンチョとブカヨ・サカがＰＫに失敗しても、チームメイトが寄り添ってくれる確率は低いということだ。実際に二人は共にＰＫに失敗し、イングランドはまたしても優勝トロフィーを逃した。

2022年のワールドカップでは、ＰＫに失敗したキッカーがセンターサークルに戻って来る時に、すぐにみんなでキッカーのところへ向かい、取り囲んだチームがいくつかあった。興味深いことに、この役を買って出た選手の中にはチームの主軸選手もいた。たとえば決勝のアルゼンチン対フランス戦のＰＫ戦では、フランスの選手二人がＰＫを外したが、どちらもキリアン・ムバッペが一人でセンターサークルの外へ出て、彼らを出迎えた。準々決勝のオランダ対アルゼンチン戦のPK戦では、アルゼンチンで唯一PKに失敗したエンソ・フェルナンデスを迎えに行ったのはリオネル・メッシだった。同様に、2023年の女子ワールドカップ準々決勝、フランス対オーストラリア戦のPK戦では、フランスのヴィッキー・ベチョがPKに失敗して敗退が決まった時、キャプテンのワンディ・ルナールがセンターサークルから遠くまで彼女を迎えに行った。(注155) 同じ思いやりを示す行動を取るにしても、グループの中で高い地位にいる者がやる方がインパクトが大きいだろう。言葉だけではない、行動を伴うリーダーシップだ。

PKコンサルタントというわたしの経験

2022年までに開催された男子サッカー・ワールドカップ、EURO、チャンピオンズリーグ(ヨーロピアンカップを含める)でおこなわれたPK戦、全93回のうち、一人またはそれ以上の選手がキックを外しながらも勝ったのは49回(52・7%)。半数以上だ。これはつまり、一人が失敗したら、チームで対処して立ち直ることがきわめて重要だということだ。大抵の場合、一度の失敗は一時的なつまずきに過ぎない。重要なのはチームが一丸となってつまずきを克服することだ。わたしがそれを痛感したのは、2005〜2008年までオランダの代表チームでPKコンサルタントとして働いていた時のことだ。

2004年の秋、フローニンゲン大学の同僚たちとわたしは、オランダサッカー協会にPK戦に関する研究プロジェクトをやらせてほしいと相談した。サッカー協会と数回ほど面談を重ねたあと、突然フォッペ・デ・ハーンから電話がかかってきた。U－20およびU－21代表チームの監督で、翌年夏、すなわち2005年のワールドユース選手権にむけてチームを指導しているところだった。そして彼からこう訊かれた。「強化合宿に来て、選手たちにPK戦のストレスに対処する方法を教えてくれないか？」

もちろんだ。絶好のチャンスじゃないか。そうはいうものの、大学で使っていた無味乾燥で複雑な学術データを、そのままサッカーの強化合宿で見せようものなら、みんなの関心を失う恐れがある。そんなわけで、まるまる6か月をかけて情報を収集して、代表チームに見せるプレゼンテーションの準備をした。その間ずっと、情報をまとめて、適切な方法で要点を伝えるにはどうするのがベストかを考え続けた。やがて本番の日が来た。U－20チームの前でプレゼンをおこない、わたしは手応えを感じた。

もっとも、うまくいったという実感は長くは続かなかった。

準々決勝でユース代表チームはナイジェリアと激突し、試合は1－1で引き分けた。PK戦だ。開催地のオランダは6月後半に猛暑に襲われ、フローニンゲン中心街にあったわたしの小さなワンルームは耐えられないほどの暑さだった。わたしはトランクス一丁でソファに座って試合を観戦した。PK戦が進むにつれて、室内がどんどん暑くなっていくように感じた。

結局、PK戦では両チーム合わせて24人の選手が蹴り、オランダが負けた。敗退！　わたしは打ちのめされた。ことPK戦に関しては実践的で現実的な専門知識がある、という自負も砕け散った。

オランダサッカー協会と連携する機会はもう二度と訪れないだろう、わたしの信用は地に落ちたのだ、とわたしは確信した。とはいえ、この失敗の残骸から何か教訓が見つかるかもしれない。それから数週間、わたしはオランダ各地を電車で移動しては、それぞれのクラブまで選手たちを訪れた。彼らと面談して、PK戦の時のことやどう準備したかを訊くためだ。どの面談も1時間以上かけたおかげもあって、PKの準備に何をすべきか、そして何をすべきではないかを学んだ。詳しいことはのちほどお話ししたい。

驚いたことに、それから6か月後に監督から再び電話がかかってきた。次の大会、つまりU－21欧州選手権に向けて準備をしているところで、わたしにまたこちらに来てチームにPKについて教えてくれないか、とのことだった。その後、マルコ・ファン・バステンからも電話があった。これはすごい。アヤックスとミランで活躍したこの偉大なレジェンドは、当時オランダA代表の監督だったのだ。２００６年のワールドカップ・ドイツ大会が迫るなか、わたしに強化合宿に来て、チームのためにプレゼンをやってほしいとの依頼だった。

A代表とのミーティングは究極の試験のようだった。PKに関するわれわれの見解を、真の一流選手たちは理解してくれるだろうか？　チームには才能あるオランダの黄金世代がそろっていた——ロビン・ファン・ペルシ、アリエン・ロッベン、ヴェスレイ・スナイデル、ラファエル・ファン・デル・ファールト、ルート・ファン・ニステルローイ、エトヴィン・ファン・デル・サール……そうそうたるメンバーだ。当然、わたしは期待で興奮すると共に不安になった。だがプレゼンはうまくいったように思う。話し終えたあと、PKを尊重する二人のベテラン選手——ファン・ニステルローイとファン・デル・サール——がもっと話が聞きたいとやって来た。以降、同じような経験を何度もした。プレゼンのあとに話しかけてくる人は、熟練の選手ばかりだった。選手としてはすでに一流なのに、もっと上を目指したいのだ。得てして一流選手はこのような考え方をするものだ。

２００６年のワールドカップでは、残念ながらオランダは早々に姿を消した。ラウンド16で対決したポルトガルに敗れたのだ。おまけにそれはワールドカップ史上まれに見る醜悪な試合となり、レッドカードを4枚も提示されたが、残念ながらPK戦にはならなかった。以後、わたしはオランダのA代表と仕事をすることはなかった。といっても、オランダに関しては、わたしは4年間でA代表以外のさまざまな代表チームにプレゼンをした。２００５年にU－20代表チーム、２００６年と２００７年にU－21代表チーム、そして２００８年にはオリンピック代表チーム。２００５年に苦いPK戦を経験したあと、これらのチームのなかでPK戦を戦ったのは1チームだけだった――おまけにそれもまた歴史に残るPK戦となった。

そのPK戦が起きたのは、２００７年のU－21欧州選手権の準決勝でのことだった。オランダが対戦したのはイングランド代表チーム。ジェイムズ・ミルナー、アシュリー・ヤング、マーク・ノーブル、スコット・カーソンなど、プレミアリーグで活躍する大勢の選手たちを擁するチームだ。開催されたのはヘーレンフェーンのアベ・レンストラ・スタディオンで、オランダにとってはホーム試合となる。２００万人がテレビ観戦し、わたしを含めた関係者はみな明らかにそわそわしていた――特に試合最終盤、PK戦で両チーム合わせて32人がキックするという怒濤の展開になった時には。

サッカーの国際大会の歴史においてこれほどの大人数がキックしたPK戦は一度もない(注156)。最終的にオランダが勝利し、わたしはおおいに歓喜すると同時に安堵した。最後のキッカーとなったジャンニ・ザイフェルローンが、オランダの勝利を決定づける強烈なキックでゴール左下にボールを突き刺したのだ。試合後、オランダの『アルヘメン・ダフブラット』紙からインタビューされた彼は、親切にもわたしの名前を挙げてくれた。「ゲイル・ヨルデットから、キックする前に時間をかけろと言われたんだ。助走する前に、ちょっと休んでひと息つくといいって。その通りにしたら、自分がどこにボールを蹴りたがっているのか正確に把握できたんだ」。この大会のあと、わたしがやっている研究プログラムが正しいことを確信した。わたしの洞察が学術誌の論文で役に立つだけでなく、監督や選手たちに実戦で試してもらう価値があることも。

2007年は、それまでとやり方を変えたのかって? 大きく変えたことが一つある。2005年時点でのわたしは、PK戦に臨む前に選手たちに自信を持たせる最善の方法は、その瞬間を正しく認識してもらうこと、PKの本質——得点する絶好のチャンス——を理解させることだと考えていた。簡単に言うと、PKを楽しむことに集中させ、楽観的でポジティブな期待を持たせることで、選手たちに「ポジティブに考え」させようとしたのだ。そんなわけで、得点することばかり話し、PKが見事に決まった動画だけを見せるよう心がけた。

よく言えば、このアプローチは純粋すぎた。といっても重圧にさらされながらプレーする時にポジティブに考えてはいけない、という意味ではない。むしろ、それができるに越したことはないが、ポジティブに考えることを目標にするとうまくいかない。重要なのは楽しむことではない。何を感じようとも、特にネガティブな感情に襲われようとも、正しいことをきちんとやることだ。わたしがそれを認識したきっかけは、フローニンゲン大学の医学部で働く同僚たちと知り合ったことだった。彼らは、緊急治療室（ＥＲ）や手術室など、過度なストレスがかかる状況で働く医師や看護師たちがどう振る舞うかを研究していた。お互い、プレッシャーがかかる状況に興味を持っていたこともあり、向こうから互いの知見を共有して議論しないかと誘われた。

彼らとの議論は実に刺激的で、世界が広がり、リアルな重圧にさらされた人はどう行動するかについて新たな知見を得た。おまけに病院という環境下でのプレッシャーは実にリアルだった。ミスをしようものなら、試合に負けるとか、失点するとか、トロフィーを逃すどころでは済まない。人命に関わるのだ。この種の労働環境――個人的には航空機、消火現場、原子力発電所、空母、石油掘削用施設も含めたい――はしばしば〝高信頼性組織〟と呼ばれる。これらの場所では、ミスが起きる可能性が高く、ちょっとした出来事が大きな違いを生み、失敗が人の命に関わることがある。(注157)

たとえば研究によると、航空事故の70％はヒューマンエラーが原因であり、エラーの原因は疲労、不安、認知負荷、コミュニケーションの問題、意志決定の誤りなどが多いという。(注158)おもしろいことに、航空機や病院の緊急治療室や消防隊で働く人たちも、他の組織で働く人たちと同じぐらいミスをする。だが、ミスしたあとに、思考停止に陥って身動きが取れなくなることはない。(注159)ミスに対応するためのシステムや文化があるからだ。その背景には、タスクを安全にこなすには、元々のミスよりも、ミスに対応することの方がはるかに重要だという論理がある。ミスを予防するために多大な労力を割くよりも、すばやく注意深くミスに対応して、その経験から教訓を得ることを重要視しているのだ。危険に対応する時は、慣例に従って機械的かつ硬直的にやるのではなく、注意深く、柔軟で流動的にやる方がいいという考え方だ。ミスを単なる個人による過ちとは考えず、システムや文化やコミュニケーション方法に注目し、懲罰的ではなくて予防的な方法でミスを制御しようとする。

２００７年、わたしはこれらをすべて検討してから、オランダのU－21代表チームにプレゼンをおこなった。プレゼンの最初に、ＰＫ戦では何人かの選手が失敗する可能性が高いので、その場合についてゆっくり話し合いたいと言った。わたしが話す間、選手たちは見るからに居心地悪そうだった。ＰＫ戦の場面で一番不安に感じていることを議論したくないのだ。しかし、使命感に燃えるわたしは続けた。「一般的に、優秀な選手の方がＰＫを外しやすいものです。プレッシャーでパニックになる選手もいます」。続いてわたしは「ＰＫに失敗はつきもの」というタイトルがついたスライドを見せて、２００５年のワールドユース選手権でナイジェリアとのＰＫ戦で敗退したあとに、オランダの選手たちが語っていた言葉をいくつも紹介した。

スライドのあと、「みんなのところへ戻って来たら、あたたかく迎えてくれたんだ」という選手の言葉を紹介して、その時のＰＫ戦の映像を見せた。映像には、ＰＫを外した選手を全員があたたかく迎えて抱きしめる様子が映っていた。それからわたしはこう言った。「もっといい方法があります。こんなやり方はどうでしょうか。誰かがＰＫを外したら、全員でその選手のところへ行き、なるべく早くグループに引き入れるのです」。みんなは話を聞いてはいたものの何も言わなかった。ひょっとしたら、わたしがそんな提案をすることを予期していたのかもしれない。

迎えたＵ－21欧州選手権準決勝、オランダとイングランドは両チーム合わせて32本もキックするという怒濤のＰＫ戦に突入した。何人かがＰＫを外したが、そのたびにセンターサークルにいた全員がキッカーを迎えに行ってグループに引き入れて、選手がとぼとぼと歩く孤独な時間を短縮させた。やがて彼らはＰＫ戦に勝利した。試合のあと、われわれがおこなったＰＫ戦の準備について選手たちがどう思っているのか気になり、学生に頼んで彼らの意見を訊いてきてもらった。(注160) 選手たちがもっとも効果的だったと評価したのは、ＰＫを外した選手を迎えに行く計画だったようだ。彼らはこの計画に納得し、高く評価してくれたのだ。

連帯感を表す

人間にはどこかに所属したいという基本的な欲求がある。(注161) 疎外感を覚えると、体内の警報システムが鳴る。身体的な被害を受けそうになると神経的・生理的警報システムが活性化するが、疎外感でも同じ現象が起きるのだ。(注162) 失敗した瞬間、たとえばＰＫに失敗してチームをがっかりさせた瞬間には、耳をつんざくような警報が鳴る。そのような状況で、みんなが自分のことを心配してくれる、自分を大事に思ってくれている、自分はまだチームの一員だと実感できると、有意義でポジティブな影響が生じる。

かつての選手たち、特にＰＫ戦での約束事が少なくて自由に振る舞えた頃の選手たちは、連帯感を示す行動の大切さを理解していたようだ。主要な国際大会で初めてＰＫ戦がおこなわれたのは1970年11月。ヨーロピアンカップの第2戦で、エヴァートンがPK戦の末に4対3でボルシア・メンヒェングラートバッハ（ボルシアMG）を下して準々決勝に進出した試合だ。今、この時の選手たちのボディランゲージを見ると、彼らが非常に緊張しているのが手に取るようにわかる。全員が主審の合図にすぐに反応し、ホイッスルが鳴るのとほぼ同時に助走を始めている。目の前にいるストレスの原因を見るのを拒絶するかのように、ほとんどの選手が、ボールをセットしたあとGKに背を向けている。ボルシアMGの一人で、この試合でもっとも有名な選手だったと思われるギュンター・ネッツァーは、PK戦の間中ずっと背を向けていた。彼はPKを蹴るのを拒否したと言われている。

エヴァートンは出だしでつまずいた。西ドイツ代表のGKでもあるヴォルフガング・クレフによって、ジョー・ロイルのPKがセーブされたのだ。ボルシアMGはまるで勝利したかのように歓喜にわいた。ジャージを着たチームメイトたちが祝福しようとピッチに集まってきてクレフを取り囲んだ。スーツ姿の報道写真家たちも、チームフラッグを肩にかけてポーズを取るクレフの写真を撮りにピッチにやって来た——2番手のキッカーがまだボールを蹴ってもいないのに、だ。明らかに今とは異なる時代だった。エヴァートンの監督ハリー・カタリックは試合後にこんなことを言った。「試合の勝敗を決めるためにやるPK戦ってのは、やっぱりサーカスみたいだな」

見せ物のように見えるかもしれないが、すっかり魅了されるほどおもしろいのは確かだ。かなりのプレッシャーにさらされる中での個人や集団の行動が、むき出しの形で映し出されるのだから。PKに失敗したあと、ロイルは打ちひしがれ、苦悩と恥ずかしさでペナルティエリアで膝から崩れ落ちた。すると印象的な光景が見られた。次のキッカーだったチームメイトのアラン・ボール――1966年にイングランド代表入りし、同年のワールドカップで優勝した――が、自身の不安などおかまいなしにペナルティエリアへと走っていって、ロイルを立ち上がらせたのだ。二人の間に割って入った線審から、センターサークルに戻るよう注意されたが、ボールはロイルに腕をまわし、頬を軽く叩き、「元気を出せ」と言わんばかりに自分のあごをポンポンとたたいた。それからロイルを連れてセンターサークルに戻った。

その後ロイルは、ボールから何と言われたのかと問われた際に笑ってこう言った。「ぼくたちは親友だからね、思っていることを率直に言い合う仲なんだ。彼はニコニコして、ぼくをデカ××とか何とかと呼んだんだったかな」。言葉はそれほど重要ではない。重要なのは寄り添うことだ。その後、ボルシアMGのヘルベルト・ロウメンがPKに失敗すると、同じ光景が繰り返された。チームメイトたちがペナルティエリアまで走ってきて、彼を助け起こしたのだ。

1982年のワールドカップ準決勝、フランス対西ドイツ戦がPK戦に突入した話は前に述べた。ウリ・シュティーリケがPKを外したあとに地面に倒れ込むと、ハラルト・シューマッハーがペナルティエリアに駆け寄って彼を助け起こしたエピソードだ。

それから数年後の1984年のUEFAカップ決勝トッテナム対アンデルレヒト戦、トッテナムの5番手ダニー・トーマスがPKに失敗して優勝が危うくなると、チームメイトのグラハム・ロバーツとスティーブ・アーチボルドが駆け寄って彼を慰め、チームに引き入れた。その後アンデルレヒトのアルノール・グジョンセンがPKに失敗したため、トッテナムが優勝した。

実のところ、ＰＫ戦が始まったばかりの頃は、ＰＫに成功した選手を褒めたたえるため、あるいは失敗した選手を慰めるために、センターサークルにいたチームメイトたちがそれぞれのやり方でペナルティエリアに駆けつける様子が見られる。どちらのケースであれ、ごく自然な対応に見える。

ところが、今ではこのような光景はめったに見られない。誰もチームメイトを連れ戻しにペナルティエリアまで走って来ないのだ。では、なぜ選手たちはやめてしまったのか？　ルール変更があったわけではない。１９７０－１９７１年のシーズンも今も、ＰＫと関係のない選手はセンターサークルの中にいなければならないと定められている。なぜ今になって選手たちはこのルールに従おうとするのか？　わたしの印象では、チームがセンターサークルから動かなくなったのは、今やおなじみとなった肩を組む陣形を始めてからだと思う。こうして陣形を組むと、チームが団結して支え合っている感覚を覚えるし、チームメイトがそばにいて体が触れあっていると、心地よさと安心感が得られる。この陣形には良い面もあり、それについては後述する。とはいえ、もし肩を組んでいるせいで選手たちが自由にそこを離れて、一番みんなを必要としている選手に歩み寄って連れて帰ることができないのであれば、この集団戦略は逆効果になる。

今では多くの研究で、社会的なサポートは、プレッシャーの下でパフォーマンスする人のストレスや不安を軽減することが証明されている。ある研究によると、いつでも頼れる支援者がいることを知っているだけで、かなりのプレッシャーがかかる仕事をこなす間でも、ストレスを示す生理的指標が下がることが明らかになった。（注163）つまり、事前にサポートし合おうと話し合うだけで効果が期待できるということだ。コルチゾール反応からストレスの増減を調べた別の研究では、かなりのプレッシャーがかかる仕事をやる前に、誰かから支援の申し出を受けると、ストレスが大幅に下がったという。さらに、支援を申し出たのが信頼できる人だった場合は不安がもっとも軽くなったという。（注164）つまり、プレッシャーがかかる状況で仕事をする人に、社会的な支援を効果的に提供するには、グループ内でゆっくりと時間をかけて人間関係と絆を築く必要があるということだ。

もっとも、ＰＫの社会的な側面については前向きな動きが見られる。この数年間で、ＰＫの準備や本番において画期的な変化が起きていることにわれわれは気づいた。ＰＫはもはや個人が一人ぼっちでやる仕事、全員が見守るなかで一人のキッカーにすべてが託される仕事ではなくなった。今やＰＫは――試合中のペナルティキックもＰＫ戦も――チームによる集団的な作業と考えるほうがしっくり来る。キッカーに万事うまく準備してもらってＰＫの成功率を少しでも上げられるよう、選手たちがそれぞれの役割を果たしているのだ。現在、各チームでどんな取り組みがなされているかを紹介しよう。

ペナルティスポットを守る

ブラジルでは、審判がＰＫを言い渡すと、まるでそれが合図であるかのように、ほぼ毎回フィールド上で両チームの間で激しい言い争いが始まる。言い争いが解決するまでは、ＰＫを始められないものだ。鎮まるまでに時間がかかるため、主審がホイッスルを吹いてからキッカーがボールを蹴るまでに4～5分経過することもある。重圧にさらされながらPKを蹴る準備を整える選手にとってこの時間は長く、敵チームにとっては相手選手たちを混乱させる絶好のチャンスとなる。

ペナルティスポットをスパイクでこするだけで、キッカーは複雑な気持ちになると前に述べた。表面を荒らして物理的なダメージが生じるだけでなく、小さな威嚇行為が積み重なると精神的なダメージも負う。するとキッカーは、そうした破壊的な動きを避けるために、なるべく早くペナルティスポットで構えようと思うかもしれない。ここでの問題は、混乱のさなかにあるペナルティスポットにキッカーが足を踏み入れてしまうことだ。そんなことをすれば、敵チームの格好のターゲットになって、心理戦をしかけられたり、威嚇されたりするだろう。他にもっと良いやり方はないのか？

フィリペ・ルイスは、アトレティコ・マドリードなどの欧州のクラブで15年間プレーしたあと、2019年7月にブラジルに帰国してリオデジャネイロのフラメンゴに移籍した。プロ選手になってから公式戦で一度もPKを蹴ったことがなかったが、フラメンゴに加入して間もなく、PKの場面でなくてはならない選手になった。(注165) フラメンゴがPKを獲得するたびに、ルイスは静かにペナルティスポットに歩み寄り、マークの両端に片足ずつ乗せて占領した。この時点で、ペナルティエリアにいるフラメンゴ選手は彼だけで、周囲では相手選手たちと審判が言い争っていた。しかし彼は芝生上の四角い一角を守るという自分の役割を忠実にこなし、ペナルティスポットに近づく選手たちをやさしく押し返した。その間に、本物のキッカー――大抵の場合はガブリエウ・バルボーザ――はボールを手にして、エリア外の隅で待機していた。ルイスの周囲で騒ぐ選手たちを主審がなんとか落ちつかせて立ち去らせると、ルイスも静かにその場をあとにした。任務が完了したのだ。するとバルボーザが、踏み荒らされていないペナルティスポットにボールをセットしに来る。

洗練された解決策だ。キッカーが集中できるよう騒々しい集団を遠ざけながら、スポットがスパイクで踏み荒らされないよう守ったのだから。しかし、この戦略は裏目に出ることもある。

2022年、ペナルティスポットを荒らす行為が急激に広まった。わたしを含めた大勢がこうした傾向をSNSで指摘し、予防策をいくつか提案した。スポットを荒らす行為に注目が集まったせいか、同年のワールドカップや欧州のリーグ戦ではさまざまな方法でスポットを守ろうとする選手たちが見られた。たとえば同年のワールドカップ・カタール大会で、アルゼンチンはPKを獲得するたびに、数人の選手たちがスポットを取り囲んで、相手選手を近づけないようにした。

もっとも、間もなくこの戦術の思わぬ影響が明らかになった。ペナルティスポットのガードマンたちが、さり気なくスムーズにその貴重な領土を占領しないと、相手チームが侵略的な行為によって対決を挑まれたと感じるケースが多々あることだ。彼らは対決しなければと思う時もあれば、衝突をしかけるチャンスだと思う時もある。衝突が起きた場合は、相手に有利な展開になることが多い。場合によっては、スポットをガードする選手たちのせいで、ペナルティスポットが広範囲に渡って荒らされることもある。ワールドカップ・カタール大会での例をいくつか紹介しよう。

例1――アルゼンチンがサウジアラビアからPKを獲得した時のこと。リオネル・メッシがスポットにボールを置くと、ラウタロ・マルティネスがそれを守ろうとボールの隣に立った。サウジアラビア選手が、主審のところへ行こうと通りがかった際にボールに触れると、アルゼンチンの選手が3人駆けつけてマルティネスを援護した。すると今度は、サウジアラビアの選手たちが駆け寄って、間もなくスポットの周辺でちょっとした小競り合いが始まった。言うまでもなく、この重要な瞬間に、メッシにとってはいい迷惑だった。しかし彼は落ちついた様子で脇に立っていて、最終的にPKを成功させた。

例2――ポルトガルがウルグアイからPKを獲得した時のこと。何かを企んでいたのか、ウルグアイのGKが主審と議論しながら、ゆっくりとスポットの方へと歩き出した。それを見たポルトガルのゴンサロ・ラモスが駆け寄り、スポットの上に飛び乗ってGKに背を向けた。間もなく3人のチームメイトも加わって、まるで宝の山を取り囲むかのようにみんなで立った。言うまでもなく、それを見たウルグアイの選手はあらぬ疑いをかけられたような気持ちになった。小競り合いが起き、その間にウルグアイのマティアス・ビーニャは、そばを横切った際に、好機をとらえてペナルティスポットを足で突いた。ところが、前例のメッシと同様、キッカーのブルーノ・フェルナンデスは落ちついていて、見事に得点を決めた。

例３――ガーナがウルグアイからＰＫを獲得した時のこと。ガーナはこの試合に勝てば、グループステージを通過してトーナメント戦に進出できるという状況だった。主審がＶＡＲをチェックする間、４人の選手がペナルティスポットを取り囲んだ。そのうちにもう二人が加わって６人になり、まるで古代ローマの兵士たちが並んで護衛しているかのような光景になった。そばに立っていたキッカーのアンドレ・アイェウも入れると、エリア内にガーナ選手が７人ひしめいていたことになる。ウルグアイ選手たちにとって、その光景は挑発的に見えた。いかにもいらついた様子のウルグアイ選手たちが、ガーナ選手たちの間に割って入ろうとして小競り合いが起きた。ダルウィン・ヌニェスは、黄金の左足でローマ人兵士たちの護衛の壁を壊そうとしたものの、ガーナ選手の反撃に遭った挙げ句にイエローカードを提示された。これでさらに大混乱になった。結果的にアンドレ・アイェウの中途半端なＰＫはセーブされた。最終的に２―０でウルグアイが勝利したが、結局どちらのチームもグループリーグで敗退した。

当然ながら、このような戦略に集団で対抗するには、手際よく巧妙に実行しなければならない。実際、２０２２年のワールドカップの最中、アルゼンチンは前述の騒動後に戦略を変えた。キッカーはペナルティスポットの後ろで観察し、出番になったら突然現れることにしたのだ。たとえば準決勝のクロアチア戦では、ＰＫを蹴るメッシよりも先にロドリゴ・デ・パウルがペナルティスポットに入り、準々決勝のオランダ戦ではエンソ・フェルナンデスとレアンドロ・パレデスが先にエリアに入ってから、メッシがＰＫを蹴りに入って来た。

わたしが見たなかで、この分野でもっとも如才ない策士はＡＦＣボーンマスのキーファー・ムーアだ。２０２２年のワールドカップで、ムーアはウェールズ代表として初戦のアメリカ戦に出場した。試合開始から82分でウェールズがＰＫを獲得した時、同チームは１－０でアメリカを追う展開だった。６人のアメリカ人選手たちが、判定を覆させようと審判のあとを追った。その間、ムーアはまずガレス・ベイルに近づいてＰＫ獲得を祝福した。ベイルはファウルを受けた本人であり、ＰＫキッカーを務めることになる選手でもあった。次にムーアは、アメリカ人選手たちの抗議の中心地となっていたペナルティスポットに静かに歩いていった。

ペナルティスポットを守る選手は、ずっと同じ位置にとどまり、その場所をできるだけ物理的に支配しようとするが、ムーアはまったく異なる戦略を取った。柔軟で、機敏で、フレンドリーだった。絶えず笑顔で何かを語りかけながらも、確固とした態度で相手選手をそっと押してペナルティスポットから遠ざけたのだ。ハグしながら、彼らをその場から遠ざけ、ベイルからも遠ざけた。実に見事に事態の収拾を図った。確かに１メートル96センチと長身のムーアは、その状況でいくらか威厳があっただろう。しかしあの場面では彼の友好的で落ちついた態度が違いを生んだように見える（そしてベイルは穏やかにＰＫを決めて、チームは同点に追いついた）。

この分野についてはバーの用心棒から教わることがあるかもしれない。研究によると、ドアマンや警備員のいないバーは暴力沙汰が起きる可能性が高いことがわかっている。ところが、複数の調査から、無分別で血の気の多い用心棒を雇うと、予想外のやっかいな影響が出ることもわかった――トラブルが増えるというのだ。（注166）威嚇的な態度を取る、敵意をむき出しにする、カッとなりやすい、大声でどなる、個人空間を侵害する（注167）などの行動は、もめごとを激化しやすいからだ。他方で、優秀な用心棒は断固としながらも友好的な態度を取り（注168）、やっかいな顧客を言葉でなだめられるだけの手腕があり（注169）、もめごとが起きそうになると仲裁に入り、チームワークを信頼し、どうにもならなくなって初めて腕力にものを言わせる。（注170）〝ペナルティスポットのガードマン〟は、優秀な用心棒をお手本にしてみてはどうだろうか。

ＰＫキッカーを守る

２０２１年のプレミアリーグ、アストン・ヴィラ対マンチェスター・ユナイテッドの試合でのことだ。マンＵのブルーノ・フェルナンデスはＰＫを蹴ろうと待っていたが、気がついた時には６人以上の敵選手たちに取り囲まれていた。アルゼンチン出身の操り師ＧＫエミリアーノ・マルティネスもいた。同じ頃、６人のマンＵの選手たちがペナルティスポットに背を向けて歩き去る様子が、映像から確認できる。仲間のキッカーが複数の敵選手に囲まれて嫌がらせを受けていることに気づいていないようだ。数秒後、ブラジル出身のチームメイト、フレッジが後ろを振り返って事態に気づき、援護しようと駆けつけた。とはいえ、あの時、マンＵ選手たちがのんびりした態度を取ったのは、彼らもＰＫは個人の勝負だという一般的な考えを共有していたからだろう――キッカーが独力で打開する局面だと考えていたのだ（ちなみに、フェルナンデスのＰＫは失敗に終わった）。しかしこの前提は間違っている。

その数か月後、今度はリヴァプールとモハメド・サラーが、ＰＫでアストン・ヴィラとＧ

Kエミリアーノ・マルティネスと対決することになった。リヴァプールは準備して挑んでいた。

第一段階。リヴァプールがPKを獲得すると、キャプテンのジョーダン・ヘンダーソンがサラーをペナルティエリアの外に連れ出した。マルティネスの悪影響が及ばないよう遠ざけたのだ。

第二段階。マルティネスがゴールラインから出てサラーを追って来ると、ヘンダーソンと二人のチームメイトがマルティネスの前に立ちはだかり、壁を作ってサラーを守った。

第三段階。ペナルティエリア内の混乱が収まって主審が状況をコントロールできるようになっても、ヘンダーソンはエリア内にとどまった。マルティネスとサラーを隔てる位置に立ち、ソックスを伸ばす振りをして壁を維持したのだ。

第四段階。ようやくマルティネスが後ろに下がってゴールライン上で構えたが、ヘンダーソンはエリア内に残って敵選手たちからサラーを守った。マルティネスの戦略がうまくいかないのを見て、アストン・ヴィラの選手たち（特にタイロン・ミングス）がサラーを挑発しようとしたが、ヘンダーソンが仲裁に入ってサラーに影響が及ばないようにした。その間ずっと、ペナルティエリアの別のところにはリヴァプールの選手が二人いた。アストン・ヴィラの選手たちが主審に抗議するお決まりの場面にいたのだ。抗議の場では何が起きるかわからないため、PKをもらったチームの選手たちが現場にいるのは理にかなっている。

PKを獲得してから蹴るまでの数分間に、キッカーの他に合計で5人のリヴァプールの選手たちが何らかの役目を担っていた。言い換えると、彼らはチーム戦でPKに臨んだということだ。ではキックはどうなったか？　サラーは低いところへボールを蹴った。ボールの勢いはそれほど強くはなく、あと一歩でマルティネスの手が届きそうになったものの、ゴールネットを揺らすことに成功した。

その後の数シーズン、リヴァプールは縄張りを決めて組織的にキッカーを守る戦略を続け、拡大させていった。時にはジョーダン・ヘンダーソンだけがこの役目を実行し、さり気なくサラーの後ろに立って、彼とペナルティスポットを守ることもあった。組織的にそれぞれが役割を果たすこともあった。たとえば2022年4月、ワトフォードFCを相手にPKを獲得した時には、3人でキッカーを取り囲んで守った。キッカーのファビーニョ（ファビオ・エンリケ・タバレス）を守ろうと、ヘンダーソンが彼の前に立ってGKを隔て、ナビ・ケイタはファビーニョに背を向けて立って彼の後ろと左側を、アンドリュー・ロバートソンはファビーニョに背を向けて立って右側を見張り、さらなる挑発に備えた。

警官を父に持つジョーダン・ヘンダーソンは、サッカーのピッチ上で自分に何ができて、何ができないかを熟知していた。「あの場所で、ぼくにも違いをもたらせることが一つあった。自分よりもみんなを優先させることだ」（注171）。ピッチにヘンダーソンがいる時、リヴァプールはいつも先手を打って協調しながらキッカーを守った。ヘンダーソンがいない時は、やや後手に回ることが多かった。2022年、コミュニティ・シールドの一戦でマンチェスター・シティと対戦した時のこと。試合開始から84分でリヴァプールはPKを獲得したが、ヘンダーソンはすでにベンチに下げられていた。PKキッカーのサラーがペナルティエリアに入ったが、しばらくの間エリア内には彼と5人のシティの選手たちしかいなかった。間もなくリヴァプールのハーヴェイ・エリオットとティアゴ・アルカンタラが駆けつけてサラーを守った。それから二人は役割を分け、アルカンタラがサラーの前に立ってシティのＧＫエデルソンから守り、エリオットがサラーの背後に立って他の敵選手を見張った。

ジョーダン・ヘンダーソンはＰＫキッカーではない。公式戦では２回しかＰＫを蹴ったことがない。１本はリヴァプールの選手として（成功した）、もう１本はイングランド代表として出場した２０１８年のワールドカップ、ラウンド16でコロンビアとＰＫ戦で争った時だ（失敗した）[注172]。とはいえ、キッカーにとって彼の影響力は決して小さくはない。２０２２年のワールドカップ準々決勝、イングランドはフランスからＰＫを２回もぎとった。一度目のＰＫで、ヘンダーソンは最善を尽くした。主審がＰＫの判断を下すや否や、ヘンダーソンはボールをつかんだ。そしてハリー・ケインにボールを手渡し、ペナルティエリアに連れて行きながら彼を鼓舞するような言葉を伝えた。その間にも、フランスの選手たちが近づいてきてケインに余計なことを言わないよう、警戒を怠らなかった。ケインはいつものルーティンをやってＰＫを成功させ、試合を１－１の同点にした。

試合が始まってから84分が経過したところでイングランドは２本目のＰＫを獲得した。２－１でフランスを追う展開で、イングランドの準々決勝進出は危ぶまれる状況だった。ヘンダーソンは交代でベンチに下げられたばかりだった。そのためＶＡＲ判定が始まって30秒が経過する頃には、ハリー・ケインはぽつんと一人でペナルティスポットにたたずみ、あたりにいるのはフランスの選手ばかりだった。

ケインのチームメイトがその状況に気づき、急いで集まってきた。最初に駆けつけたのはメイソン・マウント、それからジュード・ベリンガムも加わり、積極的にケインに話しかけていたオリヴィエ・ジルーをペナルティエリアから追い出した。これで問題はなくなったものの、イングランドは後手の対応で、しかもやり方が激しく乱暴だった。フランス人選手たちを追い払うどころか、かえって彼らの注目を集めてしまった。ケインはいつものルーティンをやったが、今回はうまくいかなかった。ＰＫは失敗し、イングランドの夢は潰えた。

興味深いのは、ケインのＰＫが失敗した時に最初に彼のところに来たのがフランス人選手ばかりだったことだ。彼らは仲間のＧＫウーゴ・ロリスとケインの周りで歓喜の声を上げて、うれしそうに群がった。やがて一人のイングランド選手がケインの元へとやって来た——当時19歳だったジュード・ベリンガムだ。ケインをハグして話しかけたあと、他のイングランド選手たちのところへ駆け寄って、鼓舞するようなジェスチャーをした。では、他のイングランド選手たちはどこにいたのか？　試合が再開された時、誰もケインを励ましにやって来なかった。ベリンガムを除いて、仲間たちはみなケインに背を向けており、ようやくケインを気にかけたのは試合終了を告げるホイッスルが鳴ったあとだった。それは、ヘンダーソンがようやくケインのところに行けるようになった瞬間でもあった。彼はケインの隣に立ち、そのまま隣で立っていた。おそらく意図的なしぐさだったのだろう——気分が落ち込むあの瞬間に、断固とした態度でチームメイトのそばに立つ姿はこんなメッセージを発しているように見えた——ＰＫが絡んだ時でも、サッカーはチーム競技だ。いや、ＰＫの時こそチームワークが重要なのだ、と。

このような状況では、チームメイトはいろんな役割を担えるだろう。役割分担して実際的な問題（ボールや対戦相手など）を警戒したり、キッカーがプレッシャーに対処できるよう感情面をサポートしたり。２０２３年の女子チャンピオンズリーグ準々決勝、リヨン対チェルシー戦のセカンドレグ。チェルシーのＰＫが決まれば同点に追いつく状況で、キッカーのマーレン・ミェルデは最初から手厚いサポートを受けた。「わたしはボールすら持ってませんでした」とミェルデがわたしに語った。「誰かが持っているだろうとは思ってました。事前にそう計画したから。わたしのガード役もいたんです。二人がガード役を担うことになっていたから、常に誰か一人はピッチにいるはずなんです。キッカーが二人いるかのように見せるために」

その後、ペナルティスポットで「ガードの一人からボールをもらって、そのまま位置につきました。後ろでみんなが騒いでいるのは知ってたけど、聞いてませんでした。ただ立ってただけ。そばにいたガードのジェス・カーターが、誰もわたしのそばに来ないよう見張ってくれていました」

言うまでもなく、このような場面では誰が、何を、どんな口調で言うかも重要になる。「ジェスといると、ちょっとおもしろいんです。良い友だちで、ああいう場面で一緒にいるのに最適な子。わたしが準備して集中しようとしていると、『長引きそうね。マーレン、何かしゃべる？』とか言ってくるの。で、わたしが『ううん。今、考え中だから』って淡々と返す。でもちょっと笑っちゃった。だっておかしくて。わたしが顔にたくさん芝生をつけたまま立っていると、彼女がそれを払って、『来週コーヒー飲みに行かない？』とか言ってくるのよ。言葉は聞こえるけど、わたしはＰＫのことで頭がいっぱいで、ひたすら考えている。

そうは言っても、ジェスのおかげで、ほんの一瞬だけ肩から力が抜けた。すごく助かった。さもないと、完全に自分の世界に閉じこもっちゃうから」

おとりキッカー

２０２１年のＦＩＦＡクラブ・ワールドカップは、新型コロナウイルス感染症の影響で延期され、２０２２年の2月に開催された。アブダビでおこなわれた決勝戦では、ヨーロッパ代表のチェルシーが、南米代表のパルメイラスと激突した。延長戦のハーフタイムに入った時点で１－１と同点で、ＰＫ戦に持ち込まれる可能性が高まった。わたしは自宅でソファに座って試合を観戦していたが、どちらのチームにも個人的な思い入れはなかったため、ＰＫ戦に突入しそうだぞと期待し始めた。

残念ながら、期待どおりにはならなかった。とはいえ、この試合では熱心にＰＫを研究する学生たちが喜びそうな出来事があった――真に革新的と呼べる戦略が実行されたのだ。

残り時間あと7分というところで、チェルシーにペナルティキックが与えられた。チェルシーＦＣの友人たちには申し訳ないが、正直わたしはちょっとがっかりした。試合の勝敗がかかるペナルティキックはいつだって見応えがあるものの、わたしの大好物のＰＫ戦にはかなわない。

そんなわけで、わたしはペナルティキックの直前に何が起きていたかあまり注意を払わなかったようだ。カイ・ハフェルツがペナルティスポットにボールをセットした時、わたしはちょっととまどった。ついさっきまでセサル・アスピリクエタがボールの前に立っていたような……？　まあいいか。あとで確認しよう。その間、明らかに重圧がのしかかる瞬間だったにもかかわらず、ハフェルツは落ちついて集中しているように見えた。ホイッスルが鳴ったあと、中距離程度の助走を始めてゴール左側にボールを蹴り込んだ。ゴール。チェルシーは世界チャンピオンになった。

その晩、ＰＫを蹴ったのがアスピリクエタでなかったことが気になり、わたしはもう一度あの場面を確認した。もどかしいことに、テレビ局のカメラはずっとパルメイラスの選手たちを捉えていた。ハンドでイエローカードを出されてＰＫを与えるきっかけになった選手と、ペナルティスポットでおなじみの抗議活動をやり過ぎて警告を受けた選手だ。ところが、翌朝YouTubeの動画をチェックしていると、サポーターたちがスタンドから撮った動画が何本かアップされていることに気づいた。おかげでようやく何が起きたのかを確認できた。しかもそれは実に聡明な戦略だったのだ。

ＶＡＲ判定でＰＫが確定すると、チェルシーのキャプテン、アスピリクエタは主審と一緒にペナルティエリアに歩いていった。二人で何やら議論している様子だ。エリアに到着する直前、アスピリクエタは振り返って誰かを探すような素振りをした。それから決然とした態度でボールをつかむと、ペナルティスポットに歩いていってゴールの前に立った。世界中の人々の目には、彼がＰＫを蹴るように見えただろう。言うまでもなく、パルメイラスの選手たちの注目が集まった。ある時点で４人の選手たちが彼を取り囲み、動揺させようと、言葉や身振りで揺さぶりをかけた。エドゥアルド・アトゥエスタなどは、熱心にやりすぎてイエローカードをくらった。主審はパルメイラスの選手たちをペナルティエリアの外に出し、アスピリクエタから引き離そうとしたが、当面はうまくいきそうになかった。一人が去っても、別の選手が近づいてくる有様で、そんな状態が１分ほど続いた。

やがて主審が主導権を握り、ペナルティエリアからパルメイラスの選手たちを一掃した。そこへ、ハフェルツがペナルティエリアに入ってきた。カオスから数ヤード離れたところで、誰にも気づかれず、誰からも邪魔されることなく、静かに待っていたのだ。アスピリクエタからボールが手渡された。ハフェルツは、誰にも邪魔されることなくそれをスポットにセットすると、助走距離を取ってＰＫを成功させた。チェルシーはＦＩＦＡクラブ・ワールドカップで優勝した。

のちにアスピリクエタは、あれはＰＫキッカーのプレッシャーを取り除くための策略だったと認めた。あの試合、チェルシーは準備万端で臨んでいた。パルメイラスは同シーズン中に、すでにＰＫの場面でボールや主審のまわりに群がって威嚇的な行動を取っていた。実のところ、チェルシーも同じような群衆戦略を取り、キッカーに群がっていた。「そういう作戦だったんだ」とアスピリクエタは言った。「相手のやり方はわかっていた。キッカーに群がることがわかっていた。だからぼくがボールを取ったんだ。カイはＰＫを蹴るのは自分だと認識していたから、ぼくの役目は彼のプレッシャーを軽くすることだった。……時間を稼ぎながら相手選手たちの言葉を聞いて、うまくいったと思った。それが一番重要なことだからね」(注173)。われわれが目撃したのは〝おとりキッカー〟が誕生する瞬間だったのだ。真のＰＫ革新だ。お見事！

この試合以来、世界中で多くの選手やチームがこの戦略をまねた――ノルウェーのリーグ戦（２０２２年4月のＦＫボデ／グリムト対ローゼンボリＢＫ戦）からコスタリカのリーグ戦（２０２２年5月のＬＤアラフエレンセ対ＣＳエレディアーノ戦）に至るまで。スウェーデンは、２０２２年6月にＵＥＦＡネーションズリーグでスロベニアと対戦した際にこの戦略を取った。アメリカの代表チームは男女ともに重要な場面でおとり作戦を実行して成功させた。女子代表チームは、２０２２年7月に開催されたＣＯＮＣＡＣＡＦ　Ｗチャンピオンシップ決勝カナダ戦で、リンジー・ホランがおとりとなって相手選手たちの注意を引きつけたあと、アレックス・モーガンが静かにキッカーとして現れた。男子代表チームは、２０２２年のワールドカップ出場権を巡って同年3月にパナマと対戦した際に、ヘスス・フェレイラがクリスチャン・プルシックのおとりを演じた。この時には、アメリカ代表チームは現実味を増すために、選手たちが壁となってパナマ選手たちからおとりキッカーを守ってみせた。敵選手を欺くのに実に賢いやり方だ。

当然ながら、誰がキッカーを務めるのかを相手チームに悟られない方がやりやすい。２０２３年3月、プレミアリーグのニューカッスル・ユナイテッド対ノッティンガム・フォレスト戦で、典型的な重圧がのしかかるＰＫ場面があった。１−１の同点で迎えた91分、ニューカッスルがＰＫをもらったのだ。通常ならカラム・ウィルソンの出番だが、この時はベンチにいたため、アレクサンデル・イサクがキックすることになった。この時は彼が蹴るのが理にかなった選択でもあった。ところが、ボールを手にしてペナルティスポットに立ったのはキーラン・トリッピアーだった。スポットにボールを置き、相手チームの選手が近づいてくると再びボールを拾ってもう一度スポットに置く——どう考えてもこれからＰＫを蹴ろうとするキッカーにしか見えない。

スカイスポーツのプロデューサーらは、トリッピアーがキックすると確信したようだ。テレビ画面に、すぐさまトリッピアーのPKスタッツを示した棒グラフが映し出された。試合後、ニューカッスルのエディ・ハウ監督ですら一時的に「混乱した」と打ち明けた。もっとも、フォレストのGKケイロル・ナバスは騙されなかった。トリッピアーを無視して、ペナルティエリアから出てイサクに話しかけたのだ。イサクはのちにこう証言している。「相手チームを騙せる時もある。キーパーのケイロルはぼくが蹴ることがわかったみたいで、まっすぐこちらに来て、ぼくの集中力を削ごうとした。ぼくらは全力を尽くした」(注174)。イサクはPKを成功させ、ニューカッスルは2－1で試合に勝った。

おとりキッカー戦略を最高レベルにまで追究したのはアーセナルかもしれない。もっとも、しばらく前から誰が最終的に蹴るのかを予測するのがきわめて難しくなったという事実も有利に働いているが。2023－2024年のシーズン前半、アーセナルは7回PKを獲得し、キッカーを務めた選手は5人に上った――ブカヨ・サカ、マルティン・ウーデゴール、カイ・ハフェルツ、ファビオ・ヴィエイラ、そしてジョルジーニョだ。7回のPKのうちでおとりを使ったのは5回。つまり、最初にボールを手にした選手が、最終的に本物のキッカーにボールを手渡したケースが5回で、残りの2回はおとりを使わなかった。7回のPKのうちでサカが最初にボールを手にしたのが4回で、うち3回は他の選手にキッカーをゆずり、残りの1回は彼自身がキックした。ウーデゴールが最初にボールを手にして、サカに手渡したのが1回。これだけバリエーションが豊富だと、敵選手が心理戦をしかける相手を見つけるのも、ＧＫが本物のキッカーに備えるのも容易ではない。

わたしはマルティン・ウーデゴールに、アーセナルはどうやってこの戦略を実行しているのかと訊ねた。すると彼は、これはチームが立てた明確な戦略ではなく、選手たちの間で自然に生まれたものだと教えてくれた。「この数年間で、試合中にちょっとした心理戦をしかけてくる選手が増えた。ペナルティスポットをスパイクで荒らすとか、キッカーに話しかけるとか。みんなでおとり戦略について話し合ったことはなくて、何となく始まった感じだな。まず、誰がＰＫを蹴るかを決める。あとはキッカーが何を望むかによりけりだ。ボールを持ってＰＫを蹴る振りをしてくれとキッカーに頼まれたら、その通りにするだろう。ボールを持って集中したいキッカーは、そうすればいい。誰がキッカーをやろうとも、その選手にできるだけゾーンに入ってもらうことが重要なんだ」

あらゆる対処法と同様に、おとり戦略がＰＫの成功をもたらす保証はないが、このチーム主導の戦略がうまくいけば、相手チームから威嚇されても気にならないし、こちらの集中力を削がれそうになったら、同じことをして抵抗し、キッカーのプレッシャーを実質的に軽減できるだろう。さらにその状況で主導権を握れるし、相手ＧＫを予測不能に陥らせることができる。ウーデゴールはこうも語った。「ぼくらは基本的にキッカーを守るためにやっているけど、ＧＫにも影響するようだ。ぼくがボールを持ってエリア内に立っていると、キーパーは分析結果を思い出してぼくがキックする場合の展開を考えるだろう。そこへ他の選手が現れると、キーパーは焦点を変えなければならなくなる」

ＰＫ後のセレブレーション

あなたはＰＫを成功させたばかりのキッカーだとしよう。この時点であなたには２つの選択肢がある。体の向きを変えてセンターサークル（ＰＫ戦の場合）、または自陣（試合中のペナルティキックの場合）へ黙ってゆっくり走って戻るか。あるいはチームがその試合で勝利してごほうびを手に入れる可能性を高めるために、行動することもできる――ゴールを派手に祝うのだ。

喜びを行動で表現すると力がわいてくる。２０１９年の女子ワールドカップ決勝アメリカ対オランダ戦で、ミーガン・ラピノーがＰＫを成功させた時のことを詳しく覚えている人は多くはないだろう。試合開始から61分でアメリカがＰＫを獲得し、それをラピノーが決めてアメリカが１―０でリードした。そのことは忘れても、ＰＫを成功させたあとにラピノーが勝ち誇ったようなポーズを取ったことは覚えているだろう。両腕を大きく広げて胸を張り、あごを上げて、かすかに笑みを浮かべた。その姿は『スポーツ・イラストレイテッド』誌の表紙を飾り、象徴的なイメージとなった。社会心理学者は、胸を張って頭を少し後ろに傾け、両腕を上げてわずかに笑みを浮かべることを、「自尊心を体で表現する時の典型的なポーズ」と呼ぶ。(注175)つまりラピノーのポーズは、自尊心の表現とほぼ一致するのだ（だからあのイメージが非常に魅力的に見えるのかもしれない）。

セレブレーションは他の選手たちに影響を与えるのか？　ＰＫ戦の結果に影響を与えるのか？　サッカーの歴史的瞬間を振り返ってみよう。１９９０年のワールドカップ準決勝アルゼンチン対イタリア戦。会場はナポリのスタディオ・サン・パオロだった。イタリアは大会の開催国で、対戦相手のアルゼンチン代表チームにはディエゴ・マラドーナがいた。偶然にも、彼は当時SSCナポリに所属していた――正確にはナポリのレジェンドで、ナポリにセリエAのタイトルを2つもたらした立役者でもあった。マラドーナは敵チームに属しながら、自身のチームのホームグラウンドでプレーするという状況だったのだ。試合は延長戦の末に引き分けて、PK戦で決着をつけることになったが、今大会でのPK戦は今回が初めてではなかった。準々決勝でユーゴスラビアとPK戦になり、マラドーナのPKは失敗したものの、最終的にアルゼンチンが勝利した。そんなわけで、4番手キッカーとして進み出た時、彼の頭の中にはいろんな思いが巡ったことだろう。

マラドーナがペナルティエリアに入るまでの間、観客席からは指笛が鳴り響き、彼が助走を始めると耳をつんざくほど騒々しくなった。マラドーナはいつものようにキックする前にわずかに足を止めた。今回は、彼のGK依存型のテクニックは成功した。イタリアのGKワルテル・ゼンガが先に右側に体を傾け、マラドーナは中央から1メートルほど左側にボールを蹴った。

ゴールが決まると、彼のたがが外れた――走り出し、スピードを上げながら両腕を広げ、大声を上げてあふれる喜びを荒々しく表現した。サイドラインにいたアルゼンチンのコーチ陣のもとへと駆けつけ、彼らの腕の中に飛び込み、まるでワールドカップで優勝したかのように大喜びした。だが、彼らはまだその試合にすら勝っていなかった――PK戦はまだ終わっていない。だが、長引くこともなかった。次のキッカーはイタリアのアルド・セレーナだ。脚経験豊富なFWだったが、空気に飲まれてしまっていた。「歩くのもままならなかった。

が思うように動かなくて。まるで自分の脚じゃなくて他の誰かの脚で、ぼくの望み通りには動いてくれないみたいだった」(注176)。彼は力で押し切ろうと、ボールを力強く右側に蹴った。だがGKセルヒオ・ゴイコチェアにコースを読まれてセーブされ、主催国イタリアは敗退した。マラドーナの大げさなセレブレーションが予言のように的中したのだ。アルゼンチンは決勝に進出した。

あのセレブレーションは予言的なものだったのか、それとも現実に何らかの力が働いたのか？　われわれは、「PKに成功した選手のセレブレーション」と「PK戦の最終的な結果」の関係を調査した。(注177)　2008年以前に開催されたワールドカップとEUROのPK戦をすべて調べ、PK戦が同点の時点で選手が蹴ったPKだけ（つまりどちらのチームもまだPKに失敗していない時か、失敗した本数が同じ時）を分析した。(注178)　必然的にサンプル数はかなり減ったものの、「ゴール後のセレブレーション」と「チーム全体のPK戦の結果」との間に明らかに重要な関係があることがわかった。

選手がPKの成功をいろんな形で喜ぶと、そのチームがPK戦に勝利する可能性が高くなる。たとえばゴールが決まったあとに、両手を上げたり動かしたりして大喜びした選手たちの82％は、PK戦に勝ったチームに属していた。おもしろいことに、このようなセレブレーションをすると、次に蹴る敵チームのキッカーがPKを外す可能性が大幅に高くなる。おそらくPK成功後に感情を大っぴらに爆発させる行為が、敵チームの選手たちにネガティブな影響を与えるのだろう。また盛大なセレブレーションのあとに蹴る同チームのキッカーが、PKを成功させる確率がやや高くなることもわかった。

これらの仮説のいくつかは、のちに実験室の管理された状況下で再現された。ドイツ人とオランダ人の研究者らが4種類の実験をおこなったのだ。被験者に、自信に満ちた表情を浮かべるＰＫキッカーの写真を見せたあとに、自身の感情や思考やパフォーマンスへの期待がどうなると思うか訊ねたところ、彼らは強い影響を受けるだろうと答えたのだ。(注179)経験豊富なＧＫに自信満々な表情を浮かべる敵チームのキッカーの写真を見せたところ、彼らは無表情のキッカーの写真を見せた時よりも、気持ちが沈み、自信を喪失し、ストレスが増え、パフォーマンスへの期待が下がった。同様に、経験豊富なフィールドプレーヤーに、ＰＫに成功したあと満足げなチームメイトの写真を観察してもらったところ、無表情のチームメイトの写真を見た時よりも、気分が良くなり、自信が増し、ＰＫ戦でより良いパフォーマンスができる気がすると答えた。

要するに、選手が得意気に両手を上げて喜ぶと、チームメイトにはポジティブな影響を、敵チームにはネガティブな影響を与える可能性があるということだ。といってもスポーツ以外の場所でこの動作をやることはお勧めしない。ミーティングで名案を出せたからといって、両腕を広げて得意顔でオフィスを歩きまわっても、同僚たちの尊敬を得ることも、あなたの評判が上がることもないだろう。といっても実際に試したことはないので、もしかしたらもしかするかもしれない。いずれにせよ、小さな成功を喜ぶとチーム全体に自信がわくという一般的な原理はなるほどと思えるし、オフィスでやっても効果がありそうだ。

ＰＫ戦という状況ではどうか？　喜びは遠慮せずに表現しろ、というのがもっとも賢明なアドバイスだろう。

GKがボールを手渡しする

前述したように、イングランドはかつてないほど入念にＰＫの準備をして２０１８年のワールドカップに臨み、屈辱的なＰＫ敗戦の歴史を見事に覆した。彼らが準備してトレーニングした主な戦略の一つは、ＧＫができるだけボールを保持して、イングランドの次のキッカーに手渡すことだった。明らかに状況をコントロールするための一つの手段だったが、この戦略は功を奏した。

ただし、ご存知のように、その次はうまくいかなかった。２０２０年のＥＵＲＯ決勝、対イタリア戦で、ＧＫのジョーダン・ピックフォードは同じ手渡し戦略を取ったものの３人のキッカーがＰＫで失敗した。あらゆる戦略と同様に、このやり方が成功をもたらす保証はないが、だからと言ってやる価値がないわけではない。

リヴァプールはここ数年で数回ＰＫ戦を戦い、概ね成功している。２０２１年12月にカラバオカップ準々決勝でＰＫ戦の末にレスターを下して以降、ＰＫ戦では負けなしの状態が続いている。正確には4回連続で勝っている。たまたま連勝しているだけかもしれないが、このところＰＫのために踏み込んだレベルで準備しているからでもあるだろう。準備の一環として、彼らは〈Ｎｅｕｒｏ11〉という神経科学を応用するドイツ企業と提携している。リヴァプールの選手や監督も、ＰＫに勝てたのはこの企業のおかげでもあると公然と称賛している。同社のスタッフにＰＫ前のルーティンの開発を手伝ってもらい、トレーニング中に脳波を調べて客観的に評価してもらうなどして、重圧がのしかかる状況でも選手たちがピッチ上で最適な精神状態になれるようサポートしてもらっている。

数年前から、わたしは同社の創業者でCEOのニクラス・ホイスラー博士と何度か連絡を取っている。博士らと連携した結果、リヴァプールの選手たちは「チーム全体の意識が高まり、試合中に精神的に非常に複雑な状況になった時でさえも、状況を正確に評価して、効率的にチームメイトを助けるようになった」と博士は言う。リヴァプールが準備を通して完璧にマスターしたものに、GKによるボールの手渡しがある。

彼らが初めてこの戦略を実行したのは、2022年のFAカップ決勝のチェルシー戦だった。リヴァプールのGKアリソン・ベッカーは、毎回ボールを拾って仲間の次のキッカーに手渡した。しかもそのやり方は必見だ。アリソンはペナルティエリアの外、ゴールの真ん中とPKを蹴りにやって来るキッカーとの間に立ったのだ。彼がそこに立つと、キッカーの目の前に見えるのは仲間のGKであって、敵のGKではない。アリソンはボールを手渡し（ボールを投げずに必ず直接手渡す。さらにグローブをはめた手で仲間の頭をポンとタッチするなど、身体接触を加えることもある）、それからチームメイトと並んでペナルティエリアに入るのだ。キッカーにとっては、PKを蹴る前にこうして2対1の状況ができれば、周到にサポートされていると感じられるだろうから、実に賢いやり方だ。この戦略に関して、ホイスラー博士はプレッシャーの下ではこのようなサポート体制がきわめて重要だと主張し、それからこう付け加えた。「彼らはきわめて重要な場面でお互いをサポートし、お互いを理解しようとする、すばらしいチーム力学を築いたんだ」

このサポート体制をもっと目立つ形で実行したのがオーストラリアのGKアンドリュー・

レッドメインだ。２０２２年のワールドカップ出場を賭けた大陸間プレーオフで、オーストラリアがペルーと対決した時のことだ。レッドメインのダンスの腕前や、相手ＧＫの水筒を投げるという道徳に反しそうな行為については前述した。しかし彼がペナルティスポットへやって来る仲間キッカーのガード主任としての役割を完璧に果たしたことも付け加えておきたい。ペナルティエリアの端に立って仲間にボールを手渡し、エリア内でもそばにいただけでなく、キッカーがボールを置くのを手伝おうとするようなそぶりも見せた。一度などは、ペナルティエリアに立って、ペルー人ＧＫに静かにしろ（または後ろに下がれ）と身振りで指示している場面も見られる。

このような状況でＧＫがおせっかいをやきすぎることはあるのか？　あるかもしれないが、状況次第だろう。２０２３年の女子ワールドカップ、ラウンド16でアメリカとスウェーデンがＰＫ戦で対決した時には、どちらのＧＫもチームメイトがＰＫを蹴る前にボールを手渡していた。ところが、そのやり方には大きな違いがあった。アメリカのＧＫアリッサ・ネイハーはボールを持って、ペナルティスポットとペナルティエリアのラインの間に立ち、すぐにキッカーに手渡すとそのまま走り去った。迅速で、効率的で、淡々としている。

スウェーデンのＧＫゼチラ・ムショビッチはまったく違うやり方だった。どのチームメイトにも満面の笑みを浮かべて近づき、会話をし、ボールを手渡したあとペナルティエリアからゆっくりと出て行った。笑顔で話しかけてくる仲間のＧＫに対して、スウェーデンの数人のキッカーは笑みを浮かべ、声を出して笑って簡単に返事をした。彼女たちはボールの手渡しを心地よく感じていて、助けられてもいるようだった。他方で、真剣な面持ちで、内面に集中して、あまり話したそうではない選手も数人いた。7番目にボールを蹴って、チームを勝利に導いたリナ・フルティグは、ムショビッチからボールを受け取りながら、楽しげに話をしているように見えた。試合後に、何を話していたのかと質問されたムショビッチは「フルティグからゴールが決まったらどうなるのって訊かれたの。あえて答える必要があるのかわからなかったから、ボールを蹴りゃあいいのよって答えた」。フルティグのキックは成功した。スウェーデンは試合に勝ち、次のラウンドに進んだ。

ムショビッチはアメリカ人のPKを3本阻止する活躍ぶりで、当然スウェーデンの英雄になった。勉強熱心でもある。ツイッターでわたしがあのPK戦についてツイートしたら、彼女がそれを見て連絡をくれた。その後彼女とやり取りするうちに、あのやり方が計画的なものではなかったことがわかった。「なんとなくやりたくなって、それであああしたんです。プレッシャーがかかるあの瞬間に、チームメイトに孤独を感じてほしくなかったし」

しかしこんな疑問もわいてくる——プレッシャーがかかる瞬間に、笑顔でおしゃべりなGKはキッカーの助けになるか、それとも邪魔になるか？　ムショビッチは「相手によってコミュニケーションの取り方を変えました。個人的に親しい子、気楽な言葉をかける方がいい子もいれば、まじめに率直な口調で話しかける方がよさそうな子もいますから」と言った。これは重要なポイントだ。フレンドリーなおしゃべりが助けになる選手もいれば、そうした行為を邪魔だと思う選手や、まったく関心がない選手もいる。このアプローチは個人に合わせて慎重に調整する必要がある。

センターサークルで陣形を組む

われわれが観察したところでは、１９７０年代と80年代のＰＫ戦では、センターサークルで待機する選手たちはまばらに散らばり、立っている者もいれば座っている者もいた。対戦相手の選手たちとおしゃべりする時もあるし、コーチやサポートスタッフがセンターサークルに加わることも多かった。１９９０年代になると、徐々に同じチームの選手たちがひとかたまりになり始め、一列に並ぶ場面が増えたが、座っている選手たちもいた。１９９０年代後半から２０００年代にかけて、チームはさらに陣形を整えて、ハーフウェイライン上に並んで肩を組むようになった。２０１０年以降は、どのチームもハーフウェイライン上に一列に並んで肩を組んで立っている。

あの肩を組む陣形には効果があるのだろうか？　おそらくは。チームが横並びで立つと、団結や結束などのシグナルが伝わる。さらに、ストレスがかかる状況で身体がふれあうと安心感が得られることは、研究結果や個人的な経験からもわかる。（注180）とはいえ、ほとんどのチームがこの陣形を組むのは、他のチームがやっているからであって、理論的な根拠があるわけではないと思う。

センターサークルに集まるなら、他にどんな位置が取れるだろうか？　まず、ハーフウェイライン上に立たなければならないと定めたルールはないのに、全員がライン上に並んでいる。わたしが思うに、ピッチ上の白線が指針のように効いているのだろう。チームが一直線に並ぶなら、一番手近な目印はあの直線だ。だが、センターサークルのゴール寄りのところに並べば、ゴールまでの距離が８〜９メートルほど近くなる。そこならペナルティエリアを往復する距離が短くなるし、待機中の選手たちもペナルティスポットやキッカーに近づける。おまけにあそこなら、敵チームよりも9メートル手前に立ち、彼らに背を向けられる――少なくとも、相手選手たちが気づいて同じ場所に立とうと動き出すまでは（そうなる可能性は高い）。だとしても、彼らはあなたのチームに引っ張られて移動するのだから、心理的にはあなたに有利に働くだろう。

わたしがこのセンターサークルの前方で陣形を取ることを初めて提案したのは、２００７年のＵＥＦＡ　Ｕ－21欧州選手権に向けてオランダのＵ－21代表チームと働いていた時のことだ。前述したように、イングランドとのＰＫ戦では、両チーム合わせて32本のＰＫを蹴るという記録破りの展開となった。この試合の数週間前に陣形について話し合ったこともあり、ＰＫ戦の時、オランダの選手たちはセンターサークルの前方に立った。予想通り、イングランドのチームもすぐさまあとに続いて並んだ。試合後にオランダ人選手たちは、先手を打って並び、相手チームがまねするのを見た時は気分が良かったと述べた。

他にも、ベルギーのＳＶズルテ・ワレヘムにもこの陣形を提案した。２０１７年のベルギーカップ決勝、ＫＶオーステンデ戦の約２週間前に、彼らからプレゼンをしてほしいと招待されたのだ。まだ決勝進出が決まる前に計画されたため、プレゼンの内容は主にチーム力学とごく一般的な団結力に関するものだった。ところが、プレゼンの準備をしていると、先方からＰＫについても数分話してもらえないかと頼まれたため、ＰＫの助言もいくつか取り入れた。その中には、センターサークルの前方で並んではどうかという提案も含まれていた。

プレゼンの当日、クラブのトレーニング施設で突然停電が起きて、ちょっと縁起が悪いように感じた。ミーティングの開始が数時間遅れただけでなく、会場も新築のトレーニングセンター内の立派で明るい講堂から、スタジアム内の古びた暗いカフェテリアに変わった。それでもプレゼンはうまくいったようだ。チームがベルギーカップ決勝に進出してＰＫ戦で戦う展開になった時は、センターサークルの前方に並ぶことを含めて、ミーティングで話し合ったことをすべて実践してくれた。チームは４本のＰＫすべてを成功させ、相手チームのＰＫを２本セーブした。その結果、彼らは優勝トロフィーと２０１７−２０１８年のヨーロッパリーグ出場権を手に入れた。

試合当日の晩、選手たちがベルギーの記者たちに、クラブにやって来たノルウェー人のＰＫ専門家の話をしたおかげで、ほどなくして、わたしの電話が鳴り始めた。記者たちには、ズルテ・ワレヘムはクライアントであり、詳細は話せないと伝えなければならなかった。ところが、やがてクラブ側から電話がかかってきて、自分たちがＰＫ戦をどう計画しどう準備したか詳細に至るまで注目が集まる方が都合が良いと言われて、わたしはマスコミに詳しい話をした——その結果、わたしはベルギーでごく短時間の有名人となった。おまけに、びっくりするほど誤った引用までされた。ある記者によると、わたしは「決勝戦はライブ配信で視聴したんだ。で、ＰＫ戦が始まった瞬間にズルテ・ワレヘムが勝つ！　と確信した」と言ったらしい(注181)。

試合をライブ配信で見たのは本当だ。しかし、今のところＰＫ研究のおかげで、未来やＰＫ戦の結果を予知できるような超能力は授かってはいない。未来を予見できればどんなにいいかと願ってはいるが。それからＰＫ戦が始まる時に勝つ自信があるかというと……実は、一緒に仕事をしたチームがＰＫ戦に突入すると、死ぬほど緊張する。この試合も例外ではなく、右往左往する有様だった。

ニューヨーク・シティＦＣもセンターサークルの前方に陣形を取った。何年か前にわたしは、同クラブのノルウェー人監督ロニー・デイラにプレゼンをやった際に、このことを話したのだ。彼らは２０２１年のＭＬＳカップの準々決勝ニューイングランド・レボリューション戦も、決勝のポートランド・ティンバーズ戦もＰＫ戦の末に勝って、クラブ史上初のＭＬＳカップ優勝を果たし、初タイトルを手にした。どちらの試合でも、ＮＹシティの選手たちはすぐにセンターサークルの前方に陣取り、それを見た相手チームが後に続いて彼らの隣に位置を取った。

のちにデイラ監督は、わたしがおこなったプレゼンに言及しながら、選手たちの陣形は計画的なものだったと説明した。「あの位置ならＰＫを蹴る選手に近くなる。歩く距離も短縮できるからね」。おまけにこの戦略には心理的な意図もあった。「ピッチを支配できる。主導権を握るためだ」（注１８２）。センターサークルでは縄張り争いがあるのだから、あのスペースを占有しない手はないだろう？　マルティン・ウーデゴールもわたしに同じような意見を言った。「ほとんどのチームは何となくハーフウェイラインに並んでいる。ぼくはあれは主導権争いだと感じている。ここに立ちたいから、ここに立っている、みたいな。ちょっとでも消極的になると、相手に状況やら何やらを支配されてしまう」。他にもこんな例がある。２０２３－２０２４年のチャンピオンズリーグ、ラウンド16でポルトとＰＫ戦で対決した時、アーセナルの選手たちはセンターサークルの前方に立ってＰＫを見守った。

センターサークルの右か左か、どちら側に立つかは重要だろうか？　必ずしもそうとは限らないが、重要かもしれない。コーチや控え選手のいるベンチに近い側に立てば、ＰＫ戦の間コーチとコミュニケーションを取りやすくなり、有利に働くかもしれない。監督や残りの仲間たちと近い方が、チームにサポートされていると実感できて心理的にも有利になるだろう。とはいえ、コーチから一定の距離を取る方が、選手の気持ちが楽になるケースもたくさんあるだろう。通常の試合の流れについても同じで、ウイングやフルバックの選手たちは、試合の前半と後半で動きをがらりと変えることがある。理由は単純で、前半には近くに立っていた支援的な監督（あるいは過度に支配的な監督）から指示を受けていたが、後半にエンドが変わって監督が遠のいたからだ。

興味深いことに、センターサークルにいる選手は静かに立っていなければならないと定めたルールはない。にもかかわらず、まるで他のことをするのを禁じられているかのように、大抵の場合ほとんどの選手は静かに立っている。１２０分以上サッカーをプレーしたあと、人生でもっとも重要なＰＫを蹴ることになるかもしれないその直前に、5～10分ほど銅像のように突っ立っているのは、生理的に理にかなっていない。心理学的にも、何のタスクもなく不動の姿勢で立っていても、ストレスとプレッシャーがかかるだけだ。動く方が賢いし、動くにしても少なくともいくつかの方法がある。

たとえば、チームの陣形に動きを加えて、ＰＫ戦の間中センターサークル内を動きまわるのはどうか？　最初はセンターサークルの前方に位置を取り、事前に申し合わせた段階で後方に移動し、それから徐々に前方に戻ってくるのだ。これなら選手たちが少し動けるだけでなく、相手選手たちもセンターサークルの状況がどうなるか読めずにいらつくだろう。

あるいはゴール後のセレブレーションの可能性を追究する手もある。これは２００７年にオランダのU－21代表チームと仕事をした時に生まれたアイデアだ。仲間がＰＫを成功させるたびに、あるいは敵選手がＰＫを外すたびに、陣形から離れて個人でゴールセレブレーションをやるのだ。固まった筋肉をほぐせるし、チームに情熱とポジティブなエネルギーをもたらせる。選手がちょっとした勝利を派手に祝うのを見ると、敵選手はいらっとくると言われていることから、そうした効果も期待できる。前述したニューヨーク・シティＦＣは、ＭＬＳカップの決勝でＰＫ戦の末にポートランド・ティンバーズを下したが、ＰＫ戦の間味方がゴールを決めたり、ＧＫがＰＫを阻止したりするたびに派手なセレブレーションをおこなったために、線審から注意を受けた。これは選手たちが派手なセレブレーションとセンターサークルの前方に位置を取る戦略をやり続けたためでもある。

だが、この戦略がうまくいく保証はないことをまたしても強調しておかなければならない。こうしたセレブレーション戦略が失敗に終わった例はたくさんある。たとえば２０２２年のワールドカップ準々決勝で、オランダとアルゼンチンがＰＫ戦で対決した時のこと。センターサークルでは、オランダ代表チームはつねにアルゼンチン代表チームよりも1～2メートル前方に立ち、ＰＫが決まるたびに派手に喜び、ＰＫ戦の間中あちこち動きまわっていた。ところがアルゼンチン選手たちは気後れすることなく、同じ戦法でやり返し、最終的にＰＫ戦を制した。

ＰＫの〝ギブ・アンド・テイク〟

アーリング・ハーランドは極度の個人主義者であると共に極度のチームプレーヤーでもあるという、希有なタイプのサッカー選手だ。ゴールに貪欲な姿勢は世界中の誰もが知るところで、常にゴールを奪うチャンスを探していて、もはや執念となっている。そんなわけで、ハーランドにとってＰＫは有利な位置から得点を上げる絶好のチャンスだ。つまりＰＫを蹴ることは見せしめではなく特権なのだ。脅威ではなくご褒美であり、贈ることも取り引きすることもできる価値あるものなのだ。

２０１９年10月、ハーランドが所属するレッドブル・ザルツブルクは、ホームでＳＫラピード・ウィーンと対決した。試合開始から約30分が経過したところで、ハーランドが強引にペナルティエリアに切り込んだところ、相手ＧＫに倒された。ＰＫキッカーに指定されていたハーランドは、地面から立ち上がるとハンガリー出身の仲間ドミニク・ソボスライにボールを渡した。第2章でＧＫ非依存型の強力なキッカーとして紹介した、あのソボスライだ。と、そこへザルツブルクの別の選手が割って入った。韓国人選手の黄喜燦《ファン・ヒチャン》もＰＫを蹴りたがっているように見える。しかしソボスライはボールを離さなかった。

この時点でハーランドは、オーストリアのリーガで11試合中11得点を上げていたが、ソボスライはまだ1得点で、直近の5試合では無得点だった。ソボスライがいつものように力強くボールをゴール左側に蹴ってＰＫが決まると、真っ先にハーランドがやって来て、彼をつかみ、頭がおかしくなったみたいに大声をあげて彼を激しく揺すった。最初、ソボスライは連続不振から脱してほっとしたように見えたが、まもなく気前がよくてクレイジーなチームメイトを笑わずにはいられなくなった。

　それからわずか数分で、同じことが繰り返された。ハーランドがディフェンダーよりも速くペナルティエリアに侵入したところで、再び倒されたのだ。またもやＰＫだ。今回もハーランドはＰＫを譲った。前回拒否した黄《ファン》に譲ったのだが、この戦略は裏目に出た。黄はゴールの右側に中途半端なＰＫを蹴り、ＧＫにやすやすと止められた。またしても、キッカーに最初に駆けつけたチームメイトはハーランドだった。もっとも、今回はフレンドリーな態度で、慰めるかのように黄の肩をポンと叩いた。

　それから4分後、再びハーランドがペナルティエリアに猛スピードで侵入したが、今回は倒されることなくシュートを成功させた。試合後、ザルツブルクのアメリカ人監督ジェシー・マーシュはＰＫに不満そうな態度を見せた。ＰＫキッカーに指定されていたのはハーランドであり、他の誰かに譲るべきではないと考えていたのだ。結局試合に勝ったのだから騒ぐことではないと認めながらも、マーシュは「この件についてはあとで話し合うよ」と陰うつな表情で付け加えた。[注183] その後、マーシュとハーランドはそれぞれ別のビッグクラブに移ったが、マーシュはあの試合で経験したことを振り返り、ハーランドについてこう語った。

「知り合ってから6か月経っていたが、アーリングが自己中心的な行動を取ったところを一度も見たことがなかった。一時期彼がチームメイトとポジティブなエネルギーを共有したいからと、仲間にＰＫを譲ろうとするものだから、わたしが介入してダメだ、アーリングがＰＫを蹴りなさいと言わなければならなかった」

　組織心理学者のアダム・グラントは、著書『ＧＩＶＥ＆ＴＡＫＥ「与える人」こそ成功する時代』（三笠書房）のなかで、人間を3つのタイプに分けた。テイカー、マッチャー、ギバーだ。テイカーは、他者からできるだけ多くのものを得ようとする人。マッチャーは損得のバランスを考える人。ギバーは人に何かをしてもらったら、喜んでそれ以上のお返しをする人だ。実のところ、仕事でもっとも成功しているのはギバーだ。たとえば、エンジニアや医学生や営業職を対象にした研究によると、トップの成績を収めているのはギバーだという。おもしろいことに、成績不振者もギバーが占めていることがわかった。騙されたり、ひどい扱いを受けたりして、人は、最後には搾取されてしまうということだ。見境なく与え続けるやがてパフォーマンスが低下する。よって、正しいタイプのギバーになることが重要になる。

話を少しハーランドに戻そう。2020年、ハーランドはザルツブルクからボルシア・ドルトムントに移籍し、新シーズンを迎えた同年9月の最初のリーグ戦で、ドルトムントはボルシアMGと対戦した。開始から53分でドルトムントがPKを獲得すると、ジェイドン・サンチョがボールをつかんで準備を始めた。彼は数日前のカップ戦でPKを成功させたばかりでもあった。するとハーランドがサンチョに近づき、片手で口元を覆いながらせっせと説得したようだ。彼の提案に、サンチョはうれしそうではなかったものの、笑みをもらさずにはいられなかった。どうしようかと思案した瞬間もあったが、結局うつむいて内気そうな笑みを浮かべながらボールを譲った。要するにハーランドはサンチョからPKを奪ったのだ――何かしらサンチョが断れないような方法で。それからハーランドはボールをセットして、GK依存型のキックをスマートに決めた。ゴール。

試合後半、ハーランドはサンチョのアシストで2本目のゴールを決めた。彼のキャリアの中でももっとも華麗な技と呼べそうな見事なシュートだった。コーナーキックのあと、ハーランドはピッチのほぼ全長を驚異的なスピードで駆け上がってDFを置き去りにし、サンチョからドンピシャのタイミングで飛んできたクロスに頭を合わせた。ゴールが決まると、ハーランドは真っ先にサンチョのところへ駆けつけ、連係プレーでゴールを決めたうれしさのあまり彼をくしゃくしゃにせんばかりだった。

こうした逸話からも、グラントが提唱した「成功するギバー」（戦略的に与える人）のモデルにハーランドがぴったり当てはまることがわかる。ハーランドはフレンドリーな異才だ。利他的であると共に野心的でもある。純粋に惜しみなく与えるだけでなく、他者に利用されないよう、人や人間関係の対処法も心得ている。（サンチョのケースのように）彼自身がPKを蹴る方がチームにとって良い場合は、遠慮せずに自分がやりたいと主張し、時には言い争ってでもPKを蹴る。と同時に、彼はストライカーであり点取り屋であるが、絶好の場所にいてもパスが来るかどうかは完全にチームメイト次第となる。ハーランドがみんなに何も与えなければ、パスをもらう機会は減るだろう。つまりパスをもらうには、彼らに何かを与えなければならない、というわけだ。とはいえ、彼が真のチームプレーヤーなのは確かだ。他の選手がPKを蹴るほうがチームにとって良い場合は、喜んでチームメイトにその機会を譲る。このようなやり方でハーランドは意図的に与えているのだ。

しかし、だからと言って彼が人に何かを与えることをみんなが好意的に受け取るとは限らない。前述の例から数年後の2023年5月、ハーランドはPKをチームメイトに譲った。開始彼が所属するマンチェスター・シティがリーズ・ユナイテッドと対戦した時のことだ。開始から83分でＰＫを獲得した時、シティは２―０でリードしていて比較的余裕のある展開だった。どちらの得点もイルカイ・ギュンドアンによるもので、ハーランドはギュンドアンがこのＰＫを成功させれば、プロのサッカー選手になって以来初のハットトリックを達成できると考えた。

ところが、ギュンドアンが蹴ったボールはポストに当たり、チャンスはふいになった。シティのペップ・グアルディオラ監督は怒り心頭で、ハーランドに「アーリング、おまえが蹴るんだ！」とどなっているのが映像からわかる。さらに悪いことに、それから1分と経たずにリーズ・ユナイテッドにシュートを決められて２―１に詰め寄られ、突如試合の展開が読めなくなった。シティは一点差を守って何とか勝利したものの、グアルディオラはＰＫの状況について訊かれた際に、「アーリングが気前のいいナイスガイだということがわかった。だが試合はまだ終わっていない。４―０であと10分で試合終了ならいいだろう。でも２―０でやるのはどうか？　現時点で一番うまいＰＫキッカーはアーリングなのだから、彼が蹴るべきだ」と述べた。

おもしろいことに、アーセナルでも同じようなことが起きた。２０２３年9月のＡＦＣボーンマス戦で、結果的にうまくいったものの、ＰＫを譲ることに強く反対した者がいたのだ。アーセナルは２―０でリードしている場面でＰＫを獲得した。通常ならサカかウーデゴールが蹴るところだが、二人はそのシーズンに加入したばかりの期待の選手、カイ・ハフェルツにＰＫを譲った。アーセナルに加入してから9試合に出場したものの、まだ無得点で、このＰＫは彼にとって重要な意味があった。ハフェルツはＰＫを成功させて３―０にリードを広げ、チームメイトとアーセナルファンも彼に負けないぐらい大喜びした。

ところが、かつてリヴァプールでプレーし、現在はＥＳＰＮでコメンテーターをしているスティーブ・ニコルは、ＰＫを譲ったことをプロらしからぬ行為と呼んで批判した。そして代わりに提案したアドバイスは、このような状況をいかにも保守的で、近視眼的に捉えたものだった。彼はサカとウーデゴールの名前を挙げながら、「片方が蹴るか、もう片方が蹴るんだ。二人のうちのどちらかが、だ。『ここは心優しきナイスガイになって、ハフェルツに譲ってやろう』ではだめだ」と言ったのだ。(注184)

サッカーは社会的かつ心理的な側面を持つ複雑なスポーツだが、プレーするのはリアルな人間だ。選手を最大限に活用したい人にとっては、戦略的な贈り物――例に挙げた現役世代の選手たちもその一つとしてＰＫを譲った――は勝ち点3を獲得するのに一番確実な方法には見えないかもしれない。だが、このような贈り物の方が好意的で思いやりがあり、長い目で見ると有益なのだ。

第5章

プレッシャー対策

PKほどのプレッシャーを再現する練習はできないから無意味か？そんなことはない。数々の心理学研究が準備の意味を教えてくれる

2022年W杯の決勝でフランス代表はPK戦に敗れた。デシャン監督は「リラックスしたトレーニングでPKを練習しても無意味」と言い切っていたが……　©JMPA

「普段通りで十分だ」

ミカ・コヨンコスキ、スキージャンプのコーチ

クリアな青い空が広がる、快晴の日曜日の朝のことだ。飛行機を操縦するのにうってつけの日だ。管制塔から離陸許可が下りて、あなたは少しずつスロットルを全開にする。飛行機が加速するにつれて、操縦席に座るあなたは重力で椅子の背に押しつけられながらも、滑走路から離陸しようと、機首を上げて、注意深く計器をチェックしている。離陸は成功し、上昇速度も問題ないため、降着装置を引き上げて機体に格納した。高度500フィートまで上昇したが、すべてがスムーズかつ順調で、この先2時間のフライトもうまくいきそうだ。

とそこへ、ドーン。機体が大きく揺れたと思いきや、恐ろしいほどの静寂に包まれた。スロットルレバーを全力で押すが、手応えがまったくない。エンジンが止まったのだ。止まったまま反応しない。心拍数が上がるのがわかる。今や機体は滑空していて、高度計を見るとすでに下降し始めているようだ。あなたはパニックにならないよう平静を心がけ、どんな選択肢があるか考える。窓の外はどうなっているか？　前方に森と丘が見える――やっかいな地形だ。すぐ後方には安全に着陸できる滑走路がある。だが飛行機は下降しているのだから、

すぐに行動しなければならない。

ここは正念場だ。このまま飛行して、不時着できる場所を探すか？　それとも引き返すか？　今すぐ決断しなければならない。あなたは引き返すことにした。結局のところ、滑走路がすぐそこにあるじゃないか？　機体を方向転換させて戻れば、すぐに着陸できるはずだ。

あなたは飛行機を方向転換させようとする。ゆっくりと慎重に。飛行機は旋回し始めたが、突然、機体が生き物のように勝手に動き始めた。目の前にあった地平線が消えうせて、左側のサイドウィンドウから見えるし、窓越しに地面がすさまじいスピードで迫ってくるのがわかる。あなたは再び機首を上げようとするが、反応はない。故障した制御装置を何とかしようと手を尽くす間も、地面がどんどん迫ってきて、警報がけたたましく鳴り響き、目の前にある計器板のパネルがすべて点灯している。

それからすべてが真っ暗になった。

とその時、耳元で穏やかな声が聞こえた。「おやおや」。シミュレーターの外側で見守っていた教官の声だ。「低出力時に急旋回するとは。判断ミスだ。高度１０００フィート以下で方向転換してはいけないよ。飛行を続けて、前方に不時着できる場所を探さないと」

コンピューターをリセットして、再度挑戦だ。

航空業界では、第二次世界大戦前からフライトシミュレーターはパイロットの訓練において不可欠な要素となっていた。非常事態に備えるためだ。乗客として飛行機に乗る人はみな、それを知って安心する。同様に、今では医師の研修でも、複雑な手術に限らず、日常的にシミュレーターが活用されている。またしても、われわれはそれを知ると安心する。シミュレーターは軍事作戦の準備にも使われるし、宇宙飛行士の訓練でも重要な役割を果たしている。パイロット、外科医、軍人、宇宙飛行士……これらの人々は、自分が働く環境で失敗しようものなら、取り返しのつかない重大な結果になることを知っている。かなりのプレッシャーの下で働いている彼らが、プレッシャーに備えて事前に訓練を受けるのは、大きなストレスがかかる瞬間に向けて準備することは可能であり、ストレスは軽減できると考えているからだ。これらの職業に就く人たちの豊富な経験から、高いプレッシャーがかかる状況——紛争地帯、手術室、国際宇宙ステーションのモジュール、落下中の飛行機のコックピットを含める——は再現できることや、シミュレーションはそのような環境で働く人たちの役に立つことがわかった。

ＰＫ戦はシミュレートできないのか？

にもかかわらずサッカー界では、ＰＫ戦のような過度なプレッシャーがかかる状況をシミュレートすることは不可能だという考え方が広く浸透し、今も根強く残っている。

たとえばディディエ・デシャンもそうだ。デシャンは１９９８年のワールドカップでフランス代表のキャプテンとしてプレーして優勝し、２０１８年のワールドカップでは、代表監督として再びフランス代表チームを優勝に導いた。２０１６年、デシャンはＰＫのトレーニングをしたことがないと言い切った。理由は？「練習中のすっかりリラックスした状態でＰＫを蹴っても仕方がないだろ。本番ではすごい重圧がかかるのだから」（注１８５）

２０２２年のワールドカップ決勝で、フランスがＰＫ戦の末にアルゼンチンに敗れた時、デシャンはＰＫ戦について自身の考えをさらに詳しく語った。「トレーニングでは一人で蹴るだけだからね。どうやっても試合の状況など再現できないし。決勝戦では、精神面やら、観客やら、シューターのポジショニングやら、いろいろある。準備できることは何もない」

しかし彼は少なくとも、トレーニングの最後にＰＫ練習をすることには価値があると認めた。といっても絶賛するほどではないが。「優秀なシューターたちが１、２本、あるいは３、４本とシュート練習すると言うなら、やればいいんじゃないか？　たいして効果はないと思うが、それは単なるわたしの意見だからね。だからわたしは具体的な練習をしないんだよ。トレーニングセッションのあとに攻撃的な選手が残ってＰＫ練習するかもしれないが、それぐらいだろう（注186）」

そのような考え方をするフランス人はデシャンだけではない。フランス代表として11試合に出場経験のある元ＧＫのミカエル・ランドローも、ＰＫ練習は無駄だと言い切る。なぜなら「試合と同じ状況に自分を置くのは不可能だ。１２０分間プレーし続けた脚で、クレイジーなプレッシャーにさらされるんだぞ。トレーニングとは別物だよ」。

記録だけなら、フランスは直近3回のＰＫ戦（２００６年、２０２０年、２０２２年）で連敗しており、１９８２年のワールドカップで初めてＰＫ戦を戦って以来、８回ＰＫ戦に臨んで勝ったのは3回だけだ（勝率38％）。トレーニング不足が原因か？　あるいは単に運が悪かっただけか？

世界中の一流コーチの多くがデシャンと同じ考え方をしている。２０２３年1月、サッカー史上もっとも優秀な監督の一人、カルロ・アンチェロッティは、いよいよ迫った試合に向けて、レアル・マドリードはＰＫ戦の準備をしているのかと記者から訊かれて、準備していないと打ち明けた。「実を言うと、ＰＫの練習はあまりやらないんだ。重要な場面でＰＫを蹴る時のようなリアルな雰囲気は、トレーニングで再現するのは不可能だからね（注１８７）」

　サッカー界のレジェンド、ヨハン・クライフも同じように感じている。「それから、ＰＫの練習をしてもあまり意味がないと思う。ボールをシュートできるか否かという問題じゃないからね――技術的にはそんなに難しくない。むしろ満席のスタジアムで、重くのしかかるプレッシャーに圧倒されずにシュートを決められるかどうかだね。トレーニンググラウンドでは、あんな状況は絶対に再現できない（注１８８）」

　２０１９年のＤＦＢポカール、ラウンド16でヘルタ・ベルリンと対戦する前に、バイエルン・ミュンヘンのニコ・コヴァチ監督も同じようなことを明言した。「あれをシミュレートすることは絶対にできない。トレーニング中ならすべてのシュートを決められるだろうが、4万～5万人が一斉に指笛を吹くような状況では……（注１８９）」

　他の監督たちは、選手たちが一人でＰＫの練習をすることは許容しているようだが、プレッシャーを再現することは不可能だと述べている。クライフの愛弟子、ペップ・グアルディオラはこう語っている。「いいかね、ＰＫの練習はできるが、実際のＰＫで生じるあの緊張感は再現できないんだ（注１９０）」

　とはいえ、ＰＫはトレーニングできると固く信じている監督もいる。彼らは選手たちにたくさんトレーニングさせる一方で、プレッシャーそのものに備えることはできないと認識している。２０２２年のワールドカップでスペインを率いたルイス・エンリケ監督は、カタールでこう語っている。「１年以上前から、代表の強化合宿で集まるたびに選手たちに『ワールドカップに備えて宿題がある。所属チームでＰＫを最低でも１０００本蹴ってこい』と言い聞かせた。わたしはＰＫをくじ引きだとは思わない。頻繁に練習すれば、ＰＫの蹴り方も上達する。もちろん、プレッシャーと緊張感はトレーニングできないが、対処できるようにはなる（注１９１）」

もっとも、たとえＰＫを１０００回練習したとしても、スペイン代表の男たちはＰＫを成功させられなかった。ラウンド16でモロッコとＰＫ戦で対決することになった時、３人のＰＫキッカー――パブロ・サラビア、カルロス・ソレールおよびセルヒオ・ブスケツ――は全員キックに失敗して、チームは敗退した。３人合わせて３０００回ＰＫを練習したのに、一度もゴールを奪えなかったことになる。

このようなことがあると、ＰＫ戦はくじ引きだという通俗的な思い込みが増長されてしまう。トレーニングしても役に立たないのだから、運としか言えないだろう？　サッカー界屈指の監督らも、ことＰＫとなるとお手上げ状態で、実質的に何の準備もせずに臨んでいるのだから、運としか言えないだろう？

だが、これらの経験豊富で頭脳明晰な監督たちが、プレッシャーのトレーニングについて間違っている可能性はないだろうか？　サッカー関係者の間で広く浸透している知見に反して、選手のパフォーマンスに確実に影響するような高いプレッシャーを再現することはできるのか？

この問いについて考える前に、外科医と次のような会話をするところを想像してほしい。

外科医は、明日あなたに複雑な手術をすることになっている。
あなた「先生は、この手術の練習をされたことがあるんですよね？」
外科医「まぁ、そうですね。一日の仕事の終わりに部分的に練習しましたが、手術全体の練習となると……、何と言いますか、実際に手術台に横たわる患者を前にメスを握りしめた時のような、現実的なシナリオでの緊張感はそもそも再現できないんですよ。ですから、練習しても意味がないと思いませんか？」

反論されるかもしれないが、あなたは医師に練習を積んでいてほしいと望むのではないだろうか。さらにわたしは、医師がシミュレーションを使った手術の練習にメリットを感じるのと同様に、ＰＫ戦のシミュレーショントレーニングにはメリットがあるはずだと信じている。そしてうれしいことに、少なくともわたしと同じ意見の監督を時々見かける。

たとえば、チェルシー、ＰＳＧ、バイエルン・ミュンヘンで監督を務めたトーマス・トゥヘル。「ＰＫに持ち込まれる可能性が高い試合の前には、いつもＰＫの練習をしている。プレッシャー、疲労感、状況、明日の体調をシミュレーションできるかって？　いや、それはできない。しかしそれでも、いくつかのパターンや特定のリズム、ＰＫを蹴る時の特定の癖については対処できるはずだ[注192]」

それからリオネル・スカローニもいる。アルゼンチン代表を率いる監督で、主要なＰＫ戦で3回連続で勝利を収めたスカローニは、オランダ戦（この試合もＰＫ戦で決着がついた）の前にトレーニングについてこう語っている。「うちはいつもＰＫを蹴っている[注193]」、それから「トレーニングの前と後にＰＫの練習をしている[注194]」。

２０２２年のワールドカップのあと、スカローニはプレッシャーを再現することは難しいと認めつつも、それでもトレーニングには価値があると信じていると明言した。「ゴールの後ろに観客がいて……スタジアムに８万人もいるのだから、トレーニングでボールを蹴るのとはまったく違う。だがそれでも何かの役に立つと思う。ボールの感覚、キックする感覚をつかめる」(注195)

さらに歴史をさかのぼると、２００２年の日韓ワールドカップに向けて韓国を指導していたオランダ出身のフース・ヒディンク監督は、ＰＫ戦のトレーニングに真のイノベーションをもたらした。今から数年前、わたしはアムステルダムにあるヒディンクのタウンハウスを訪問した。独自の海外実績を誇る印象的な人物で、10か国の代表チームだけでなく、レアル・マドリードやチェルシーといった世界屈指の名門クラブでも監督を務めた経験を持つ。さらに文化への好奇心が強く、選手の人間性を何よりも重視する傾向が強いため、心理学的な知見を駆使して十分なサポートができる監督でもあった。(注196)２００２年のワールドカップ準々決勝のスペイン戦に向けて準備していた時、韓国代表の練習にはＰＫ戦の練習も含まれていたという。(注197)

「試合の前夜にＰＫの練習をしたんだ。一人１本ずつ蹴ってもらった。１本だけだ。やり直しはなしで」

エンリケ率いるスペイン代表チームが１０００本蹴ったのとは対照的だ。ヒディンクの理論によると、キックを１本だけにすることで、その１本に対するプレッシャーが大きくなり、本番のＰＫに近い緊迫感が生まれるという。何本もボールを蹴ってＰＫの技術を調整することよりも、選手にとっての決定的な瞬間、一度しかないチャンスにのしかかるプレッシャーに対処することに重点を置いたのだ。

さらにヒディンクはちょっと変わったPK戦のシミュレーションをおこなった。「キッカーは、他の全選手たちが見守るなか、PKを蹴るためにピッチを歩いて横切らなければならない。長い道のりだよ、PKを蹴るために100メートルも歩く間、その時には頭のなかをいろんな思いが駆け巡るだろう」

大抵の場合、他のチームは、選手たちをトレーニンググラウンドのハーフウェイラインからゴールまで歩かせるが、ヒディンクは違うやり方をした。一方のペナルティエリアから反対側のペナルティエリアまで歩かせたのだ。こうするとゴールまで歩くというPK戦の特定の側面が強調されて、キックよりもプレッシャーに注意を向けさせられる。「選手たちの体から緊張に対する反応が滲み出ていて見応えがあったよ」とヒディンクは言った。「みんなそれぞれ独自の表現方法があって、独自のスタイルで歩いていた」

練習では、シュートが成功しようが失敗しようが報酬も罰もなかった。「誰かが失敗しても、われわれは何事もなかったかのように行動した。淡々とPKを続けたんだ」

翌日の試合はどう展開したのか？

「翌日のスペイン戦は実際にPK戦に持ち込まれ、5人のキッカー全員がPKを成功させた。すばらしかったよ。ボールを蹴りたがった選手はいなかったが、全員が成功させたんだから」

この試合に勝利した結果、韓国はワールドカップで準決勝に進んだ最初のアジア圏の代表

2002年日韓W杯、韓国は強豪スペインとのPK戦を制して、アジアの代表チーム初のベスト4に進出した　©JMPA

チームとなった（準決勝のドイツ戦では、75分にバラックに先制点を入れられて１－０で敗退した）。

では、ヒディンクのアプローチはここまでにして、プレッシャートレーニングという概念とその効果を示すエビデンスを検証し、この準備方法が具体的にどうサッカーのＰＫに応用できるかを詳しく述べたい。

プレッシャートレーニングには効果があるのか？

プレッシャートレーニングは、「選手を軽いストレスに慣らしておけば、いざ激しいストレスがかかった時にも耐えられる」という実にシンプルなアイデアの上に成り立っている（注198）。具体的に言うと、選手たちに何らかのプレッシャーを与えてトレーニングさせれば、いざ大きなプレッシャーが降りかかった時も、屈することなく能力を発揮する可能性が高くなる。このようなトレーニングに成果があることを示す証拠は、さまざまな情報源から見つかる。

たとえば生物科学によると、低レベルのストレスにさらされている生物は、同等あるいは高レベルのストレスにさらされても、防御メカニズムが活性化するため、生存する確率が高まるという。(注199) このメカニズムの一番身近な例はワクチンだ。ごく微量のウイルスを投与するだけで免疫系が活性化され、実際のウイルスが体内に侵入しても体を防御できる。同じように、低レベルのストレスに慣れておくと、後に同等、またはもっと大きなストレスにさらされても跳ね返せるようになる、と考えられている。

プレッシャートレーニングは、予防接種プログラムのようなものだと考えるといいだろう。選手たちを小さなプレッシャーにさらすと、それが予防接種の働きをして、後に大きなプレッシャーにさらされても耐えられるようになる。この視点で考えると、ストレスによって人の心にトラウマが植えつけられるのではなく、むしろトラウマを経て人は成長し、ストレスへの耐性も強くなる。統計学者でベストセラー作家のナシーム・ニコラス・タレブは、「反脆弱性」という概念を提唱し、ストレスにさらされるとシステムの適応力が向上し、成長が促されると主張した。(注200) この考え方でいくと、ストレスから恩恵が得られるということだ。

動物を対象とした研究でも、この主張を裏づける結果が見つかっている。中程度のストレスにさらされた人間以外の霊長類と齧歯類は、高レベルまたは低レベルのストレスにさらされた同類たちよりも、その後のストレスに適応しやすく、神経生物学的反応や神経内分泌学的反応、認知、情動、行動に適応を示す反応が見られるという。(注201) たとえば、幼い頃に短期間母親から引き離されたサルを、生後9か月の段階で実験したところ、対照群と比べて不安やストレスを感じにくいだけでなく、認知制御力が高く、好奇心が旺盛で、成長後の脳が対照群より大きくなった。(注202)

動物を使った別の研究では、ストレスにさらされた時に動物がそれをどれだけコントロールできるかで、その経験の結果が決まると述べている。たとえば避けることも予測することもできない何らかのショックを受けた時、動物は激しい恐怖や不安を覚え、効果的に対処できなくなり、「学習性無力感」と呼ばれる現象が起きる（訳注：長期的なストレスにさらされるうちに、その状況から逃れる努力すらしなくなる現象）。しかし、もしその衝撃を避けようと行動を修正できれば、状況をコントロールできるようになり、レジリエンス（回復力）が鍛えられる。(注203)

生体システムや動物で認められるこの原理は、人間にも見られる。人生の初期に適度なストレスを経験した人は、その後の人生で、ストレスや不安を感じにくいとか、認知機能やクオリティ・オブ・ライフが高いなど、ストレスの肯定的な影響がしばしば見られる。(注204)たとえば、新婚夫婦を対象としたある研究では、結婚後数か月間の間に適度なストレスを経験した夫婦は、新婚初期にストレスを経験しなかった夫婦よりも、子どもが生まれたあともストレスの多い子育てに夫婦でうまく順応できると報告されている。(注205)

スポーツに関する具体例もある。一連の研究によると、世界レベルのアスリートは、能力的にやや劣る準エリートクラスのアスリートよりも、若い頃に逆境かトラウマを経験した割合が高いという。(注206)たとえば、研究者たちはイギリス出身の元アスリート32人にインタビューした。そのうちの16人は主要な大会で複数回メダルをもらった経験があったが、残りの16人はエリートアスリートではあったものの、メダルをもらった経験はなかった。[注207] 彼らの間にはいくつかの違いはあったが、際立った違いは、16人のメダリスト全員が、成長過程で深刻なつらい出来事（身近な家族の死、両親の離婚、不安定な家庭環境、両親から引き離された経験など）を経験していたが、そのような経験を持つ非メダリストは4人にとどまったことだった。メダリストのうち14人は、つらい出来事のすぐ後に、スポーツにまつわる肯定的で重要な出来事（たとえば、打ち込める競技を見つけた、最適なコーチかメンターを見つけた、あるいはスポーツでひらめきがあったなど）が起きたと報告している。心の隙間をスポーツで埋めたか、あるいはつらい経験によってモチベーションが上がって競技に集中できたのかもしれない。いずれにせよ、根本的にはつらい出来事が、アスリートたちの成長を阻むどころか、むしろ彼らの成長を助けたのだ。

　似たような現象はサッカーでも見られる。アムステルダムにある名門アヤックス・アカデミーでプレーする選手たちを調べた研究によると、準エリートクラスの選手たちと比べて、将来的にエリートクラスのサッカー選手へと成長する選手たちは、両親が離婚している確率が3倍以上高いという。[注208] 全般的には、つらい経験と飛躍的な成長との関連性を否定する研究もあるものの、[注209] スポーツと発達の関係を研究する専門家たちは、才能の開花にはつらい経験が必要であり、そうした経験は発達を促す手段になり得ると主張している。[注210]

　だからと言って、パフォーマンスを向上させるために、成長段階のアスリートにとりあえず嫌な出来事を経験させるべきだと言いたいわけではない。ただ、「つらい経験」という言葉を「挑戦」に置き換えて、純粋にスポーツの状況にあてはめてみよう。野心的な若いアスリートの糧になる小さな挑戦というと、たとえば、合理的な判断のもとで、いつもよりもワンランク高いレベルで競争させてみるとか、年長者向けの主要な大会で年上の選手たちと一緒にウォーミングアップさせてみるとか、あるいは観客の多い年長者向けの大会でハーフタイム中にＰＫ練習をさせてみるとか。ちゃんと対応できているか注視し、サポートしながら、期間を定めて慎重に挑戦させれば、選手たちは活発になり、練習し、さらに大きい負荷がかかっても対処できるよう技に磨きをかけるだろう。どんなアスリートも、早いうちに学んでおいて損はない。

　アムステルダム自由大学の研究者チームがおこなった一連の実験で、ストレスをかけるトレーニングの効果が見事に示された（注211）。ある実験では、24人の被験者たちを無作為に実験群と対照群にわけた。実験群は、人為的に低レベルの不安感を煽られた状態でダーツを投げる練習をした。不安感はいろいろな方法で誘発された。たとえば、ダーツのトレーニングをビデオカメラで録画し、「録画された映像はあとでテレビ番組で使われ、みなさんの行動を専門家が分析することになっています」と被験者たちに伝えたケースもあった。もっとまわりくどいケースもある――「あなたは他の参加者とペアを組んでいて、二人合わせた合計点が高ければ賞品がもらえます。もっとも、ペアの相手は既にダーツを投げ終えていて、賞品がもらえるか否かはあなたの結果次第です」と被験者に伝えたのだ。他の実験では、６回目に投げたダーツの得点が2倍になり、さらに各人の得点はあとで参加者全員に発表されると被験者に伝えたケースもあった。

被験者たちにどの程度の不安を抱いたかを報告してもらったところ、軽い不安を覚えたことがわかった。そのあと、インドアのクライミングウォールで被験者たちを高さ4メートルの足場に立たせて、ダーツを投げてもらった。自己申告と心拍数の計測から、全員がこの実験でかなりの不安を覚えたことがわかった。ところが、軽い不安を覚えながらトレーニングした被験者たちは、かなりの不安を誘発された状況でもダーツのパフォーマンスを維持した。他方で、不安のない状況でトレーニングした対照群は、この強いプレッシャーがかかるタスクのパフォーマンスが著しく低下した。

この実験はきわめて重要なことを教えてくれる。トレーニングで最大の効果を得るには、試験的な状況できわめて高レベルのストレスを正確に再現する必要はない、ということだ。むしろ、低レベルのストレスで十分だ。この実験はもっとリアルな状況で再現する必要はあるものの、サッカーでPKを成功させるために何ができるかを考えるのに参考になるし、プレッシャーを完全に再現することはできないのだからPKを練習しても意味はないと考えている監督にも、得るものがあるだろう。特殊部隊の兵士たちは、実弾攻撃にさらされるような戦時中のリアルなストレスを完璧に再現できない環境で、何年、何か月も軍事活動の訓練を受ける。サッカー選手も、たとえ不完全でもPK戦のシミュレーションで練習すれば、まったく練習していない選手よりもPKに備えることができる。

他の研究はどんな結論に至ったのか？　研究者らが、プレッシャーによるチョーキングの予防的介入の効果を調査した47本の論文を再検証したところ、予防的介入は概してパフォーマンスの向上に効果があることがわかったという。(注212)彼らは、介入方法に従って、実験をいくつかのカテゴリーに分けた。ＰＫにもっとも関連のあるカテゴリーは、順応を促す実験、すなわちプレッシャーを模した状況でトレーニングをおこなって、プレッシャーに慣れさせる実験だ。この関連の論文を10本検討したところ、被験者に軽い不安材料を与えてやや自意識過剰な状態でトレーニングさせると、効果があることがわかったという。

別の研究は23本の論文を再検証して、パフォーマンスをする時のプレッシャーに対処するためのさまざまな介入方法――教育、相談、シミュレーション、感情制御など――の有効性を調べた(注213)。これらの研究に共通して見られたのは、プレッシャーにさらされるシミュレーショントレーニングを受けた被験者のパフォーマンスが、対照群よりも大幅に改善したことだ。プレッシャーのもとでパフォーマンスをするトレーニングを積むと、自信がついて、同じ状況下で能力を発揮できるようになるだけでなく、制御された環境下でプレッシャーに対処するスキルを身につける機会になると研究者らは結論づけた。

最後に、14件の研究結果に対するメタ分析も紹介しておこう。スポーツ（10件）と警察官の業務（４件）について、プレッシャーを再現したトレーニングの効果を調べた研究だ(注214)。これらの実験では、審査（コーチによる評価）、報酬（賞金の授与）、罰（敗者は控え室を掃除するなど）を使って被験者にプレッシャーをかけた。これらの研究を分析した結果、程度の差はあれど、プレッシャーがパフォーマンスにポジティブな影響を与えることがわかった。つまり、プレッシャートレーニングを受けたアスリートは、受けなかったアスリートよりもパフォーマンスが良かったのだ。これは朗報だ。プレッシャートレーニングには効果があるようだ。このトレーニングをすれば、アスリートとプレッシャーの関係を変えられる。「やるべきことをやる時にやっかいなプレッシャーがのしかかるかもしれないが、プレッシャーは練習することも、調整することも、コントロールすることもできる」と思えるようになるだろう(注215)。

　トレーニングは定期的にやると良い結果をもたらすが、やり過ぎると効果が薄れてしまう。高レベルのプレッシャートレーニングをごくまれにやり、時折プレッシャー強化セッション（ワクチンの追加接種のようなもの）を実施するのが一番理にかなっていると思う。

　もっとも、重圧がかかる状況でアスリートのパフォーマンスを高めるために、一時的とはいえ意図的かつ断続的にプレッシャーをかけることは、一歩間違えば選手を虐待する行為になりかねない(注216)。プレッシャートレーニングという名目で、過酷すぎる練習を正当化しようとするコーチが現れても、そのような行為を容認してはいけない。プレッシャートレーニングに対する反応は人それぞれだ。年齢や経験や性格の違いにより、トレーニングで恩恵を受ける人もいれば、それほど受けない人、苦心する人、自信を失う人もいるだろうし、それでは本末転倒だ(注217)。そのため、どれだけのプレッシャーをいつ与えるかは重要だ(注218)。もちろん、関係者の合意を得ることも(注219)。

プレッシャートレーニングとＰＫ

　ジョゼ・モウリーニョは、トッテナムで監督を務めた２０１９～２０２１年までの間にＰＫスペシャリストのハリー・ケインを指導した。その彼が言うには「ハリーは試合の数日前にどうやってＰＫを蹴るかを決めて、３～４日かけてそのキックを練習していた」という(注220)。

そのようなやり方をするのはハリー・ケインだけではない。

これまでにわたしが取り上げた有能なPKキッカーはみな、口をそろえてPK練習には価値があると力説した。たとえばロベルト・レヴァンドフスキに、なぜペナルティスポットで思いのままにできるのかと訊ねた時、彼はごくシンプルにこう答えた。「練習だね。週に数回、トレーニングのあとにPKの練習をする。欠かさずにね。ぼくがやるテクニックについては、常に最善策を見つけるために努力している。何かを修正したり、何をすべきかを思い出したりするために」。マルティン・ウーデゴールも似たようなことを言っていた。「トレーニング中に1～3本PKを蹴る。たとえ毎日でなくとも、頻繁に。平均すると1日1本といったペースになる。大抵の場合、通常のトレーニングが終わったあとにやる。GKを相手にね」。リヨン戦の延長戦でマーレン・ミェルデが決定的なチャンスでPKを成功させたエピソードを前に紹介したが、ミェルデはあの決定的な瞬間のことをこう語っていた。「試合の前日、練習でPKを5本蹴ったんです。さまざまな種類のキックをして、どのやり方が一番しっくりくるか試しました。あの試合でやったキックは、前日のトレーニングで成功したやつです」。セルソ・ボルヘスはもっと的を射た言い方をした。「すぐれたPKキッカーで、練習しない選手には会ったことがない」。これこそが彼らの日常だ。トップクラスの選手たちは、日々のトレーニングで能力と自信を築いて、エリートクラスに上りつめたアスリートなのだ。

だが重要な問いがある。PKにつきものの過大なプレッシャーを乗り越える能力と自信を身につけるために、どうトレーニングすればいいのか、だ。PKの模倣トレーニングをやるだけで、プレッシャーをいくらか体感できる。２０２３年の女子サッカー・ワールドカップに向けてノルウェー女子代表チームの準備を手伝った時に、ＰＫ戦のシミュレーションをやらせたことがある。開催地のニュージーランドに出発する直前のことだった。プレッシャーを大きくするために、きみたちのキックはコーチや専門家によって厳しく検証・分析されると選手たちに伝えた。ＰＫ専門家として、わたしはペナルティスポットの隣に立って選手の動きを観察した。選手たちがボールを蹴るために準備する間、自身の動きが検証され評価されていると感じさせるためだ。

チームのキャプテン、マーレン・ミェルデはその時のことを次のように語っている。「ＰＫ戦の練習をする時は心拍数が上がるんです。選手が一人ずつ注目を浴びて、とても不安な気持ちになりますから。試合中にやりそうなことをやります。どこへ蹴るかを決めたり、ルーティンをやったり。スタンドに観客がいなくて、実際に得点にならなくても、どこかでリハーサルをする必要があります。メリットはあると思います。いざＰＫ戦が決まった時に、もっと準備しておけば良かったとか、リハーサルをやらなかったと後悔するチームは多いのではないでしょうか」

非常に高度なシミュレーション技術を採用し始めたチームもある。リヴァプールはニューロフィードバック・トレーニングをやっている。選手たちに脳波を測定する装置を取り付けて、ＰＫを蹴る前と後の脳波を測定するのだ。選手たちがピッチでボールを扱う間の脳波のフィードバックを絶え間なく受け取り、それを参考にして、ＰＫを蹴る前の感情を最適な状態に導くよう積極的に取り組んでいる。前述した〈Ｎｅｕｒｏ11〉のＣＥＯ、ニクラス・ホイスラーも「われわれのトレーニングでは、選手たちがＰＫやセットプレーをする直前に脳波を最適な状態にして、その状態を長く、かつ深く維持できるようサポートしています」と語っている。

他のテクノロジーでは、拡張現実（ＡＲ）も頻繁に目にすることになるだろう。最近の研究で、ホログラムで再生したＧＫを相手にＧＫ依存型のＰＫのトレーニングを系統的におこなったところ、効果が見られたという（注２２１）。

では、ＰＫ戦ではどうか？　２０１２年、われわれはＥＵＲＯの試合でＰＫ戦に参加した選手たちにそれぞれが体験したことを語ってもらい、それを質的に分析して論文にまとめた（注２２２）。別の研究者たちが、この論文内容に基づいて6段階の手順を定め、トレーニング環境でこの種のプレッシャーをシミュレーションすることにした。そして16人のプロサッカー選手たちがプレッシャーでどれだけ影響を受けるかテストし、低レベルのプレッシャーを与える対照条件下での影響と比較した（注２２３）。

具体的には、高いプレッシャーがかかるシミュレーションでは、（1）ハーフウェイラインからゴールまで歩かせ、キックが終わると再びハーフウェイラインまで戻ってきてもらう、（2）観客の声援、（3）これは競争であり、あとで順位をつけると選手たちに伝える、（4）彼らがＰＫを蹴るところを録画して、あとでコーチに評価してもらうと強調する、（5）被験者がキックする前に、コースをランダムに指示してその場所をねらってキックさせる、（6）ＧＫに2本のキックのコースを教えると選手に伝える（選手間の競争とコーチによる評価は「作り話」で、実際にはおこなわれなかった。この試験でもっとも重要なのは可能性を経験することであり、実際の結果ではないのだ)。

その結果、選手たちは高プレッシャーの時に影響を受けたことがわかった。低プレッシャーの対照条件下でPKを蹴った時と比べて、選手たちはかなりのプレッシャーを感じ、不安感が増し、自信をなくし、注意力が散漫になったと報告し、呼吸数も上がった。全般的に、これらの結果からPK戦のシミュレーションはキッカーに明らかに心理的影響を及ぼし、本物のPK戦に参加するのと同様の効果があることがわかった。

言い換えると、懐疑論者たちの主張と違って、PK戦のプレッシャーは練習でも再現できる、少なくとも有益だと感じ取れるほどには再現できるということだ。

PK練習――カナダ女子代表チームの話

新型コロナウイルス感染症の影響により1年遅れで開催された東京オリンピックのトーナメント戦に参戦する前、カナダ女子代表チームは世界ランクで8位につけていた。オリンピック大会前、代表監督のベヴ・プリーストマンは高い目標を掲げて、もちろん決勝に出たいとほのめかしたが、他の人たちの期待ははるかに低かった。それには根拠もあった。世界ランク10位以内の代表チームと対戦した直近11試合で、彼女たちの戦績は1勝8敗だったのだ。

オリンピックのグループステージで、カナダ代表チームは1勝2分でかろうじてトーナメント戦に進むことができた。少なくともこのチームにはレジリエンスがあるように見えた。

その後カナダ代表チームが築いたのは、史上まれに見る偉大なPK戦績だ。最初は、準々決勝でPK戦の末にブラジルに勝利した。次の準決勝では、大会優勝候補のアメリカと対戦。

試合は拮抗し0―0のまま展開したが、残り時間15分でカナダにペナルティキックが与えられ、23歳のジェシー・フレミングが進み出た。キック成功。最終的に1―0で決着がついた。決勝ではスウェーデンと対戦し、1点ビハインドで前半を終えた。その状態が67分まで続いたところで、またもやカナダがペナルティキックを獲得。再びジェシー・フレミングがゴールを決めて1―1とした。かくしてこの試合もPK戦で勝敗を決めることになった。両チーム共に複数回のPK失敗が続くなどして波乱含みの展開を見せたあと、最終的にカナダがオリンピックで優勝した。ペナルティスポットで能力を発揮できたおかげだと言っても過言ではない。

カナダ代表チームは、PK戦のたびに相手チームを圧倒した。どうやってやったのか？　秘訣はあるのか？　あるいはただ運が良かっただけなのか？

特に決勝戦は多少運も味方したかもしれないが、秘訣もあった。代表チームのメンタル・パフォーマンス・コーチのアレックス・ホッジンズと話した時に、カナダ代表チームが何年も前からPKの準備をしていたことを教えてもらった。「チームにはいつも〝PK戦規定〟と呼ばれるものがあったんだ」とホッジンズが説明してくれた。「8〜9年ぐらい前に規定を文書化して、定期的に更新してきた。試合の流れのなかでペナルティキックをもらった時と、PK戦にもつれ込んだ時、両方の戦略がある。両方の規定もある」

カナダ代表チームはPK戦に幾度も突入したわけではないが、長年にわたってPK戦計画を修正し続けた。

「ぼくが代表チームで働いたのは2021年までの9年間だったけど、PK戦をやったのは

1回だけだった。しかもそれは小さな大会の決勝戦で、勝ってどうなるものでもなかった。でも、いざという時のために常にしっかり準備していた」

彼らが選手たちと重点的に取り組んだのは、主審のホイッスルが鳴ってから助走するまでの時間だ。

「ホイッスルが鳴ってから何秒待つかを調べるのが大好きでね。ホイッスルが鳴った瞬間に走り出す選手は好きじゃない。ホイッスルにすぐに反応してはいけないし、長く待ちすぎてもいけないと選手たちに言い聞かせた。最適な間を探して、練習しまくったよ」

それからキックする前のルーティンを開発するためにいろんなことをやった。

「ルーティンに関する情報を提供した。NFLのキッカーなどを観察した。彼らは数歩下がってから、数歩横に移動する。同じことをする必要はないし、選手たちにはそれぞれのルーティンを持ってほしかった。思うようにできない世の中で、ルーティンはコントロールできるからね」

当時チェルシーでプレーしていたジェシー・フレミングは、オリンピックで4本のPKを成功させた。試合中に獲得したPKが2本、PK戦の時に2本。どのキックでもまったく同じルーティンをやった。

「ジェシーは3歩下がり、それから横に一歩動く。そしてひと息ついてから、心の中で自分と対話する。ホイッスルが鳴ると、すばらしいことに、彼女はもう1回深呼吸するんだ。ホイッスルにすぐに反応するキッカーを見慣れているキーパーは、彼女の深呼吸を見て不意を突かれるんじゃないかな」

カナダ代表のコーチ陣は、ＰＫを蹴る前の間とルーティンに重点を置いて強調したが、それがＧＫにも役に立ったようだ。

「実に聡明だと思ったのは、われわれがＰＫキッカーたちにいろんな情報――間を取ることとか――を共有するのを見て、キーパーがそれを模倣したんだよ。ペナルティスポットにボールが置かれる間、ＧＫはその正面に立っていて、それから満面の笑みを浮かべながらゆっくりと後ろに下がるんだ。ぼくがキッカーだったら初っぱなからキーパーに腹を立てただろうし、実際にキッカーの集中力が削がれたんじゃないかな。ＧＫの仕事ぶりはすばらしかった。おまけに数多くのＰＫをセーブしたんだから」

この戦略は、ＰＫ戦時のチーム対応にも及んだ。

「ＰＫを蹴りたがらない選手が一人いたんだ。でもその選手はチームの大黒柱のような存在で、ＰＫを終えた選手を迎えに行く役割がしたいと言いだした。ＰＫが成功しようが失敗しようが、わたしが途中まで迎えにいけば、キッカーは孤独を感じなくて済むからと言って。キッカーはみなグループの一員で、一人じゃないと感じられるようになった。たった一人で黙って歩いていたら、あの距離は長く感じられただろうから」

こうした背景のもとにカナダ代表チームは僅差で勝ち続け、その傾向は決勝で際立った。スウェーデンの５番手キッカーがＰＫを成功させていたら、オリンピックのチャンピオンはスウェーデンに決まっただろう。５番目に蹴ったのは並外れたサッカー選手、カロリン・セーガーだった。史上最多出場回数を誇るヨーロッパを代表する選手で、祖国スウェーデンの代表選手として２２１試合に出場した経験を持つ。

カナダのGKステファニー・ラベーは、明らかにセーガーの集中力を削ぐために、ゴールエリアの端に立ったあと時間をかけてのろのろとゴールラインに戻ってきた。ラベーの遅延行為に気づいたセーガーは、ペナルティスポットにボールをセットしたあと、GKに背を向けて助走距離を取ったものの、ホイッスルが鳴るまで15秒以上待たされた。PK戦では異常に長い間だ。ホイッスルが鳴ると、セーガーはすぐに走り出してボールをクロスバーの上に蹴り上げた。PK失敗。スコアは2対1で、後攻のカナダにはまだチャンスがあった。

のちにセーガーはそのPKについてこうコメントしている。「絶対に成功すると確信していたんです。キーパーがダイブしたのは正しい方向ですらなかったのに、ボールを打ち上げてしまった。その後は、わたしの人生全体がばらばらに壊れてしまったように感じました」(注224)

セーガーの次は、カナダのディアン・ローズがボールを蹴る番だった。カナダが試合を続行するには、ここで彼女がゴールを決めなければならない。22歳のローズは長い助走距離を取って、NFLのキッカーを手本にしたルーティンをやった。明らかにジェシー・フレミングと同じやり方だったことから、彼女たちが入念に作られたルーティンを繰り返し練習したことがわかる。ホイッスルのあとは4秒待つ。短すぎず、長すぎず。それからローズは、ゴール右上のコーナーにボールを突き刺した。おそらく今大会でもっともすばらしいPKだったが、それがこんな重圧のかかる場面で生まれようとは。スウェーデンのGKは先読みして的確に右側にダイブしたが、男女を問わず、世界中のどのGKでもあのキックは止められなかっただろう。

これで2対2の同点となり、次からはサドンデス方式になると、二人のキッカーで勝敗が決まった——スウェーデンの選手が失敗して、カナダの選手が得点したのだ。いずれにせよ、ローズのパフォーマンスは、カナダを代表してパフォーマンス前のルーティンのすごさを見せつけるものだった。と同時に、練習の威力を大々的に証明するものでもあった。

結局のところ、カナダはPKに備えたトレーニングの内容が際立っていた。

「東京オリンピックの決勝戦の前に、われわれは本番さながらのPK戦リハーサルを4回やった。オリンピックが始まる前に3回、グループステージが終わった直後に1回」

さらに、何年も同じ選手たちでPKの練習をしたおかげで、選手たちはフィードバックをもらい、学習し、学習に基づいて調整できた。

「フィードバックはすごく役に立ったと思う。2019年の女子ワールドカップの前に、本番さながらのPK戦をやった時は、選手たちの集中力を削ぐために工夫した。ゴールネットの後ろで数人のスタッフが物音を立てたり、騒々しく歌を歌ったり。集中力を高めるのにいいアイデアだと思った。ところがある選手がやってきて、こう言ったんだ。『みんながわざと音を立てる理由はわかるけど、実際のPK戦はとても静かですよね。静寂と言えるぐらいに。だから音を立てても仕方がないんじゃないかしら』。核心を突かれたよ。トレーニング中にやかましい音を立てるのをやめて、選手たちに長く気まずい沈黙の中でキックさせたんだ」

このトレーニングにはコーチやスタッフも加わった。

「本番さながらのPK練習は何度もやったから、スタッフはどこに立てばいいか、誰が何をすればいいかを知っていて、役割や責任が明確だったんだ」

全般的に、カナダ代表チームが２０２１年のオリンピック大会に向けてやったことは、わたしが何年も研究したいくつかのテーマと重なっており、その内容については本書で書いた。ここで読者に肝に銘じてほしいことは、サッカー界で広く浸透している考え方とは違って、ＰＫはトレーニングできるということだ。そして、カナダ女子代表チームが勝ち取ったオリンピック金メダルが、そのことを証明してくれた。

第６章

プレッシャーのマネジメント

ＰＫ戦で監督にできることとは？　アルゼンチン代表監督、
スカローニのマネジメントから学べることは多い

2022年W杯をPK戦の末に制したアルゼンチン代表のスカローニ監督。PK戦の準備に監督ができることはいろいろある、と示した名将だといえよう　©JMPA

「今の時代、指導者には優れた人間性と、一緒に働く仲間への思いやりが欠かせない。それがチームの一体感を強めるし、そうでなければ選手の心を摑めない。今はかつてないほど、選手と積極的に、人として向き合うことが求められている」

リオネル・スカローニ　アルゼンチン代表監督

アルゼンチンのサンタフェ州で、1978年に生まれたリオネル・スカローニは、選手としては平凡なキャリアを送った。ほとんどをスペインとイタリアで過ごし、短期間だがイングランド・プレミアリーグのウェストハム・ユナイテッドで、期限付きでプレーしたこともある。アルゼンチン代表にも選出され、2006年のワールドカップ・ドイツ大会では、準々決勝でPK戦の末にドイツに敗れる経験もした（出場はせず）。指導者としてはスペインのセビージャFCで、ホルヘ・サンパオリ監督のアシスタントとしてキャリアをスタートさせると、その後サンパオリ監督が2018年ワールドカップ・ロシア大会に向けたアルゼンチン代表の監督に就任したのを機に、サンパオリ監督に呼び寄せられる形で代表のスタッフに就任した。そしてアルゼンチンが大会で不本意な結果に終わると、スカローニが暫定監督としてサンパオリの後を引き継ぎ、2019年のコパ・アメリカまで、チームはスカローニとパブロ・アイマールの体制で臨むことになる。この判断は国内で激しい反発に遭い、特にディエゴ・マラドーナは批判の急先鋒として、選手時代の実績に乏しい人間が代表監督を務めるのはいかがなものかと不満を口にした。

「うちのチームに彼はいらない」マラドーナはそう言い、「交通整理もできなかった男だぞ」とこき下ろした。(注２２５)

迎えたコパ・アメリカでアルゼンチンは3位。批判を鎮めるには物足りない結果だったが、それでもスカローニは職にとどまり、やがて周囲の評価を一変させた。２０２１年におこなわれた次のコパ・アメリカで、ブラジルを決勝で破り、アルゼンチンに28年ぶりの大会制覇をもたらしたのだ。ここに至り、国民は本当のスカローニのことをもっとよく知りたくなってきたようだ。インタビューを見聞きした限り、スカローニはとてつもなく謙虚で、代表監督と聞いて思い浮かぶタイプとはまったく正反対の人間だという印象を受ける。本人は以前、こんなふうに話している。「代表監督に決まったその日、今日からきみはアルゼンチンで最も重要な男になるんだと言われたよ。……ばかばかしい。正直、どうでもいい話だ。人生はサッカーがすべてじゃない。家族や友人との時間も楽しむべきだ。代表監督になったからといって、それでわたしの価値が変わるわけじゃない。選手たちのまとめ役というだけで、それ以上でも、それ以下でもない(注２２６)」

スカローニ率いるアルゼンチン代表にとって、２０２２年のワールドカップ・カタール大会は最悪の形で幕を切った。チームは初戦でサウジアラビアに１－２で敗れ、ワールドカップ史上最大の番くるわせとも言われた。(注２２７)しかし、チームはそこから這い上がった。のちに出まわったサウジアラビア戦直後の動画で、スカローニ監督は車内でスタッフと思われる人物にこう語っている。
「負ける可能性は覚悟しておくべきだ。第一、われわれは長い間ワールドカップのタイトルを取れていない。それに、負けることでプレーの質が上がり、学びが得られる。手痛い負けだが、ここを乗り越えられれば、誰もわれわれを止められない」(注228)
スカローニは選手のマネジメントと同じくらい、人のマネジメントに長けている。カタールワールドカップの代表メンバーの一人、アンヘル・ディ・マリアはスカローニをこう評する。「彼はぼくらの父親であり、船長だ。とてもあたたかい人で、選手に寄り添ってくれる」(注229)。アルゼンチン国内のリーダーシップの専門家は、スカローニを「温和なリーダー」と呼ぶ。「女性的」なリーダーだと言う人もいる(注230)。どれもサッカー監督に使われることはほとんどない表現だ。そうした穏やかなマネジメントスタイルが遺憾なく発揮されたのが、2022年のワールドカップ決勝のフランス戦だろう。すさまじいプレッシャーのかかるPK戦で、スカローニは見事にチームを引っ張った。

ワールドカップ決勝でのPK戦

延長戦の終了を告げるホイッスルが吹かれた瞬間、アルゼンチンの選手はおそらく落胆していたはずだ。何しろ少し前まで優勝を目前にしていたのだ。規定時間終了まであと3分という段階で3－2でリードし、トロフィーに手をかけたも同然だった。ところがそこでフランスにペナルティエリアに迫られ、ムバッペに強烈なクロスを放たれた。味方選手のハンド。

PK。ムバッペの見事なキック。3―3。そのせいで今、アルゼンチンは改めてPK戦で優勝を勝ち取らなくてはいけなくなっている。

ホイッスルが鳴ってからの30秒間、スカローニはベンチに座ったままアシスタントと話し合った。それから立ち上がってピッチに入り、重い足取りで戻ってくる疲れきった選手たちに「こっちへ！　早く！」と促した。早めに戻ってきた選手たちの中心に立ち、残りの選手もやがて合流してまわりに円陣ができるなか、かがんで膝に手をついた。

選手のなかには、水を飲んでいる者も、うつむいてピッチを見つめる者も、仲間の背に手を当てて静かにねぎらう者もいる。誰も一言も発さない。みんなぐったりしていた。プレッシャーの高まりを感じている選手も多かっただろう。あとほんの2分ほどで、またピッチへ出てトロフィーがかかったPK戦に挑まなければならない。これ以上ない極限状態なのは明らかだった。

なかでも特にしょげかえっているように見えたのが、右サイドバックのゴンサロ・モンティエルだった。まるで葬式の参列者のような雰囲気をまとっている。それも無理のない話で、フランスに土壇場のPKを献上するハンドを犯したのがモンティエルだった。このときのモンティエルは、自分がこの状況を招いた戦犯だと感じていたに違いない。

スカローニが全員に語りかけたのは驚くほど短い時間で、10秒にも満たなかった。檄を飛ばしているふうでもなかった。語り終えると体を起こして円陣から出て、選手にじっくり気持ちを落ち着かせる時間を与えた。すると、円陣の端で選手を見つめていたフィットネスコーチのルイス・マルティンが、その場を離れるスカローニにすばやく歩み寄り、何かをささやいた。その直後、スカローニは決然と選手の輪へ戻った。その目はモンティエルを見据えていた。

モンティエルは集団の向こう側に立っていたため、スカローニが彼のもとへ行くには12秒ほどかかった。たどり着いたスカローニは、まるで教え子にタックルを浴びせるかのように、肩でぶつかっていった。それから一言、二言を短く伝え、モンティエルがかすかにうなずいたのを見てからそばを離れた。ショルダータックルはさしたる効果を発揮したようには見えず、モンティエルは相変わらず意気消沈していた。そこで、スカローニは次の手を打った。視線はモンティエルから外さず、選手のまわりを歩き、15秒ほどかけて1周する。そののち、再びモンティエルに向き合い、肩を抱いて、手で口元を覆いながら何かを伝え、励ますように胸を叩いてから、また離れた。あとでわかったことだが、このときスカローニが訊いたのは、2回ともPKを蹴るつもりがあるかということで、そしてモンティエルは、2回目にイエスと答えたという。

次に、スカローニは再び円陣の中央に陣取り、顔を近づけるよう選手たちに促すと、もう一度短く言葉をかけた。1回目よりも気持ちの入った口調で、決意に満ちた表情を浮かべ、ジェスチャーもいくつか交えた。時間も少し多くかけたが、長すぎず、15秒程度で済ませた。全体への語りかけはそれで全部だった。新しい情報を伝えたりはしなかった。

ところが再び、円陣を離れたスカローニを今度は別のアシスタントコーチのワルテル・サムエルがつかまえて、何事かを吹き込んだ。スカローニはすぐ行動を起こし、顔を上げたまま、密集した選手たちの間を抜け、GKのエミリアーノ・マルティネスに近づいた。抱擁を交わし、軽く励ます。そうやって自分の仕事を終わらせた。そのあと、アルゼンチンの選手たちはセンターサークルに向かい、所定の位置へついた。

このときのアルゼンチン代表で何が起こっていたかを紐解く前に、まずはフランス陣営が同じ時間をどう過ごしていたかを見てみよう。試合終了のホイッスルが鳴った瞬間、フランスにはホッとする気持ちと、がっかりする気持ちの両方があっただろう。ホッとしたのは、早々に0－2とされ、終盤も2－3とリードを許しながら、ムバッペのPKで終わりかけていたワールドカップ制覇の夢をつなげたから。逆にがっかりしていたのは、試合終了直前のランダル・コロ・ムアニのシュートがマルティネスの伸ばした脚に阻まれ、驚異の逆転劇を完遂して優勝トロフィーをさらうチャンスを逃したためだ。ムバッペは苛立ちをあらわにしていた。ホイッスルとともに頭に手を当て、「くそっ!」と吐き捨てる。それから10秒間も膝に手を当てたままで、近づいてきたチームメイトに促され、のろのろとベンチ前へ戻っていった。

監督のディディエ・デシャンとアシスタントコーチのギ・ステファンは、戻ったムバッペにすぐさま声をかけた。口を手で隠して15秒ほど言葉を交わしてから離れる。これで、ムバッペが1番手のPKキッカーに決まった。

次に、デシャンとステファンはキングスレイ・コマン、そしてとなりに立つオーレリアン・チュアメニのもとへ向かった。デシャンがしゃべり、ステファンはすぐそばでせっせとメモを取る。何かを訊かれたコマンは、彼らと短くやりとりしたあと、うなずいた。これでコマンが2番手のキッカーになった。

その間、コマンの横に立つチュアメニは水を飲みながら宙を見つめていた。デシャンはそのすぐ近くに立っていた。最初、デシャンはチュアメニに背を向け、それから向き直って顔を見た。そのあと180度向きを変えてステファンに何か伝えると、またチュアメニに向き直って顔を見つめた。しかしまだ決めかねていたようで、身をひるがえして選手全体をゆっくり、ぐるりと見渡してから、ようやく3度チュアメニと向き合った。そしてやっと言葉をかけた。チュアメニが3番手を任されることになった。

こうして少し息詰まるドラマが静かに繰り広げられるなか、コロ・ムアニは円陣の端で、他の選手からおよそ7メートル離れて立っていた。他は全員、積極的に何かをしている。チームメイトをハグする者もいれば、激励の言葉をかける者も、拍手をする者も、誰か助けを必要としていないかと周囲を見まわす者もいる。ところがコロ・ムアニはじっと突っ立ったままだ。何も言わず、遠くのスタンド上段を静かに見つめている。デシャンとは距離が離れているが、ちらちら目をやっているので、自分にもキッカーの話が来るかもしれないと気づいているのだろう。このあとに待つ、極限のプレッシャーの下での運命のPKを蹴ってくれという誘いが……。

その予感は的中する。ステファンとまた言葉を交わし、メモを確認したデシャンが、コロ・ムアニへ歩み寄っていき、それを察したコロ・ムアニも、近づいてくる監督へはっきり注意を向ける。しかし、デシャンの足取りにはためらいや迷いが感じられる。コロ・ムアニの方へ向かってはいるが、じっと見つめているわけではなく、別の選手の様子もうかがっている。5メートルの距離に7秒をかけ、その間なんと7回も他の選手たちに視線を投げた。

コロ・ムアニのそばへ着くと、デシャンは話を切り出した。見つめ、うなずき、少し話をして、それで決まり。一つ前のチュアメニと同様、コロ・ムアニも急きょ決まったらしい、上司からの残酷でなんとも納得のいかない提案を受け入れ、4番手のキッカーを務めることになった。

試合終了からここまでが、およそ2分間の出来事だった。フランスの選手たちはそそくさと、デシャン監督とステファンのまわりに急いで集まって輪をつくる。監督からの最後の言葉を待ち、そしてデシャンが何かを口にする。相変わらずアシスタントのステファンにお伺いを立てたり、メモを見たりしながら、身をかがめて感情とジェスチャーのこもった30秒間の演説を行う。それからデシャンが体を起こすと、何人かの選手が拍手をし、輪が解けた。

デシャンは2分半をかけ、代表サッカー最大の大舞台の最終決戦に向けた最後の準備を終わらせた。そのうちほとんどの時間を、PKキッカーを選び、声をかけ、確認を取るのに費やした。アルゼンチンのスカローニ監督とは実に対照的な時間の使い方だった。スカローニは、間違いなく明確なプランを事前に用意していて、おかげでプレッシャーのかかる場面で選手に余計な情報をほとんど伝える必要がなく、コミュニケーションは簡潔だった。短い話を小気味よく2回するだけでよかった。キッカーも、完全に固定していたわけではないにせよ、すぐ決まったように見えた。

フランスの名誉のために言っておくと、アルゼンチンはオランダとの準々決勝ですでにPK戦を経験していたから、予行演習ができていた部分はあっただろう。それでも、肝心な物事の予定を前もって立てておいたおかげで、スカローニは2つの目標に集中できた。一つが、選手に伝えるべき戦術的な情報を、短くエネルギッシュな言葉で効果的に伝えること、そしてもう一つが、選手の心理的なニーズに対応し、サポートすることだ。後者に関しては、時間の多くをモンティエル、つまりこの時点で誰より監督の支えを必要としているであろう選手のケアに使った。

さらにアルゼンチンでは、アシスタントコーチたちが監督にとっての第3、第4の目や耳となり、選手の精神状態に着目して「この選手はサポートを必要としている」「監督はあの選手と話したか」といった点を確認していた。そうやって、監督の仕事の一部が部下に任されていたが、仕事の範囲は情報収集に限定されていた。だから選手たちは、最高権力者である監督一人の言葉に耳を傾ければよかった。

この章の冒頭で紹介した言葉にも表れているとおり、スカローニはしばしば、選手の人としての側面に重きを置いたマネジメントスタイルを取ると話している。とはいえ、そうした哲学は口にするのは簡単だが、実践は非常に難しい。それでも多くの人が目の当たりにしたように、スカローニはワールドカップ決勝の舞台で、スポーツの世界で味わいうる最大レベルのすさまじい重圧のなかで、有言実行を果たした。実際、試合後のあの数分でスカローニが見せた対応は、多くの面で、苛烈なプレッシャーのなかでリーダーシップを発揮するためのまたとない現実的な教訓をくれるし、極限状況下でのチームマネジメントに欠かせない要素のチェックリストにもなる。

・徹底的に準備すべし

カタールW杯決勝戦、PK戦の最後のキックを決めたのは、痛恨の反則を犯して意気消沈していた男、モンティエルだった　©JMPA

・重要な判断はできるだけ事前に済ませておくべし。そうすると、自分自身やチームメンバーの心の準備を整える仕事に集中できる
・簡潔かつ効果的なコミュニケーションを心がけるべし
・まわりの意見に耳を傾けるべし
・柔軟かつ迅速に、その瞬間に一番助けを必要としている人物とコミュニケーションを取るべし

その後のPK戦で、アルゼンチンはキッカー4人全員が成功させ、守護神マルティネスが相手の2本のPKをセーブして英雄となった。フランスはムバッペとコロ・ムアニが成功したが、コマンと、監督が悩んだ挙げ句に選んだチュアメニが失敗した。

傷心のゴンサロ・モンティエル、つま

りスカローニが2回のスピーチのあいだによくよく気にかけていた選手はどうだったのか。ブエノスアイレス出身で、ハンドにより同点のPKを与え、スカローニに肩で小突かれ、キャリアのどん底と言える瞬間に5秒ほど監督と二人だけで話した男はどうなったのだろうか。

モンティエルはアルゼンチンの4人目にして最後のPKキッカーとして、サッカー史に永遠に残るキックを決めた。それはアルゼンチンにカタール大会の優勝と、1986年のメキシコ大会以来となるワールドカップ制覇をもたらすキックだった。

プレッシャーのもとでのリーダーシップ

サッカーで、勝負がPK戦に持ち込まれることは意外に多い。主要大会の決勝トーナメント（ホーム&アウェー方式ではない試合）では、2〜3割の試合がPK戦にもつれ込む。2026年のワールドカップから、決勝に勝ち上がるにはトーナメントで5回試合をしなければならない。である以上、少なくとも1回はPK戦を経験する確率はかなり高いだろう。それなのに、決勝トーナメントの前に「PK戦の準備はしないことにした。それよりも90分で勝つことに集中しよう」と口にする監督がいたとしたら、プロ失格どころか、あまのじゃくと思われても仕方がない。

極限状況下（軍事作戦や医療、警察、消防の現場、危機対応の局面など）でのリーダーシップをテーマとする研究者は、極限の出来事とは〝広範かつ許容できないレベルの肉体的、心理的、物理的な影響を組織の成員に及ぼしうる個別の事例や事象〟と定義している。(注231) PK戦もこれに当てはまるように思える。極限の出来事に組織が備えるうえで、リーダーの果たす役割は極めて大きい。そうした準備の一つが、「そんなこと起こるはずがない」と考えがちな人間の性質を抑え込むことだろう。リーダーは、最悪の状況が起こりうる可能性にしっかり目を向け、計画と準備をしておかなくてはならない。確率がほとんどゼロに思える時でも、だ。

心理学界には、わたしが〝行動観察の危機〟と呼ぶ、よくない傾向がある。現実の状況のなかでの人間のリアルな行動に対する研究がすっかりないがしろにされているのだ。[注232] 何十年も前から続く問題で、大きな重圧のかかる状況での認知や記憶、思考を研究した論文は山ほどある一方、そうした状況での具体的な行動のデータはほとんど顧みられていない。この問題は、リーダーシップ研究でも起こっている。リーダーの振る舞いをテーマにした論文214本を調べた研究が先ごろ発表されたが、それによれば、リーダーの実際の振る舞いを調査対象に含めたと主張しながら、本当に測定していたものは5本中1本に満たなかった。[注233] しかも、測定した変数のうち振る舞いそのものに関するものはわずか3％にすぎず、大半は振る舞いへの意識や評価が占めていた。同じ傾向は、スポーツの研究にも見られる。スポーツのコーチングを扱った研究610本を調べた調査によると、こちらも研究手法の一環として実際の振る舞いを観察しているものは5分の1以下だった。[注234] つまり、スポーツの練習中や試合中、指導者が実際にどう行動しているのかを観察したデータは、実質的に皆無と言っていい。

こうした情報の欠落がＰＫ戦にもある。公表されている論文のうち、サッカーのＰＫ戦の前、もしくは最中の指導者の振る舞いを扱ったものは一つもない。ある意味で、これは仕方ない話だ。時折カメラに抜かれることはあるにせよ、ＰＫ戦で監督やコーチングスタッフがフォーカスされるケースはめったにない。だから放送された映像を使って彼らの振る舞いを研究するのは至難の業で、公開されている数少ない文字資料に頼るしかない。そのため、解説者やファン、さらには専門家でさえ、気にしていないことが多い。

わたしは、ワールドカップ・カタール大会で行われた5回のPK戦について、未編集の映像資料を観る機会に恵まれた。選手にズームしたものなど、さまざまなアングルから映した見やすい映像がそろっていたため、ピッチで何が起こっていたかを余さず確認できた。その映像を体系的に調べることで、少なくともPK戦が始まる前の2、3分間、監督が選手に何を伝え、どう支えていたかを正確に把握できた。(注235)

では、何がわかったのか。

まず、映像を見てすぐ気づいたのは、21世紀のワールドカップのPK戦で、脱水症状を起こす選手は一人もいないだろうということだ。どのチームも、水のボトルを常に大量に用意していた。タオルやエネルギー補給用のサプリメント、マッサージも同じ。チームドクターや理学療法士、アシスタントコーチもずらりとそろっていて、選手の体が必要としているものをすぐさま提供できる態勢が整っているようだ。トップレベルのサッカーでは、肉体的なサポートはしっかり行われているらしい。

その一方で、心理的なサポートについては……まだまだ改善の余地がありそうだ。

メッセージの伝達

カタールワールドカップ決勝、アルゼンチン対フランス戦では、片方の監督（デシャン）

延長戦終了後から、戦術的な判断を選手に伝え終えるまでの所要時間

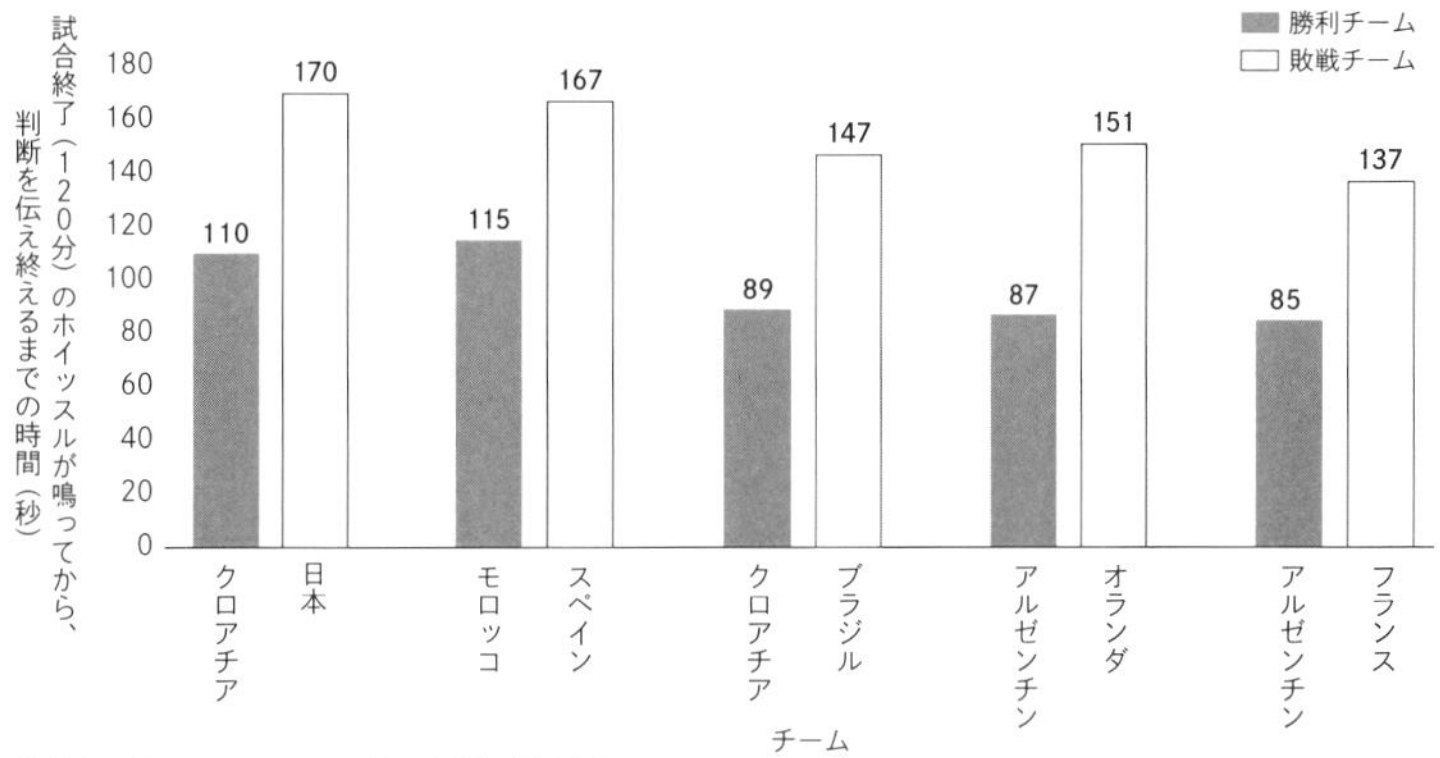

2022年カタールワールドカップでのPK戦（全５回）

が、戦力の運用と戦術に関する判断にかなり時間をかけてから、それを選手に伝えていたのに対して、もう一方（スカローニ）は自身のプランと判断を手早く伝えていた。

カタール大会のPK戦に臨んだ監督10人が、指示を伝え終わるまでに要した時間を測定すると、ある傾向が非常にくっきり見えてくる（上のグラフを参照）。かけた時間が短かったほうのチームがPK戦を制し、長かったほうが敗れているのだ。例外はなかった。その差は歴然で、勝った方の一番長く時間をかけたチーム（モロッコ）でも、負けた側の最も短かったチーム（フランス）を下回っていた。

このデータを素直に解釈するなら、選手にプランを一番すばやく知らせたチームは、PK戦に向けた準備が最も周到だったチームだとみなせる。PKキッカーの選定とキック、戦術に関する判断の多くを試合前に済ませておけば、いざPKとなったときにも簡潔に伝えやすい。その部分との関連で注目すべきは、時間の短さで1位と2位だったアルゼンチンで、フランス戦の方がオランダ戦よりも短い点だ。フランス戦のアルゼンチンとスカローニには、PKを1回経験しているという優位があったから、2回目のほうがスムーズに事を進められたのだろう。クロアチアもまったく同じで、2回目（ブラジル戦）の方が1回目（日本戦）より20秒以上も短い。もちろん、こうしたPKの〝事前練習〟がいつでもできるわけではないが、PK戦を組み込んだ練習試合を行ったり、実際の試合に似せた状況でPKの練習をしたりする際には、監督やスタッフが指示を伝えるシミュレーションもしておいたほうがいいのは間違いなさそうだ。

これに対して、事前にプランを立てていたように見えるにもかかわらず、実行に長い時間をかけていたチームもあった。たとえばアルゼンチンに敗れたオランダだ。ベンチ前へ戻った選手に対して、ルイ・ファン・ハール監督はかなりすばやく選手から選手へと歩きまわり、PKを蹴るつもりがあるかを尋ね、確認を取っていた。またオランダでは、GKコーチのフランス・フックが重要な役割を任されている様子だった。選手が円陣を組んだ際、手元のメモから11人の名前を読みあげていたのは、明らかにフックだった。PKを蹴る可能性のある選手全員を順番に読みあげた可能性が高く、だとすれば、徹底的な準備ができていたと言える。たいていのチームは最初の5人か、多くても6人目か7人目までしか決めていないからだ。ここまではよかった。

ところがそのあと、選手とコーチ陣との間で言い争いが起こった。特に激しい口調だったのが選手のフレンキー・デ・ヨングとデイヴィ・クラーセンだった。ファン・ハール監督も、フックとアシスタントコーチのダニー・ブリントに何事かを伝え、反論か別の見解を述べているようだった。そのあとも、複数人による議論が永遠にも思えるほど長く続いてから（実際には40秒）、ようやく円陣が解けて選手やスタッフが励まし合うようになった。誰でも意見を言えるという典型的な（またはステレオタイプな）オランダ式のマネジメントスタイルが、キッカー選びや戦術を複雑化させたのではないかと推測したくなる。有名な話だが、オランダは非常にフラットな構造の国で、地位や肩書きなど不要と考える人も多い。頭ごなしの指示に黙って従う人はおらず、みんなが判断に関わろうとする。[注236] そのため、選手とスタッフとの話し合いには時間がかかる。逆にアルゼンチンはすぐに済ませていて、その事実がオランダに焦りを抱かせた可能性もある。横のアルゼンチンが円陣を崩すのを見て、自分たちも急いで決めなくてはと思ったかもしれない。当然、ファン・ハール監督は、サポートが必要な選手に個別に対応する時間が取れなかった。

プレッシャーのかかる状況で、最後の戦術的な判断を手早く伝えるメリットは他にもある。まず、簡潔に、わかりやすく、あいまいさを排した形で伝えること自体に価値がある。どんな監督も、複雑でわかりにくいプランや指示を土壇場でまくしたてて選手の頭をパンクさせ、キックに向けた個々の準備に支障が出たり、選手が考えすぎに陥ったりするのは避けたいはずだ。

次に、正確で短い言葉で伝えると、選手も自分たちは状況をコントロールできているという印象を持ち、明確なプランと作戦があることで安心感を抱ける。ここでも、最高のお手本はアルゼンチンだ。2回のPK戦で、スカローニはいずれも信じられないほど円滑にコミュニケーションを取っていた。選手やスタッフも、自分たちのリーダーはやるべきことを把握できているという印象を持ったに違いない。主導権はわれわれの監督が握っているという感覚は、仮に幻だったとしても（わたしはそうは思わないが）、効果的だったはずだ。責任者が秩序と統制をもたらしているという感覚は、強いプレッシャーにさらされている人間にプラスの影響をもたらす。

さらに、すばやくコミュニケーションを取れば他のことに使う時間が作れる。落胆したモンティエルに対してスカローニがおこなったメンタルケアがわかりやすい例だ。全員に向けた話に時間をかけすぎると、そうした時間の余裕がなくなる。

正しいキッカーの選び方

監督たちは、ＰＫ戦に臨むキッカーの顔ぶれを選手にどう伝えているのだろうか。大抵の場合、監督は選択と伝達のプロセスを融合させた方式、つまり選手を集めて蹴りたい人間を募るやり方を採っている。カタールワールドカップでもこのアプローチを用いた監督が何人かいて、ＰＫ戦に勝った2チーム、クロアチアとモロッコもそうだった。彼らの場合、ズラトコ・ダリッチ監督（クロアチア）とワリド・レグラギ監督（モロッコ）は、まわりに集まった選手に対し、「誰か蹴りたい者はいるか？」と尋ねていたはずだ。そう思うのは、選手が順繰りに手を挙げたり指を立てたりし、それを受けて監督も指を立て、蹴る順番を示していたからだ。この2チームの場合、本当に事前の相談なしでキッカーが決まったのか、それとも蹴る選手は任されることをある程度は察していて、確認を取っただけなのかを推し量るのは難しい。それでも、蹴る選手がすぐ挙手していた点を踏まえると、少なくとも選手はあらかじめ知っていて、だからこそ混乱や不満はないように見えた。すべてがかなり効率的に進められていた。

一方、負けた側でも日本がこの方式を選んでいた。森保一監督は、明らかに蹴りたい者に名乗り出るよう求めていて、選手たちがためらっているのを見ると、両手を横に広げてみせた。誰も名乗り出ないことに不満を示したのか、もしくは誰でも蹴っていいんだぞというアピールなのか。あるいはその両方か。それから南野拓実が手を挙げて1番手のキッカーに決まり、ややあって三笘薫も同じ経緯で2番手となった。しかし、このチームの大御所二人のあとは、手を挙げる選手がなかなか現れず、誰も名乗り出ない気まずいムードのなか、チームメイトを推すかのように他の選手を指さす控え選手も現れた。そうやって、日本の場合は先の2チームと比べ、キッカーを募るアプローチにかなりの時間がかかり、スムーズさも欠いていた。その後のPK戦で、日本は南野と三笘、さらに吉田麻也が失敗し、成功は4人中1人に終わった。大会後、日本では〝挙手制〟が大きな論争になり、森保監督が次は別のやり方で決めると宣言するまでになった。「責任が選手に及び、外せば心を痛める選手もいる。次は自分が決める」(注237)

スペインのルイス・エンリケ監督も、ラウンド16でモロッコとの試合がPK戦に持ち越された時、独特なやり方でキッカーを募った。3番手まではエンリケ自身が決め、4番手以降は選手たちに任せたのだ(注238)。ゲームキャプテンを務めたセルヒオ・ブスケツは、監督から3番手に指名されたあと、紙とペンを渡され、残りの二人を決める役割を与えられた。これから人生で最も重要なＰＫに臨む選手が追加で請け負うには、かなり重大な任務と言える。ＰＫの経験が少ない選手ならなおさらだ（ブスケツは試合中のペナルティキックを一度も蹴ったことがなく、２０２１年のＥＵＲＯでは大一番のＰＫ戦のキッカーを務めたが失敗した）。しかも、ブスケツはスペイン代表の重鎮ではあるが、キャプテンの経験が豊かというわけではなく、はじめてキャプテンマークを巻いたのは２０２０年10月の試合だ。それでもブスケツは厳しい仕事を引き受け、選手を集めて再び円陣を組むと、最も簡単な決め方、つまりキッカーを募る方式を採った。幸い、アイメリク・ラポルテとペドリがすぐに名乗りをあげたが、チームにとっては不幸なことに、スペインはブスケツを含めたエンリケ監督ご指名の３人が全員失敗し、名乗り出た二人には力を見せる機会がやってこなかった。

個人的には、キッカーを募る方式にメリットはほとんどないとみているし、その点は過去の論文でも何度か指摘している。(注239) それでも監督がこのやり方を選ぶのは、ＰＫキッカーは蹴りたい人間が務めるのが重要で、蹴る意思のある面子をそろえるにはこれが一番だと信じているからだろう。監督にとって楽だし都合がいいという側面もあるかもしれない。それでも、監督が選手を集めてみんなの前でキッカーを募ると、次のような状況が生まれ、それによってまずい結果を意図せず招いてしまうことがある。

1　監督に促されて名乗りをあげた選手が、本当に蹴りたいと思っているとは限らない。名乗り出る責任があると考えただけかもしれない。そうやってがんばって手を挙げた選手は、最高のキッカーではない場合がある。

２　手を挙げた選手は、あるメッセージを強烈かつ明確に伝えている。それは「自分が責任を引き受けます！」ということだ。つまりキッカーを募るという行為は、責任（とプレッシャー）を選手に肩代わりさせているのに等しい。この本で何度も実例を紹介してきたとおり、選手の肩にかかるプレッシャーが増すほど、ＰＫの成功率は下がる。監督の仕事は選手の重圧を和らげることであって、加えることではない。

３　監督がキッカーを募ると、キッカーを求めているということ以上に、ＰＫ戦に関する基本方針がチームにないことがはっきり露呈してしまう。

４　監督が選手たちにＰＫを蹴りたいか否かだけでなく、この件についてチームと相談してから名乗り出るか否かも考えるよう求めると、ＰＫ戦前という重要な場面で、選手たちにかなりの認知的な負荷がかかる。選手たちがシンプルかつ予想通りの指示を必要としている瞬間に、監督がこのような質問を投げかけると、複雑で予想しづらい、混沌とした状況が生まれてしまう。

５　（日本のように）誰も名乗り出ないと、キッカー選びは戦力運用の問題というより、もっと深い心理的な問題に発展する。誰も蹴りたがっていないことを全員が察して不安を煽られ、暗いマイナスのムードが広がる。別の実例でわかっていることだが、リスクをいとわない姿勢は周囲に伝播する。(注240) 逆に言えば、誰かがＰＫというリスクを取りたがっていないことがわかると、まわりもリスクを嫌がり、逃げ腰な気持ちや不安を抱く可能性が高い。

２０１１年の女子ワールドカップ・ドイツ大会で、イングランド代表を率いたホープ・パウエル監督は、フランス戦でキッカーを募るアプローチを採り、まさしくこうした問題に行き当たった。「３回も尋ねて、ようやく１人が手を挙げた。びっくりした。この舞台を何だと思ってるんだと感じた」[注241]。なんとか５人が集まったが、チームはＰＫ戦で敗戦。

　この件についてパウエル本人に話を聞くと、彼女はＰＫキッカーの選び方、指名の仕方に関する考えをすっかり改めていた。「ＰＫキッカーを募ってはダメ。プレッシャーのかかる場面では、自ら歩み出る選手が現れるとは思わないほうがいい。たいていの選手はうしろに引っ込むから」。そして、ドイツ大会では選手の心理を読み間違えていたことをおおむね認めた。「もしわたしが彼女たちの立場だったら名乗り出る。だから選手にとっても簡単なことだと思い込んでいたけど、それが間違いだった」と言い、「選手にしかるべき覚悟ができていなかったのはわたしの責任ね。キッカーを募るべきではなかった」と締めくくった。次に別のチームでＰＫ戦に臨む時は、練習でのデータを参考に順番を決めたキッカーのリストを用意するという。「誰が一番うまくて、誰がそうでないか」を調べ、選手に事前に相談して蹴る気があるかを確認するそうだ。「選手には納得したうえで蹴ってほしい」

　監督が完全に任意でキッカーを募ることはあまりなく、たいていはＰＫ前に円陣を組んでいる選手の誰かに目星をつけ、一人ずつ意向を尋ねていく場合が多い。しかし、このみんなの前で打診してみて答えを待つやり方は、キッカーを一から募る方式とほとんど同じで、先ほど述べたまずい結果を軒並み呼び込んでしまう恐れがある。

　まず、監督が負うべき責任を、イエスと言った選手に押しつけることになる。それに、選手が断ったらどうなるか。ＰＫ戦について選手に話を聞いたところ、みんなの前で打診されたら断ると答えた選手がかなりの割合にのぼった（最大30％）。[注242] もっとも、選手にとってノーと言うのは難しく、チームメイトを見捨てたように感じる者もいるだろう。ほかの選手にとっても、ノーというのは聞きたくない答えで、断った選手が抱いている不安が伝染して、まわりも「自分は決められるだろうか」と思い始めるかもしれない。しかも、ＰＫ戦は５人目までで勝負がつかない場合もあるから、始まる前にはっきり蹴りたくないと言った選手も、途中のどこかのタイミングでやっぱり蹴る必要が出てくるケースもあり得る。そうやって、よく考えたうえで蹴らないと決め、その判断をみんなに伝えたにもかかわらず、あとで蹴らざるを得なくなった状況は、最初から蹴ると決まっているときより、選手にとってはるかに難しい。

ＰＫを蹴ることに対する選手の考えや気持ちを、監督が探ってはいけないわけではない。訊くこと自体は構わないが、パウエルが言うように、訊くなら事前に、二人きりのときに尋ねるべきだ。スカローニもＰＫを蹴る気があるか選手に尋ねたらしく、「蹴りたい者はいるか選手に訊いてまわったところ、最大でも二人だった」と明かしている。[注243] しかしスカローニは、間違いなく事前に尋ねていた。だから監督は、ＰＫ戦に持ち込まれる可能性のある試合に臨む時は、早めに選手全員のＰＫに対する姿勢を確かめておいたほうがいい。またその際は、ただ蹴りたいか、蹴りたくないかを確認するだけでなく、いろいろな話を聞くべきだ。大前提として、ＰＫを蹴りたい人間などいるはずがない。だから、自信のほどはどのくらいか、これまでに何回くらい蹴ったことがあるか、具体的にどんなテクニックを使っているか、キック前のルーティンはどんなものかを聞き出す。そうやって話した内容をもとに、ＰＫキッカーにふさわしそうかを評価し、さらに別のデータも加味したうえで、それらを参考に最終的な判断を下すのだ。

監督にとって一つ難しいのは、120分を戦い終えた段階で誰がピッチに立っているかを事前に把握するのは不可能だという点だ。当然、キッカーのリストを前もって完成させておくのも難しい。フランスのデシャン監督も、カタール大会決勝後にこの点に言及し、「頭にあったキッカーは誰ももうピッチにいなかった」とこぼしている。この問題への対処法はいくつかある。まず、監督らチームスタッフは、今とはまったく別の方法でPKに備える必要がある。ほとんどの監督はじっくり時間をかけて先発メンバーを決めるが、最後にピッチに立っているメンバーを決めるのにも、それと同じくらい時間をかけるのだ。

もちろん、試合展開を完全にコントロールするのは不可能だ。たとえば交代策は、試合の流れや負傷者、点差によって変わってくる。それでも監督は、終わりを見越してプランを立てる、つまりPK戦にもつれ込んだ場合、最後にピッチにいてほしいのは誰かを考えなくてはならない。そのうえで、事前に集めた情報をもとに、キッカーの順番を定めたリストも作っておく。そうすれば、120分の戦いが終わったあと、リストの誰がまだピッチに残っているかを数秒でさっと確認するだけでいい。試合ごとの状況も考慮する必要はあるが、このやり方なら、ベストの5人をかなり早く、しかもデータをもとに選び出せるはずだ。スカローニとアルゼンチン代表も、この方式を採っていたのかもしれない。

PKに関する監督の判断は、理想を言えば、事前に選手へ伝えておきたい。キッカーに選ばれた選手はPKが始まる前から不安がるといったリスクはあるものの、キッカーを任されると予想できるというメリットの方が大きいとわたしは確信している。当日、なんらかの理由で蹴る気になれなくなった場合は断ってもいいと伝えることもできる。ただし指名した理由については、極限の状況でもいい仕事をしてくれると思ったからこそ選んだという点を強調しておく。そして失敗した場合でも責任は監督が持ち、試合後の会見でもそのことを明示する。

まとめると、ＰＫ戦で監督の一番大事な仕事は、選手のプレッシャーを和らげることだろう。ときには、驚くほど簡単にそれができる場合もある。２０１９年の女子ワールドカップ・フランス大会、決勝トーナメント１回戦のノルウェー対オーストラリア戦で、ノルウェーのマルティン・ショーグレン監督は、ＰＫ戦を控えた選手たちにこう伝えた。「結果がどうなろうと、わたしはきみたちを心から誇りに思う」。代表選手の一人で、ＦＣバルセロナでプレーするキャロライン・グラハム・ハンセンは試合後、「そう言ってもらえて、すごく気持ちが楽になった」と明かしている。結果、ノルウェーは全員が成功して準々決勝に勝ち上がった。

トップダウン式のマネジメント

リーダーシップ研究の分野では、厳しい時間の制約があるとチームメンバーは上司の指示を聞きやすくなるとされている(注２４４)。またプレッシャーのかかる状況では、部下は自分に判断を委ねられるよりも、リーダーが一人で決めた内容に従うことを好むともよく言われる(注２４５)。そうした状況には、多少強引でも力強いリーダーのほうが向いているわけだ(注２４６)。極限状況下では、ワンマンリーダーのほうが部下がついてきやすいとする古典的な研究もある。（注247）かなり昔の研究なので、発表以降に効果的なリーダーシップに対する認識は変わってきている部分もある。それでも、最近に発表されたドイツの研究でも、大きな重圧のかかる差し迫った状況（消防の現場など）で、すぐに行動を起こす必要のある場合には、リーダーは有無を言わせない態度を示したほうが、民主的に振る舞うよりも部下に信頼されやすいとされている。（注248）

対照的に、もうすこし余裕のある状況では、民主的な振る舞いのほうが信用されやすい。そう考えると、極限の状況で部下にいい仕事をしてもらうには、先に信頼を勝ち取っておくことが肝心なようだ。（注249）別の言い方をするなら、平時に頼りないリーダーは、緊急時にはもっと頼りなくなる。だからこそ、賢いリーダーはプレッシャーの少ない状況で信頼を貯金しておき、プレッシャーのかかる状況でそれを活用できるように備えておくものだ。

そこで、もう一度スカローニに目を向けよう。試合前の円陣で、アルゼンチンはスカローニがすべての判断を下し、一人で選手に語りかけ、話した内容のほとんどは直接的な命令のようだった。それでも、明らかにスタッフからの意見を歓迎していて、その場でも実際に聞き入れ、自分の中でその情報をすぐにかみ砕き、それを踏まえた行動を取っていた。こうした振る舞いは、スカローニが別の場所で語っている選手マネジメントの哲学と完全に一致する。「わたしにとって、押しつけるのは流儀ではないというだけだ。選手自身が納得していないことをやれと言うのは、わたしには無理だ。できない。チームにも、本人にも悪影響が出る。このチームでは多くの場合、戦術練習を終えたら、わたしから選手に感想を訊き、気持ちよくできたか、やっていて納得できたかを尋ねるようにしている。〝押しつけ〟はわた

カタールW杯クロアチア戦、日本代表はPK戦の前にキッカーたちにタブレットで情報を伝えたが、森保監督はその場にいなかった　©JMPA

しには合わない。選手には自分らしいプレーをしてほしいし、そのほうがこちらも見ていてうれしい。選手から信頼を得るにはそれが大切だ（注250）」

つまり興味深いことに、カタール大会でPK戦を経験した8人の指揮官のうち、PK前の円陣で最もワンマン気味に指示を出していた人間（スカローニ）が、同時にほかの部分では最も民主的だったということになる。もっとも、これは矛盾ではない。普段から選手の意見や経験にじっくり耳を傾けている人は、権限を持ってすばやく簡潔なメッセージを伝えなくてはならない場面で、率直に指示を出しても受け入れられるのだ。

確実に言えるのは、PK戦のようなプレッシャーの大きな勝負の直前では、しゃべるのは一人だけにしたほうが、マネジメントの観点でメリットが大きいということだ。選手がセンターサークルに向かう前の数分間は、スタッフではなく監督が仕切るべきだ。責任を選手に負わせたり、アシスタントコーチに任せたりしていいタイミングではない。

カタールワールドカップでＰＫ戦を制したチームの監督は、みなこの原則にきちんと従っていた。例外はなかった。アルゼンチンとクロアチア、モロッコは、ＰＫ前に監督が一人でしゃべっていて、監督の声だけが選手の耳に直接届いていた。逆に負けた側の監督は、原則を守れていなかった。例外はなかった。負けた側で、ＰＫ前の仕事のほとんどを監督が担っていたと言えそうなのは、フランスのデシャン監督だ。デシャンは自分で選手一人一人に対応し、全体に向けた語りかけもおこなっていた。しかしその一方で、デシャンの場合はアシスタントのステファンがすぐそばに付き従って補佐し、ステファンが選手に情報を伝えることも少なくなかった。他のチームはどうだろう。日本の森保監督は、キッカー選びは自分で進めたが、あとはアシスタントに任せ、主にアシスタントがタブレット端末を使って選手に戦術的な情報を伝えていた。スペインのエンリケ監督も、チーム全体に語りかけてはいたが、そのあとのＰＫキッカーの選定、そしてチームを鼓舞するスピーチで中心になったのはキャプテンのブスケツで、その間エンリケは審判と話をしたり、ベンチのそばをうろうろしたりしていた。オランダのファン・ハール監督は、何人かの選手に個別に話しかけ、全体スピーチも一部は行ったが、キッカーを発表する役割はＧＫコーチのフックに任せ、最後のほうでは他のアシスタントコーチや選手も口を出していた。

最後に、ブラジルのチッチ監督はＰＫ戦直前の準備にまったく関与せず、アシスタントにすべてを任せていた。コーチ陣が選手に対応するなか、チッチはそわそわと動きまわり、20メートル離れたベンチのそばで立ったり座ったりしていた。心配そうな表情を浮かべ、頭が真っ白になっている様子だった。それでも、リーダーのはずのチッチがこうした一見おかしな振る舞いをするのにはわけがある。１９８６年のカンピオナート・ブラジレイロ・セリエAの決勝で、チッチはグアラニFCの一員としてサンパウロFCと対戦した。勝負は2戦合計３－３の引き分けの末、ＰＫ戦に持ち込まれ、グアラニが敗れた。チッチはキッカーを務めなかったが、もちろん影響は受けた。その晩は寝つけず、妻と一緒に早朝にホテルをチェックアウトして家へ帰った。チッチはこう振り返る。「車でカシアス市へ向かった。その途中で車がスリップした。スピンし、谷底へ滑り落ちた。命を落としていてもおかしくなかった。だからものすごいトラウマになっているんだ」(注２５１)

そのためだろう、ブラジルではアシスタントコーチのクレーベル・シャビエルがＰＫ関連を担当していた。シャビエルは言う。「ＰＫキッカーのリストはわたしが作る。練習でも、それ以外の場面でも、リストはスタッフに見せるが、監督は例外だ。監督はＰＫに関わらない」(注２５２)

こうしたことを踏まえると、ブラジルはカタール大会の各国のなかで、ＰＫ戦前のチームのまとまりが圧倒的に欠けているように見える。どのタイミングでも、シャビエルは選手の意識を完全に自分に向けることができていない。誰がＰＫを蹴るかを決めているようだが、話し合いは漫然と進められているように見える。ネイマールやマルキーニョス、アントニーといった選手は、チームの輪からたびたび外れている。選手たちが明らかに注意力散漫な様子なのは、後ろでうろつく監督の姿も影響していたのだろう。

わたしの考えでは、ＰＫの準備と実行はチームのトップを中心に進めるのが理にかなっている。監督がプランニングに関わっている事柄は、そのままチームの優先事項になる。だからＰＫ前の話し合いも、監督主導でおこなえば重要性が選手に伝わり、選手も集中して全力で取り組みやすくなる。プレッシャーのかかる状況では、監督自身がコミュニケーションを取ることで、選手の心理に極めて大きな影響を及ぼせる。その機会をふいにする手はない。

絆を育む

ご存知のように、意思疎通ではアイコンタクトが重要になる。知らない人のために言っておくと、神経心理学の分野では、アイコンタクトを取ると精神的な絆が早く深まることが研究でわかっている。(注253)だから、大きなプレッシャーのかかるＰＫ戦前に、監督が基本コミュニケーションツールであるアイコンタクトを積極的に活用するのは当然にも思える。しかし驚いたことに、監督のなかには選手の注意を惹くのに道具に頼り、面と向かって話すことで生まれる直接的な絆をないがしろにしている者がいる。

ＰＫ戦の前には、メモ帳やタブレット、紙などがよく用いられるが、これらが常に役立つとは限らない。今後について確たることは言えないが、少なくともカタール大会ではおもしろいことに、ＰＫ戦を制したチームで道具を使っていた国は一つもなかった。逆に負けた側は、最後に選手をまとめるべきタイミングでどこも道具に頼っていた。

負けたチームで使っていることが確認できる道具は、キッカーを記した紙（スペインのエンリケ監督、オランダのフックコーチ、フランスのステファンコーチ）と、選手名の横に数字を書き足してPKキッカーを示したリスト（ブラジルのシャビエルコーチ）、そして対戦相手のキッカーとGKのデータを示したタブレット（日本）だ。しかし、紙やタブレットを示せば、少なくとも一部の選手の注意がどうしてもそちらに向くから、話し手とアイコンタクトを取り、絆を育む機会が減る。逆に勝った側は、スタッフと選手がまっすぐ見つめ合い、ジェスチャーやボディータッチといった言葉以外の手段も使ってメッセージを補強していた。紙やタブレットはどこにも見当たらなかった。勝った側の監督は目の前の現実に集中し、選手に全力で向き合って、絆を損ないかねない道具はそばに置かなかった。

実際のところ、正念場の場面で紙を使うかどうかが、PK戦の結果や試合の勝敗に本当に影響するのだろうか。ほとんどの人は、あまり関係ないと思うだろう。それでも考えてみてほしい。話し相手がずっとスマホをいじっていたら会話が弾むだろうか。同時に、クロアチア戦のブラジルについても改めて見てみたい。１２０分を戦い終えたブラジルの選手は、ピッチを離れてからセンターサークルへ再び出ていくまでの約2分間、スタッフと一緒にどう過ごしていたか。選手たちはまず、15～20秒ほど待たされてから、アシスタントコーチであるクレーベル・シャビエルとマテウス・バチから個別に話を持ちかけられた。本来であれば、監督のチッチがコミュニケーションを取ることもできたはずだが、個人的な理由からチッチはその間、ベンチのそばのテクニカルエリアにぽつんと立っていた。話を終えると、シャビエルは片方の手にノート、もう片方にペンを持って、なんとなく集まっている選手たちに近づいていった。それから20～30秒を使い、何人かにPKを蹴る気はあるかを尋ね、返事をもらうとノートに何事かを書きつけていった。

ほどなく、選手が吸い寄せられるようにノートに注目しだした。その場の主役となったノートに向かって、選手数人が身を乗り出して書いてある内容を確かめている。チアゴ・シウバら、ノートを1分以上も見つめている選手もいた。そこからの40秒間は、大半の選手がノートを見るか、見ようとしていた。見ようとしていたのは、もちろんノートのまわりに人が集まっていたからだ。その後、ようやくシャビエルがノートを置くと、選手は慌てて小さく集まり、最後にネイマールを中心とした何人かの呼びかけで、15秒間の円陣を組んだ。結局ブラジルの選手は、使える時間のおよそ半分をノートの名前と数字を確認することか、確認しようとすることに費やしていた。PK戦前の時間の使い方として、これは選手の心理に及ぼす影響という点で、理想的と言えるだろうか。わたしはそうは思わない。いずれにせよはっきりしているのは、ノートの確認に1分を費やしたせいで、絆を強めたり、選手とやり取りしたりといった有益な活動に使えたはずの時間がなくなったということだ。

指導者がメモ（ブラジルの場合はノートだったが）を手にしていたら、PK戦には間違いなく勝てないと言いたいわけではない。しかし、道具を使う行為には代償が伴う。道具を使うと、アイコンタクトを通じて監督と選手との間に強い絆を生む機会が失われる場合があり、そうなるとPK戦に向けた選手の心の準備にも悪影響が出かねない。少なくとも監督は、大きなプレッシャーがかかる場面で道具を使う意味をよく考え、使ったほうがいいのか、ベンチに置いておいたほうがいいのかを検討する必要があるだろう。

GKを忘れるべからず

　GKとは、PK戦前にどの程度コミュニケーションを取るべきなのだろうか。キーパーは特殊なポジションで、普通は専門のコーチングスタッフがついており、フィールドプレーヤーから離れて過ごすのをよく目にする。それでも、GKはPK戦で最も重要な選手で、1本おきにキックに関わる唯一の人間だ。

　ところが2022年のワールドカップのPK戦を分析したところ、PK前の円陣でキーパーに個別に話しかけていた監督はたったの一人だった。もう想像がつくだろう。アルゼンチンのスカローニ監督だ。他の監督は誰もそうしていなかった。唯一、近いことをしていたのがスペインのエンリケ監督で、彼は120分を終えて戻ってきた選手と握手しており、そのなかにGKのウナイ・シモンもいた。しかしそのあとは、二人の間に接触はなかった。他の監督はキーパーとまったく関わらず、キーパーをわざと無視しているように見える監督もいた（クロアチアのズラトコ・ダリッチ監督のことだ）。選手は違った。クロアチアの選手は多くがキーパーのところへ行き、ハグとちょっとした会話を交わしていた。友人でもあり、仲間でもあるキーパーが、極限の状況で誰よりも重要な、勝敗を左右しかねない役割を担うのだから、これは人間味のある当然の行為に思える。キーパーに関しては、監督も選手のそうした姿勢から学んでいいはずだ。

まだ見ぬ革命

　他にも、リーダーシップとコミュニケーションのあり方について、PKからはいっそう深い教訓が得られる。カタール大会の決勝でモンティエルがＰＫを決めてアルゼンチンにワールドカップ制覇をもたらした直後の、スカローニ監督の反応を捉えたすばらしい映像が残っている。

スカローニは今まさに、母国を世界チャンピオンに導いたところだった。しかしなんということだろう、スカローニは喜びを爆発させなかった。飛び跳ねたり、こぶしを突き上げたりはしなかった。雄々しく振る舞ったりはしなかった。ボールがゴールに入る前から、集中した冷静な表情を見せ、そしてボールがネットに吸い込まれたあとも、落ち着いた顔は崩さず、本当にかすかに顔をほころばせ、それから30秒間、目の端にほんの少し涙をためた。弱さを少しさらけ出しただけなのに、これほど強いインパクトを受けるとは。サッカーの世界であれよりも印象的な場面はほとんど見たことがない。

２０００年以降、サッカー界ではいくつかの革命が起こってきた。まず、サッカーというスポーツ自体が大きく進化した。その原動力となったのは、先駆的で、革新的とも言われる指導者たちで、彼らは洗練された戦術を持ち込んでプレーのあり方を変えた。フィジカル革命も起こり、各チームはかつてないレベルでスポーツ科学やフィットネストレーニングを採り入れるようになっている。さらに最近では、データ分析にも革命が起こり、ピッチ上の戦術的判断をおこなううえでのデータの重要性がどんどん増している。しかしアーセン・ベンゲルらが予測した第４の革命、すなわち心理面の革命についてはどうだろうか。

２０１０年にロンドンで開かれた会議で、ベンゲルはこう述べた。「過去10〜15年は、フィジカルと戦術の進化の時代だった。しかしこの先10〜15年は、間違いなくメンタルの時代に入っていく。今後は勝利への意欲に関するメンタル面はもちろん、先を読む力や、試合展開を理解するスピードが上がるだろう。サッカーにおいて新たに発展するのは、間違いなくそうした領域だ」

　ところがまだ、そうした進化の兆しはほとんど見られない。もちろん前進はしているし、今では多くの選手が、メンタルコーチの価値とプレーに与える影響をわかっている。しかしマネジメントの点では、サッカーは以前とおおよそ同じ場所にとどまっている。心理革命はまだ起こっていない。２０２４年にベンゲルと再びこのテーマで話したときの彼の言葉を借りるなら、「メンタル面に関しては、確かに前進はしているが、まだ課題は多い。プレッシャーのもとでのパフォーマンスが向上しているかといえば、個人的にはそうは思わない」状況だ。

　サッカーのＰＫ戦は、もっと大きな問題が端的に表れたある種の縮図だ。多くの監督がＰＫは「くじ引きだ」という考え方を越えて、ＰＫ戦は基本的に技術的な問題だとみなしているとしよう。すると彼らはキックやセーブの方向性をデータに基づいて決定し、ＰＫ直前の選手とのコミュニケーションに使うべき貴重な数分間でキッカーの精神面をサポートする代わりに、戦略を練ることに使ってしまう。それに対して、わたしはこの章を通じて、ＰＫ戦のマネジメントとは究極的には選手だけでなく、人間のマネジメントだと伝えてきたつもりだ。選手たちも、人生最大かもしれないキックをたまたま目前に控えた、ただの人間なのだ。

　リオネル・スカローニに言わせるなら、「サッカー選手と人間との間に差などない。結局のところ、選手は選手であると同時に、人間でもある」ということだ（注254）。

エピローグ

PK戦は導入以来、運任せのくじ引き扱いされてきたが、
心理学的アプローチで見れば万人のプレッシャー対処法にもなる

2022年W杯クロアチア戦でPKを阻まれる南野拓実。現代でもほとんどの選手たちはいまだに、プレッシャーに対処する武器を持たされずにPK戦に臨んでいる。PKとプレッシャーの科学的研究はまだこれからだ　©JMPA

「ＰＫ戦の準備について教えていただきたいのですが？」
わたしのところにはよくこのような依頼が来る。相手はサッカーチームで働く人だったり、ジャーナリストだったりする。この電子メールは某国代表チームのアシスタントコーチからで、知り合いではあったが、しばらく連絡を取っていなかった。しかもメールが送られてきたタイミングが普通ではなかった。彼のチームがワールドカップ準々決勝でプレーする前日の夕方だった。

サッカーは実質的に今を中心にまわっていると感じる人もいるだろう。チームは次の試合に向けて準備する。「われわれは1試合ずつ集中して取り組む」は、良かれ悪しかれサッカーのスローガンだ。人々は突然、次の試合はＰＫ戦になるかもしれないと気づいてわたしに連絡してくる。もちろん相談されるのはうれしいし、喜んで手助けする。とはいえ、ワールドカップ準々決勝の前日の夕方？　もう少し早く思いついてくれると助かるのだが。

こんなメールが届いたこともある。「やあ、ゲイル。来週ちょっとおしゃべりしないか？」。メールの送り主が働くクラブは、そのシーズンのチャンピオンズリーグ出場権を獲得していた。おまけに連絡をくれたタイミングも良かった。トーナメント戦が始まる数か月前で、彼らがその気になれば、わたしと話し合ったことを実践する時間がたっぷりある。

ミーティングの予約時間になってTeamsのリンクにログインすると、わたしにメールをくれた友人の顔がチラリと画面に映った。ところが、こちらがあいさつする間もなく、彼はひと言断って席を立つと、映像が消えた。しばらく混乱していたが、ほどなくして画像が戻って、彼のいる部屋全体が一瞬映し出された。部屋に大勢人がいるのがわかった。「ファーストチームのコーチが全員そろってるよ」と彼が言った。「みんなPKのすべてが知りたいってさ。知ってることを話してくれないか？　45分で頼む」

カジュアルなおしゃべりをしている場合ではない。その後、友人から謝罪の言葉をもらった。ミーティングの5分前になって、コーチら全員が参加したがっていることがわかったのだそうだ。それからコンサルティング料を請求してくれとも言われた。

この種のことが起きたのは今回が初めてではなかった。今から数年前にも、「おしゃべり」しにあるクラブの下部組織の責任者を訪れたところ、彼はうれしそうに人でごった返す部屋にわたしを案内して座らせたあと、「さあ、きみの実力を見せてくれ」と恐ろしいひと言を言い放った。

ヨーロッパのある主要なサッカー協会の立派な本部で、代表チームのコーチとミーティングしたこともある。コーチは遅刻し、わたしは待った。やがて彼は大股で部屋に入ってくると、ミーティングには30分しか割けないと言い放った。短すぎではあったが、彼が忙しいことはわかっていたし、30分もあれば重要なことを伝えられるかもしれない。すると彼は、まずはPKに関する自分の意見を言いたいという。もちろんわたしは承諾し、彼が話し始めた。

話は終わらず、28分が経過したところでコーチが自身の哲学を詳しく語り始めた。話を締めくくる際に、「この意見についてどう思う?」と訊かれた。

特に言いたいことはなかった。わたしはいろんな話を聞かせてくれてありがとうと述べ、ミーティングは終わった。それ以来彼とは連絡を取っていない。

サッカー界に根強く残る考え方

こうした逸話から、PKの準備について、いまだにサッカー界に根強く残る考え方がうかがえる。サッカー界は無秩序で、気まぐれで、短期的な視野で物事を考えがちだ。次の試合に勝つために必須だと思われることを常に最優先し、それ以外のことは後まわしにする――PKを含めて。サッカーの市場規模は数十億ポンドを誇るが、試合のなかできわめて重要な要素かもしれないにもかかわらず、PKのトレーニングは奇妙なほど構造化されておらず、その場の状況に合わせて即興でやることが多い。優先度が低くて構造がないということは、PKは根本的に回避されていると解釈することもできる。ただし例外もあり、そのうちのいくつかは本書で紹介した。しかし全体的に、監督もコーチ陣もサッカーチームに関わるその他の意志決定者も、PKに備えて練習するという意見を受け入れてこなかった。提案しても、避けられたり、無視されたりした。

これは問題だ。やるべき仕事なのにチームが準備するための時間も努力も惜しむようでは、パフォーマンスに響くのは明らかだ。だが、一番大きな問題は、PK戦でキッカーに選ばれた選手たちの多くが、適切なPK練習をしたことも、サポートを受けたこともないことだ。

真剣にＰＫ戦対策をしなければ、最終的に選手たちが傷つき、犠牲になる恐れがある。理由は、ＰＫ戦でキックすることが過酷だからでも、選手たちが失敗する可能性があるからでもない。ＰＫ戦は高度の技術が必要であり、得点できない選手はいるものだ――それはごく当然のことだ。むしろ問題なのは、選手たちがサポートなしで、過酷なプレッシャーにさらされながらボールを蹴らなければならないことだ。無数の選手たちがこのような状況で適切に対処する方法を学んでおらず、プレッシャートレーニングを受けたことがなく、本番までの数分間の間に監督やコーチから適切なサポートを得られていない。選手たちは準備もなく、無防備なままで虎の穴に送り出される。

コーチを責めるのは簡単だ。ディディエ・デシャン、ルイス・エンリケ、森保一といった監督は、プレッシャーに対処する武器をほとんど持たせずに選手たちを困難な場所に立たせた。だが、彼ら自身もあの状況で何をすべきかを教わったことがない。彼らが選手だった当時はそれが普通だった。ＰＫの効果的なトレーニングの仕方も、ＰＫ戦に向けて包括的に準備する方法も、ＰＫ戦に向かう選手たちの最適なサポート方法も、誰からも教わったことがない。問題はコーチ個人でも、選手個人でもない。文化だ。サッカーには伝統主義的で保守的な特徴がある。長年の間、重要なのは選手にＰＫをやる自信と勇気があるか否かだ、と考えられていた。自信を持ち、自信を高め、そしてその自信を用いてキックするために、具体的にどんなツールを手に入れるべきかについて話し合うことはなかった。この慣習を後世に受け継がせてはならない。

歴史的に、サッカーはＰＫ以外のことに重点を置いてきた。といっても、本書の冒頭で紹介したような70～80年代のＰＫ戦で選手たちが愚直で直感的に荒々しくキックした頃と比べて、まったく進化していないということではない。最初に、この独特のプレッシャーがかかる勝負は容易ではなく、恐ろしい面があるというイメージができた。そしてそこから、こんな勝負に対して準備するなんて不可能だという感覚が生まれた。

　選手たちは間もなく、ＰＫを失敗するとそれが後々まで尾を引くことに気づいた。キックに失敗したら、その傷が半永久的に残ることに。しかも技術だけでどうにかなるものではないようだ。サッカー界屈指のスーパースターたちですら、大舞台でＰＫを失敗しているじゃないか――たとえば１９８６年のワールドカップではミシェル・プラティニとジーコ、１９９０年のワールドカップではディエゴ・マラドーナ、１９９２年のＥＵＲＯではマルコ・ファン・バステン、１９９４年のワールドカップではフランコ・バレージとロベルト・バッジョ、２０００年のＥＵＲＯではイタリア代表のパオロ・マルディーニとオランダチーム（成功させた一人を除く）。世界トップレベルの選手たちがしばしば目を覆いたくなるような失敗をして、（注２５５）惨憺たる結果に終わるのだから、ＰＫから得られる教訓は明らかだ――ＰＫ戦は誰もコントロールできない。ＰＫはくじ引きだ。何とかなるかならないかのいずれかだ。

　ＰＫ戦が始まってからの数十年間は、みんなで現実逃避する時代だったが、それは無理もない。ＰＫ戦に突入して、のしかかってくる重圧をどうにかしようと模索するうちに、選手たちは概して一番安易な道を選んだ――ＰＫを回避するために「とっととけりをつけよう」としたのだ。サッカー界ですら、ＰＫ戦にある種の拒否反応を示し、何年も過激な方法でＰＫ戦を回避しようとし続けた――ＰＫ戦を撤廃しようとしたのだ。１９８１～１９９８年までＦＩＦＡの事務総長、１９９８〜２０１５年までＦＩＦＡの会長を務めたゼップ・ブラッターはＰＫ戦が嫌いだった。「サッカーはチームスポーツだが、ＰＫはチーム戦ではなく個人戦だ」と彼はかつて言ったことがある。確かに、それがＰＫ戦の一般的な考え方だが、わたしの意見は異なる。ＰＫはチーム戦だ。ブラッターはひと息ついてから、自身の考えを述べた。「ワールドカップ決勝は情熱であり、それが延長戦になるとドラマになる。しかしそれがＰＫ戦になると悲劇になる」（注２５６）

ＰＫ戦はサッカーにおいて公式の同点決勝戦だが、ブラッターはＦＩＦＡの在職期間中にこれを変えようと熱心に訴え続けた。その結果、１９９３年ＦＩＦＡは「ゴールデン・ゴール」を導入。延長戦の間にどちらかのチームが先に得点したら、ただちに試合を終了させて、得点したチームの勝利とみなすというルールだ。このルールは１９９６年と２０００年の男子サッカー欧州選手権（ＥＵＲＯ）だけでなく、１９９８年と２００２年の男子サッカー・ワールドカップでも採用された。２００３年の女子サッカー・ワールドカップ決勝は、98分にドイツが決めたゴールデン・ゴールで勝敗が決まった。しかし全体的には、このシステムによって延長戦での選手たちのプレーが不活発になり、試合を活性化させるどころか、失点を警戒するあまり守備的な展開が続くこととなった。結局このルールは取りやめとなったが、ファンからの批判的な意見は特に出なかった。

サッカーの運営組織が、そもそも試合の勝敗をＰＫ戦で決めるのは間違っているとか、ＰＫ戦はほんの一時的な方式でしかないだろうといったメッセージを執拗に発するのだから、当時のサッカーチームがＰＫ戦を受け入れなくなってしまったのも無理はない。２０００年代に突入してからも、ほとんどのコーチはＰＫについて考えることも、計画を立てることも避けようとした。選手たちとＰＫについて話そうものなら、問題を解決するどころか、大きな問題が生じて、選手たちにとってただでさえ大きな不安がさらに深刻になるだけのように思えたのだ。

ＰＫの真剣な研究が始まる

とはいえ今世紀に入る頃には、サッカーの主要な大会でＰＫ戦はおなじみの光景になり、大一番の試合の多くもこの方式で勝敗が決められるようになった。ＰＫは無視できない存在になったのだ。さらに、ＰＫの結果には、誰の目にも明らかなパターンがあった――ドイツはＰＫ戦に強く、イングランドとオランダと時にはスペインも、ＰＫに弱い傾向があることだ。その結果、科学者、アナリスト、作家らがＰＫに関心を示すようになった。ＰＫをテーマとする研究がおこなわれ、本が執筆された。

当時の科学的な研究は主に、ＧＫはキッカーのシュートコースをどこまで予測できるかに焦点があてられていた。キックそれ自体にも大きな関心が集まった――ゴールの左か右か真ん中か？　パワーか正確さか？――そして人々は完璧なＰＫを求めて模索した。わたしの本棚には、１９９８～２００５年に出版されたＰＫに関する本だけで６冊も並んでいる。(注257)研究者や著者に共通に見られるのは、ＰＫはくじ引きではないし、ＰＫ練習はキッカーにもＧＫにもメリットがあるという強い確信だったが、時に激しい議論が巻き起こることもあった。(注258)特に自称サッカー通の間では、これは今も統一的見解となっている。とはいえ、ＰＫのコントロール不能な一面を全面的に拒否することには、利点もあれば欠点もある。ＰＫはくじ引きではないという反対派の信念は、スキルの価値を明確にして、準備することの重要性を強調するものの、ＰＫには選手の能力ではコントロールできない面があるという認識をそれとなく無視している。試合全体の結果よりも、ＰＫの結果の方が運に大きく左右される。卓越したＰＫキッカーのような熟練のレベルに達した選手でないかぎり、ほとんどのことを正しくやっても失敗することはある。

もちろんＰＫキッカーにとっては、ボールの前に立った時に、運の影響などないと否定し、自分自身とスキルを１００％信頼できる方が有利だろう。にもかかわらず、いざＰＫの準備や練習をする段階になって、われわれがＰＫの心理的な側面にうまく対処し、準備できるよう選手たちをサポートしようとすると、運の要素とコントロールできない要素があると実感せざるを得なくなる。さらに、キッカーがＰＫに失敗してＰＫ戦に負けたあと、ＰＫをくじ引きにたとえる監督は少なくとも選手を守ろうと努力している。ＰＫの本番に至るまでの過程では選手たちを守れなかったが（当然ながら、この過程で監督はもっと責任を負うべきだ）、ＰＫに失敗した選手たちが責任を感じないよう、できるだけのことをしている。こうした態度を取ると、ＰＫはコントロール不能だという認識を存続させることになるが、少なくとも誰かが選手の味方をしたということだ。

10年ほど前に起きたデータ革命はプロスポーツ界を席巻し、またもやＰＫに関する論文や本が次々と出版された[注259]。明らかにこれらも、ボールをどこへ蹴るか、ＧＫのポジショニング、ＰＫキッカーとＧＫの力学（ゲーム理論）といった領域に影響を与えた。しかしこうした分析は、背景知識や心理学的な理解もなく数値を出す傾向がある。わたしの経験から言うと、皮肉にも、ＰＫに関するデータや分析をやたら推進する人たちの中には偏った思考を持つ人もいて、かつての「ＰＫはくじ引きだ」時代の思考から抜け出せない人以上に偏っている場合もある。それはよくあることだし人間的でもあると思うが、重要なのは自分のバイアスを認識して、それを意識して行動することではないだろうか（わたしも本書の執筆中に努力したものの、バイアスの影響を排除できなかった。たとえば、行動分析への関心が強すぎて、実際は単なる気まぐれな行動であっても、そこに意味を見出そうとしがちだった）。

　データ主導型の分析だけを採用した場合の危険性を理解するには、スペイン出身の経済学者イグナシオ・パラシオス＝ウエルタが最初に思いついた「先行者利益」（訳注：先駆けとなった企業がその市場において優位性を持つこと）という概念がサッカー界全体に広まった時のことを考えてみよう。パラシオス＝ウエルタはＰＫ戦では先攻を取ったチームの61％が勝っていることを突き止め、２０１０年にそれを発表した。以来、コイントスで勝ったチームキャプテンはめったに後攻を選ばなくなった。さらに、彼の研究によって、ＰＫ戦の方式があやうく変えられそうにもなった。ＡチームとＢチームが交代でキックする方式（ＡＢ方式）ではなく、ＡＢＢＡ方式、つまり最初にＡチームの１番手がボールを蹴ったあと、Ｂチームのキッカーが二人連続で蹴る方がフェアではないかとの議論が起きたのだ。

　ところが、より大規模な最新のデータを対象とした研究結果が発表されると、先攻有利説は急速に勢いを失っていった。先攻チームの勝率は55％だと主張する研究（注260）や、51％だと主張する研究（注261）が発表され、そして3本目の論文となる最新のデータを使った一番大規模な研究が、勝率は49％だと主張したのだ[注262]。もはや先攻に何のメリットも見いだせなくなった。実際問題として、チームは先行者有利の影響を相殺して無効にする方法や、運の効力を消す方法を見つけたようだ。ＰＫ戦の方式を変更しようという話は静かに消えていった。

心理学的アプローチによるＰＫの科学

人間は統計ソフトから弾き出された数字ほど単純ではない。これまで以上の速さで物事を受け入れ、順応している。従って、ほんの数年前に画期的だった発見も、もはや注目に値するものではなくなっていたりする。古い考察はあっという間に時代遅れになるし、データは頻繁に更新して結論を修正しなければならない。わたしの研究も例外ではない。わたしのよりも優れたデータセット、明晰な分析、洗練された統計ツールを持つ研究者が現れて本書の考察に異議を唱えたり、再現して検証してくれるのは大歓迎だ。発見や原則のなかには生き残るものもあれば、消えていくものもあるだろう。

そうは言うものの、今や心理学はゆっくりとＰＫの現場に導入されてきている。最近のＰＫキッカーのなかには、シュートの手順や技術だけでなく、それ以上のことに注目する者もいる。ペナルティスポットでコントロール感を手にする方法を見つけたのだ。他方でＧＫは、敵チームのキッカーを操ったり、混乱させたりする方法を見つけた（マキャヴェリがうれしさのあまり墓から蘇ってきそうだ）。選手たちも負けずに、ＧＫたちのずる賢いやり口からチームメイトを守る独創的な方法を見つけた。今やヨーロッパのトップチームの多くは、順位づけされたＰＫキッカーのリストを作り（ほとんどのチームはしばらく前から始めている）、キッカーのガード役を数人選んでリスト化している。革新的な監督は、トレーニング中にプレッシャーを再現する方法を開発したり、選手たちをＰＫ戦の無法地帯へと送り出す時の最適なコミュニケーション方法を見つけたりしている。チームや組織は、リサーチを現場に取り入れ、選手たちに情報を適度に共有し、最大の効果を得るために包括的なプログラムを実行できるようになった。

この考え抜かれた新しい心理学的アプローチをＰＫ戦に導入して、広める機は熟した。心理学を応用したからといって、キッカーとＧＫとの間の熾烈な決闘や重圧がなくなるわけではない。また、選手たちがＰＫを絶対に失敗しないレベルに到達できるわけでもない。心理学を応用した戦い方とは、自分の弱さを受け入れながらこの種のプレッシャーがかかる場所に立ち、プレッシャーに対処するのに必要な手順を踏んでボールを蹴ることだ。そのためにはスキル磨き、コントロール戦略、チームワーク、質の高いプレッシャートレーニング、コーチとの密なコミュニケーションとサポートが必要だ。

幸いにも、新世代の一流サッカー選手や進歩的な若いコーチには、このような進化を受け入れる素地が整っている。彼らは前世代の人たちには考えられないほど、オンラインリソースや試合の映像や模範的事例に自由にアクセスできる。熱心に試合を研究する学生みたいな人たちなのだ。トップクラスの組織もそうだ。この10年間で、いくつかのチームは専門的なコーチを雇ったり、良質な練習に時間を割いたりして、セットプレー（コーナーキック、フリーキック、スローインなど）を大幅に改善して、洗練されたインパクトの大きいプレーへと発展させたが、ＰＫでも同じような現象が起きるとわたしは確信している。

これらすべてに対して、心理学はかつてないほど重要な役割を果たすだろう。ＰＫ戦は単に選手たちが交互にキックする勝負よりもはるかに大きなものだと評価されるようになるだろう――ＰＫ戦とはキックする前の行動、ボディランゲージ、チームメイトとの関係、コミュニケーションをどうするかを含めた、認知や感情や社会に関わる包括的な勝負なのだ。現在の一流選手たちは、前世代の選手たちよりもはるかに心理学になじんでいる。自分の弱さをさらけだすことを気にしないし、心理学がこの領域について教えてくれることを素直に受け入れる。前述したように、アーリング・ハーランドは、重要な場面でＰＫを蹴る時はすごく緊張すると正直に話す。こんなに気さくに不安を打ち明けられるなんて、かつてＦＷとして活躍した選手たちには考えられなかっただろう。

だが、これもまたＰＫ戦の真理を突いている――そして、このショーがなぜこんなに深くわれわれの心に響くのかも。命運がかかった一か八かの劇的な状況で、ＰＫキッカーはチームメイトたちをあとに残して、たった一人でボールの前に立つ。その瞬間、われわれはキッカーもしょせん人間なのだと気づく――プレッシャーにさらされた人、プレッシャーにつきもののさまざまな感情に揺さぶられながらも、最善を尽くして任務を全うしようとする人だと。そしてみんな、彼らに起きていることが他人事には思えなくなる。彼らのプレッシャーはわれわれのプレッシャーでもあるのだ。

謝辞

本書の主人公であるＰＫと同様に、はた目にはこの本もわたしが単独で努力した結晶のように見えるかもしれないが、実際はチームワークの結晶であり、多くの人たちの助力に支えられている。

まず、レベッカ・ニコルソンとニュー・リバー・ブックスから本書の提案をいただいたことに心から感謝している。一緒に本を作りたいと声をかけてくれた人は他にもいたが、レベッカほど説得力のある人はいなかった。彼女と一緒に本を作ることは光栄であり、喜びでもあった。

また、オーレア・カーペンターとジャイルズ・スミスは、本書のさまざまな編集段階で助けてくれた。それからスザンナ・リーとそのチームのみんなは、本書を海外の読者にも届けようと尽力してくれた。

アーセン・ベンゲルはサッカーに心理学を導入した世界的なパイオニアであり、何十年も前からインスピレーションを与え続けてくれている。彼の貢献に感謝すると共に、誇りに思う。

トップレベルでサッカーに従事する人々は、自分が考えていること、感じていること、やっていることを隠すか秘密にすることが多く、特に他人に利用されそうな職業上の情報を厳重に秘密にしがちだ。自らの危険を顧みずに、知見を共有してくれた次の方たちに感謝の言葉を伝えたい――セルソ・ボルヘス、遠藤保仁、アーリング・ブラウト・ハーランド、ニクラス・ホイスラー、アレックス・ホッジンズ、ロベルト・レヴァンドフスキ、クリス・マーカム、マーレン・ミェルデ、ゼチラ・ムショビッチ、エルヤン・ニーラン、ファビアン・オッテ、ホープ・パウエル、そしてマルティン・ウーデゴール。

次の方々の協力にも感謝している。フランク・エイブラハムセン、荒木香織、アクセル・ベルゴ、クリスティン・ボルジャー、ラース・ブロータンゲン、ジャン＝エリック・ブスケルー、トーマス・クーパー、モード・クレイギー、クーバ・ギャランティ、ピーター・ハバール、トーマス・エリナム・ジェンセン、パル・アルネ・ヨハンセン、フィリップ・コペック、ビョルン・マンスヴェルク、アラン・マッコール、スコット・マクラクラン、アンダース・ミーランド、ガレス・モーガン、バリー・パウエルズ、ハンス・エリック・ラムバーグ、ヘーゲ・リサ、ジェイソン・ローゼンフェルド、アトレ・ローゼランド、クリスチャン・シュエンスベルク、セバスティアン・ホイヴィーク・ショルド、ケニー・スタマトプロス、ヴィイゴ・シュローメ、レイフ・グンナー・スメル、ビョン・フローデ・ストランド、レイチェル・ヴィッカリー、クリシトフ・ヴァウォシチック、ターニャ・ワイト、山中拓磨、エギル・オステンスタッド。他にも、ローン・フリス・シング、クリスティン・アンダーセン、それからノルウェースポーツ科学学校スポーツ&社会科学学科のすばらしい同僚たちも。

本書は長年にわたる学術研究の集大成でもある。特にマリェ・エルフェリンク＝ヘムセル、エスター・ハートマン、クリス・ヴィッシャー、クーン・レミンク、ヘルト＝ヤン・ペッピング、チャーク・モル、エイナル・シグムンドスタッド、フィリップ・ファーリー、マット・ディックス、フォッペ・デ・ハーンは多大な貢献をしてくれた。

といっても、才気あふれるヤニーク・フレッチャーなくして、この本は存在しなかっただろう。彼の大局的な視野、詳細を見きわめる目、そしてすばらしいサポートは一貫してゆらぐことはなかった。

注

ここに記載されている文献や資料についての詳細は、参考文献（著者名のアルファベット順で記載してある）を参照のこと。

（1）FIFA (2023)
（2）Tartaglione (2022)
（3）欧州トップリーグおよび主要な大会（プレミアリーグ、セリエA、ブンデスリーガ、エールディヴィジ、ラリーガ、およびチャンピオンズリーグ）で5シーズン（2015－2016〜2019－2020シーズン）にわたっておこなわれた6853試合を対象とした調査から。Veldkamp & Koning (2023)
（4）Edgar (2022)
（5）MrFrandefoot (2009
（6）FIFA (2022)
（7）Wilbert-Lampen et al. (2008)
（8）Witte et al. (2000)
（9）meta-analysis of 13 studies by Lin et al. (2019) と meta-analysis of 19 studies by Wang et al. (2020) を参照。
（10）Pearce (2000), p. 3
（11）Jordet & Elferink-Gemser (2012)
（12）Russell & Lightman (2019); Rohleder et al. (2007)
（13）Rogers et al. (2003)
（14）Jafari et al. (2017); Stephenson et al. (2022)
（15）Shields et al. (2016)
（16）Stephenson et al. (2022); Balk et al. (2013)
（17）Jordet et al. (2008)
（18）Jordet & Elferink-Gemser (2012)
（19）Martens et al. (1990)
（20）Guardian Sport (2021)

（21）Rashford & Anka (2021)
（22）ワールドカップ前のルイビル戦でＰＫを蹴った際、ラピノーは７・５秒というもっと長い間を取った。だがこの時は、主審がホイッスルを鳴らしたあとに、短パンを整えてから助走を始めたために時間がかかった。彼女が取った間の長さをグラフにしたのは、認知的な準備にかかった時間を示すためであって、服装や備品を整えるのにかかった時間ではないため、ルイビル戦でのキックは表から除外した。
（23）チョーキングにまつわる理論には、「自意識過剰理論」、顕在的モニタリング（訳注：タスクを正しく実行しようと意識しすぎて、かえってパフォーマンスが低下する現象）、あるいは、ワーキングメモリの低下（Gray, 2020）など、さまざまな名前がついている。簡潔にするため、ここではシンプルに「考え過ぎ」とした。
（24）Baumeister (1984)
（25）Beilock et al. (2002)
（26）Slutter et al. (2021)
（27）２００５年のＦＩＦＡワールドユース選手権準々決勝でオランダとナイジェリアがＰＫ戦で勝敗を争ったあとの、オランダ代表選手のインタビューから。
（28）Wegner et al. (1998)
（29）Bakker et al. (2006); Binsch et al. (2010)
（30）Vickers (1996)
（31）Lebeau et al. (2016)
（32）Giancamelli et al. (2022)
（33）Brimmell et al. (2019); Moore et al. (2013)
（34）Eysenck et al. (2007); Wilson et al. (2009)
（35）Hayes et al. (1996); Gardner & Moore (2004)
（36）Watzlawick et al. (1967)
（37）FIFA (2022)
（38）Jordet & Hartman (2008)
（39）Jordet (2009a)
（40）Furley et al. (2012), Furley et al. (2012), Greenlees et al. (2008); Laurin & Pellet (2023)
（41）Bijlstra et al. (2020)
（42）FIFA (2022)

（43）　ＤＦとＭＦも、ＧＫを凝視しながら後ろに下がる方がＰＫの得点率が高いものの、際立って高いというわけではない。
（44）　Furley & Roth (2021)
（45）　Jordet, Hartman, & Sigmundstad (2009)
（46）　Lonsdale & Tam (2008)
（47）　Jackson (2003)
（48）　WorldRugby (2021)
（49）　Stein (1997), p. 1
（50）　Southgate et al. (2003), p. 191
（51）　Gerrard (2006), p. 420
（52）　Gucciardi et al. (2010); Hill et al. (2010)
（53）　Berns et al. (2006); Mischel et al (1969)
（54）　Story (2014)
（55）　Jordet et al. (2009)
（56）　男子サッカー：２０２１年のＥＵＲＯ、２０２１年のオリンピック、２０２１年のコパ・アメリカ、２０２２年のアフリカ・ネーションズ・カップ、２０２２年のワールドカップ。女子サッカー：２０２１年のオリンピック、２０２２年のＥＵＲＯ、２０２３年のワールドカップ。
（57）　Soccer Illustrated (1994). ただしこれは、１９９０年代に使われていた計算方法によって割り出された視聴率のため、実際の視聴率はこれよりも大幅に低いと考えられる。
（58）　Baggio (2022)
（59）　Arrondel et al. (2019)
（60）　Vollmer et al. (2023)
（61）　最初の研究結果であるJordet & Hartman (2008)を基に、２０２３年までの同じ大会でおこなわれた全ＰＫ戦の結果を含めて計算した。
（62）　サッカーチームは、1～5番手にすぐれたＰＫキッカーを選び、6番手以降には技術的に劣る選手を選ぶ傾向がある。そのため、6番手以降の技術的に劣るキッカーが〝不利なキック〟を蹴る機会が多いことも、成功率の低さに影響している可能性がある。これに反して、1～5番手までのキッカーのデータを使って分析し直したところ、キックする時の状況とパフォーマンスとの間にさらに強い相関関係が見られた（不利なキックが58%、ニュートラルな場面でのキックが72％、有利なキックが87％)。この場合、不利なキックとニュートラルな場面での成功率の差も広がった。

(63) Arrondel et al. (2019)
(64) Vollmer et al. (2023)
(65) Sky Sports (2009)
(66) AFP (2022)
(67) Lyttleton (2021)
(68) White & Murphy (2023)
(69) Ball & Shaw (1996), p. 178
(70) Navia et al. (2019)
(71) Jordet et al. (2006).
(72) CIES Football Observatory (2022)
(73) Deux-Zero (2023)
(74) 出所：transfermarkt.com。
(75) この成功率と次のデータの出所：transfermarkt.com。
(76) Jordet (2009b)
(77) Almeida & Volossovitch (2023)
(78) Brinkschulte et al. (2023)
(79) Wunderlich et al. (2020)
(80) Horn et al. (2021); Almeida & Volossovitch (2023)
(81) Bar-Eli et al. (2007)
(82) Farkas (2023)
(83) 本書で引用したレヴァンドフスキのセリフは、映画では使われなかったものの、本人と映画のプロデューサーの了承を得て、ここに掲載させてもらった。
(84) 興味深いことに、この21回のキックのうち、ＧＫが正しい方向にダイブしたのはわずか7回（33％)。レヴァンドフスキのＰＫ運がちょっと良かったおかげで、成功率が高くなったのかもしれない。
(85) Mukherjee (2022)
(86) HaytersTV (2018)

（87）Cotterill, (2010); Perry & Katz (2015); Hill et al. (2010); Hazell et al. (2014); Cohn et al. (1990)
（88）Rupprecht et al. (2021)
（89）Jordet et al. (2009)
（90）Hustad (2018)
（91）Horsinek & Barth (2019)
（92）彼はホイッスルが鳴った時にボールのそばに立っていることが多く、それから助走を取るため時間がかかる。
（93）Robazza et al. (1998). ただし、弓を引く時間を延ばすことで身体的に負担がかかり、それがパフォーマンスの低下に影響した可能性がある。
（94）60 Minutes (2023)
（95）Balban et al. (2023)
（96）Honigstein (2021)
（97）レイチェル・ヴィッカリーとの会話から。ヴィッカリーは呼吸法のコーチであり、ＮＢＡのゴールデンステート・ウォリアーズを含めた、さまざまなスポーツの一流チームでメンタル・パフォーマンス・コンサルタントを務めている。
（98）彼が実際に使った言葉は「死ぬほど」ではなく、「grævla」だ。これはノルウェー国内でもアーリング・ハーランドの出身地ブリンや、ヤーレンといった地域だけで使われているパワーフレーズ（または罵り言葉）だ。
（99）「めちゃくちゃ緊張した」と訳したが、彼が実際に言ったノルウェー語は〝Dritnervøs〟だった。
（100）Heshmat (2022)。マーク・トウェインの言葉から。
（101）Rotella & Lerner (1993), p. 536
（102）60 Minutes (2023)
（103）Jackson & Delehanty (1995)
（104）Jordet (2009a). ちなみに、ＰＫ戦で負けた経験があるチームの選手たちにも同じような傾向が見られる。(Jordet et al. 2011).
（105）Jordet & Elferink-Gemser (2012)
（106）Ahmed (2017)
（107）サッカー専門誌『フランス・フットボール』から、その年でもっとも活躍したＧＫに贈られる賞。
（108）Maheshwari (2021)
（109）Vignolo (2023)

（110）　Ben & Gabe (2023)
（111）　公平を期すために言うと、オランダチームも心理戦に積極的に参加していた。最初に始めたのもオランダで、アルゼンチンの1番手メッシがPKを蹴る時に、オランダのGKアンドリース・ノペルトが心理戦をしかけた。もっとも、試合中の激しいぶつかり合いや試合前の記者会見での挑発的なコメントにより、PK戦の前からすでに2つのチーム間では敵意が芽生えていた。
（112）　Vignolo (2023)
（113）　LFC History (2023)
（114）　LFC History (2023)
（115）　FIFA (2022)
（116）　Geleit (2022)
（117）　Wood & Wilson (2010)
（118）　Furley et al. (2017)
（119）　この差は統計的には有意ではなかった（P値が0.056)。背景も考慮して、より綿密にGKのパフォーマンスを検証したところ(Dicks et al. 2010)、有意差が検出された（P値が0.029)。とはいえこれは、観察された差は大きなものではないということだ。
（120）　ラムズデールは2021年12月2日のマンチェスター・ユナイテッド戦、ガブリエウは2022年1月1日のマンチェスター・シティ戦で〝再ならし〟をした。
（121）　2021年8月28日のリヴァプール戦。
（122）　2022年10月20日のウェストハム戦。
（123）　2023年4月23日のブライトン戦（PK戦）
（124）　2021年9月18日のブレントフォード戦。
（125）　ヒディンクは、ファン・ハールよりも先にPK戦に向けてGKを交代させる戦術を採ろうとしたことがある。2006年ワールドカップの出場権を賭けた大陸間プレーオフでウルグアイと対戦した際、オーストラリアの監督だったヒディンクは、2メートル2センチの長身で、敵のPKキッカーの目に威圧的に映りそうな、控えGKジェリコ・カラッツを使おうとした。延長戦の後半戦中にカラッツにウォーミングアップをさせて、いつでも交代できるよう備えていたが、けが人が出て交代枠を一枠使ったために、計画を変更せざるを得なくなった。もっとも最終的には万事うまくいき、先発GKのマーク・シュワルツァーがPKを2本セーブして、オーストラリアはワールドカップ出場権を手に入れた。

（126）Roth et al. (2019)
（127）Conmy (2005); McDermott & Lachlan (2021)
（128）Svenson (1981)
（129）Conmy et al. (2013)
（130）Yip et al. (2018)
（131）この後紹介する2本のＰＫを蹴る前の成功率。ジョルジーニョは33回ＰＫを蹴り、うち29本を成功させた。
（132）Van de Vooren (2006)
（133）Budgen (2022)
（134）オリジナルの研究はMasters et al. (2007)。その後Weigelt et al. (2012), Weigelt & Memmert (2012), Noel et al. (2016)やNoel et al. (2015)によって追試されている。
（135）この研究に関するわたしのお勧めは、注１３４で紹介した研究論文、およびMemmert et al. (2020)である。
（136）Masters et al. (2010)
（137）Brinkschulte et al. (2023)
（138）Engber (2005)
（139）Sports Illustrated (2012)
（140）Engber (2015)
（141）Wolfers (2015)
（142）Benz (2019)
（143）最終的に彼らはコイントスをした。勝ったファーディナンドはしばらくためらったあと、チームの方に振り返って「かんとくー、先攻にしますかー？」と大声で訊ねた。彼が同じ質問をさらに3回繰り返すと、テリーはしびれを切らしてファーディナンドのシャツを引っ張り、早く決断するよう促した。
（144）Jordet et al. (2009)
（145）Berry & Wood (2004)
（146）Goldschmied et al. (2010)
（147）Hsu et al. (2019)
（148）Veldkamp & Koning (2023)
（149）Eysenck et al. (2007); Hsu et al. (2008)
（150）Wilson & Richards (2011)

（151）Oettingen et al. (2012)
（152）IFAB (2023)
（153）Kerchnar (2015); Kerchnar (2018); Johnson & Taylor (2018)
（154）UEFA (2021)
（155）ルナールは、ベチョの前にＰＫを外した二人のフランス選手を迎えに行かなかった。最後のキッカーとなったベチョを迎えに行ったが、手遅れだった。後攻のオーストラリア人選手がキックを成功させてＰＫ戦を制した。
（156）２００５年のナミビアカップ決勝、ＫＫパレスＦＣ対シビックスＦＣ戦では、勝敗を決めるために48人がＰＫを蹴る展開となった。両チーム共に３回キックする選手が出るほどで、ＰＫ戦自体も試合並みに時間がかかった。この試合はもっとも時間がかかったＰＫ戦として記録に残ったが、２０２２年のメモリアル・カップ１回戦、イングランドのノンリーグチームであるワシントンＦＣとベリントンＦＣの試合がＰＫ戦となり、両チーム合わせて54人がキックして（うち49本が成功した）、記録を更新した。
（157）Weick & Sutcliffe (2007
（158）Helmreich (2000)
（159）Weick & Sutcliffe (2007); Reason (2000)
（160）ＰＫ戦に参加した10人のうち８人から意見を聞くことができた。
（161）Baumeister & Leary (1995)
（162）Eisenberger & Cole (2012)
（163）Uchino & Garvey (1997)
（164）Ditzen et al. 2008
（165）ルイスが初めてこの役目を担ったのは２０２０年８月20日のグレミオＦＢＰＡ戦でのことだった。ホームゲームで０－１と劣勢だったフラメンゴが、試合開始から86分でＰＫを獲得。バルボーザがＰＫを成功させて同点に追いつき、フラメンゴは引き分けで試合を終わらせた。
（166）Roberts (2009)
（167）Graham et al. (2005)
（168）Fox and Sobol (2000)
（169）Hobbs et al. (2002)
（170）Graham (2000)
（171）Henderson (2022), p.4

(172) ヘンダーソンは2回ＰＫを蹴ったが、偶然にも相手ＧＫはどちらもダビド・オスピナだった。
(173) Chelsea FC (2022)
(174) Kelly (2023)
(175) Tracy et al. (2023)
(176) FIFA (2022)
(177) Moll et al. (2010)
(178) ちなみに前述したマラドーナのキックだが、あの試合で彼がＰＫを蹴った時アルゼンチンは優勢だったため、これらのサンプルには含まれていない。
(179) Furley et al. (2015)
(180) Morrison (2016)
(181) Doms (2017)
(182) Crooks (2022)
(183) Sky Sport Austria (2019)
(184) Nicol (2023)
(185) Ricotta (2016)
(186) Pardon (2023)
(187) McTear (2023)
(188) Cruyff (2012)
(189) NTV (2019)
(190) Purewal (2021)
(191) Nair (2022)
(192) Purewal (2021)
(193) Victor (2022)
(194) GetFootball (2022)
(195) Inside FIFA (2023)
(196) わたしたちの会話について詳しく知りたい人はHiddink & Jordet (2019) を参照のこと。
(197) Van den Nieuwenhof (2006), p.145
(198) Long (1980); Fletcher & Arnold (2021)

(199) Calabrese et al. (2007)
(200) Taleb (2012); Kiefer et al. (2018)
(201) Russo et al. (2012); Fletcher & Arnold (2021)
(202) Parker et al. (2004); Parker et al. (2005); Lyons & Parker (2007)
(203) Krishnan et al. (2007); Berton et al. (2007); Greenwood & Fleshner (2008)
(204) Fletcher & Arnold (2021)
(205) Neff & Broady (2011)
(206) Collins et al. (2016); Hardy et al. (2017); Howells & Fletcher (2015); Sarkar et al. (2015); Savage et al. (2017); van Yperen (2009)
(207) Hardy et al. (2017)
(208) Van Yperen (2009)
(209) Collins et al. (2016)
(210) Collins & MacNamara (2012)
(211) Oudejans & Pijpers (2009); Oudejans & Pijpers (2010)
(212) Gröpel & Mesagno (2017)
(213) Kent et al. (2018)
(214) Low et al. (2021)
(215) Fletcher & Arnold (2021)
(216) Owusu-Sekyere & Gervis (2016)
(217) Fletcher & Arnold (2021)
(218) Stoker et al. (2016)
(219) Fletcher & Arnold (2021)
(220) Talk SPORT (2021)
(221) Bloechle et al. (2024)
(222) Jordet & Elferink-Gemser (2012)
(223) Ellis & Ward (2022)
(224) Berander et al. (2021)
(225) Tribuna (2019)

（226）Noticias & Protagonistas (2022)
（227）Phillips (2022)
（228）All About Argentina (2024)
（229）Noticias & Protagonistas (2022)
（230）Chiatorrini (2022)
（231）Hannah et al. (2009)
（232）Baumeister et al. (2007); Dolinski (2018)
（233）Banks et al. (2023)
（234）Gilbert & Trudel (2004)
（235）言うまでもなく、人間をマネジメントしたり、コミュニケーションを取ったりすることはきわめて複雑で難しい。階層や文化や背景に関係なく、あらゆる管理者や集団に効く万人向けのマネジメント方法が見つかるだろう、などとはわたしも思っていない。おまけにサンプル数も小さすぎる（5回のＰＫ戦を対象としているものの、アルゼンチンとクロアチアが二度対決したため、具体的には8人の監督と8チームを対象としている）。
（236）Crossculture2go (2024)
（237）Yomiuri (2023)
（238）Quaile (2022)
（239）Jordet & Elferink-Gemser (2012); Furley et al. (2020)
（240）Mavletova & Witte (2016)
（241）Powell (2016)
（242）Jordet & Elferink-Gemser (2012)
（243）Tembah (2023)
（244）James & Wooten (2010)
（245）Vroom & Yetton (1973)
（246）Fodor (1978)
（247）Mulder et al. (1986)
（248）Rosing et al. (2022)
（249）Hannah et al. (2009)
（250）New Paradigm (2022)

（２５１） Gilberto (2020)
（２５２） Gilberto (2020)
（２５３） Senju & Johnson (2009)
（２５４） Noticias & Protagonistas (2022)
（２５５） 注目度が高い選手は、技術的には同等だが注目度が低い選手よりもＰＫを失敗する確率が高い。(Jordet, 2009b)
（２５６） Doyle (2006)
（２５７） 英語で書かれた本は『ＰＫ　運命を決めたペナルティーキックの伝説』クラーク・ミラー、伊達尚美訳、イースト・プレス、２００２年。残念ながら、同著者は最終章を執筆中に亡くなった。『On penalties（ペナルティ・キックについて）』（アンドリュー・アンソニー著、２０００年）、『How to take a penalty: The hidden mathematics of sport（ＰＫの蹴り方　スポーツの背後に隠された数字）』（ロブ・イーストウェイ、ジョン・ヘイグ著、２００５年）。オランダ語では、『ペナルティ・キック：究極的なＰＫへの探究』（ギュリ・フェルゴウ著、２０００年）、『ペナルティ：オランダ代表のトラウマ』（アンリ・ファン・デル・スティーン著、２００４年）。ドイツ語では、『ペナルティ・キック：同じ状況下での戦いの歴史』（レネー・マルテンス、２００３年）。
（２５８） オランダ人作家ギュリ・フェルゴウ以上に激しく主張した者はいない。
（２５９） 英語で書かれた本には『ＰＫ　最も簡単なはずのゴールはなぜ決まらないのか？』（ベン・リトルトン著、実川元子訳、カンゼン、２０１５年）。『Beautiful game theory: How soccer can help economics（美しいゲーム理論　サッカーを経済学に役立てる方法）』（イグナシオ・パラシオス・ウエルタ著、２０１４年。ＰＫをテーマとする本ではないが、必読のセクションがいくつかある）。オランダ語では『ペナルティエリアのデュエル：科学的に分析されたＰＫ』（ヘールト・サーフェルスベルフ、ジョン・ファン・デル・カンプ著、２０１４年）。ドイツ語では、『ＰＫの心理学』（ダニエル・メメルト、ベンジャミン・ノエル著、２０１７年）。
（２６０） Rudi et al. (2020)
（２６１） Santos (2023)
（２６２） Vollmer et al. (2023)

参考文献

60 Minutes (2023, December 11). "Even though there is no physical contact in tennis, there's still a lot of eye contact, "says Novak Djokovic. He" [...]. [Tweet]. X. https://twitter.com/60Minutes/status/1734022929141158153?s=20

Ahmed, M. (2017, March 17). How to save a penalty: The truth about football's toughest shot. *Financial Times*. https://www.ft.com/penalties

AFP (2022, December 10). "Van Gaal says World Cup exit on penalties 'incredibly painful'." *New Straits Times*. https://www.nst.com.my/sports/football/2022/12/859466/van-gaal-says-world-cup-exit-penalties-incredibly-painful

All About Argentina (2024, January 22). Unedited video of Lionel Scaloni right after the loss against Saudi Arabia with English subtitles. You can't [...]. [Tweet]. X. https://twitter.com/AlbicelesteTalk/status/1749326028433186832?s=20

Almeida, C. H., & Volossovitch, A. (2023). Multifactorial analysis of football penalty kicks in the Portuguese First League: A replication study. *International Journal of Sports Science & Coaching*, 18(1), 160-175. https://doi.org/10.1177/17479541221075722

Anthony, A. (2000). *On penalties*. Yellow Jersey Press.

Arrondel, L., Duhautois, R., & Laslier, J.-F. (2019). Decision under psychological pressure: The shooter's anxiety at the penalty kick. *Journal Of Economic Psychology*, 70, 22-35. https://doi.org/10.1016/j.joep.2018.10.008

Baggio, R. (2002, May 19). My penalty miss cost Italy the World Cup? *The Guardian*. https://www.theguardian.com/sport/2002/may/19/worldcupfootball2002.football

Bakker, F. C., Oudejans, R. R. D., Binsch, O., & Kamp, J. V. D. (2006). Penalty shooting and gaze behavior: Unwanted effects of the wish not to miss. *International Journal of Sport Psychology*, 37(2-3), 265-280.

Balban, M. Y., Neri, E., Kogon, M. M., Weed, L., Jo, B., Holl, G., Zeitzer, J. M., Spiegel, D., & Huberman, A. D. (2023). Brief structured respiration practices enhance mood and reduce physiological arousal. *Cell Reports Medicine*, 4(1). DOI:https://doi.org/10.1016/j.xcrm.2022.100895

Balk, Y. A., Adriaanse, M. A., de Ridder, D. T., & Evers, C. (2013). Coping under pressure: Employing emotion regulation strategies to enhance performance under pressure. *Journal of Sport & Exercise Psychology*, 35(4), 408-418. https://doi.org/10.1123/jsep.35.4.408

Ball, P. & Shaw, P. (1996). *The Umbro book of football quotations*. Ebury.

Banks, G. C., Woznyj, H. M., & Mansfield, C. A. (2023). Where is "behavior" in organizational behavior? A call for a revolution in leadership research and beyond. *The Leadership Quarterly*, 34(6), 101581.

Bar-Eli, M., Azar, O. H., Ritov, I., Keidar-Levin, Y., & Schein, G. (2007). Action bias among elite soccer goalkeepers: The case of penalty kicks. *Journal of Economic Psychology*, 28(5), 606-621. https://doi.org/10.1016/j.joep.2006.12.001

Baumeister R. F. (1984). Choking under pressure: Self-consciousness and paradoxical effects of incentives on skillful performance. *Journal of Personality and Social Psychology*, 46(3), 610-620. https://doi.org/10.1037//0022-3514.46.3.610

Baumeister, R. F., & Leary, M. R. (1995). The need to belong: Desire for interpersonal attachments as a fundamental human motivation. *Psychological Bulletin*, 117(3), 497-529.

Baumeister, R. F., Vohs, K. D., & Funder, D. C. (2007). Psychology as the science of self-reports and finger movements: Whatever happened to actual behavior? *Perspectives on Psychological Science*, 2(4).

Beilock, S. L., Carr, T. H., MacMahon, C., & Starkes, J. L. (2002). When paying attention becomes counterproductive: Impact of divided versus skill-focused attention on novice and experienced performance of sensorimotor skills. *Journal of Experimental Psychology: Applied*, 8(1), 6-16. https://doi.org/10.1037//1076-898x.8.1.6

Ben, T., & Gabe, T. (Producers) (2023, December 30). *Captains of the world*. [TV-series], Netflix.

Benz, L. (2019, December 26). Does Arizona State's curtain of distraction work? Luke Benz. https://lukebenz.com/post/asu_curtain/#:~:text=Conclusion,-doesn't%20necessarily%20contradict%20i

Berander, M., Rydén, A., & Asahara, M. (2021, August 6). Segers besvikelse efter OS-silvret: "Allt är brutalt". Aftonbladet. https://www.aftonbladet.se/sportbladet/fotboll/a/jaBdmw/segers-besvikelse-efter-os-silvret-allt-ar-brutalt

Berns, G. S., Chappelow, J., Cekic, M., Zink, C. F., Pagnoni, G., & Martin-Skurski, M. E. (2006). Neurobiological substrates of dread. *Science*, 312(5774), 754-758. https://doi.org/10.1126/science.1123721

Berry, S. M., Column Edi, & Wood, C. (2004). A statistician reads the sports pages: The cold-foot effect. *Chance*, 17(4), 47-51. https://doi.org/10.1080/09332480.2004.10554926

Berton, O., Covington 3rd, H. E., Ebner, K., Tsankova, N. M., Carle, T. L., Ulery, P., Bhonsle, A., Barrot, M., Krishnan, V., Singewald, G. M., Singewald, N., Birnbaum, S., Neve, R. L., & Nestler, E. J. (2007). Induction of ΔFosB in the periaqueductal gray by stress promotes active coping responses. *Neuron*, 55, 289-300.

Bijlstra, G., Furley P., & Nieuwenhuys, A. (2020). The power of nonverbal behavior: Penalty-takers' body language influences impression formation and anticipation performance in goalkeepers in a simulated soccer penalty task. *Psychology of Sport and Exercise*, 21(2), 137-151.

Binsch, O., Oudejans, R. R. D., Bakker, F. C., Hoozemans, M. J. M., & Savelsbergh, G. J. P. (2010). Ironic effects in a simulated penalty shooting task: Is the negative wording in the instruction essential? *International Journal of Sport Psychology*, 41,118-133.

Bloechle, J.-l., Audiffren, J., Le Naour, T., Alli, A., Simoni, D., Wüthrich, G., & Bresciani, J.-P. (2024). It's not all in your feet: Improving penalty kick performance with human-avatar interaction and machine learning. *The Innovation*, 5(2). https://doi.org/10.1016/j.xinn.2024.100584

Brimmell J., Parker J., Wilson M. R., Vine S. J., Moore L. J. (2019) Challenge and threat states, performance, and attentional control during a pressurized soccer penalty task. *Sport, Exercise, and Performance Psychology*, 8(1), 63-79.

Brinkschulte, M., Wunderlich, F., Furley, P., & Memmert, D. (2023). The obligation to succeed when it matters the most: The influence of skill and pressure on the success in football penalty kicks. *Psychology of Sport and Exercise*, 65. https://doi.org/10.1016/j.psychsport.2022.102369 (88, 152)

Budgen, S. (2022, June 17). Hero Socceroos goalkeeper Andrew Redmayne reveals the toll throwing away Peruvian goalkeeper's water bottle took on him: 'It goes against every moral fibre in my body'. *Daily Mail*. https://www.dailymail.co.uk/sport/football/article-10925559/Andrew-Redmayne-reveals-throwing-away-Peruvian-goalkeepers-water-bottle-took-huge-toll-him.html

Calabrese, E. J., Bachmann, K. A., Bailer, A. J., Bolger, P. M., Borak, J., Cai, L., Cedergreen, N., Cherian, M. G., Chiueh, C. C., Clarkson, T. W., Cook, R. R., Diamond, D. M., Doolittle, D. J., Dorato, M. A., Duke, S. O., Feinendegen, L., Gardner, D. E., Hart, R. W., Hastings, K. L., … Mattson, M. P. (2007). Biological stress response terminology: Integrating the concepts of adaptive response and preconditioning stress within a hormetic dose-response framework. *Toxicology and Applied Pharmacology*, 222(1), 122-128. https://doi.org/10.1016/j.taap.2007.02.015

Chelsea FC (2022, February 13). Azpilicueta reveals how he helped Havertz and expresses pride at completing the set. Chelsea FC. https://www.chelseafc.com/en/news/article/azpi-reveals-how-he-helped-havertz-and-expresses-pride-at-comple

Chitarroni, C. (2022, December 15). Scaloni's leadership. Rosario Nuestro. https://rosarionuestro.com/el-liderazgo-de-scaloni-2/?_x_tr_sl&_x_tr_tl&_x_tr_hl

CIES Football Observatory (2022). Penalty stats across Europe: Manchester United stands out. CIES. https://football-observatory.com/IMG/sites/b5wp/2021/wp364/en/

Cohn, P. J. (1990). Preperformance routines in sport: Theoretical support and practical applications. *The Sport Psychologist*, 4(3),

301-312. https://doi.org/10.1123/tsp.4.3.301
Collins, D., & MacNamara, Á. (2012). The rocky road to the top: Why talent needs trauma. *Sports Medicine*, 42, 907-914.
Collins, D., MacNamara, Á., & McCarthy, N. (2016). Super champions, champions, and almosts: Important differences and commonalities on the rocky road. *Frontiers in Psychology*, 6, 171615.
Conmy, O. B. (2005). Investigating a conceptual framework for trash talk: Cognitive and affective states [Unpublished master's thesis]. Florida State University.
Conmy, B., Tenenbaum, G., Eklund, R., Roehrig, A., & Filho, E. (2013). Trash talk in a competitive setting: Impact on self-efficacy and affect. *Journal of Applied Social Psychology*, 43(5), 1002-1014. https://doi.org/10.1111/jasp.12064
Cotterill, S. (2010). Pre-performance routines in sport: Current understanding and future directions. *International Review of Sport and Exercise Psychology*, 3(2),132-153. https://doi.org/10.1080/1750984X.2010.488269
Coyle, D. (2018). *The culture code: The secrets of highly successful groups*. Bantam. 〔邦訳『ＴＨＥ ＣＵＬＴＵＲＥ ＣＯＤＥ 最強チームをつくる方法』ダニエル・コイル、楠木建監訳、桜田直美訳、かんき出版〕
Crooks, G. (2022, February 3). Ronny Deila learned it 10 yrs ago when he was at @godset & it helped #NYCFC win #MLS Cup. [Tweet]. X. https://twitter.com/GlennCrooks/status/1489305722684907521?s=20
Crossculture2go (2024). Country guide Netherlands. https://crossculture2go.com/leadership-in-the-netherlands/#:~:text=Managers%20always%20involve%20all%20team,eye%20level%20with%20each%20other.
Cruijff, J. (2012). *Voetbal*. Schuyt Nederland.
Deux-Zero (2023). *Penalties - Classement des tireurs de la saison*. Deux Zero. https://www.deux-zero.com/ligue-1/penalties-tireurs-epreuve/edition/2022-2023
Dicks, M., Button, C., & Davids, K. (2010). Examination of gaze behaviors under in situ and video simulation task constraints reveals differences in information pickup for perception and action. *Attention, Perception, & Psychophysics*, 72, 706-720.
Ditzen, B., Schmidt, S., Strauss, B., Nater, U. M., Ehlert, U., & Heinrichs, M. (2008). Adult attachment and social support interact to reduce psychological but not cortisol responses to stress. *Journal of Psychosomatic Research*, 64(5), 479-486. doi: 10.1016/j.jpsychores.2007.11.011.
Dolinski, D. (2018). Is psychology still a science of behavior? *Social Psychological Bulletin*, 13(2).
Doms, K. (2017). ESSEVEE bedankt noorse psycholoog voor bekerwinst. HLN. https://www.hln.be/zulte-waregem/essevee-bedankt-noorse-psycholoog-voor-bekerwinst~a214a366/?referrer=https%3A%2F%2Fwww.google.com%2F
Doyle, P. (2006, September 27). Blatter suggests scrapping shoot-outs. *The Guardian*. https://www.theguardian.com/football/

2006/sep/27/newsstory.sport3

Eastaway, R., & Haigh, J. (2005). *The Hidden Mathematics of Sport*. Robson.

Edgar, B. (2022). A history of scorelines in English football: 95 different results in 203, 329 matches. *The Times*. https://www.thetimes.co.uk/article/a-history-ofscorelines-in-english-football-95-different-results-in- 203-329-matches-3gsllqcj8

Eisenberger, N. I., & Cole, S. W. (2012). Social neuroscience and health: Neurophysiological mechanisms linking social ties with physical health. *Nature Neuroscience*, 15(5), 669-674. https://doi.org/10.1038/nn.3086

Ellis, L., & Ward, P. (2022). The effect of a high-pressure protocol on penalty shooting performance, psychological, and psychophysiological response in professional football: A mixed methods study. *Journal of Sports Sciences*, 40(1), 3-15.

Engber, D. (2005, January 6). How a Slate scientist changed the NBA forever—or at least a week. Slate. https://slate.com/culture/2005/01/how-a-slate-scientistchanged-the-nba-forever.html

Engber, D. (2015, February 17). Is ASU's bizarre new technique the holy grail of free-throw distraction? Slate. https://slate.com/culture/2015/02/asu-curtain-ofdistraction-has-arizona-state-university-discovered-the-holy-grail-of-free-throwdistraction.html

Eysenck, M. W., Derakshan, N., Santos, R., & Calvo, M. G. (2007). Anxiety and cognitive performance: Attentional control theory. *Emotion*, 7(2), 336-353. https://doi.org/10.1037/1528-3542.7.2.336

Farkas, F. (2023, July 4). Liverpool: Dominik Szoboszlai's secret weapon revealed, proving Neymar wrong. ClutchPoints. https://clutchpoints.com/liverpool-news-dominik-szoboszlai-secret-weapon-neymar-wrong

FIFA (2023). One Month On: 5 billion engaged with the FIFA World Cup Qatar 2022™. FIFA. https://www.fifa.com/tournaments/mens/worldcup/qatar2022/news/one-month-on-5-billion-engaged-with-the-fifa-world-cup-qatar-2022-tm

FIFA (2022). *The long walk*. [TV-series]. FIFA plus. https://www.plus.fifa.com/en/content/the-long-walk/cfb1f47c-42aa-4c9c-a906-766ae87afe69

Fletcher, D., & Arnold, R. (2021). Stress and pressure training. In R. Arnold, & D. Fletcher (Eds.), *Stress, well-being, and performance in sport*. Routledge.

Fodor, E. M. (1978). Simulated work climate as an influence on choice of leadership style. *Personality and Social Psychology Bulletin*, 4(1), 111-114.

Fox, J. G., & Sobol, J. J. (2000). drinking patterns, social interaction, and barroom behavior: A routine activities approach. *Deviant Behavior*, 21(5), 429-450. https://doi.org/10.1080/01639620050085834

Furley, P., Dicks, M., & Jordet, G. (2020). The psychology of penalty kicks: The influence of emotions on penalty taker and goalkeeper performance. In J. G. Dixon, J. B. Barker, R. C. Thelwell, & I. Mitchell (Eds.), *The Psychology of Soccer* (pp.29-43). Routledge.

Furley, P., Dicks, M., & Memmert, D. (2012). Nonverbal behavior in soccer: The influence of dominant and submissive body language on the impression formation and expectancy of success of soccer players. *Journal of Sport & Exercise Psychology*, 34(1), 61-82.

Furley, P., Dicks, M., Stendtke, F., & Memmert, D. (2012). Get it out the way. The wait's killing me: Hastening and hiding during soccer penalty kicks. *Psychology of Sport and Exercise*, 13(4), 454-465. https://doi.org/10.1016/j.psychsport.2012.01.009

Furley, P., Moll, T., & Memmert, D. (2015). "Put your hands up in the air"? The interpersonal effects of pride and shame expressions on opponents and teammates. *Frontiers in Psychology*, 6, 1361. https://doi.org/10.3389/fpsyg.2015.01361

Furley, P., Noël, B., & Memmert, D. (2017). Attention towards the goalkeeper and distraction during penalty shootouts in association football: A retrospective analysis of penalty shootouts from 1984 to 2012. *Journal of Sports Sciences*, 35(9), 873-879. https://doi.org/10.1080/02640414.2016.1195912

Furley, P., & Roth, A. (2021). Coding body language in sports: The nonverbal behavior coding system for soccer penalties. *Journal of Sport & Exercise Psychology*, 43(2), 140-154. https://doi.org/10.1123/jsep.2020-0066

Gardner, F. L., & Moore, Z. E. (2004). A mindfulness-acceptance-commitment-based approach to athletic performance enhancement: Theoretical considerations. *Behavior Therapy*, 35(4), 707-723. https://doi.org/10.1016/S0005-7894(04)80016-9

Geleit, L. (2022). "It was discussed weeks prior": Aussie hero Redmayne opens up on water bottle tactic. Sen. https://www.sen.com.au/news/2022/06/16/it-was-discussed-weeks-prior-redmayne-opens-up-on-water-bottle-tactic/

Gerrard, S. (2006). *Gerrard: My autobiography*. Bantam Press.

GetFootball (2022, December 8). Argentina coach: "We're ready for penalties, all 8 teams are good enough for the final." Get Football. https://getfootball.eu/argentina-coach-were-ready-for-penalties-all-8-teams-are-good-enough-for-the-final/

Giancamilli, F., Galli, F., Chirico, A., Fegatelli, D., Mallia, L., Palombi, T., Cordone, S., Alivernini, F., Mandolesi, L., & Lucidi, F. (2022). When the going gets tough, what happens to quiet eye? The role of time pressure and performance pressure during basketball free throws. *Psychology of Sport and Exercise*, 58.

Gilbert, W. D., & Trudel, P. (2004). Analysis of coaching science research published from 1970-2001. *Research Quarterly for Exercise and Sport*, 75(4), 388-399.

Gilberto, T. (Producer). (2020). All or nothing: Brazil national team. [TV-series]. Amazon. https://www.primevideo.com/region/

eu/detail/0G58NJZZOX5C-9CUYK7L5YJF8TI/ref=atv_sr_fle_c_Tn74RA_1_1_1?sr=1-1&pageTypeId-Source=ASIN&pageTypeId=B083STCJ5C&qid=1710409262024

Goldschmied, N., Nankin, M., & Cafri, G. (2010). Pressure kicks in the NFL: An archival exploration into the deployment of TOs and other environmental correlates. *The Sport Psychologist*, 24(3), 300-312.

Graham, K. (2000). Preventive interventions for on-premise drinking: A promising but underresearched area of prevention. *Contemporary Drug Problems*, 27,593-668.

Graham, K., Bernards, S., Osgood, W., Homel, R., & Purcell, J. (2005). Guardians and handlers: The role of bar staff in preventing and managing aggression. *Addiction*, 100(6), 755-766.

Gray, R. (2020). Attentional theories of choking under pressure revisited. In G. Tenenbaum, & R. C. Eklund (Eds.), *Handbook of Sport Psychology* (pp. 595-610). John Wiley & Sons.

Greenlees, I., Leyland, A., Thelwell, R., & Filby, W. (2008). Soccer penalty takers' uniform colour and pre-penalty kick gaze affect the impressions formed of them by opposing goalkeepers. *Journal of Sports Sciences*, 26(6), 569-576. https://doi.org/10.1080/02640410701744446

Greenwood, B. N., & Fleshner, M. (2008). Exercise, learned helplessness, and the stress-resistant brain. *NeuroMolecular Medicine*, 10(2), 81-98.

Gröpel, P., & Mesagno, C. (2017). Choking interventions in sports: A systematic review. *International Review of Sport and Exercise Psychology*, 12(1), 176-201. https://doi.org/10.1080/1750984X.2017.1408134

Guardian Sport (2021). Marcus Rashford sorry for penalty but says 'I will never apologise for who I am'. *The Guardian*. https://www.theguardian.com/football/2021/jul/12/marcus-rashford-sorry-for-penalty-but-says-i-will-never-apologise-for-who-i-am

Gucciardi, D. F., Longbottom, J. L., Jackson, B., & Dimmock, J. A. (2010). Experienced golfers' perspectives on choking under pressure. *Journal of Sport & Exercise Psychology*, 32(1), 61-83. https://doi.org/10.1123/jsep.32.1.61

Hannah, S. T., Uhl-Bien, M., Avolio, B. J., & Cavarretta, F. L. (2009). A framework for examining leadership in extreme contexts. *The Leadership Quarterly*, 20(6), 897-919.

Hardy, L., Barlow, M., Evans, L., Rees, T., Woodman, T., & Warr, C. (2017). Great British medalists: Psychosocial biographies of super-elite and elite athletes from Olympic sports. *Progress in Brain Research*, 232, 1-119.

Hayes, S. C., Wilson, K. G., Gifford, E. V., Follette, V. M., & Strosahl, K. (1996). Experimental avoidance and behavioral disorders: a functional dimensional approach to diagnosis and treatment. *Journal of Consulting and Clinical Psychology*, 64(6), 1152-1168. https://doi.org/10.1037//0022-006x.64.6.1152

HaytersTV (2018, June 25). Harry Kane | How to take the perfect penalty - England v Belgium. [Video]. YouTube. https://www.youtube.com/watch?v=bjsw0Khan7E

Hazell, J., Cotterill, S. T., & Hill, D. M. (2014). An exploration of pre-performance routines, self-efficacy, anxiety and performance in semi-professional soccer. *European Journal of Sport Science*, 14(6), 603-610. https://doi.org/10.1080/17461391.2014.888484

Helmreich R. L. (2000). On error management: lessons from aviation. *BMJ*, 320(7237), 781-785. https://doi.org/10.1136/bmj.320.7237.781

Henderson, J. (2022). *Jordan Henderson: The autobiography*. Michael Joseph Ltd. 〔邦訳『ＣＡＰＴＡＩＮ　ジョーダン・ヘンダーソン自伝』岩崎晋也訳、東洋館出版〕

Heshmat, S. (2022). 10 Sources of a Courageous Mindset: Courage is an antidote to anxious mind. *Psychology Today*. https://www.psychologytoday.com/intl/blog/science-choice/202207/10-sources-courageous-mindset

Hiddink, G., & Jordet, G. (2019). The coach nomad. In D. Collins, A. Cruickshank, & G. Jordet (Eds.), *Routledge handbook of elite sport performance*. London: Routledge.

Hill, D. M., Hanton, S., Matthews, N., & Fleming, S. (2010). A qualitative exploration of choking in elite golf. *Journal of Clinical Sport Psychology*, 4(3), 221-240. https://doi.org/10.1123/jcsp.4.3.221

Hobbs, D., Hadfield, P., Lister, S., & Winlow, S. (2002). 'Door lore'. The art and economics of intimidation. *The British Journal of Criminology*, 42(2), 352-370. https://doi.org/10.1093/bjc/42.2.352

Honigstein, R. (2021, August 19). Robert Lewandowski: My game in my words. *The Athletic*. https://theathletic.com/2775337/2021/08/19/robert-lewandowskimy-game-in-my-words/

Horn, M., de Waal, S., & Kraak, W. (2021). In-match penalty kick analysis of the 2009/10 to 2018/19 English Premier League competition. *International Journal of Performance Analysis in Sport*, 21(1), 139-155. https://doi.org/10.1080/24748668.2020.1855052

Horsinek, J., & Barth, J.C. (2019). Emil (20) var den siste som reddet en Haaland-straffe. TV2. https://www.tv2.no/sport/fotball/emil-20-var-den-siste-somreddet-en-haaland-straffe/10972183/

Howells, K., & Fletcher, D. (2015). Sink or swim: Adversity-and growth-related experiences in Olympic swimming champions. *Psychology of Sport and Exercise*, 16, 37-48.

Hsu, K. E., Man, F. Y., Gizicki, R. A., Feldman, L. S., & Fried, G. M. (2008). Experienced surgeons can do more than one thing at a time: Effect of distraction on performance of a simple laparoscopic and cognitive task by experienced and novice surgeons. *Surgical Endoscopy*, 22(1), 196-201. https://doi.org/10.1007/s00464-007-9452-0

Hsu, N. W., Liu, K. S., & Chang, S. C. (2019). Choking under the pressure of competition: A complete statistical investigation of pressure kicks in the NFL, 2000-2017. PLOS ONE, 14(4), e0214096. https://doi.org/10.1371/journal.pone.0214096

Hustad, T. (2018, April 15). Haaland tok ballen fra Aursnes: Jeg er best på straffespark. *Aftenposten*. https://www.aftenposten.no/sport/fotball/i/xPJ0dj/haaland-tok-ballen-fra-aursnes-jeg-er-best-paa-straffespark

IFAB (2023). Law Changes 23/24. IFAB. https://www.theifab.com/law-changes/latest/

Inside FIFA (2023, May 9). Argentina coach Lionel Scaloni talks to Coaches Forum about FIFA World Cup™ campaign. Inside FIFA. https://www.fifa.com/technical/news/argentina-coach-lionel-scaloni-talks-to-coaches-forum-about-fifaworld-cup-campaign

Jackson, P., & Delehanty, H. (1995). *Sacred hoops: Spiritual lessons of a hardwood warrior*. Hachette Books.

Jackson R. C. (2003). Pre-performance routine consistency: Temporal analysis of goal kicking in the Rugby Union World Cup. *Journal of Sports Sciences*, 21(10), 803-814. https://doi.org/10.1080/0264041031000140301

Jafari, Z., Kolb, B. E., & Mohajerani, M. H. (2017). Effect of acute stress on auditory processing: A systematic review of human studies. *Reviews in the Neurosciences*, 28(1), 1-13. https://doi.org/10.1515/revneuro-2016-0043

James, E. H., & Wooten, L. P. (2010). *Leading under pressure. From surviving to thriving before, during and after a crisis*. Routledge.

Johnson, C., & Taylor, J. (2020). More than bullshit: Trash talk and other psychological tests of sporting excellence. *Sport, Ethics, and Philosophy*, 14(1), 47-61.

Jordet, G. (2009a). Why do English players fail in soccer penalty shootouts? A study of team status, self-regulation, and choking under pressure. *Journal of Sports Sciences*, 27(2), 97-106. https://doi.org/10.1080/02640410802509144

Jordet, G. (2009b). When superstars flop: Public status and choking under pressure in international soccer penalty shootouts. *Journal of Applied Sport Psychology*, 21(2), 125-130. https://doi.org/10.1080/10413200902777263

Jordet, G., & Elferink-Gemser, M. T. (2012). Stress, coping, and emotions on the world stage: The experience of participating in a major soccer tournament penalty shootout. *Journal of Applied Sport Psychology*, 24(1), 73-91. https://doi.org/10.1080/10413200.2011.619000

Jordet, G., Elferink-Gemser, M. T., Lemmink, K. A. P. M., & Visscher, C. (2006). The "Russian roulette" of soccer?: Perceived control and anxiety in a major tournament penalty shootout. *International Journal of Sport Psychology*, 37(2-3), 281-298.

Jordet, G., Elferink-Gemser, M. T., Lemmink, K. A. P. M., & Visscher, C. (2008). Emotions at the penalty mark: An analysis of elite players performing in an international penalty shootout. In T. Reilly, & F. Korkusuz (Eds.), *Science and football VI: The proceedings of the sixth world congress on science and football*. London: Routledge.

Jordet, G., & Hartman, E. (2008). Avoidance motivation and choking under pressure in soccer penalty shootouts. *Journal of Sport & Exercise Psychology*, 30(4), 450-457.

Jordet, G., Hartman, E., & Vuijk, P. J. (2011). Team history and choking under pressure in major soccer penalty shootouts. *British Journal of Psychology*, 103(2), 268-283. https://doi.org/10.1111/j.2044-8295.2011.02071.x

Jordet, G., Hartman, E., & Sigmundstad, E. (2009). Temporal links to performing under pressure in international soccer penalty shootouts. *Psychology of Sport and Exercise*. 10(6), 621-627.

Kelly, C. (2023, March 21). Keylor Navas penalty twist revealed as he fails to get in yet another Newcastle player's head. Chronicle Live. https://www.chroniclelive.co.uk/sport/football/football-news/newcastle-penalty-keylor-navas-twist-26519563

Kent, S., Devonport, T. J., Lane, A.M., Nicholls, W., & Friesen, A. P. (2018). The effects of coping interventions on ability to perform under pressure. *Journal of Sport Science and Medicine*, 17(1), 40-55.

Kershnar, S. (2015). The moral rules of trash talking: Morality and ownership. *Sport, Ethics and Philosophy*, 9(3): 303-323. doi: 10.1080/17511321.2015.1099117

Kershnar, S. (2018). For ownership theory: A response to Nicholas Dixon. *Sport, Ethics and Philosophy*, 12(2): 226-235. doi:10.1080/17511321.2018.1428148

Kiefer, A. W., Silva, P. L., Harrison, H. S., & Araújo, D. (2018). Antifragility in sport: Leveraging adversity to enhance performance. *Sport, Exercise, and Performance Psychology*, 7(4), 342-350. https://doi.org/10.1037/spy0000130

Krishnan, V., Han, M.-H., Graham, D.L., Berton, O., Renthal, W., Russo, S.J., LaPlant, Q., Graham, A., Lutter, M., Lagace, D.C., Ghose, S., Reister, R., Tannous, P., Green, T.A., Neve, R.L., Chakravarty, S., Kumar, A., Eisch, A.J., Self, D.W., … Nestler, E.J., (2007). Molecular adaptations underlying susceptibility and resistance to social defeat in brain reward regions. *Cell*, 131(2), 391-404.

Laurin, R., & Pellet, J. (2024). Affective responses mediate the body language of penalty taker - decision-making relationship from soccer goalkeepers. *Research Quarterly for Exercise and Sport*, 95(1), 227-234. https://doi.org/10.1080/02701367.2023.2189466

Lebeau, J. C., Liu, S., Sáenz-Moncaleano, C., Sanduvete-Chaves, S., Chacón-Moscoso, S., Becker, B. J., & Tenenbaum, G. (2016). Quiet eye and performance in sport: A meta-analysis. *Journal of Sport & Exercise Psychology*, 38(5), 441-457. https://doi.

org/10.1123/jsep.2015-0123

LFC History (2023). *Dynasty: The Joe Fagan years 1983-1985 (based on Paul Tomkins' book Dynasty)*. LFC history. https://www.lfchistory.net/Articles/Article/898/2

Lin, L.- L., Gu, H. -Y., Yao, Y. -Y., Zhu, J., Niu, Y. -M., Luo, J., & Zhang, C. (2019). The association between watching football matches and the risk of cardiovascular events: A meta-analysis. *Journal of Sports Sciences*, 37(24), 2826-2834.

Long, B. C. (1980). Stress management for the athlete: A cognitive-behavioral model. In C. H. Nadeau, W. R. Halliwell, K. M. Newell, & G. C. Roberts (Eds.), *Psychology of motor behaviour and sport—1979* (pp. 73-83). Human Kinetics.

Lonsdale, C., & Tam, T. M. J. (2008). On the temporal and behavioural consistency of pre-performance routines: An intra-individual analysis of elite basketball players' free throw shooting accuracy. *Journal of Sports Sciences*, 26(3), 259-266. 10.1080/02640410701473962

Low, W. R., Sandercock, G. R. H., Freeman, P., Winter, M. E., Butt, J., & Maynard, I. (2021). Pressure training for performance domains: A meta-analysis. *Sport, Exercise, and Performance Psychology*, 10(1), 149-163.

Lyons, D., & Parker, K. J. (2007). Stress inoculation-induced indications of resilience in monkeys. *Journal of Traumatic Stress*, 20(4), 423-433.

Lyttleton, B. (2014). *Twelve yards: The art and psychology of the perfect penalty*. Bantam Press.〔邦訳『ＰＫ　最も簡単なはずのゴールはなぜ決まらないのか?』ベン・リトルトン、実川元子訳、カンゼン〕

Lyttleton, B. (2021, July 14). *Frank de Boer and Dutch penalty trauma*. Twelve Yards. https://twelveyards.substack.com/p/frank-de-boer-and-dutch-penalty-trauma

Maheshwari, A. (2021, June 8) How Emiliano Martinez resorted to dirty mind games during penalties against Columbia | Watch. India.com. https://www.india.com/sports/copa-america-how-emiliano-martinez-resorted-to-dirty-mind-gamesduring-penalties-against-columbia-watch-4797671/

Martens, R. (2003). *Elfmeter! kleine Geschichte einer Standardsituation*. Eichborn.

Martens, R., Burton, D., Vealey, R. S., Bump, L.A., & Smith, D. E. (1990) Development and validation of the Competitive State Anxiety Inventory-2 (CSAI-2). In R. Martens, R. S. Vealey, & D. Burton (Eds.), *Competitive anxiety in sport* (pp.117-190). Human Kinetics.

Masters, R. S., van der Kamp, J., & Jackson, R. C. (2007). Imperceptibly off-center goalkeepers influence penalty-kick direction in soccer. *Psychological Science*, 18(3), 222-223. https://doi.org/10.1111/j.1467-9280.2007.01878.x

Masters, R., Poolton, J., & van der Kamp, J. (2010). Regard and perceptions of size in soccer: Better is bigger. *Perception*, 39(9),

1290-1295. https://doi.org/10.1068/p6746

Mavletova, A., & Witte, J. (2017). Is the willingness to take risks contagious? A comparison of immigrants and native-born in the United States. *Journal of Risk Research*, 20(7), 827-845.

McDermott, K. C. P., & Lachlan, K. A. (2021). Emotional manipulation and task distraction as strategy: The effects of insulting trash talk on motivation and performance in a competitive setting. *Communication Studies*, 72(5), 915-936. https://doi.org/10.1080/10510974.2021.1975139

McTear, E. (2023, January 10). Ancelotti: "We have things to work on, but we don't have training time to work on them". Managing Madrid. https://www.managingmadrid.com/2023/1/10/23548250/ancelotti-press-conference-valencia-super-cup

Memmert, D., & Noël, B. (2017). *Elfmeter: Die psychologie des strafstoßes*. Hogrefe.

Memmert, D., Noël, B., Machlitt, D., van der Kamp, J., & Weigelt, M. (2020). The role of different directions of attention on the extent of implicit perception in soccer penalty kicking. *Human movement science*, 70, 102586. https://doi.org/10.1016/j.humov.2020.102586

Miller, C. (1998). *He always puts it to the right: A history of the penalty kick*. Orion. 〔邦訳『ＰＫ　運命を決めたペナルティーキックの伝説』クラーク・ミラー、伊達尚美訳、イースト・プレス〕

Mischel, W., Grusec, J., & Masters, J.C. (1969). Effects of expected delay time on the subjective value of rewards and punishments. *Journal of Personality and Social Psychology*, 11(4), 363-373.

Moll, T., Jordet, G., & Pepping, G.-J. (2010). Emotional contagion in soccer penalty shootouts: Celebration of individual success is associated with ultimate team success. *Journal of Sports Sciences*, 28(9), 983-992. https://doi.org/10.1080/02640414.2010.484068

Moore, L. J., Vine, S. J., Freeman, P., & Wilson, M. R. (2013). Quiet eye training promotes challenge appraisals and aids performance under elevated anxiety. *International Journal of Sport and Exercise Psychology*, 11(2), 169-183. https://doi.org/10.1080/1612197X.2013.773688

Morrison, I. (2016). Keep calm and cuddle on: Social touch as a stress buffer. *Adaptive Human Behavior and Physiology*, 2(4), 344-362. https://doi.org/10.1007/s40750-016-0052-x

MrFandefoot (2009, November 23). C2: Finale 1980: Valence - Arsenal: 0-0 Pen. [Video]. YouTube. https://www.youtube.com/watch?v=C_DBNAc4FdE

Mulder, M., de Jong, R. D., Koppelaar, L., & Verhage, J. (1986). Power, situation, and leaders' effectiveness: An organizational field study. *Journal of Applied Psychology*, 71(4), 566-570.

Mukherjee, S. (2022, April 10). What is Diego Maradona's record in penalties? Goal. https://www.goal.com/en/news/what-is-diego-maradona-s-record-in-penalties/blt8308abdd6b4e890b

Nair, R. (2022, December 5). I told my players to take 1000 penalties- Spain's Luis Enrique. Reuters. https://www.reuters.com/lifestyle/sports/i-told-my-players-take-1000-penalties-spains-luis-enrique-2022-12-05/

Navia, J. A., van der Kamp, J., Avilés, C., & Aceituno, J. (2019). Self-control in aiming supports coping with psychological pressure in soccer penalty kicks. *Frontiers in Psychology*, 10, 1438. https://doi.org/10.3389/fpsyg.2019.01438

Neff, L. A., & Broady, E. F. (2011). Stress resilience in early marriage: Can practice make perfect?. *Journal of Personality and Social Psychology*, 101(5), 1050-67.

New Paradigm (2022). Leaders and leading a team. https://presscoaching-com.translate.goog/los-lideres-y-la-conduccion-de-un-equipo/?_x_tr_sl=es&_x_tr_tl=en&_x_tr_hl=en&_x_tr_pto=sc

Nicol, S. (2023). Video on X. https://x.com/adamkeys_/status/1708885240108740934?s=20

Noël, B., van der Kamp, J., & Memmert, D. (2015). Implicit goalkeeper influences on goal side selection in representative penalty kicking tasks. *PLOS ONE*. https://doi.org/10.1371/journal.pone.0135423

Noël, B., van der Kamp, J., Masters, R., & Memmert, D. (2016). Scan direction influences explicit but not implicit perception of a goalkeeper's position. *Attention, Perception & Psychophysics*, 78(8), 2494-2499. https://doi.org/10.3758/s13414-016-1196-2

Noticias & Protagonistas (2022, December 11). Lionel Scaloni: the peaceful leader. https://noticiasyprotagonistas.com/editoriales/lionel-scaloni-el-liderpacifico/?_x_tr_sl&_x_tr_tl&_x_tr_hl

NTV (2019, February 6). Pokal-krimis: Antwort auf Kovac "Druck beim elfmeter kann man simulieren". NTV. https://www.n-tv.de/sport/fussball/Druck-beim-Elfmeter-kann-man-simulieren-article20845498.html

Oettingen, G., Marquardt, M. K., & Gollwitzer, P. M. (2012). Mental contrasting turns positive feedback on creative potential into successful performance. *Journal of Experimental Social Psychology*, 48(5), 990-996. https://doi.org/10.1016/j.jesp.2012.03.008

Oudejans, R. R., & Pijpers, J. R. (2009). Training with anxiety has a positive effect on expert perceptual-motor performance under pressure. *Quarterly Journal of Experimental Psychology*, 62(8), 1631-1647.

Oudejans, R. R., & Pijpers, J. R. (2010). Training with mild anxiety may prevent choking under higher levels of anxiety. *Psychology of Sport and Exercise*, 11(1), 44-50.

Owusu-Sekyere, F., & Gervis, M. (2016). In the pursuit of mental toughness: Is creating mentally tough players a disguise for

emotional abuse?. *International Journal of Coaching Science*, 10(1), 3.
Pardon, J. (2023, November 30). EdF: Didier Deschamps ne compte toujours pas travailler les tirs au but. Footmercato. https://www.footmercato.net/a6788749745195094769-edf-didier-deschamps-ne-compte-toujours-pastravailler-les-tirs-au-but
Palacios-Huerta, I. (2014). *Beautiful game theory: How soccer can help economics*. Princeton University Press.
Parker, K. J., Buckmaster, C. L., Justus, K. R., Schatzberg, A. F., & Lyons, D. M. (2005). Mild early life stress enhances prefrontal-dependent response inhibition in monkeys. *Biological Psychiatry*, 57(8), 848-855.
Parker, K. J., Buckmaster, C. L., Schatzberg, A. F., & Lyons, D. M. (2004). Prospective investigation of stress inoculation in young monkeys. *Archives of General Psychiatry*, 61(9), 933-941.
Pearce, S. (2000). *Psycho: The autobiography of Stuart Pearce*. Headline.
Perry, I. S., & Katz, Y. J. (2015). Pre-performance routines, accuracy in athletic performance and self-control. *Athens Journal of Sports*, 2(3), 137-151. https://doi.org/10.30958/ajspo.2-3-1
Phillips, M. (2022). Saudi Arabia win is statistically biggest World Cup shock, say Gracenote. Reuters. https://www.reuters.com/lifestyle/sports/saudi-arabia-win-is-statistically-biggest-world-cup-shock-say-gracenote-2022-11-22/
Powell, H. (2016). *Hope: My life in football*. Bloomsbury Sport.
Purewal, N. (2021, May 29). Pep Guardiola and Thomas Tuchel prepared for penalties in Champions League final. Breaking news.ie. https://www.breakingnews.ie/sport/pep-guardiola-and-thomas-tuchel-prepared-for-penalties-in-champions-league-final-1134792.html
Quaile, K. (2022, December 6). Luis Enrique: "I chose the first three penalty takers and the rest were decided by the players.". Get Spanish football news. https://getfootballnewsspain.com/luis-enrique-i-chose-the-first-three-penalty-takers-andthe-rest-were-decided-by-the-players/?expand_article=1
Rashford, M., & Anka, C. (2021). *You Are a Champion: How to Be the Best You Can Be*. Macmillan Children's Books.
Reason, J. (2000). Human error: Models and management. *BMJ*, 320(7237), 768-770. https://doi.org/10.1136/bmj.320.7237.768
Ricotta, J. (2016, July 6). Euro 2016: ne pas s'entraîner aux tirs au but, une erreur des Bleus? Europe1. https://www.europe1.fr/sport/euro-2016-ne-pas-sentraineraux-tirs-au-but-une-erreur-des-bleus-2791987
Robazza, C., Bortoli, L., & Nougier, V. (1998). Physiological arousal and performance in elite archers: A field study. *European Psychologist*, 3(4), 263-270.
Roberts, J. C. (2009). Bouncers and barroom aggression: A review of the research. *Aggression and Violent Behavior*, 14(1), 59-68. https://doi.org/10.1016/j.avb.2008.10.002

Rogers, T.J., Alderman, B.L., & Landers, D.M. (2003). Effects of life-event stress and hardiness on peripheral vision in a real-life stress situation. *Behavioral Medicine*, 29(1), 21-26.

Rohleder, N., Beulen, S. E., Chen, E., Wolf, J. M., & Kirschbaum, C. (2007). Stress on the dance floor: The cortisol stress response to social-evaluative threat in competitive ballroom dancers. *Personality and Social Psychology Bulletin*, 33(1), 69-84. https://doi.org/10.1177/0146167206293986

Rosing, F., & Boer, D. (2022). When timing is key: How autocratic and democratic leadership relate to follower trust in emergency contexts. *Frontiers in Psychology*, 13, 904605

Rotella, R. J., & Lerner, J. D. (1993). Responding to competitive pressure. In R. N. Singer, M. Murphy, & L. K. Tennant (Eds.), *Handbook of research on sport psychology*. (pp. 528-541). Macmillan.

Roth, A.M., Reig, S., Bhatt, U., Shulgach, J., Amin, T., Doryab, A., Fang, F., & Veloso, M. (2019). A robot's expressive language affects human strategy and perceptions in a competitive game. *IEEE International Workshop on Robot and Human Communication* (ROMAN).

Rupprecht, A. G. O., Tran, U. S., & Gröpel, P. (2021). The effectiveness of pre-performance routines in sports: A meta-analysis. *International Review of Sport and Exercise Psychology*, 17(1), 39-64. https://doi.org/10.1080/1750984X.2021.1944271

Rudi, N., Olivares, M., & Shetty, A. (2020). Ordering sequential competitions to reduce order relevance: Soccer penalty shootouts. *PLOS ONE*, 15(12), 1-11. https://doi.org/10.1371/journal.pone.0243786

Russell, G., & Lightman, S. (2019). The human stress response. *Nature Reviews Endocrinology*, 15(9), 525-534. https://doi.org/10.1038/s41574-019-0228-0

Russo, S. J., Murrough, J. W., Han, M. H., Charney, D. S., & Nestler, E. J. (2012). Neurobiology of resilience. *Nature Neuroscience*, 15(11), 1475-1484. https://doi.org/10.1038/nn.3234

Santos, R. M. (2023). Effects of psychological pressure on first-mover advantage in competitive environments: Evidence from penalty shootouts. *Contemporary Economic Policy*, 41(2), 354-369.

Sarkar, M., Fletcher, D., & Brown, D. J. (2015). What doesn't kill me…: Adversity-related experiences are vital in the development of superior Olympic performance. *Journal of Science and Medicine in Sport*, 18(4), 475-479.

Savage, J., Collins, D., & Cruickshank, A. (2017). Exploring traumas in the development of talent: What are they, what do they do, and what do they require? *Journal of Applied Sport Psychology*, 29(1), 101-117.

Senju, A., & Johnson, M. H. (2009). The eye contact effect: mechanisms and development. *Trends in Cognitive Sciences*, 13(3), 127-134.

Shields, G. S., Sazma, M. A., & Yonelinas, A. P. (2016). The effects of acute stress on core executive functions: A meta-analysis and comparison with cortisol. *Neuroscience and Biobehavioral Reviews*, 68, 651-668. https://doi.org/10.1016/j.neubiorev.2016.06.038

Sky Sports (2009, December 23). Capello knows penalty takers. Sky Sports. https://www.skysports.com/football/news/12016/5794402/capello-knows-penalty-takers

Sky Sport Austria (2019, October 28). Salzburg holte gegen Rapid "ganz wichtige"drei Punkte. Sky sport austria. https://www.skysportaustria.at/salzburg-holtegegen-rapid-ganz-wichtige-drei-punkte/

Slutter, M. W., Thammasan, N., & Poel, M. (2021). Exploring the brain activity related to missing penalty kicks: an fNIRS study. *Frontiers in Computer Science*, 3(32). https://doi.org/10.3389/fcomp.2021.661466

Soccer Illustrated (1994). 1994 FIFA World Cup… by the numbers. *Soccer Illustrated*. https://www.rsssf.org/wk94/numbers.html

Southgate, G., Woodman, A., & Walsh, D. (2003). *Woody and Nord: A football friendship*. Michael Joseph.

Sports Illustrated (2012, February 13). Fine art of the free throw distraction. *Sports Illustrated*. https://www.si.com/college/2012/02/13/13fine-art-of-the-free-throw-distraction#gid=ci0255c94190042515&pid=utah-state-fans

Stein, M. (1997). *Chris Waddle: The authorised biography*. Simon & Schuster.

Stephenson, M. D., Schram, B., Canetti, E. F. D., & Orr, R. (2022). Effects of acute stress on psychophysiology in armed tactical occupations: A narrative review. *International Journal of Environmental Research and Public Health* 19(13), 1802.doi: 10.3390/ijerph19031802

Stoker, M., Lindsay, P., Butt, J., Bawden, M. & Maynard, I. (2016). Elite coaches' experiences of creating pressure training environments for performance enhancement. *International Journal of Sport Psychology*, 47(3), 262-281.

Story, G. (2014). Anticipating pain is worse than feeling it. *Harvard Business Review*.

Svenson, O. (1981). Are we all less risky and more skillful than our fellow drivers? *Acta Psychologica*, 47(2), 143-148. https://doi.org/10.1016/0001-6918(81)90005-6

Talk SPORT (2021, June 29). José Mourinho REVEALS the secrets behind Harry Kane's penalty technique. [Video]. YouTube. https://www.youtube.com/watch?v=5wPZmXQ8lwY

Taleb, N. N. (2012). *Antifragile: Things that gain from disorder*. Allen Lane. 〔邦訳『反脆弱性　不確実な世界を生き延びる唯一の考え方』上下、ナシーム・ニコラス・タレブ、望月衛監訳、千葉敏生訳、ダイヤモンド社〕

Tartaglione, N. (2022). *World Cup ratings: Epic final sets all-time viewing record in France*. Deadline. https://deadline.com/2022/

12/world-cup-ratings-final-all-time-viewing-record-france-tf1-1235202220/

Tembah (2023, May 10). Argentina coach Scaloni reveals the change in Argentina's style! https://tembah.net/en/news?nid=32126

Tracy, J. L., Mercadante, E., & Hohm, I. (2023). Pride: The emotional foundation of social rank attainment. *Annual Review of Psychology*, 74(1), 519-545. https://doi.org/10.1146/annurev-psych-032720-040321

Tribuna (2019). Maradona fumes about Argentina coach Scaloni: Messi's return comforts me, but where's Aguero? https://tribuna.com/en/news/fcbarcelona-2020-03-06-maradona-fumes-about-argentina-coach-scaloni-messis-return-comforts-me-but-wheres-aguero/?utm_source=copy

Uchino, B. N., & Garvey, T. S. (1997). The availability of social support reduces cardiovascular reactivity to acute psychological stress. *Journal of Behavioral Medicine*, 20(1), 15-27. https://doi.org/10.1023/A:1025583012283

UEFA (2021). UEFA EURO 2020 impresses with 5.2 billion cumulative global live audience. UEFA. https://www.uefa.com/insideuefa/news/026d-132519672495-56a014558e80-1000--uefa-euro-2020-impresses-with-5-2-billion-cumulative-globa/

Van de Vooren, J. (2006). Het verbrande penaltyboekje van Reker. https://www.nu.nl/jurryt/769085/het-verbrande-penaltyboekje-van-reker.html

Van den Nieuwenhof, F. (2006). *Hiddink: Dit is mijn wereld*. Eindhoven DeBoeken Makers.

Van der Kamp, J., & Savelsbergh, G. J. P. (2014). *Duel in de zestien. De penalty wetenschappelijk ontleed*. 2010 Uitgevers.

Van der Steen, H. (2004). *Penalty. Het trauma van Oranje*.

Van Yperen, N. W. (2009). Why some make it and others do not: Identifying psychological factors that predict career success in professional adult soccer. *The Sport Psychologist*, 23(3), 317-329.

Veldkamp, J., & Koning, R. H. (2023). Waiting to score. Conversion probability and the video assistant referee (VAR) in football penalty kicks. *Journal of Sports Sciences*, 41(18), 1692-1700. https://doi.org/10.1080/02640414.2023.2292893

Vergouw, G. S. (2000). *De strafschop: zoektocht naar de ultieme penalty*. Funsultancy.

Vickers J. N. (1996). Visual control when aiming at a far target. *Journal of Experimental Psychology: Human perception and performance*, 22(2), 342-354. https://doi.org/10.1037//0096-1523.22.2.342

Victor, J.M. (2022, December 8). Scaloni: "¿Pensar ahora en penales? Eso es de mediocres". ArgentinaAS. https://argentina.as.com/futbol/scaloni-pensar-ahora-en-penales-eso-es-de-mediocres-n/

Vignolo, S.(Producer). (2023). *Campeones, un año después* [TV-series]. Star+.

Vollmer, S., Schoch, D., & Brandes, U. (2023). Penalty shootouts are tough, but the alternating order is fair. *Arxiv*. https://doi.

org/10.48550/arXiv.2310.04797

Vroom, V. H., & Yetton, P. W. (1973). *Leadership and decision-making* (Vol. 110). University of Pittsburgh Press.

Wang, H., Liang, L., Cai, P., Zhao, J., Guo, L., & Ma, H. (2020). Associations of cardiovascular disease morbidity and mortality in the populations watching major football tournaments: A systematic review and meta-analysis of observational studies. *Medicine*, 99(12).

Watzlawick, P., Bavelas, J. B., & Jackson, D. D. (1967). *Pragmatics of human communication: A study of interactional patterns, pathologies and paradoxes*. WW Norton.

Wegner, D. M., Ansfield, M., & Pilloff, D. (1998). The putt and the pendulum: Ironic effects of the mental control in action. *Psychological Science*, 9(3), 196-199.

Weick, K. E., & Sutcliffe, K. M. (2007). *Managing the unexpected: Resilient performance in an age of uncertainty* (2nd ed.). Jossey-Bass.

Weigelt, M., & Memmert, D. (2012). Goal-side selection in soccer penalty kicking when viewing natural scenes. *Frontiers in Psychology*, 3, 312. https://doi.org/10.3389/fpsyg.2012.00312

Weigelt, M., Memmert, D., & Schack, T. (2012). Kick it like Ballack: The effects of goalkeeping gestures on goal-side selection in experienced soccer players and soccer novices. *Journal of Cognitive Psychology*, 24(8), 942-956. https://doi.org/10.1080/20445911.2012.719494

White, J., & Murphy, D. (2021). talkSport. [Radio]. talkSPORT. https://twitter.com/talkSPORT/status/1414533241835458568?s=20

Wilbert-Lampen, U., Leistner, D., Greven, S., Pohl, T., Sper, S., Völker, C., Güthlin, D., Plasse, A., Knez, A., Küchenhoff, H., & Steinbeck, G. (2008). Cardiovascular events during World Cup soccer. *The New England Journal of Medicine*, 358(5), 475-483. https://doi.org/10.1056/NEJMoa0707427

Wilson, M. R., & Richards, H. (2011). Putting it together: Skills for pressure performance. In D. Collins, A. Button, & H. Richards (Eds.), *Performance psychology: A practitioner's guide* (pp.337-360). Churchill.

Wilson, M. R., Vine, S. J., & Wood, G. (2009). The influence of anxiety on visual attentional control in basketball free throw shooting. *Journal of Sport & Exercise Psychology*, 31(2), 152-168. https://doi.org/10.1123/jsep.31.2.152

Witte, D. R., Bots, M. L., Hoes, A. W., & Grobbee, D. E. (2000), Cardiovascular mortality in Dutch men during 1996 European football championship: Longitudinal population study. *British Medical Journal*, 321, 1552-1554.

Wolfers, J. (2015, February 13). How Arizona State reinvented free-throw distraction. *The New York Times*. https://www.nytimes.

com/2015/02/14/upshot/how-arizona-state-reinvented-free-throw-distraction.html

Wood, G., & Wilson, M. R. (2010). A moving goalkeeper distracts penalty takers and impairs shooting accuracy. *Journal of Sports Sciences*, 28(9), 937-946. https://doi.org/10.1080/02640414.2010.495995

World Rugby (2021). Amazing and nail biting World Cup conversions! [Video]. Youtube. https://www.youtube.com/watch?v=nJheKNA8C8M

Wunderlich, F., Berge, F., Memmert, D., & Rein, R. (2020). Almost a lottery: The influence of team strength on success in penalty shootouts. *International Journal of Performance Analysis in Sport*, 20(5), 857-869.

Yip, J. A., Schweitzer, M. E., & Nurmohamed, S. (2018). Trash-talking: Competitive incivility motivates rivalry, performance, and unethical behavior. *Organizational Behavior and Human Decision Processes*, 144, 125-144. https://doi.org/10.1016/j.obhdp.2017.06.002

Yomiuri (2023). https://www.yomiuri.co.jp/sports/soccer/worldcup/20230219-OYT1T50076/

訳者あとがき

一度の失敗が人生を大きく変えることがある――本書の著者ゲイル・ヨルデットがそのような失敗を体験したのは10代の頃だった。ＰＫ戦で失敗して敗戦の一因となったのだ。17歳でサッカーの大きな大会に出場した時、彼のチームはやすやすと勝ち進んだ。優勝できるかもしれないと選手たちが期待に胸をふくらませるなか、ラウンド16での試合がＰＫ戦に持ち込まれ、そこで彼はＰＫを外してしまう。ＰＫに失敗した選手は他にもいたものの、ヨルデットは自分のせいでチームは負けたのだと責任を感じ、以来二度とＰＫを蹴らなかったという。

その時のＰＫ失敗が、著者のキャリア形成に大きく影響していることは間違いないだろう。その後彼はサッカー×心理学の研究で博士号を取り、ノルウェースポーツ科学学校の教授となった現在も大学で研究を続けながらＰＫコンサルタントとして活躍し、そしてこの本を書いた。もはや世界屈指のＰＫ研究家とも呼べる存在であり、実際にＰＫ業界（？）では知る人ぞ知る有名人である。

ＰＫ失敗の影響はこの本からも感じ取れる。正直、現役選手でも監督でもない大学教員がここまで掘り下げるのかと、こちらが驚くほど深くPKを探究しているのだ――ペナルティスポットに立つキッカーは何を考えているのか？　プレッシャーをはねのけるためにどんな工夫をしているのか？　どうやってゾーンに入るのか？　キッカーのパフォーマンスを上げるために、チームメイトや監督にできることは何か？　PKはよく運次第と言われるが、練習すれば成功率を上げられるのか？――さまざまな問いを立てては、PKをあらゆる角度から分析し、その結果得られた知見を惜しみなく提供してくれている。サッカー関係者にとって有益な情報が満載だ。

本書では、サッカー日本代表のエピソードも2つ紹介されている。一つは元日本代表のレジェンド、遠藤保仁選手。といってもGKが思わず天を仰いでしまう、あの絶妙なコロコロPKのことではない。著者が注目したのは、遠藤がキックする前に取った「長い間」だ。えーっ、そこが着眼点なのー？　と驚いてしまったが、映像で確認すると……確かに長い。2010年に開催されたワールドカップ・南アフリカ大会、ラウンド16のパラグアイ戦が延長戦の末にPK戦に持ち込まれた時、1番手キッカーだった遠藤はボールを見つめたまま6・4秒間も立っていた。著者は遠藤と会った際に、長い間を取った理由を尋ね、直接本人からその回答を引き出している。さらに、間が長い選手と短い選手とではPK成功率に違いがあるのか？　かつての選手たちと現在の選手たちでは、間の取り方に違いがあるのか？　最近の傾向はどうなっているのか？　といったマニアックな問いの答えも追究している。

もう一つのサッカー日本代表エピソードは、2022年のワールドカップ・カタール大会決勝トーナメント1回戦で、PK戦の末に日本がクロアチアに敗れた時のことだ。覚えている人も多いと思うが、この時、森保監督は立候補制を採った。ＰＫを蹴りたい者は名乗り出ろ、と選手たちの判断を仰いだのだ。結果的に、名乗り出た選手のうちの３人（南野拓実、三笘薫、吉田麻也）がＰＫに失敗し、日本は史上初のワールドカップ8強入りを逃した。ヨルデットはこの時の映像を分析して、選手と監督との間でどんなやり取りがあったのかを推測すると共に、他国の監督のやり方と比較している。さらに、森保監督と同じ「立候補制」を採ったチームと、監督がキッカーを指名する「指名制」を採ったチームを比較し、どちらの戦略の方がうまくいきやすいかも考察している。

ＰＫはしばしばくじ引きにたとえられるものの、ＰＫの成否を運任せにする傾向は下火のようだ。10年ほど前に起きたスポーツのデータ革命はＰＫにも波及し、どのチームもデータを駆使して戦略を練ると共に、シミュレーション技術や脳のモニタリング技術なども使ってトレーニングに励んでいる。だが、ＰＫ戦にはもう一つ不可欠な要素がある。メンタルだ。かなりの重圧がのしかかるＰＫでは、テクニックだけでなく、メンタルの強さも必要になる。事実、２０１０年にアーセナルの元監督アーセン・ベンゲルは「過去10～15年は、フィジカルと戦術の進化の時代だった。しかしこの先10～15年は、間違いなくメンタルの時代に入っていく」と語っている。プレッシャー対策を含めた心理学的要素は徐々にＰＫの現場に導入されてきているものの、まだまだのようだ。この本を読めば、サッカーに心理学が不可欠であることがわかるだろう。

何が起きるかわからないＰＫ戦は、ドラマチックでおもしろい。選手たちの緊張が画面越しに伝わってきて、見ているこちらまで手に汗握ってしまう。だが、あの本番の真っ最中、および本番に至るまでの過程で何が起きているのか、わたしはまったく知らなかった。センターサークルからペナルティスポットへと歩いて行く間が一番緊張すると語る選手。選手たちがＰＫを蹴る瞬間が耐えられなくて、つい顔を背けてしまう監督。キッカーの集中力を削ぐためならどんな手段も厭わないゴールキーパー。いろんな人がいて、いろんなドラマがあることを、この本は教えてくれる。おかげでＰＫ戦のさまざまな側面が見えるようになった。この本を読んで、みなさんにもＰＫの知られざるおもしろさに気づいていただけたら幸いだ。

最後になりましたが、本書を訳すにあたって、大勢の助けをお借りしました。英日翻訳者のジム・ハバート氏からは、原文の解釈やこまかいニュアンスなどを丁寧に教えていただきました。いつもありがとうございます。健康に気をつけて長生きしてくださいね。また、時間が足りなくなったため、急遽高崎拓哉氏に一章の翻訳を助けていただいた。急なお願いにもかかわらず快く引き受けてくださり、ありがとうございました。最後に、文藝春秋の髙橋夏樹氏は、本書の翻訳を任せてくださったうえに、訳稿をこまかくチェックし、調べ物を手伝ってくださいました。この場を借りて厚くお礼を申し上げます。

２０２５年3月5日　福井久美子

著者

ゲイル・ヨルデット博士　Geir Jordet

ノルウェースポーツ科学学校教授で、心理学とサッカーの関係を研究している。彼の科学的な研究により、サッカーで高いパフォーマンスを発揮する時の心理学的側面が明らかになっている。サッカー選手やサッカーチームと連携することで、実践的な経験を幅広く積みあげてきた。1997年以降、欧州の主要なリーグでプレーする130人以上のプロサッカー選手たちの個人的な心理アドバイザーとして尽力してきた。さらに60以上のプロチームと働き、定期的に講演をおこない、イングランド、ドイツ、オランダ、ノルウェーのサッカー協会のコンサルタントも務めている。

訳者

福井久美子　Kumiko Fukui

翻訳家。英グラスゴー大学大学院英文学専攻修士課程修了。英会話講師、社内翻訳者を経て、フリーランス翻訳者に。主な訳書に『死体と話す――NY死体調査官が見た5000の死』（バーバラ・ブッチャー、河出書房新社）、『黒衣の外科医たち　恐ろしくも驚異的な手術の歴史』（アーノルド・ファン・デ・ラール、晶文社）、『世にも危険な医療の世界史』（リディア・ケイン、ネイト・ピーダーセン、文春文庫）など多数。

デザイン　永井翔
カバーイラスト　加納徳博
DTP制作　エヴリ・シンク

なぜ超《ちょう》一《いち》流《りゅう》選《せん》手《しゅ》がPKを外《はず》すのか

サッカーに学《まな》ぶ究《きゅう》極《きょく》のプレッシャー心《しん》理《り》学《がく》

2025年4月30日　　第1刷発行

著　者　ゲイル・ヨルデット

訳　者　福《ふく》井《い》久《く》美《み》子《こ》

発行者　松井一晃

発行所　株式会社　文藝春秋
〒102-8008　東京都千代田区紀尾井町3-23
電話　03-3265-1211（代）

印刷所　精興社

製本所　加藤製本

ISBN 978-4-16-391976-8　　Printed in Japan